Das Buch

In Finnland wird ein britischer Spion ermordet; der brisante Film, den er abholen sollte, ist spurlos verschwunden. Nach dem vergeblichen Versuch, das Material doch noch zu retten, beschließt der britische Geheimdienst, einen Mann hinter den Eisernen Vorhang zu schmuggeln. Er soll die verlorenen Informationen ersetzen und seine Erkenntnisse mit einem Morseapparat nach England melden. Doch bald bricht der Kontakt ab. Verzweifelt wartet die Einsatzgruppe auf Nachricht. Während die Nerven zum Zerreißen gespannt sind, beginnt die Suche nach einem Schuldigen …

Krieg im Spiegel ist John le Carrés vielleicht realistischster Roman über die Zeit des kalten Kriegs, in dem Europa ein Schlachtfeld der Geheimdienste und jeder Einsatz ein Spiel um Leben und Tod war – und in dem hinter dem Mißerfolg oft ein Verrat in den eigenen Reihen steckte.

Der Autor

John le Carré, 1931 geboren, studierte in Bern und Oxford. Er war Lehrer in Eton und arbeitete während des kalten Kriegs kurze Zeit für den britischen Geheimdienst. Seit nunmehr fünfzig Jahren ist das Schreiben sein Beruf. Sein Roman *Der Spion, der aus der Kälte kam* begründete seinen Weltruhm als Bestsellerautor. Er lebt in London und Cornwall.

Von John le Carré sind in unserem Hause bereits erschienen:

Absolute Freunde · *Agent in eigener Sache* ·
Dame, König, As, Spion · *Das Rußlandhaus* ·
Der ewige Gärtner · *Der heimliche Gefährte* ·
Der Nachtmanager · *Der Schneider von Panama* ·
Der Spion, der aus der Kälte kam · *Der wachsame Träumer* ·
Die Libelle · *Eine Art Held* · *Ein blendender Spion* ·
Ein guter Soldat · *Eine kleine Stadt in Deutschland* ·
Ein Mord erster Klasse · *Empfindliche Wahrheit* ·
Geheime Melodie · *Krieg im Spiegel* · *Marionetten* ·
Schatten von gestern · *Single & Single* · *Unser Spiel* ·
Verräter wie wir

John le Carré

Krieg im Spiegel

Roman

Aus dem Englischen
von Manfred von Conta

Ullstein

Besuchen Sie uns im Internet:
www.ullstein-taschenbuch.de

MIX
Papier aus verantwortungsvollen Quellen
FSC
www.fsc.org
FSC® C083411

Neuausgabe im Ullstein Taschenbuch
1. Auflage Mai 2016

Titel der englischen Originalausgabe: *The Looking Glass War*
(William Heinemann, London)
Übersetzung: Manfred von Conta mit freundlicher Genehmigung
des Paul Zsolnay Verlages, Wien – München

Übersetzung des Vorworts von Werner Schmitz

Umschlaggestaltung: ZERO Werbeagentur, München
Titelabbildung: © Tim Robinson/arcangel images
Satz: Leingärtner, Nabburg
Druck und Bindearbeiten: CPI books GmbH, Leck
Printed in Germany
ISBN 978-3-548-28808-6

Für James Kennaway

»I wouldn't mind being a Pawn,
if only I might join.«

»Wenn ich doch auch mit
von der Partie sein könnte!
Und wenn's als Bauer wäre.
Hauptsache, ich könnte dabeisein.«

Lewis Carroll
Alice hinter den Spiegeln

Vorwort

Ein Schriftsteller, der seine Karriere in sicherem Fahrwasser wähnt, ist das törichte Opfer von Mode und Umständen. Er kennt seine Bücher, und er hat ein künstlerisches Gewissen, das, wenn er etwas taugt, sehr viel rigoroser ist als das Urteil irgendeines anderen.

Mit *Krieg im Spiegel* musste ich das am eigenen Leib erfahren. Dieses Buch entstand nach *Der Spion, der aus der Kälte kam* und wurde von der britischen Rezensentenschaft mit derart einhelligem Spott bedacht, dass ich mich, hätte ich mir die Kritik zu Herzen genommen, nach einem anderen Beruf hätte umsehen müssen, etwa als Fensterputzer oder als literarischer Publizist.

Nach dem Erfolg des *Spions* glaubte ich das Recht erworben zu haben, mich in brisantere Bereiche des Spionageromans zu wagen als bisher. Denn eine so teuflisch raffinierte Verschwörung wie diejenige, in die meine Protagonisten im *Spion* geraten, hatte mit der Realität der Spionage, wie ich selbst sie kennengelernt hatte, wenig zu tun. Ich suchte nach einem Weg, das Durcheinander und die Sinnlosigkeit zu schildern, die das wirkliche Leben prägen. Dazu fühlte ich mich geradezu verpflichtet: Denn auch wenn der *Spion* als das Buch begrüßt worden war, das dem Spionagebetrieb die Maske vom Gesicht gerissen habe, war ich persönlich der Ansicht, das Geschäft unverzeihlich idealisiert zu haben. Die Darstellung meines genialen Geheimagenten Control hätte von einem Fan der britischen

Geheimdienste stammen können; der gemeinsame Tod des dem Untergang geweihten Liebespaars an der Berliner Mauer war eine Wendung, die lediglich der Befriedigung romantischer Sehnsüchte geschuldet war.

Diesmal will ich schonungslos sein, dachte ich. Diesmal werde ich, koste es, was es wolle, einen Geheimdienst beschreiben, der eigentlich gar nicht besonders gut ist, der noch immer von seinem Kriegsruhm zehrt, der von patriotischen Phantasien über eine idyllische und überlegene englische Kultur lebt, der isoliert, ziellos, allzu behütet vor sich hin arbeitet und dazu verdammt scheint, sich am Ende selbst zu vernichten.

Wenn ich das richtig sah, wäre eine solche Darstellung nicht nur ein realistisches Abbild der britischen Nachrichtendienste in den sechziger Jahren mit ihren internen Streitigkeiten und Intrigen, ihrem Klassenbewusstsein und ihrer Zwangsvorstellung, die Amerikaner wären Flegel, die sich in unseren kostbaren Kolonien breitmachten – sie würde auch England selbst zeigen, das England des Suezkriegs, genau jenes nette kleine England, das von der bissigen Satire der *Beyond the Fringe*-Mannschaft und der revolutionären Musik der Beatles gerade munter zerlegt wurde. Kurz, ich wollte das Genre des Spionageromans benutzen, um einen *roman noir* zu schreiben, ein Porträt des britischen Nachrichtendienstes als politischer Schlafwandler, der vom Siegesrausch benebelt durch die Gegend tappt und selbst nicht mehr so genau weiß, ob er nun gegen die Russen oder gegen die Deutschen kämpft – Hauptsache, er macht weiter, weil ein Ende des Kampfs bedeuten würde, dass er aufwachen müsste. In diesem Sinne sollte *Krieg im Spiegel* eine bewusste Umkehrung von *Der Spion, der aus der Kälte kam* werden, wenn nicht gar eine ausgewachsene Parodie.

Heute glaube ich, mein Fehler war, dass ich auf diesem gefährlichen Weg nicht weit genug gegangen bin. Ich hätte George Smiley und das Rondell nicht in den Roman aufnehmen sollen. Ich hätte den Rat meines begabten amerikanischen Lektors Jack Geoghegan nicht befolgen sollen. Ich hätte mir keine Zurückhaltung auferlegen sollen. Ich hätte die Abteilung dort ansiedeln sollen, wo sich nach meiner Sicht der Dinge Großbritannien selbst befand – und auf unheimliche Weise bis zum heutigen Tag befindet: in einem Nebel aus Selbsttäuschung und Klassenarroganz, in einer Welt, die eilfertig wähnte: »So gut hatten wir's noch nie« – umgeben auf der einen Seite von unseren angeblichen Feinden, den Europäern, den Russen und so weiter, und auf der andern Seite von der trügerischen Überzeugung, unser Eiland könne von seinem kolonialen Erbe und der Gunst seiner amerikanischen Vettern tatsächlich bis in alle Ewigkeit zehren.

Aber meine britischen Kritiker haben den Witz überhaupt nicht verstanden. Oder wenn doch, haben sie ihn keineswegs komisch gefunden. Sie wollten *Ein Spion zu Ostern*, *Ein Spion zu Weihnachten*, oder *Spiel's noch einmal, Alex Leamas*. Sie wollten alles mögliche, bloß nicht die schlimme, traurige Wahrheit. Anklang fand das Buch daher zunächst nur bei denen, die uns von außen kannten: in Europa und, zu meiner Erleichterung, in Amerika, wo John Kenneth Galbraith schrieb, es wecke in ihm Erinnerungen an das Scheitern der Invasion in der Schweinebucht, und der damals gerade zurückgetretene CIA-Chef Allen Dulles bemerkte, so gehe es in der Welt der Spionage tatsächlich zu. In Großbritannien aber musste ich, zumindest anfänglich, mit der schmerzlichen Enttäuschung vieler Leser und den wüsten Beschimpfungen der Kritiker leben. Natürlich war ich verletzt, und natürlich habe ich es überstanden – genau wie, zu meiner Überraschung, mein Buch, das ganz allmählich die Gunst meiner britischen Leserschaft eroberte.

Es ist zweifellos kein fröhliches Buch, aber wenn ich jetzt darin herumblättere, scheint es mir doch recht gelungen. Geschrieben habe ich es auf Kreta, wohin ich nach dem Lärm um den *Spion* geflohen war in der Hoffnung, eine Ehe zu retten, die unter dem Kanonendonner des Erfolgs allzu sehr gelitten hatte. Auf einer abgelegenen kretischen Halbinsel hockend und ziemlich unsicher, wie es mit mir weitergehen sollte, war es wohl nur natürlich, dass ich mir das Unglück meiner beiden männlichen Protagonisten zu eigen machte: Avery, den seine Frau verlassen hatte, und Leiser, der einer Welt nachtrauerte, die es nicht mehr gab.

Ich kann auch heute noch nicht sagen, wie gut oder wie schlecht dieser Roman funktioniert. Vielleicht steht er, wie Joseph Conrad einmal über eine seiner Figuren bemerkt hat, für so vieles, dass er nicht mehr stehen kann. Ich weiß nur, es war ein ehrliches Buch, und vielleicht ein mutiges. Vor allem aber war es das beste, das ich damals schreiben konnte.

John le Carré, Juli 1991

»Durch das Tragen einer schweren Last, wie zum Beispiel eines Koffers etc., kurz vor Beginn einer praktischen Sendetätigkeit, werden Handgelenke sowie Arm- und Fingermuskulatur zu gefühllos, um noch einwandfrei morsen zu können.«

Aus: *Vollständiger Morsekurs*
von F. Tait, Pitman

ERSTER TEIL

Taylors Einsatz

»Hier liegt ein Narr,
der glaubt, voll Ungeduld
den Osten drängen zu können.«
KIPLING

1

Schnee bedeckte den Flugplatz.

Vom Nachtwind getrieben, war er im Nebel zusammen mit dem Geruch der See aus dem Norden gekommen. Nun würde er den ganzen Winter als eisiger, scharfer Staub auf der grauen Erde liegenbleiben, ohne zu tauen oder zu frieren, sondern gleichbleibend schäbig wie ein Jahr ohne Jahreszeiten. Über ihm, wie der Rauch des Krieges, die dahintreibenden Nebelschwaden, die einmal einen Hangar verschlucken, dann den Radarschuppen, dann eine der Maschinen, um sie Stück für Stück, aller Farben beraubt, wieder auszuspeien; schwarzes Aas in einer weißen Wüste.

Es war ein Bild ohne Tiefe, ohne Perspektive und ohne Schatten. Himmel und Erde verschwammen ineinander, und die Gebäude schienen in der Kälte eingeschlossen wie Leichen in einem Gletscher.

Jenseits des Rollfeldes war nichts mehr – kein Haus, kein Hügel, keine Straße. Nicht einmal ein Zaun oder ein Baum. Nur der Himmel, der auf den Dünen lastete, und der ziehende Nebel, der über der sumpfigen Ostseeküste emporstieg. Irgendwo landeinwärts waren die Berge.

An dem langen Aussichtsfenster drängte sich eine schnatternde Schar deutscher Schulkinder mit warmen Mützen. Einige trugen Skikleidung. Taylor hatte die Handschuhe nicht ausgezogen. Er hielt ein Glas in der Hand und blickte schläfrig zu den Kindern hinüber. Ein Junge wandte sich um, starrte ihn an und errötete. Dann flüsterte er mit den anderen Kindern. Sie wurden still.

Taylor sah auf seine Armbanduhr, wobei er mit dem Arm einen weit ausholenden Kreis beschrieb, teils, um den Ärmel seines Wettermantels zurückzuziehen, teils, weil das seine Art war. Er wollte, daß man ihn für einen Offizier hielt, für einen alten Haudegen, der im Krieg viel mitgemacht hatte, einem angesehenen Regiment und einem angesehenen Club angehörte.

Zehn vor vier. Die Maschine war schon eine Stunde verspätet. Sie würden den Grund dafür bald über den Lautsprecher bekanntgeben müssen. Er fragte sich, was sie durchsagen würden: Nebel vielleicht, oder verzögerter Start. Daß die Maschine an die dreihundert Kilometer vom Kurs abgekommen und südlich von Rostock war, wußten sie womöglich gar nicht. Auf keinen Fall würden sie es zugeben. Er leerte sein Glas und drehte sich zur Theke, um es abzustellen. Er mußte zugeben, daß manche dieser ausländischen Schnäpse, wenn man sie in ihrem eigenen Land trank, keineswegs schlecht schmeckten. Im Augenblick jedenfalls, mit ein paar Stunden, die man sich noch um die Ohren schlagen mußte, und mit zehn Grad unter Null auf der anderen Seite des Fensters, hätte es auch wesentlich Unangenehmeres geben können als Steinhäger. Sobald er zurück war, würde er im Alias-Club veranlassen, daß man diesen Schnaps beschaffte. Das würde Aufsehen erregen!

Der Lautsprecher brummte, brüllte plötzlich los und verstummte wieder. Dann begann er noch einmal in der richtig eingestellten Lautstärke. Die Kinder starrten erwartungsvoll zu ihm hinauf. Die Ankündigung kam zuerst in Finnisch, dann in Schwedisch, schließlich auf englisch. Northern Air Services entschuldigten sich für die Verspätung ihres Charterfluges zwo-neun-null aus Düsseldorf. Kein Hinweis auf die Dauer der Verspätung, nichts von einer Begründung. Möglicherweise wußten sie es selbst nicht.

Taylor dagegen wußte den Grund. Er fragte sich, was wohl passieren würde, wenn er jetzt zu dieser naseweisen Hosteß in ihrem Glaskasten hinüberginge und ihr erklärte: Zwo-neun-null wird schon noch 'ne Weile dauern, meine Liebe, ist nämlich im steifen Nordwest über der Ostsee vom Kurs abgekommen;

die Position ist beim Teufel. Natürlich würde das Mädchen ihm nicht glauben, hielt ihn womöglich noch für einen Spinner. Später freilich würde sie dann eines Besseren belehrt. Dann würde sie ihn für einen ziemlich ungewöhnlichen Mann halten, für etwas Besonderes.

Draußen wurde es langsam dunkel. Die Schneefläche wirkte heller als der Himmel, und die geräumten Rollbahnen zogen sich durch das Weiß wie Dämme, deren Ränder von dem bunten Schimmer der Markierungsleuchten gesäumt waren. Im nächstgelegenen Hangar gossen Neonröhren ihr fahles Licht über Menschen und Maschinen. Der Platz davor wurde kurz aus der Dunkelheit gerissen, als ein greller Scheinwerferstrahl vom Kontrollturm darüberzuckte. Ein Feuerwehrauto war bei den Werkstattgebäuden auf der linken Seite abgefahren und gesellte sich nun zu den drei Ambulanzwagen, die bereits neben der Landebahn standen. Gleichzeitig flammte auf den Fahrzeugen das Blaulicht auf. Sie standen in einer Reihe und blitzten unentwegt ihr bläuliches Warnsignal hinaus. Die Kinder deuteten darauf und schwatzten aufgeregt durcheinander.

Wieder kam aus dem Lautsprecher die Stimme des Mädchens. Seit der letzten Durchsage konnten nur ein paar Minuten vergangen sein. Wieder wurden die Kinder still, um zuzuhören. Die Ankunft der Kursmaschine zwo-neun-null werde sich um mindestens eine weitere Stunde verzögern. Nähere Informationen werde man sogleich nach ihrem Eintreffen geben. In der Stimme des Mädchens schwang etwas mit, das teils Überraschung, teils Sorge sein mochte und sich auf das halbe Dutzend Menschen übertrug, die am anderen Ende des Warteraums saßen. Eine alte Dame sagte etwas zu ihrem Mann, nahm ihre Handtasche und ging zu der Gruppe von Kindern hinüber. Einige Zeit starrte sie dümmlich ins Zwielicht hinaus. Als sie dabei keine Beruhigung fand, wandte sie sich an Taylor und sagte auf englisch: »Was ist mit dem Flugzeug aus Düsseldorf passiert?« Nach dem kehligen, ungehaltenen Unterton ihrer Stimme zu urteilen, war sie Holländerin.

Taylor schüttelte den Kopf. »Wohl der Schnee«, sagte er. Er war ein forscher Mann, das gehörte zu seinem militärischen Auftreten.

Taylor ging durch die Schwingtür in die Empfangshalle hinunter. Neben dem Haupteingang entdeckte er die gelbe Flagge der Northern Air Services. Das Mädchen hinter dem Schalter war sehr hübsch.

»Was ist denn mit der Maschine aus Düsseldorf?« fragte er in seiner vertraulichen Art. Man sagte ihm nach, daß er es verstand, mit kleinen Mädchen umzugehen.

Sie lächelte und zuckte mit den Schultern.

»Ich nehme an, es ist der Schnee. Im Herbst haben wir öfters Verspätungen.«

»Warum fragen Sie nicht den Chef?« schlug er mit einem Kopfnicken in Richtung des Telefons vor.

»Man wird es über den Lautsprecher bekanntgeben«, sagte sie. »Sobald man etwas Näheres weiß.«

»Wer ist der Skipper, Schätzchen?«

»Bitte?«

»Wer der Skipper ist, der Captain, der Flugkapitän!«

»Kapitän Lansen.«

»Taugt er was?«

Das Mädchen war entrüstet. »Kapitän Lansen ist ein außerordentlich erfahrener Pilot.«

Taylor betrachtete sie grinsend. »Zumindest ist er ein sehr glücklicher Pilot, mein Schatz.« Man sagte, der alte Taylor kenne sich aus. Man sagte es im Alias-Club, an den Freitagabenden.

Lansen. Es war seltsam, diesen Namen so offen ausgesprochen zu hören. In der Gruppe wurde so etwas einfach nicht gemacht. Dort zogen sie Umschreibungen vor, Decknamen, irgend etwas anderes als den wirklichen Namen: Archie-boy, unser fliegender Freund, unser Freund im Norden, der Junge, der die Fotos macht. Man verwendete sogar die geheimnisvollen Zusammenstellungen von Ziffern und Zeichen, unter denen der Mann in den Akten geführt wurde – aber unter gar keinen Umständen jemals seinen Namen.

Lansen. Leclerc hatte ihm in London ein Foto gezeigt: ein jungenhafter Fünfunddreißiger, blond und gutaussehend. Er hätte wetten mögen, daß diese Hostessen ganz verrückt nach ihm waren. Sie waren ohnedies kaum etwas anderes als Kanonenfutter für die Piloten. Jemand anderer kam da niemals zum Zuge. Taylor strich schnell mit der rechten Hand über die Außentasche seines Mantels, um sich zu vergewissern, ob das Kuvert noch da war. Diese Art Geld hatte er bisher noch nie transportiert. Fünftausend Dollar für einen Flug. Zwanzigtausend Mark steuerfrei für ein Abweichen vom Kurs über die Ostsee. Lansen machte so etwas nicht alle Tage, natürlich. Das war etwas Besonderes, wie Leclerc gesagt hatte. Er fragte sich, wie die Hosteß reagieren würde, wenn er sich jetzt über die Theke beugte und ihr erzählte, wer er war, und ihr das Geld in dem Umschlag zeigte. Er hatte noch nie ein Mädchen wie sie gehabt, das heißt, ein wirkliches Mädchen, hochgewachsen und jung.

Er ging wieder hinauf in die Bar. Der Barkeeper kannte ihn schon. Taylor deutete auf die Steinhägerflasche auf dem mittleren Bord und sagte: »Geben Sie mir noch so einen, bitte. Ja, aus diesem Kerl direkt hinter Ihnen, euer hiesiges Gift.«

»Das ist aus Deutschland«, sagte der Barkeeper.

Taylor zog seine Brieftasche und nahm eine Banknote heraus. Hinter Zellophan steckte das Bild eines ungefähr neunjährigen Mädchens. Es trug eine Brille und hielt eine Puppe im Arm. »Meine Tochter«, erklärte er dem Barkeeper, und der Barkeeper zeigte ein wäßriges Lächeln.

Taylor konnte den Klang seiner Stimme ganz der jeweiligen Gelegenheit anpassen. Seine unaufrichtige, affektierte Sprechweise nahm einen überspannten Ton an, wenn er zu Leuten seiner Klasse sprach und es ihm darauf ankam, einen Rangunterschied zu betonen, den es nicht gab. Oder wenn er nervös war wie jetzt gerade.

Er mußte zugeben, daß er aufgeregt war. Für einen Mann seines Alters war es eine unheimliche Situation, statt routinemäßigen Kurierdiensten die Arbeit eines Agenten verrichten zu müssen. Das wäre eher ein Geschäft für diese Schweine im Rondell gewesen. Für Leute seiner Organisation war es jedenfalls nichts. Im Vergleich zu seiner gewohnten Tätigkeit war das hier eine schöne Bescherung. Hier draußen im Nichts sich selbst überlassen zu sein. Er begriff nicht, wie man einen Flugplatz an einem solchen Fleck errichten konnte. Im allgemeinen hatte er Auslandsreisen ja recht gern. Zum Beispiel den alten

Jimmy Gorton in Hamburg zu besuchen, oder eine Nacht lang das Pflaster von Madrid zu treten. Er empfand es als angenehm, von Joanie wegzukommen. Ein paarmal hatte er auch die türkische Route gemacht. Obwohl er wirklich nichts für die Balkanesen übrig hatte, war es immer noch ein Honiglecken im Vergleich zu dieser Arbeit hier: mit Fahrkarte erster Klasse und die Koffer auf dem Sitz neben sich, in der Brusttasche einen Alliierten-Paß. Ein Mann, der diese Tätigkeit ausübte, der war schon was, fast so wie die Jungs aus dem diplomatischen Dienst. Das hier aber war anders, und es behagte ihm gar nicht.

Leclerc hatte gesagt, es sei eine große Angelegenheit, und Taylor glaubte ihm. Man hatte ihm einen Paß auf einen anderen Namen gegeben. Malherbe. Ausgesprochen wurde es Mällabi – hatten sie jedenfalls gesagt. Weiß Gott, wer den ausgesucht hatte. Taylor war nicht mal in der Lage, ihn zu buchstabieren. Als er heute morgen sein Hotelzimmer nahm, gab's beim Unterschreiben des Meldezettels eine richtige Schmiererei. Der Spesensatz war freilich enorm: hundertfünfzig Eier pro Einsatztag, ohne Beleg. Im Rondell sollte es sogar hundertsiebzig geben, hatte er gehört. Da würde ganz schön was übrigbleiben, er könnte was für Joanie kaufen. Wahrscheinlich wär' ihr das Bargeld sogar noch lieber.

Er hatte ihr natürlich von der Reise erzählt. Eigentlich hätte er das nicht tun sollen, aber Leclerc kannte Joanie nicht. Er zündete sich eine Zigarette an und hielt sie, nachdem er inhaliert hatte, in der hohlen Hand – wie ein Posten, der auf Wache raucht. Wie, zum Teufel, konnte man von ihm erwarten, daß er sich nach Skandinavien auf die Socken machte, ohne seiner Frau etwas davon zu sagen?

Er fragte sich, was die Kinder dazu treiben mochte, die ganze Zeit derart am Fenster zu kleben. Erstaunlich, wie sie mit dieser fremden Sprache zurechtkamen. Wieder schaute er auf die Uhr, fast ohne die Zeiger zu sehen. Er berührte den Umschlag in seiner Tasche. Besser, er trank nicht mehr. Er mußte einen klaren Kopf behalten. Er versuchte sich vorzustellen, was Joanie jetzt gerade tat. Wahrscheinlich saß sie bei einem Gin und irgendwas. Die Arme – den ganzen Tag Arbeit.

Plötzlich wurde ihm bewußt, daß alle sehr still geworden waren. Der Barkeeper stand reglos und lauschte. Das am Tisch sitzende alte Paar lauschte auch mit dümmlichen Gesichtern, die sie dem Fenster zugekehrt hatten. Dann hörte er ganz deutlich das Geräusch. Es war ein Flugzeug – noch weit entfernt, aber im Anflug auf das Rollfeld. Er steuerte schnell auf das Fenster zu und war halbwegs dort, als der Lautsprecher begann. Nach den ersten auf deutsch gesprochenen Worten schwirrten die Kinder wie ein Schwarm Tauben in Richtung auf die Empfangshalle davon. Die Leute am Tisch waren aufgestanden, die Frauen griffen nach ihren Handtaschen, die Männer nach ihren Mänteln und Aktentaschen. Endlich kam die englische Durchsage: Lansen war im Landeanflug.

Taylor starrte in die Nacht hinaus. Von der Maschine war nichts zu sehen. Er wartete, während seine Angst wuchs. Es war wie der Weltuntergang, dachte er, da draußen schien die verdammte Welt unterzugehen. Angenommen, Lansen machte Bruch. Angenommen, sie fanden die Kameras. Jetzt wünschte er, ein anderer hätte die Sache übernommen. Woodford zum Beispiel. Ja, warum hatte es nicht Woodford selbst übernommen? Oder wenigstens den überschlauen Universitätsknaben Avery geschickt? Der Wind wehte kräftiger. Er hätte schwören können, daß der Wind viel stärker geworden war. Taylor sah es an der Art, wie er den Schnee aufwirbelte und über die Landebahn trieb, wie er an den Signallampen rüttelte, weiße Schneefahnen in die Höhe trieb und sie wie verhaßte Gebilde wieder beiseite fegte. Eine Sturmbö schlug plötzlich gegen das Fenster und ließ ihn erschrocken zurückfahren. Eiskörner prasselten gegen die Scheibe, und das Holz des Fensterrahmens knarrte. Wieder sah er auf die Uhr. Diese Geste war Taylor zur Gewohnheit geworden. Es schien ihm das Warten leichter zu machen.

Unter diesen Umständen würde Lansen es nie schaffen, nie im Leben.

Sein Herzschlag stockte. Er hörte die Sirenen, die sich von einem sanften Wimmern zu klagendem Geheul steigerten – alle vier Wagen ließen ihre Sirenen gemeinsam über das gottverlassene Flugfeld heulen; es klang wie der Schrei verhungernder Tiere. Feuer! Das Flugzeug mußte in Flammen stehen. Lansen hatte Feuer an Bord und war im Begriff, einen Landeversuch zu unternehmen. Taylor blickte voll Entsetzen um sich, ob es nicht jemanden gab, der ihm Näheres hätte sagen können.

Neben ihm stand der Barkeeper und polierte ein Glas, während er durch die Scheibe hinaussah.

»Was ist los?« schrie Taylor ihn an. »Wozu die Sirenen?«

»Bei schlechtem Wetter stellen sie die Sirenen immer an«, sagte der Barkeeper. »Vorschrift.«

»Wieso geben sie ihm Landeerlaubnis?« fragte Taylor. »Sie könnten ihn doch weiterschicken, nach Süden! Der Platz hier ist viel zu klein, warum schicken sie ihn nicht zu einem größeren Flugplatz?«

Der Barkeeper schüttelte unbeteiligt den Kopf. »So schlecht ist der Platz gar nicht«, sagte er mit einer Kopfbewegung in Richtung zum Rollfeld. »Außerdem ist er spät dran. Vielleicht hat er keinen Sprit mehr.«

Dann sahen sie die Maschine. Sie kam tief auf den Platz zu, und ihre Positionslampen leuchteten abwechselnd über der Kette der Markierungsfeuer auf, während ihre Scheinwerfer grelle Lichtstreifen auf die Rollbahn warfen. Dann war sie auf dem Boden und sicher gelandet, und sie hörten das Dröhnen ihrer gedrosselten Motoren, als die Maschine über die lange Landebahn bis zum Standplatz vor dem Gebäude heranzurollen begann.

Die Bar hatte sich geleert. Taylor war der einzige Gast. Er bestellte einen Drink. Er kannte seine Rolle: Einfach in der Bar sitzen bleiben, hatte Leclerc gesagt. Lansen werde ihn an der Bar treffen. Er würde einige Zeit brauchen, mußte ja seinen Papierkram erledigen, die Kameras wegräumen. Taylor hörte, wie die Kinder unten sangen. Eine Frauenstimme führte sie. Warum, zum Teufel, mußten Kinder und Weiber um ihn sein? Was er hier gerade tun wollte, war schließlich Männersache. Oder nicht? Mit fünftausend Dollar und einem falschen Paß in der Tasche.

»Jetzt gibt es keine Flüge mehr«, sagte der Barkeeper. »Sie haben den Flugplatz für heute gesperrt.«

Taylor nickte. »Ich weiß. Es ist verdammt scheußlich da draußen. Scheußlich.«

Der Barkeeper räumte gerade die Flaschen weg. »Es bestand keine Gefahr«, sagte er besänftigend. »Kapitän Lansen ist ein ausgezeichneter Pilot.«

Er zögerte, weil er nicht wußte, ob er auch den Steinhäger wegräumen sollte.

»Natürlich war es ganz ungefährlich«, brauste Taylor auf. »Wer hat was von Gefahr gesagt?«

»Noch einen Drink?« fragte der Barkeeper.

»Nein, aber nehmen Sie sich einen. Nur zu, gießen Sie sich einen ein.«

Der Barkeeper füllte sich widerstrebend ein Glas und sperrte die Flasche weg.

»Trotzdem, wie machen sie das?« fragte Taylor. Er hatte einen versöhnlichen Ton angeschlagen, um mit dem Barkeeper wieder Frieden zu schließen. »Bei einem solchen Wetter können sie doch nicht die Hand vor den Augen sehen.« Er zeigte das Lächeln des Kenners. »Du sitzt in der Führerkanzel und könntest deine Augen genausogut zumachen – soviel helfen sie dir. Ich hab's erlebt«, sagte Taylor, wobei er seine Hände locker vor sich hielt, als lägen sie um den Steuerknüppel. »Ich kenn' mich da aus. In der Kanzel ist man der erste, der's abbekommt, wenn mal wirklich was schiefgeht.« Er schüttelte den Kopf. »Die Jungs sind nicht zu beneiden«, erklärte er. »Ich gönn' ihnen jeden Pfennig, den sie verdienen. Besonders in einem derartigen Drachen: Diese Dinger sind ja mit Draht zusammengebunden. Mit Draht.«

Der Barkeeper nickte zerstreut, leerte sein Glas, wusch es aus, trocknete es ab und stellte es in das Regal unter der Theke. Er knöpfte seine weiße Jacke auf.

Taylor rührte sich nicht.

»Tja«, sagte der Barkeeper mit freudlosem Lächeln, »jetzt müssen wir nach Hause gehen.«

Taylor riß die Augen auf und warf den Kopf zurück. »Wieso wir? Was soll das heißen?« Jetzt hätte er es mit jedem aufgenommen: Lansen war gelandet.

»Ich muß schließen.«

»Nach Hause ist gut. Gießen Sie uns noch einen ein, kommen Sie. Sie können nach Hause, wenn Sie wollen. Aber ich lebe in

London.« Seine Stimme klang jetzt streitlustig, halb im Scherz, halb ärgerlich, mit steigender Lautstärke. »Und solange Ihre Gesellschaften nicht in der Lage sind, mich vor morgen früh nach London oder zu irgendeinem anderen verdammten Ort zu bringen, ist Ihr Vorschlag, dorthin zu gehen, ziemlich dumm. Oder nicht, alter Junge?« Er lächelte noch, aber es war das dünne, ärgerliche Lächeln eines nervösen Mannes, der im Begriff war, die Beherrschung zu verlieren. »Und wenn Sie sich das nächstemal einen Drink von mir bezahlen lassen, Freundchen, werde ich von Ihnen soviel Höflichkeit ...«

Die Tür öffnete sich, und Lansen kam herein.

So war es nicht geplant gewesen. Dies war alles andere als der Vorgang, den man ihm beschrieben hatte. Leclerc hatte ihm gesagt: Bleibe in der Bar an einem Ecktisch sitzen, bestell einen Drink, lege Hut und Mantel auf den anderen Stuhl, als würdest du auf jemanden warten. Lansen geht immer noch auf ein Bier, wenn er Feierabend hat. Er ist gern unter Leuten; so ist er eben. Die Bar wird sehr voll sein. Es ist zwar ein kleiner Ort, aber auf diesen Flugplätzen ist immer was los. Er wird sich nach einem Platz umsehen – ganz offen und unverhohlen –, dann wird er zu dir kommen und dich fragen, ob der Stuhl besetzt ist. Du antwortest, daß du einen Freund erwartest, der noch nicht erschienen sei. Lansen wird fragen, ob er Platz nehmen darf. Er wird ein Bier bestellen und dann fragen: »Freund – oder Freundin?« Du wirst darauf sagen, er solle nicht so indiskret sein. Ihr werdet beide lachen und ins Gespräch kommen. Frage ihn nach zwei Dingen: Höhe und Fluggeschwindigkeit. Die Jungs von der Auswertung müssen Höhe und Fluggeschwindigkeit wissen. Steck das Geld in die Außentasche deines Mantels. Er wird deinen Mantel aufheben, den seinen daneben legen und ganz ruhig, ohne das geringste Aufsehen zu erregen, hineinfassen, den Umschlag herausnehmen und den Film in eine Manteltasche gleiten lassen. Du trinkst dann aus, gibst ihm die Hand – die Geschichte ist erledigt. Am Morgen fliegst du nach Hause. So einfach hatte es Leclerc dargestellt.

Lansen schlenderte quer durch den leeren Raum auf sie zu – eine hochgewachsene, kräftige Gestalt in einem blauen Regenmantel und einer Kappe. Er sah Taylor kurz an und sagte an ihm vorbei zum Barkeeper: »Jens, gib mir ein Bier.« Zu Taylor gewandt, fragte er: »Was nehmen Sie?«

Taylor lächelte dünn. »Das hiesige Gesöff.«

»Gib ihm, was er haben will. Einen Doppelten.«

Der Barkeeper knöpfte seine Jacke wieder zu, schloß das Regal auf und goß einen doppelten Steinhäger ein. Lansen gab er ein Bier aus dem Kühlschrank.

»Kommen Sie von Leclerc?« erkundigte sich Lansen kurz. Jeder hätte es hören können.

»Ja.« Viel zu spät fügte er matt hinzu: »Leclerc und Company, London.«

Lansen nahm sein Bier und ging damit zum nächsten Tisch hinüber. Seine Hand zitterte. Sie setzten sich.

»Dann verraten Sie mir, welcher verdammte Narr mir diese Anweisungen gab«, sagte er wütend.

»Ich weiß nicht.« Taylor war bestürzt. »Ich weiß nicht einmal, welche Instruktionen Sie bekommen haben. Ich kann nichts dafür. Ich soll den Film abholen, das ist alles. Übrigens ist diese Art Aufträge gar nicht meine Arbeit. Ich bin im ›offenen‹ Dienst. Kurier.«

Lansen beugte sich vor, seine Hand lag auf Taylors Arm. Taylor merkte, wie sie zitterte. »Ich war auch im ›offenen‹ Dienst. Bis heute. In dieser Maschine waren Kinder. Fünfundzwanzig deutsche Schulkinder auf Winterferien. Eine ganze Ladung Kinder.«

»Ja.« Taylor zwang sich zu einem Lächeln. »Ja, das Empfangskomitee saß im Warteraum.«

Lansen platzte heraus: »Was haben wir gesucht? Das ist es, was ich nicht verstehe. Was ist an Rostock so aufregend?«

»Ich habe Ihnen schon gesagt, daß ich nichts damit zu tun habe.« Dennoch fügte er hinzu: »Leclerc sagte, daß es sich nicht um Rostock drehte, sondern um das Gebiet südlich davon.«

»Das südlich gelegene Dreieck: Kalkstadt, Langdorn, Wolken. Sie brauchen mir nicht zu sagen, welches Gebiet gemeint war.«

Taylor sah beunruhigt auf den Barkeeper.

»Ich glaube, wir sollten nicht so laut sprechen«, sagte er. »Der Bursche scheint mir verdächtig.« Er trank von seinem Steinhäger.

Lansen machte eine Handbewegung, als wische er etwas vor seinem Gesicht weg. »Es ist Schluß«, sagte er. »Ich will nicht mehr. Es ist Schluß. Es war in Ordnung, solange wir auf dem normalen Kurs blieben und dabei fotografierten, was immer es da gab. Aber, verdammt noch mal, das ist zuviel, verstehen Sie? Das ist verflucht zuviel, alles in allem.« Sein Akzent war schwer und klobig, als hätte er einen Sprachfehler.

»Haben Sie Aufnahmen machen können?« fragte Taylor. Er mußte den Film bekommen. Dann wollte er gehen.

Lansen zuckte mit den Schultern, griff in die Tasche seines Regenmantels und zog – zum Entsetzen Taylors – die Zinkkapsel eines 35-mm-Filmes heraus, die er ihm über den Tisch reichte.

»Wozu das Ganze?« fragte Lansen abermals. »Worauf hatten sie es bloß in diesem Gebiet abgesehen? Ich ging unter die Wolken, flog die ganze Gegend ab. Ich habe keine Atombomben gesehen.«

»Irgend etwas Wichtiges, was anderes hat man mir nicht gesagt. Irgendwas Großes. Es mußte gemacht werden, verstehen Sie das nicht? Man kann über ein solches Gebiet keine illegalen Flüge machen.« Es waren die Worte von jemand anderem, die Taylor einfach wiederholte. »Es mußte eine Fluggesellschaft sein, eine eingetragene Fluggesellschaft. Oder nichts. Es gab keine andere Möglichkeit.«

»Hören Sie: Ich wurde unter Bewachung genommen, sobald ich dort war – zwei MIGs. Möchte wissen, woher die kamen. Sobald ich sie sah, ging ich in die Wolken. Sie folgten mir. Ich ging auf Sprechfunk und fragte nach der Position. Als wir aus den Wolken wieder herauskamen, waren sie immer noch da. Ich dachte, sie würden mich zur Landung zwingen. Ich versuchte, die Kamera abzuwerfen, aber sie klemmte. Die Kinder klebten alle an den Fenstern und winkten den MIGs. Sie flogen eine Zeitlang neben mir her, dann drehten sie ab. Sie kamen nahe, ganz nahe. Es war verdammt gefährlich für die Kinder.« Er hatte sein Bier nicht angerührt. »Was, zum Teufel, wollten sie?« fragte er. »Warum haben sie mich nicht runtergeholt?«

»Ich habe Ihnen schon gesagt: Ich kann nichts dafür. Für so was bin ich nicht zuständig. Aber worauf auch immer man in

London aus war: Sie wissen, was sie tun.« Er schien sich selbst überzeugen zu wollen; er brauchte den Glauben an London. »Dort vergeudet man seine Zeit nicht. Oder Ihre, mein Freund. Die wissen schon, was sie wollen.« Er sah finster drein, um die Stärke seiner Überzeugung auszudrücken, aber Lansen hatte ihm vielleicht nicht zugehört.

»Man hält auch nichts von unnötigen Risiken«, sagte Taylor. »Sie haben gute Arbeit geleistet, Lansen. Wir müssen alle unser Scherflein beitragen. Risiken auf uns nehmen. Wir tun das alle. Ich habe es im Krieg getan, wissen Sie. Sie sind zu jung, um sich an den Krieg zu erinnern. Es ist die gleiche Arbeit: Wir kämpfen für dieselbe Sache.« Plötzlich fielen ihm die zwei Fragen ein. »Welche Höhe flogen Sie, als Sie die Aufnahmen machten?«

»Verschieden. Über Kalkstadt waren wir bis auf 2000 Meter herunter.«

»Kalkstadt interessierte sie am meisten«, sagte Taylor voll Anerkennung. »Das ist erstklassige Arbeit, Lansen, erstklassig. Mit welcher Geschwindigkeit?«

»Dreihundert... dreihundertsechzig. So ungefähr. Es gab nichts zu sehen, sage ich Ihnen, nichts.« Lansen zündete sich eine Zigarette an. »Jetzt ist Schluß damit«, wiederholte er. »Wie wichtig das Ziel auch immer sein mag.« Er stand auf. Taylor erhob sich gleichfalls. Er steckte die rechte Hand in die Außentasche seines Mantels. Plötzlich wurde seine Kehle trocken: das Geld – wo war das Geld?

»Sehen Sie in der anderen Tasche nach«, schlug Lansen vor.

Taylor reichte ihm den Umschlag. »Wird es deswegen Schwierigkeiten geben? Wegen der MIGs, meine ich?«

Lansen zuckte die Schultern. »Ich bezweifle es, es ist mir noch nie passiert. Dieses Mal werden sie mir schon glauben. Sie werden glauben, es sei das Wetter gewesen. Ich kam ungefähr auf halber Strecke vom Kurs ab. Es könnte auch die Schuld des Bodendienstes gewesen sein. Beim Übergang von einer Leitstelle zur anderen.«

»Was ist mit dem Navigator? Was ist mit der übrigen Besatzung? Was denken die?«

»Das ist meine Sache«, sagte Lansen mürrisch. »Sie können in London bestellen, daß es das letzte Mal war.«

Taylor sah ihn beunruhigt an. »Sie sind nur durcheinander«, sagte er. »Nach dieser Nervenanspannung.«

»Hol Sie der Teufel«, sagte Lansen leise, »hol Sie der Teufel, verdammt noch mal.« Er drehte sich um, legte eine Münze auf die Theke und ging aus der Bar, wobei er den langen gelben Briefumschlag mit dem Geld achtlos in die Tasche seines Regenmantels stopfte.

Taylor folgte ihm kurz darauf. Der Barkeeper sah ihm zu, wie er durch die Tür ging und die Treppe hinunter verschwand. Ein äußerst widerlicher Mann, dachte er. Aber Engländer hatte er noch nie leiden können.

Taylor wollte zuerst kein Taxi zum Hotel nehmen. Er könnte den Weg in zehn Minuten zurücklegen und etwas vom Spesengeld sparen. Die Bodenhosteß nickte ihm zu, als er auf seinem Weg zum Haupteingang an ihr vorbeiging. In der Empfangshalle war alles aus Teakholz, vom Boden strömte warme Luft herauf. Taylor trat ins Freie. Die Kälte schnitt wie ein Schwert durch seine Kleider; und ihre lähmende Wirkung breitete sich wie vordringendes Gift schnell über sein unbedecktes Gesicht aus, tastete sich zu seinem Nacken und zu den Schultern. Er änderte seinen Plan und sah sich hastig nach einem Taxi um. Er war betrunken. Plötzlich kam es ihm zu Bewußtsein: Die frische Luft hatte ihn betrunken gemacht. Der Taxistandplatz war leer. Ein alter Citroën parkte fünfzig Meter weiter auf der Straße; der Motor lief. Er hat die Heizung an, der glückliche Kerl, dachte Taylor und eilte durch die Flügeltür zurück.

»Ich möchte ein Taxi«, sagte er zu dem Mädchen. »Wissen Sie, wo ich eines bekommen kann?« Er hoffte inbrünstig, daß er nüchtern aussah. Verrückt, soviel zu trinken. Er hätte diesen Drink von Lansen nicht annehmen sollen.

Sie schüttelte den Kopf. »Sie haben die Kinder weggebracht«, sagte sie. »Sechs in jedem Wagen. Das war heute die letzte Maschine. Im Winter haben wir hier nicht viele Taxis.« Sie lächelte. »Es ist ein sehr kleiner Flughafen.«

»Was ist das dort oben auf der Straße, dieser alte Wagen? Kein Taxi, oder?« Seine Stimme war undeutlich.

Sie ging zur Tür und sah hinaus. Ihr Gang war behutsam schwingend, ungekünstelt und herausfordernd.

»Ich sehe keinen Wagen«, sagte sie.

Taylor sah an ihr vorbei. »Es stand ein alter Citroën dort. Beleuchtet. Muß weggefahren sein. Es wäre ja möglich gewesen.« Mein Gott, er war an ihm vorbeigefahren, ohne daß er es auch nur gehört hätte.

»Die Taxis sind alle Volvos«, bemerkte das Mädchen. »Vielleicht wird eines zurückkommen, nachdem es die Kinder abgesetzt hat. Warum gehen Sie nicht auf einen Drink?«

»Die Bar ist zu«, antwortete Taylor bissig. »Der Barmann ist fort.«

»Wohnen Sie im Flughafen-Hotel?«

»Im ›Regina‹, ja. Ich bin in Eile, müssen Sie wissen.« Es fiel ihm jetzt leichter. »Ich erwarte einen Anruf aus London.«

Sie betrachtete unschlüssig seinen Wettermantel aus grobem Gewebe.

»Sie könnten zu Fuß gehen«, schlug sie vor. »Zehn Minuten, immer die Straße hinunter. Das Gepäck kann Ihnen später nachgebracht werden.«

Taylor sah mit der gewohnten weit ausholenden Handbewegung auf seine Uhr.

»Gepäck ist schon dort. Kam heute morgen an.«

Er hatte das zerknitterte, besorgte Gesicht eines Clowns, lächerlich und doch unendlich traurig; ein Gesicht, in dem die Augen blasser waren als ihre Umgebung. Von den Nasenflügeln führten tiefe Falten zum Mund hinunter. Vielleicht hatte sich Taylor deswegen einen unansehnlichen Schnurrbart wachsen lassen, der sein Gesicht wie die Kritzelei auf einer Fotografie vollends verunstaltete, ohne seine Unzulänglichkeit zu überdecken. Das Ergebnis war, daß Taylors Erscheinung Mißtrauen einflößte, nicht etwa, weil er ein Halunke gewesen wäre, sondern allein deshalb, weil ihm jegliches Talent zur Verstellung fehlte. Außerdem hatte er sich gewisse, einem längst vergessenen Original abgeschaute Gesten zugelegt, wie zum Beispiel die verwirrende Gewohnheit, plötzlich den Rücken nach Soldatenart zu straffen, als habe er sich in einer unziemlichen Haltung überrascht. Dazu gehörte es auch, wenn er durch Bewegungen der Knie und Ellbogen vage andeutete, daß er den Umgang mit Pferden gewohnt war. Dennoch hatte sein Auftreten eine gewisse schmerzliche Würde, als kämpfe sein kleiner Körper gegen einen grausamen Sturm.

»Wenn Sie schnell gehen«, sagte sie, »sind es nicht einmal zehn Minuten.«

Taylor haßte es zu warten. Er glaubte, daß Leute, die warten, kein Rückgrat besäßen. Er empfand es als Schande, beim Warten gesehen zu werden. Er schürzte die Lippen, schüttelte den Kopf und schritt mit einem verdrießlichen »Gute Nacht, meine Dame« geradewegs in die eisige Kälte hinaus.

Taylor hatte noch nie einen Himmel wie diesen gesehen. Er wölbte sich ohne Begrenzung zu den schneebedeckten Feldern herunter, und seine Unerbittlichkeit wurde nur hie und da von einzelnen Nebelschleiern unterbrochen, die einen Hof um den weißen Mond legten und das Licht der Sterne vereisten. Taylor empfand die gleiche Angst, die einen Binnenländer beim Anblick der See befällt. Er beschleunigte seinen unsicheren, schwankenden Schritt.

Er war ungefähr fünf Minuten gegangen, als das Auto ihn einholte. Es gab keinen Fußweg neben der Fahrbahn. Zuerst bemerkte er nur die Scheinwerfer, weil der Schnee das Geräusch des Motors verschluckte, und er begriff nur, daß die Gegend vor ihm beleuchtet war, ohne zu wissen, woher das Licht kam. Der matte Schein wanderte gemächlich über die Schneelandschaft, und eine Zeitlang glaubte Taylor, es sei der Scheinwerfer vom Flughafen. Dann sah er, daß sich sein eigener Schatten auf der Straße verkürzte; das Licht wurde plötzlich heller, und er begriff, daß es ein Auto sein mußte. Er ging auf der rechten Seite und schritt rasch am vereisten Straßenrand entlang. Er stellte fest, daß das Licht ungewöhnlich gelb war, und vermutete, daß es französische Scheinwerfer waren. Diese kleine Schlußfolgerung erfüllte ihn mit großer Genugtuung: Sein Verstand war trotz allem noch ziemlich klar.

Er blickte nicht über die Schulter, weil er auf seine Art schüchtern war und nicht den Eindruck erwecken wollte, er wünsche mitgenommen zu werden. Aber ihm fiel ein, vielleicht ein bißchen spät, daß man auf dem Kontinent rechts fuhr und er genaugenommen auf der falschen Straßenseite ging, und daß er etwas dagegen tun müßte.

Das Auto erfaßte ihn von hinten; es brach ihm das Rückgrat. Einen fürchterlichen Augenblick lang verkörperte Taylor den klassischen Ausdruck des Schmerzes: Kopf und Schultern gewaltsam nach hinten geworfen, die Finger gespreizt. Er schrie nicht. Es hatte den Anschein, als konzentrierten sich Körper und Seele auf diese letzte Darstellung des Schmerzes, die im Tode ausdrucksvoller war als irgendein Laut, den er im Leben je von sich gegeben hatte.

Das Auto schleifte ihn einige Meter weit mit und warf ihn dann zur Seite, tot auf die leere Straße: ein steifer, zerstörter Körper am Rande der Einöde. Dann erfaßte ein plötzlicher Windstoß den neben ihm liegenden Hut und trug ihn über den Schnee. Die Fetzen seines Wettermantels flatterten im Wind und haschten vergeblich nach der Zinkkapsel, während sie langsam zum gefrorenen Straßenrand rollte, um dann müde über die Kante des Abhanges zu verschwinden.

ZWEITER TEIL

Averys Einsatz

»Es gibt Dinge,
die von einem weißen Mann
zu verlangen
niemand das Recht hat.«

JOHN BUCHAN,
Mr. Standfast

2

Vorspiel

Es war drei Uhr morgens.

Avery legte den Hörer auf, weckte Sarah und sagte: »Taylor ist tot.« Er hätte es ihr natürlich nicht sagen dürfen.

»Wer ist Taylor?«

Ein langweiliger Kerl, dachte er; er erinnerte sich seiner nur undeutlich. Ein jämmerlicher, langweiliger Engländer.

»Ein Mann vom Kurierdienst«, sagte er. »Er war schon im Krieg dabei. Ein ziemlich tüchtiger Mann.«

»Das sagst du bei jedem. Alle sind sie tüchtig. Also, wie ist er gestorben? Wie kam er ums Leben?« Sie setzte sich im Bett auf.

»Leclerc wartet noch auf näheren Bescheid.« Avery wünschte, sie würde ihm nicht beim Anziehen zusehen.

»Und er will, daß du ihm beim Warten hilfst?«

»Er will, daß ich ins Büro komme. Er möchte mich um sich haben. Du erwartest doch nicht von mir, daß ich mich umdrehe und weiterschlafe, oder?«

»Ich habe nur gefragt«, sagte Sarah. »Du bist Leclerc gegenüber immer so rücksichtsvoll.«

»Taylor gehörte zum alten Stab. Leclerc ist sehr beunruhigt.« Er konnte noch immer den Triumph in Leclercs Stimme hören: »Kommen Sie sofort her, nehmen Sie sich ein Taxi; wir gehen die Akte noch mal durch.«

»Kommt das denn oft vor? Sterben oft Leute?« Ihre Stimme klang entrüstet, als erfahre sie nie irgend etwas, als sei sie die einzige, der Taylors Tod naheging.

»Du darfst das niemandem erzählen«, sagte Avery. Damit hielt er sie in ihren Schranken. »Du darfst nicht einmal erwähnen, daß ich mitten in der Nacht wegmußte. Taylor reiste unter falschem Namen.« Er fügte hinzu: »Irgend jemand wird seine Frau verständigen müssen.« Er suchte seine Brille.

Sarah stand auf und zog einen Schlafrock an. »Um Himmels willen, hör auf! Die Sekretärinnen wissen davon, warum sollen es die Frauen nicht wissen dürfen? Oder verständigt man sie nur, wenn ihre Männer sterben?« Sie ging zur Tür.

Sie war mittelgroß und trug ihr Haar lang, eine Frisur, die nicht zu ihrem Gesicht paßte. Spannung lag in ihrer Miene, Angst, beginnende Unzufriedenheit, als werde das Morgen noch schlechter sein als das Heute. Sie hatten einander in Oxford kennengelernt: Ihr akademischer Grad war höher als der seine. Aber irgendwie hatte sie sich in der Ehe wieder zurückentwickelt. Wie bei einem Kind war ihre Abhängigkeit zu etwas Natürlichem geworden: als habe sie Avery etwas Unwiederbringliches gegeben und verlange es ständig zurück. Ihr Sohn war weniger ihr Geschöpf als vielmehr ihre Rechtfertigung, und sie benutzte ihn als Schutzwall gegen die Welt statt als Zugang zu ihr.

»Was machst du?« fragte Avery. Manchmal tat sie Dinge aus bloßem Trotz, wie zum Beispiel neulich, als sie eine Konzertkarte zerriß. Sie sagte: »Wir haben ein Kind, hast du das vergessen?« Er hörte, daß Anthony weinte. Sie mußten ihn geweckt haben.

»Ich rufe dich vom Büro aus an.«

Er ging zur Eingangstür. Als sie zum Kinderzimmer kam, drehte sie sich um, und Avery wußte, daß sie nun dachte, er habe ihr keinen Kuß gegeben.

»Du hättest beim Verlag bleiben sollen«, sagte sie.

»Das hat dir genausowenig gepaßt.«

»Warum schickt man dir keinen Wagen?« fragte sie. »Du hast gesagt, ihr habt eine Unmenge Wagen.«

»Er wartet an der Ecke.«

»Warum, um Himmels willen?«

»Es ist sicherer.«

»Sicherer wovor?«

»Hast du Geld?« fragte er. »Ich glaube, ich bin blank.«

»Wozu?«

»Einfach Geld, nur so! Ich kann nicht ohne einen Penny in der Tasche herumlaufen.«

Sie gab ihm zehn Shilling aus ihrer Handtasche. Er schloß schnell die Tür hinter sich und ging die Treppe hinunter, auf den Prince of Wales Drive hinaus.

Er ging an den Fenstern der Parterrewohnung vorbei und wußte, ohne hinzusehen, daß Mrs. Yates ihn hinter dem Vorhang beobachtete, wie sie, mit der Katze im Arm, Tag und Nacht jeden beobachtete.

Es war bitterkalt. Der Wind schien vom Fluß über den Park herüberzuwehen. Er blickte die Straße hinauf und hinunter, sie war leer. Er hätte den Taxistandplatz in Clapham anrufen sollen, aber er hatte es eilig gehabt, aus der Wohnung wegzukommen. Außerdem hatte er Sarah erzählt, es käme ein Wagen. Er schritt etwa hundert Meter in Richtung des E-Werkes, änderte dann seine Absicht und ging wieder zurück. Er war müde. Seltsamerweise kam es ihm so vor, als höre er sogar auf der Straße noch das Telefon läuten. Am sichersten war es noch, zur Albert Bridge zu gehen. Dort konnte man manchmal zu den ausgefallensten Zeiten ein Taxi finden. Also ging er wieder am Eingang zu seinem Haus vorbei, sah zum Kinderzimmer hinauf, und da stand Sarah und schaute herunter. Sie mußte sich gefragt haben, wo denn der Wagen blieb. Sie hielt Anthony im Arm, und er wußte, daß sie weinte, weil er sie nicht geküßt hatte. Es dauerte eine halbe Stunde, ehe er ein Taxi zur Blackfriars Road fand.

Avery beobachtete die vorbeifliegenden Straßenlampen. Er war noch recht jung und gehörte zu jener, erst in unserer Zeit entstandenen Gesellschaftsschicht von Engländern, die ein Baccalaureat der Philosophischen Fakultät erworben haben und diese Tatsache nun mit ihrer Herkunft aus kleinen Verhältnissen in Einklang bringen müssen. Er war groß und wirkte mit seinen hinter einer Brille verborgenen trägen Augen wie ein Bücherwurm. Dazu hatte er eine freundliche, zurückhaltende Art, die ihn bei der älteren Generation beliebt machte. Die Bewegung des Taxis war ihm so angenehm, wie einem Kind das Schaukeln.

Der Wagen fuhr über den St. George's Circus und an der Augenklinik vorbei in die Blackfriars Road. Ehe sich Avery es versah, waren sie vor dem Haus, aber er bat den Fahrer, ihn erst an der nächsten Ecke abzusetzen, denn Leclerc hatte ihn ermahnt, vorsichtig zu sein.

»Hier irgendwo«, rief er nach vorne. »Ist schon recht.«

Die Organisation war in einer verbauten, altersgrauen, düsteren Villa untergebracht. Es war eines jener Häuser, die einen Feuerlöscher auf dem Balkon haben und so aussehen, als warteten sie schon seit einer Ewigkeit auf einen Käufer. Avery hatte sich oft gefragt, warum das Ministerium eine Mauer um das Grundstück errichtet hatte. Vielleicht sollte es wie ein Friedhof vor den neugierigen Blicken der Leute geschützt werden – oder die Leute vor den Blicken der hier ruhenden Toten. Sicherlich war es nicht zum Schutz des Gartens, denn in ihm gab es nichts als eine Grasfläche, die so räudig war wie das Fell eines alten Straßenköters. Die dunkelgrün gestrichene Vordertür wurde nie geöffnet. Tagsüber passierten gelegentlich in der gleichen Farbe lackierte unauffällige Lieferwagen die Einfahrt, aber was immer sie hier zu tun hatten, es wurde im Hinterhof erledigt. Soweit die Nachbarn überhaupt davon sprachen, nannten sie es das Ministerialgebäude, und das war eine ungenaue Bezeichnung, denn die Organisation war eigenständig und nur dem Ministerium unterstellt. Es war unverkennbar vom langsamen Verfall gezeichnet, wie jedes Haus auf der ganzen Welt, in dem sich eine staatliche Dienststelle eingemietet hat. Für die Menschen, die in diesem Haus arbeiteten, war sein Geheimnis wie das Mysterium der Mutterschaft, und sie empfanden die Tatsache, daß es weiter stehenblieb, wie das Mysterium Englands. Es gab ihnen Geborgenheit und Schutz, vermittelte ihnen das Gefühl von Sicherheit und die süße, aber unzeitgemäße Illusion, daß es sie erhalte. Avery würde sich immer daran erinnern, wie der Nebel zufrieden um die Stuckfassade strich oder wie die Sonne während des Sommers für kurze Zeit durch die Netzvorhänge in sein Zimmer lugte, ohne daß sie Wärme verbreitete oder Geheimnisse enthüllte. Und er würde sich immer an das Bild dieses Hauses erinnern, wie es jetzt mit schwarzer Fassade in der Dämmerung eines Wintertages dastand, während sich das Licht der Straßenlampen in den Regentropfen auf den schmutzigen Scheiben brach. Aber an welches Bild er sich auch erinnern würde – es wäre nie das Bild seines Arbeitsplatzes, sondern immer das eines Ortes, an dem er gelebt hatte.

Er folgte dem Fußweg zur Rückseite des Gebäudes, wo er läutete und darauf wartete, daß Pine ihm öffnete. Das Fenster in Leclercs Zimmer war erleuchtet.

Er zeigte Pine seinen Ausweis. Möglicherweise erinnerte das beide an den Krieg: für Avery ein nachempfundenes Vergnügen, während sich Pine auf eigene Erfahrungen stützen konnte.

»Schöner Mond, Sir«, sagte Pine.

»Ja.« Avery trat ins Haus. Pine folgte und schloß hinter ihm ab.

»Früher hätten die Jungs einen solchen Mond verflucht.«

»Das stimmt«, lachte Avery.

»Haben Sie von dem Spiel in Melbourne gehört? Bradley war wieder mal große Klasse.«

»Du meine Güte«, sagte Avery freundlich. Er konnte Cricket nicht ausstehen.

An der Eingangshalle schimmerte eine blaue Lampe wie das Nachtlicht in einem Krankenhaus.

Avery stieg die Treppe hinauf. Ihm war kalt, und er fühlte sich unbehaglich. Irgendwo läutete eine Glocke. Merkwürdig, daß Sarah das Telefon nicht gehört hatte.

Leclerc wartete schon auf ihn. Er sagte: »Wir brauchen einen Mann.« Es klang, als stehe er unter Hypnose, wie ein Schlafwandler. Eine Lampe warf ihr Licht auf die vor ihm liegende Akte.

Er war schlank, glatt, klein und sehr geschmeidig; eine Katze von Mann, gut rasiert, gepflegt und penibel. Er trug nur steife Kragen mit runden Ecken und einfarbige Krawatten. Seine Augen waren dunkel und flink; beim Sprechen lächelte er, aber sein Lächeln hatte nichts Fröhliches. Seine Sakkos waren an den Seiten geschlitzt, und sein Taschentuch steckte im Ärmel. An Freitagen trug er Wildlederschuhe; man nahm an, daß er übers Wochenende aufs Land hinausfuhr. Niemand schien zu wissen, wo er wohnte.

Der Raum lag im Halbdunkel.

»Wir können keinen weiteren Überflug mehr riskieren. Das war der letzte; sie haben mich im Ministerium darauf aufmerksam gemacht. Wir werden einen Mann hineinschicken müssen. Ich habe die alten Karteien durchgesehen, John. Darunter ist ein gewisser Leiser, ein Pole. Er wäre der richtige.«

»Was ist Taylor zugestoßen? Wer hat ihn getötet?«

Avery ging zur Tür und schaltete die Deckenbeleuchtung ein. Sie sahen einander verlegen an. »Pardon. Ich bin noch nicht ganz wach«, sagte Avery. Dann fanden sie den Faden wieder und kamen zum Thema zurück.

Leclerc sagte geradeheraus: »Sie haben lange gebraucht, John. Hat es zu Hause irgendwas gegeben?« Autorität war ihm nicht angeboren.

»Ich konnte kein Taxi bekommen. Ich habe den Standplatz in Clapham angerufen, aber dort hat niemand abgehoben. Auch an der Albert Bridge war nichts.« Er haßte es, Leclerc zu enttäuschen.

»Sie können es verrechnen«, sagte Leclerc reserviert. »Auch die Telefongespräche. Alles in Ordnung mit Ihrer Frau?«

»Ich sagte doch, daß niemand geantwortet hat. – Es geht ihr gut.«

»Hat sie nichts dagegen gehabt?«

»Natürlich nicht.«

Sie sprachen nie über Sarah. Es war, als stünden sie beide in der gleichen Beziehung zu Averys Frau, wie Kinder, die sich ein Spielzeug zu teilen vermögen, für das sie nichts mehr übrig haben. »Sie hat ja Ihren Sohn, der ihr Gesellschaft leistet«, sagte Leclerc.

»Ja, sicher.«

Leclerc war stolz darauf zu wissen, daß es ein Sohn und nicht eine Tochter war.

Er nahm eine Zigarette aus der Silberdose auf seinem Schreibtisch. Er hatte Avery einmal erzählt, daß sie ein Erinnerungsgeschenk aus dem Kriege war. Der Mann, der sie ihm geschenkt hatte, war tot und der Anlaß für das Geschenk vorüber. Der Deckel trug keine Inschrift. Er wisse heute noch nicht genau, auf welcher Seite der Mann eigentlich gestanden habe – eine

Bemerkung, über die Avery bereitwillig lachte, um ihn glücklich zu machen.

Leclerc nahm die Akte von seinem Schreibtisch und hielt sie direkt unter das Licht, als gäbe es etwas, das er sehr eingehend betrachten müsse.

»John!«

Avery ging zu ihm hin; er bemühte sich, Leclercs Schulter nicht zu berühren.

»Was sagt Ihnen ein Gesicht wie dieses?«

»Ich weiß nicht. Auf Grund von Fotos kann man nur schwer etwas sagen.«

Es war der runde, ausdruckslose Kopf eines blonden Jungen mit langem zurückgekämmtem Haar.

»Das ist Leiser. *Aussehen* tut er ordentlich, nicht wahr? Das Foto ist natürlich zwanzig Jahre alt«, sagte Leclerc. »Wir haben ihn sehr hoch eingestuft.« Widerstrebend legte er es nieder, ließ sein Feuerzeug schnippen und hielt die Flamme an seine Zigarette. »Auf jeden Fall scheinen wir da auf etwas gestoßen zu sein«, sagte er munter. »Ich habe keine Ahnung, was Taylor eigentlich passiert ist. Wir haben nur den Routinebericht vom Konsulat bekommen, das ist alles. Es sieht aus wie ein Autounfall. Ein paar Einzelheiten, die wenig besagen. Eben der Wisch, wie man ihn normalerweise den Angehörigen schickt. Das Auswärtige Amt schickte uns das Fernschreiben so, wie es ihnen durchgegeben wurde. Man wußte, daß es einer unserer Pässe war.« Er schob ein Blatt dünnen Papiers über den Schreibtisch. Er liebte es sehr, hinter dem Schreibtisch zu sitzen und darauf zu warten, daß seine Gesprächspartner ein Schriftstück zu Ende lasen, das er ihnen zugeschoben hatte. Avery warf einen Blick darauf.

»Malherbe? War das Taylors Deckname?«

»Ja. Ich muß aus dem Autopark des Ministeriums einige Wagen bekommen«, sagte Leclerc. »Direkt lächerlich, keine eigenen Autos zu haben. Das Rondell hat eine ganze Flotte.« Und dann fügte er hinzu: »Vielleicht wird mir jetzt das Ministerium glauben. Vielleicht nehmen sie doch endlich zur Kenntnis, daß wir noch immer eine im Einsatz stehende Organisation sind.«

»Hat Taylor den Film an sich genommen?« fragte Avery. »Wissen wir, ob er ihn bekommen hat?«

»Ich habe kein Inventar seines Besitzes. Im Augenblick sind alle seine Effekten von der finnischen Polizei beschlagnahmt. Vielleicht ist der Film darunter. Es ist ein kleiner Ort, und ich stelle mir vor, daß sie die gesetzlichen Vorschriften lieber genau beachten.« Und beiläufig, so daß Avery wußte, wie wichtig es war: »Das Auswärtige Amt befürchtet Schwierigkeiten.«

»Ach Gott«, sagte Avery automatisch. Es war in der Organisation üblich, derartige Reaktionen zu zeigen; man trat altmodisch und möglichst kühl auf.

Leclerc sah ihn an. Jetzt zeigte er Interesse: »Vor einer halben Stunde hat der diensthabende Beamte des Auswärtigen Amtes mit dem Vertreter des Ministers gesprochen. Sie lehnen es ab, sich einzumischen. Sie sagen, wir seien ein Geheimdienst und müßten es auf unsere Art erledigen. Am liebsten hätten sie es, wenn irgend jemand von uns als nächster Angehöriger hinführe, um die Leiche und die persönlichen Habseligkeiten abzuholen. Ich möchte, daß Sie fahren.«

Plötzlich bemerkte Avery an den Zimmerwänden die Bilder der Jungen, die im Krieg gekämpft hatten. Jeweils sechs hingen rechts und links neben dem ziemlich staubigen Modell eines schwarzlackierten Wellington-Bombers, der keine Kennzeichen trug. Die meisten Aufnahmen waren im Freien gemacht worden. Avery erkannte die Hangars im Hintergrund und die von den lächelnden jungen Gesichtern halbverdeckten Rümpfe der abgestellten Flugzeuge.

Unter jedem Foto standen inzwischen vergilbte Unterschriften. Einige waren schwungvoll und zügig, während andere – wohl die der ranghöheren Offiziere – kunstvoll verschnörkelt wirkten, als seien die Schreiber über Nacht plötzlich berühmt geworden. Es standen keine Nachnamen da, sondern Spitznamen aus Kinderzeitschriften: Jacko, Shorty, Pip und Lucky Joe. Gemeinsam war allen nur die Schwimmweste, das lange Haar und das sonnige, jungenhafte Grinsen. Sie schienen am Fotografiertwerden Spaß gehabt zu haben, als sei ihr Zusammensein ein womöglich nie mehr wiederkehrender Anlaß zum Lachen und Fröhlichsein. Die Personen im Vordergrund hatten sich mit der Lässigkeit von Männern, die das Kauern in Geschützkanzeln gewohnt sind, niedergehockt, während die hinter ihnen Stehenden zwanglos die Arme um die Schultern des Nebenmannes gelegt hatten – eine spontane Geste, deren Überzeugungskraft den Krieg oder das Fotografiertwerden anscheinend nicht überleben kann.

Ein Gesicht wiederholte sich auf jedem Bild. Es war stets im Hintergrund – das Gesicht eines schlanken Mannes mit strahlenden Augen, der einen Dufflecoat und Kordhosen trug. Er war im Gegensatz zu den anderen ohne Schwimmweste und stand etwas abseits, als gehöre er irgendwie nicht dazu. Er war kleiner als die anderen und älter. Seine Gesichtszüge waren ausgeprägt: Sie drückten eine Entschlossenheit aus, die den anderen fehlte. Er hätte ihr Lehrer sein können. Avery hatte einmal seine Unterschrift gesucht, um festzustellen, ob sie sich in den neunzehn Jahren verändert habe, aber Leclerc hatte nicht unterschrieben. Er sah seiner Fotografie noch immer ähnlich: das Kinn vielleicht eine Spur härter, das Haar etwas gelichtet.

»Aber das wäre doch ein Einsatz«, sagte Avery unsicher.

»Natürlich. Wir sind ja eine im Einsatz stehende Organisation.« Ein leichtes Kopfnicken. »Sie haben Anspruch auf Einsatzzulage. Alles, was Sie zu tun haben, ist, Taylors Zeug zu holen. Sie haben alles bis auf den Film zurückzubringen. Den Film geben Sie in Helsinki bei einer bestimmten Adresse ab. Darüber werden Sie getrennte Instruktionen erhalten. Dann kommen Sie zurück und können mir bei Leiser helfen ...«

»Könnte das nicht vom Rondell übernommen werden? Ich meine, könnten die das nicht einfacher erledigen?«

Dieses Lächeln kam langsam. »Ich fürchte, dieser Vorschlag wäre wohl nicht ganz passend. Das ist unsere Angelegenheit, John: Das ganze Unternehmen fällt allein in unsere Kompetenz. Es handelt sich um ein militärisches Ziel. Wir würden uns vor unserer Verantwortung drücken, wenn wir das dem Rondell überließen. Deren Gebiet ist die Politik. Dort erledigt man rein politische Aufgaben.« Er strich sich mit seiner kleinen Hand in einer knappen, selbstbewußten Geste über das Haar. »Es ist also unser Problem. In dieser Beziehung ist das Ministerium ganz meiner Auffassung« – eine seiner bevorzugten Wendungen. »Ich kann jemand anderen schicken, wenn Ihnen das lieber ist. Woodford oder einen unserer älteren Mitarbeiter. Ich dachte aber, Sie würden es gerne machen. Es ist eine wichtige Aufgabe. Sie könnten damit einmal ganz etwas Neues anpacken.«

»Ja, sicherlich. Ich würde gerne fahren, wenn Sie mir so viel Vertrauen schenken.«

Leclerc genoß diese Situation. Nun drückte er Avery ein Blatt blauen Konzeptpapiers in die Hand. Es war mit Leclercs kindlichen runden Schriftzügen bedeckt.

Auf den Kopf des Blattes hatte er »Ephemer« geschrieben und das Wort unterstrichen. Am linken Rand standen seine Initialen – alle vier – und darunter die Bezeichnung »Nicht geheim«. Wieder begann Avery zu lesen.

»Beim sorgfältigen Lesen werden Sie merken«, sagte Leclerc, »daß wir nicht direkt behaupten, Sie seien wirklich einer der nächsten Angehörigen. Wir zitieren nur die Angaben aus Taylors Paßantrag. Weiter wollen die Leute vom Auswärtigen Amt nicht gehen. Sie haben sich bereit erklärt, dies via Helsinki ans dortige Konsulat zu schicken.«

Avery las: »Auf Anforderung der Konsularabteilung. Ihr Fernschreiben in Sachen Malherbe. John Somerton Avery, Inhaber des britischen Passes Nr. ..., Halbbruder des Verstorbenen, wird in Malherbes Paßantrag als nächster Angehöriger angegeben. In Kenntnis gesetzt, schlägt Avery heute Flugreise zur Übernahme von Leiche und persönlichem Besitz vor. NAS-Flug 201 über Hamburg, Ankunft mit ETA um 18.20 Uhr Ortszeit. Bitte leisten Sie übliche Unterstützung und Hilfe.«

Leclerc sagte: »Ich wußte Ihre Paßnummer nicht. – Die Maschine geht heute nachmittag um drei. Es ist ein sehr kleiner Ort. Ich könnte mir denken, daß der Konsul Sie am Flughafen abholen wird. Aus Hamburg kommt jeden zweiten Tag eine Maschine an. Wenn Sie nicht nach Helsinki müssen, könnten Sie mit derselben Maschine zurückfliegen.«

»Könnte ich nicht sein Bruder sein?« fragte Avery lahm. »Halbbruder sieht ein bißchen faul aus.«

»Wir haben keine Zeit, einen neuen Paß aufzutakeln. Im A. A. sind sie mit Pässen ungeheuer geizig. Schon wegen Taylor gab's eine Menge Schwierigkeiten.« Er hatte sich schon wieder seinen Akten zugewandt. »Wirklich eine Menge Schwierigkeiten. Wir müßten Sie ja auch Malherbe nennen, nicht wahr? Ich glaube nicht, daß man das dort gerne sehen würde.« Er sprach unaufmerksam, fast automatisch.

Es war sehr kalt im Raum.

»Und was ist mit unserem skandinavischen Freund?« fragte Avery. Leclerc sah ihn verständnislos an. »Lansen. Sollte nicht jemand Verbindung mit ihm aufnehmen?«

»Ich kümmere mich schon darum.« Leclerc, der Fragen haßte, antwortete vorsichtig, als habe er Angst, irgendwo einmal zitiert zu werden.

»Und Taylors Frau?« Es schien ihm zu pedantisch, sie Witwe zu nennen. »Kümmern Sie sich um sie?«

»Ich hatte vor, daß wir morgen als erstes bei ihr vorbeischauen. Sie hat kein Telefon, und ein Telegramm wäre so geheimniskrämerisch.«

»Wir?« fragte Avery. »Müssen wir denn beide gehen?«

»Sie sind mein Assistent, nicht wahr?« sagte Leclerc.

Diese Stille! Avery sehnte sich nach dem Geräusch des Straßenverkehrs und dem Schrillen der Telefone. Tagsüber war man immer von Leuten umgeben. Boten kamen und gingen, und die Aktenwagen klapperten über den Gang. Immer wenn er mit Leclerc allein war, hatte er das Gefühl, es fehle eine dritte Person. Niemand anderer brachte ihm sein eigenes Auftreten so zum Bewußtsein, niemand anderer strahlte eine derart lähmende Wirkung auf das Gespräch aus. Er wünschte, Leclerc würde ihm noch etwas zu lesen geben.

»Haben Sie schon irgendwas über Taylors Frau gehört?« fragte Leclerc. »Ist sie eine vertrauenswürdige Person?«

Als er sah, daß Avery ihn nicht verstand, fuhr er fort: »Sie könnte uns die größten Schwierigkeiten machen. Wenn sie wollte. Wir müssen sehr vorsichtig vorgehen.«

»Was werden Sie ihr sagen?«

»Wir müssen ganz nach dem Gefühl gehen. Wie wir es im Krieg gemacht haben. Sie wird nichts wissen, verstehen Sie? Sie wird nicht einmal wissen, daß er im Ausland war.«

»Er könnte es ihr doch erzählt haben.«

»Nicht Taylor. Er war ein alter Hase. Er hatte seine Instruktionen und kannte die Spielregeln. Sie muß eine Pension bekommen. Das ist die Hauptsache. Er ist im aktiven Einsatz gefallen.«

Er machte wieder eine knappe, abschließende Handbewegung.

»Und unser Stab? Was werden Sie hier im Hause sagen?«

»Ich werde heute vormittag die Abteilungsleiter zu einer Besprechung zusammenrufen. Was die anderen anbelangt: Denen werden wir sagen, es sei ein Unfall gewesen.«

»Vielleicht war's das wirklich«, gab Avery zu bedenken.

Leclerc lächelte wieder: ein starres, schmerzliches Lächeln.

»In welchem Fall wir die Wahrheit gesagt und bessere Chancen hätten, den Film zurückzubekommen.«

Noch immer war auf der Straße draußen kein Verkehr. Avery merkte, daß er hungrig war. Leclerc schaute auf die Uhr.

»Sie haben sich gerade Gortons Bericht angesehen«, sagte Avery.

Während Leclerc nachdenklich einen der Ordner berührte, als habe er sein Lieblingsalbum entdeckt, schüttelte er den Kopf. »Es ist nichts dran. Ich hab' es wieder und wieder durchgelesen und die Fotos zu jeder nur denkbaren Größe entwickeln lassen. Haldanes Leute haben Tag und Nacht darüber gesessen. Wir kommen einfach keinen Schritt weiter.«

Sarah hatte recht gehabt: Er war nur hier, ihm warten zu helfen.

Dann schien plötzlich der Zweck ihrer Besprechung sichtbar zu werden, als Leclerc sagte: »Ich habe es arrangiert, daß Sie heute vormittag nach unserer Konferenz ein kurzes Gespräch mit George Smiley im Rondell haben können. – Sie haben schon von ihm gehört?«

»Nein«, log Avery. Bei diesem Thema mußte man vorsichtig sein.

»Er war einmal einer ihrer besten Leute. Er ist in gewisser Weise typisch für die bessere Sorte im Rondell. Er scheidet dort immer wieder mal aus, wissen Sie, kommt dann aber wieder zurück. Er macht sich Gewissensbisse. Man kann nie sicher sein, ob er gerade dort ist oder nicht. Er paßt dort nicht mehr ganz hinein. Es heißt, er trinke ziemlich viel. Er hat dort die Abteilung für Nordeuropa. Er kann Sie instruieren, wie Sie den Film weiterzugeben haben. Seit wir unseren eigenen Kurierdienst aufgelöst haben, und da uns das A. A. nicht kennen will, gibt es keine andere Möglichkeit. Nach dem Tod Taylors kann ich es nicht zulassen, daß Sie mit diesem Dings in der Tasche herumlaufen. Wieviel wissen Sie über das Rondell?« Es war, als erkundige sich ein älterer Herr ohne nennenswerte Erfahrung vorsichtig danach, wo er leichte Mädchen finden könne.

»Nicht viel«, sagte Avery. »Nur das übliche Geschwätz.«

Leclerc stand auf und ging zum Fenster hinüber. »Es ist ein seltsamer Verein. Einige sind gut, natürlich. Smiley war gut.« Plötzlich brach es aus ihm hervor: »Aber sie sind Betrüger. – Ich weiß: ein komisches Wort für eine verwandte Organisation, John. Aber das Lügen ist denen zur zweiten Natur geworden. Die meisten von ihnen wissen nicht einmal mehr, wann sie die Wahrheit sagen.«

Er neigte den Kopf von einer Seite auf die andere und beobachtete sorgfältig jede Bewegung auf der langsam erwachenden Straße. »Was für cin scheußliches Wetter«, murmelte er schließlich. »Im Krieg waren wir ziemlich eifersüchtig aufeinander, wissen Sie.«

»Davon hörte ich.«

»Das ist jetzt vorbei. Ich beneide sie nicht um ihre Arbeit. Sie haben mehr Geld und mehr Leute als wir. Sie arbeiten im größeren Stil – ob jedoch auch besser, möchte ich freilich bezweifeln. An unsere Auswertungsabteilung zum Beispiel kommt nichts auch nur annähernd heran. Nichts.«

Plötzlich hatte Avery das Gefühl, daß ihm Leclerc ein persönliches Geheimnis enthüllt hatte, etwas wie eine zerrüttete Ehe oder eine unwürdige Handlung, und daß er dadurch erleichtert war.

»Smiley wird Sie vielleicht nach Einzelheiten dieses Unternehmens fragen, wenn Sie bei ihm sind. Ich möchte, daß Sie ihm aber auch nicht das geringste erzählen, außer, daß Sie nach Finnland fahren und womöglich in die Situation kommen könnten, einen Film auf dem schnellsten Weg nach London schicken zu müssen. Wenn er Sie bedrängt, lassen Sie durchblicken, daß es eine Übung sei. Mehr dürfen Sie nicht verraten. Nichts vom bisher Vorgefallenen, von Gortons Bericht oder künftigen Aktionen. All das geht diese Leute nicht das geringste an. Es ist einfach ein Schulungskurs.«

»Das ist mir klar. Er wird doch aber von Taylor wissen – oder nicht? –, wenn das A. A. informiert ist.«

»Überlassen Sie das mir. Und lassen Sie sich nicht den falschen Glauben aufschwatzen, daß man im Rondell ein Monopol darauf habe, Agentengruppen unterhalten zu dürfen. Wir haben das gleiche Recht. Wir üben es nur nicht unnötig aus.« Er hatte in seine Rolle zurückgefunden.

Avery betrachtete Leclercs schmalen Rücken, der sich als schwarze Silhouette vor dem heller werdenden Himmel draußen abhob. Ein Ausgestoßener, ein Mann ohne Ausweis, dachte er.

»Könnten wir nicht das Feuer anmachen?« fragte er. Er ging auf den Gang hinaus, wo Pine in einem Regal neben Besen und Bürsten Späne und alte Zeitungen aufbewahrte. Er kam zurück und kniete sich vor den Kamin, in dem er – genau wie er es bei sich zu Hause getan hätte – die Asche so durch den Rost scharrte, daß die größeren Kohlenstückchen zurückblieben. »Ich frage mich«, sagte er, »ob es sehr schlau gewesen ist, zuzulassen, daß die beiden sich am Flugplatz treffen.«

»Die Zeit drängte. Nach Jimmy Gortons Bericht war es sehr dringend. Das ist es immer noch. Wir haben keinen Augenblick zu verlieren.«

Avery hielt ein Streichholz an das Zeitungspapier und beobachtete, wie die Flamme um sich griff. Als das Holz zu brennen begann, stieg ihm sanft der Rauch ins Gesicht und trieb hinter der Brille Tränen in seine Augen. »Woher konnten sie Lansens Bestimmungsort wissen?«

»Es war ein normal angemeldeter Flug. Er mußte die Route vorher von der Flugsicherung genehmigen lassen.«

Nachdem Avery Kohle über das brennende Holz gehäuft hatte, stand er auf und wusch sich an dem Becken in der Zimmerecke die Hände. Er trocknete sie mit seinem Taschentuch.

»Ich habe Pine immer wieder gesagt, er solle mir ein Handtuch herhängen«, sagte Leclerc. »Sie haben einfach zuwenig zu tun. Das ist die Schwierigkeit.«

»Es macht ja nichts.« Avery steckte das nasse Taschentuch ein. Er fühlte es kühl an seinem Oberschenkel. Dann fügte er ohne Ironie hinzu: »Vielleicht werden sie jetzt mehr zu tun bekommen.«

»Ich habe daran gedacht, mir von Pine hier ein Bett aufstellen zu lassen. Mein Büro als eine Art Einsatzleitung.« Leclerc sprach vorsichtig, als ob ihm Avery seinen Spaß verderben könnte. »Sie können mich dann hier anrufen, heute abend aus Finnland. Ob Sie den Film bekommen haben. Sie brauchen nur zu sagen, das Geschäft sei gelungen.«

»Und wenn nicht?«

»Dann sagen Sie, nicht gelungen.«

»Das klingt aber ziemlich ähnlich«, gab Avery zu bedenken. »Wenn die Verbindung schlecht ist, meine ich. Gelungen und nicht gelungen.«

»Sagen Sie eben, man sei nicht interessiert. Sagen Sie etwas Verneinendes. Sie verstehen, was ich meine.«

Avery nahm den leeren Kohleneimer. »Ich werde ihn Pine geben.«

Als er durch das Bereitschaftszimmer ging, saß dort ein Luftwaffensoldat dösend vor seinen Telefonen. Avery ging über die Holztreppe zur vorderen Eingangstür.

»Der Chef möchte Kohlen, Pine.«

Der Portier stand auf, wie immer, wenn jemand zu ihm sprach. Er stand stramm, als befinde er sich in einem Kasernenzimmer neben seinem Bett.

»Tut mir leid, Sir. Kann von der Tür nicht weg.«

»In Gottes Namen, dann werde eben ich auf die Tür aufpassen. Wir erfrieren da oben.«

Pine nahm den Eimer, knöpfte seine Uniform zu und verschwand im dunklen Durchgang. Heutzutage pfiff er nicht mehr.

Als Pine zurückkam, fuhr Avery fort: »Außerdem wünscht er ein Bett in seinem Zimmer. Sie könnten es dem diensthabenden Sekretär sagen, sobald er aufwacht. O ja, und ein Handtuch. Er braucht ein Handtuch für sein Waschbecken.«

»Jawohl, Sir. Es ist fein, die alte Einheit wieder im Einsatz zu sehen.«

»Können wir hier irgendwo ein Frühstück bekommen? Gibt's in der Nähe so etwas?«

»Da gibt's das ›Cadena‹«, antwortete Pine nachdenklich. »Aber ich weiß nicht recht, ob's für den Chef gut genug ist.« Ein Grinsen. »In den alten Zeiten gab's die Kantine. Würstchen und Kartoffelbrei.«

Es war Viertel vor sieben. »Wann macht es auf?«

»Keine Ahnung, Sir.«

»Sagen Sie: Kennen Sie eigentlich Mr. Taylor?« Fast hätte er »kannten« gesagt.

»Ja sicher, Sir.«

»Haben Sie mal seine Frau gesehen?«

»Nein, Sir.«

»Wie ist sie? Haben Sie eine Ahnung? Haben Sie irgend etwas über sie gehört?«

»Ich kann nichts darüber sagen, Sir. Sicher nicht. Ziemlich traurige Angelegenheit, Sir.«

Avery sah ihn erstaunt an. Leclerc muß es ihm gesagt haben, dachte er und ging hinauf. Irgendwann würde er Sarah anrufen müssen.

3

Irgendwo frühstückten sie. Leclerc weigerte sich, das »Cadena« zu betreten, und sie gingen unendlich lang, bis sie ein anderes Café fanden, das schlechter und teurer als das »Cadena« war.

»Ich kann mich nicht an ihn erinnern«, sagte Leclerc. »Das ist das Absurde daran. Er ist offenbar gelernter Funker. Jedenfalls war er es damals.«

Avery war der Ansicht, er spreche von Taylor. »Wie alt war er, sagten Sie?«

»Vierzig, etwas darüber. Das ist ein gutes Alter. Ein Pole aus Danzig. Man spricht dort Deutsch, müssen Sie wissen. Nicht so verrückt wie die reinen Slawen. Nach dem Krieg ließ er sich einige Jahre lang treiben, kam ein bißchen herunter, dann riß er sich zusammen und kaufte eine Autowerkstatt mit Tankstelle. Muß eine ganz nette Summe verdient haben.«

»Dann glaube ich nicht, daß er ...«

»Unsinn. Er wird dankbar sein, oder sollte es wenigstens.«

Leclerc zahlte die Rechnung und steckte sie ein. Als sie das Restaurant verließen, sagte er irgend etwas von Diäten und daß er die Rechnung der Buchhaltung gebe. »Man kann auch den Nachtdienst verrechnen, wissen Sie. Oder Zeitausgleich nehmen.« Sie gingen die Straße hinunter. »Ihr Flugticket ist gebucht. Carol hat das von ihrer Wohnung aus erledigt. Besser, wir geben Ihnen einen Spesenvorschuß. Sie werden die Überführung der Leiche regeln müssen und ähnliches. Ich habe gehört, daß das sehr kostspielig sein kann. Lassen Sie ihn per

Flugzeug hierher transportieren. Wir werden hier ganz im stillen eine Obduktion durchführen lassen.«

»Ich habe noch nie einen Toten gesehen«, sagte Avery.

Sie standen an einer Straßenecke in Kennington und hielten nach einem Taxi Ausschau. Auf der einen Seite der Straße war ein Gaswerk, auf der anderen nichts: eine Gegend, in der ein ganzer Tag vergehen konnte, bis ein Taxi kam.

»John, Sie müssen über diese Seite der Angelegenheit absolutes Stillschweigen bewahren – daß wir einen Mann hineinschicken. Niemand darf es wissen, nicht einmal innerhalb der Organisation, absolut niemand. Ich glaube, wir sollten ihn Mayfly* nennen. Leiser, meine ich. Ja, wir werden ihn Mayfly nennen.«

»In Ordnung.«

»Es ist eine sehr heikle Sache, eine Frage des Zeitplans. Ich zweifle nicht daran, daß es Widerstand geben wird, innerhalb der Organisation genauso wie außerhalb.«

»Was ist mit meiner Tarnung und ähnlichem?« fragte Avery. »Ich bin nicht ganz ...« Ein freies Taxi fuhr an ihnen vorbei, ohne anzuhalten.

»Scheißkerl«, zischte Leclerc. »Warum hat er uns nicht mitgenommen?«

»Ich nehme an, er wohnt hier in der Gegend. Er fährt Richtung West End.« Dann wiederholte er: »Was die Tarnung betrifft ...«

»Sie reisen unter Ihrem eigenen Namen. Ich sehe darin keine Schwierigkeit. Sie können Ihre eigene Adresse verwenden. Geben Sie sich als Verleger aus. Schließlich *waren* Sie einer. Der Konsul wird Ihnen an die Hand gehen. Worüber machen Sie sich Sorgen?«

»Nun ja, einfach über die Einzelheiten.«

Leclerc erwachte aus seiner Träumerei und lächelte. »Ich werde Ihnen etwas über Tarnung erzählen. Den Rest werden Sie selbst lernen. Geben Sie niemals unaufgefordert Auskunft. Die Leute *erwarten* gar keine Erklärungen von Ihnen. Was ist da schließlich auch zu erklären? Es ist alles vorbereitet. Der Kon-

---

* Eintagsfliege (Ephemerida)

sul hat unser Fernschreiben bekommen. Weisen Sie einfach Ihren Paß vor, und verlassen Sie sich im übrigen auf Ihr Fingerspitzengefühl.«

»Ich werde es versuchen«, sagte Avery.

»Sie werden es schaffen«, versicherte Leclerc mitfühlend. Beide lächelten zaghaft.

»Wie weit ist es in die Stadt?« fragte Avery. »Vom Flughafen.«

»Ungefähr fünf Kilometer. Er stellt die Verbindung zu den wichtigsten Wintersportorten her. Der Himmel weiß, was der Konsul den ganzen Tag macht.«

»Und nach Helsinki?«

»Ich sagte es schon: hundertsechzig Kilometer. Vielleicht etwas mehr.«

Avery schlug vor, mit dem Bus zu fahren, aber Leclerc wollte sich nicht ans Ende der wartenden Schlange stellen, deshalb blieben sie an der Ecke. Er begann wieder von Dienstwagen zu sprechen. »Es ist völlig absurd«, sagte er. »Früher hatten wir einen eigenen Fuhrpark. Jetzt haben wir nur zwei Lieferwagen, und das Schatzamt erlaubt uns nicht, den Fahrern Überstunden zu bezahlen. Wie kann ich unter diesen Bedingungen eine Organisation führen?«

Schließlich gingen sie zu Fuß. Leclerc wußte die Adresse auswendig: Er hatte es sich zum Prinzip gemacht, sich an solche Dinge zu erinnern. Es war Avery unangenehm, lange Zeit an seiner Seite zu gehen, weil Leclerc seinen Schritt dem des größeren Mannes anpaßte. Avery war bemüht, kleine Schritte zu machen, aber manchmal vergaß er es, und dann mußte sich Leclerc anstrengen und bei jedem Schritt fast einen kleinen Sprung machen. Es regnete leicht, und es war noch immer sehr kalt.

Es gab Zeiten, da empfand Avery für Leclerc eine innige, beschützende Liebe. Leclerc besaß die undefinierbare Gabe, Schuldgefühle erwecken zu können, als ersetze der Begleiter nur schlecht einen verstorbenen Freund. Es hatte jemanden gegeben, und der war gegangen; vielleicht eine ganze Welt, eine Generation. Jemand schien ihn geschaffen und dann verleugnet zu haben. Avery konnte Leclerc wegen seiner durchsichtigen Intrigen hassen oder Widerwillen gegen seine anmaßenden und selbstgefälligen Gesten empfinden, so wie ein Kind die übertriebenen Affektiertheiten von Erwachsenen verabscheut. Und im nächsten Augenblick konnte er das Bedürfnis fühlen, ihn voll Verantwortungsbewußtsein und inniger Zuneigung zu beschützen. Abgesehen von all diesen wechselnden Stimmungen war er Leclerc aber irgendwie dankbar, daß er ihn aufgebaut hatte. All dies zusammen erzeugte zwischen ihnen jene Zuneigung, die nur die Schwachen füreinander haben können: Einer war für den anderen das Publikum, für das die Rolle gespielt wurde.

»Es wäre gut«, sagte Leclerc unvermittelt, »wenn Sie beim Unternehmen Mayfly mitmachen würden.«

»Würde ich gerne tun.«

»Nach Ihrer Rückkehr.«

Sie hatten die Adresse auf dem Stadtplan nachgesehen: Roxburgh Gardens 34. Es war jenseits der Kennington High Street. Bald wurde die Straße schäbiger, die Häuser standen dichter. Die Gaslaternen brannten gelb und flach wie Papiermonde.

»Im Krieg hatten wir für den Stab sogar ein Wohnhaus.«

»Vielleicht bekommen wir wieder eines«, meinte Avery.

»Es ist zwanzig Jahre her, seit ich zum letztenmal einen solchen Weg zu machen hatte.«

»Sind Sie damals allein gegangen?« fragte Avery und wünschte sofort, diese Frage nicht gestellt zu haben. Es war so leicht, Leclerc zu verletzen.

»Damals war es einfacher. Wir konnten sagen, sie wären fürs Vaterland gefallen. Wir mußten ihnen keine Einzelheiten erzählen; niemand erwartete das.« Also war es »wir«, dachte Avery. Ein anderer Junge, eines dieser lachenden Gesichter an der Wand.

»Jeden Tag fiel damals einer der Piloten. Wir machten Aufklärung, wissen Sie, auch Sondermissionen ... Manchmal schäme ich mich: Ich kann mich nicht einmal an ihre Namen erinnern. Einige von ihnen waren so jung.«

In Averys Vorstellung zog eine tragische Prozession von Gesichtern vorüber, die vom Grauen gezeichnet waren: Mütter und Väter, Freundinnen und Frauen; und er versuchte sich Leclerc vorzustellen, wie er naiv und doch selbstsicher unter ihnen stand. Wie ein Politiker am Schauplatz einer Katastrophe.

Sie waren am Ende einer Erhebung angelangt. Eine armselige, schlechte Gegend. Die Straße führte hinunter zu einer Reihe schmutziger, fensterloser Häuser. Darüber erhob sich eine einzeln stehende Mietskaserne: Roxburgh Gardens.

Die Kette der Straßenlaternen beleuchtete die Ziegelwand und teilte sie in regelmäßige Zellen. Es war ein großes Gebäude, auf seine Art sehr häßlich, der Beginn einer neuen Welt, zu deren Füßen der schwarze Schutt der alten lag: zerfallende, schmierige Häuser, zwischen denen sich traurige Gesichter wie Treibholz in einem vergessenen Hafen durch den Regen bewegten.

Leclercs kleine Fäuste waren geballt; er stand ganz still.

»Hier?« sagte er. »Taylor hat hier gewohnt?«

»Warum sollte er nicht? Hier wird anscheinend aufgebaut, Altstadtsanierung...« Dann verstand Avery. Leclerc schämte sich. Taylor hatte ihn schamlos betrogen. Das war nicht die Gesellschaft, die von ihrer Organisation beschützt wurde, diese Slums rings um den Turm von Babel: Dafür war in Leclercs Ordnung der Dinge kein Platz. Der Gedanke, daß ein Mitglied von Leclercs Stab sich tagtäglich aus dem Geruch und Gestank einer solchen Gegend in das Heiligtum der Organisation schleppte – hatte er kein Geld, keine Rente? Hatte er nicht ein bißchen auf der hohen Kante wie wir alle, nur ein- oder zweihundert, um sich aus diesem Elend herauszukaufen?

»Es ist nicht ärger als Blackfriars Road«, sagte Avery unwillkürlich; es sollte Leclerc trösten.

»Jeder weiß, daß wir früher in der Baker Street waren«, gab Leclerc zurück.

Sie gingen schnell zum Eingang der Mietskaserne, vorbei an Schaufenstern, die mit alten Kleidern und rostigen Elektroöfen vollgestopft waren, mit all dem traurigen, nutzlosen Kram, den nur die Armen kaufen. Es gab einen Wachszieher. Seine Kerzen waren gelb und verstaubt wie Fragmente eines verfallenen Grabmals.

»Welche Nummer?« fragte Leclerc.

»Vierunddreißig, sagten Sie.«

Sie gingen zwischen mächtigen, mit groben Mosaiken verzierten Säulen, wobei sie den mit rosa Zahlen beschrifteten Hinweispfeilen aus Plastik folgten. Sie zwängten sich zwischen

Reihen alter Autowracks hindurch und kamen schließlich zu einem Eingang, auf dessen Schwelle Milchkartons standen. Es gab keine Tür, nur eine Treppe mit Gummibelag, die bei jedem Schritt quietschte. Es roch nach Essen und nach dieser flüssigen Seife, die man in Bahnhofstoiletten findet. Auf der breiten Gipswand forderte eine handgemalte Aufschrift, Ruhe zu halten. Irgendwo spielte ein Radio. Sie stiegen zwei Treppen hinauf und blieben vor einer grünen Tür mit Glasscheiben stehen. Darauf stand in weißen Bakelitziffern die Nummer 34. Leclerc nahm den Hut ab und wischte sich den Schweiß von den Schläfen. Es war die gleiche Geste, die er wohl vor dem Betreten einer Kirche gemacht hätte. Es hatte stärker geregnet, als ihnen bewußt geworden war. Ihre Mäntel waren ziemlich naß. Er läutete. Avery hatte plötzlich große Angst. Er warf einen Blick auf Leclerc und dachte: Das ist jetzt deine Sache, du sagst es ihr.

Die Musik schien lauter geworden zu sein. Sie lauschten angestrengt auf irgendein anderes Geräusch, aber sie hörten keines.

»Warum haben Sie ihn Malherbe genannt?« fragte Avery unvermittelt.

Leclerc läutete noch einmal, und dann hörten sie es beide: ein Wimmern, halb das Schluchzen eines Kindes, halb das Jammern einer Katze. Es war ein erstickter, metallisch klingender Seufzer. Während Leclerc zurücktrat, griff Avery nach dem bronzenen Türklopfer auf dem Briefkasten und bewegte ihn heftig. Als das Echo verhallt war, hörten sie aus der Wohnung einen leichten, zögernden Schritt. Ein Riegel wurde zurückgeschoben, ein Schnappschloß geöffnet. Dann vernahmen sie wieder, diesmal viel lauter und deutlicher, den gleichen klagenden Ton. Die Tür öffnete sich einen Spaltbreit, und Avery sah ein Kind, ein dünnes, blasses kleines Mädchen, das nicht älter als zehn Jahre sein mochte. Sie trug wie Anthony eine Stahlbrille. In den Armen hielt sie eine Puppe, deren rosa Glieder stumpfsinnig vom Körper abstanden und deren gemalte Augen zwischen zerzausten Baumwollfransen hervorstarrten. Der verschmierte Puppenmund klaffte halboffen, der Kopf hing wie gebrochen oder tot zur Seite. Man nennt so etwas Sprechpuppe, aber kein Lebewesen wird je derartige Laute von sich geben.

»Wo ist deine Mutter?« fragte Leclerc. Seine Stimme klang aggressiv, als fürchte er sich.

Das Kind schüttelte den Kopf. »Ist in der Arbeit.«

»Wer paßt denn auf dich auf?«

Sie sprach langsam, als denke sie an etwas anderes. »Die Mama kommt am Nachmittag nach Hause. Ich darf nicht aufmachen.«

»Wo ist sie? Wohin geht sie?«

»Arbeiten.«

»Wer kocht dir das Mittagessen?« beharrte Leclerc.

»Was?«

»Wer gibt dir zu essen?« sagte Avery schnell.

»Mrs. Bradley. Nach der Schule.«

Dann fragte Avery: »Wo ist dein Vater?« Das Kind lächelte und legte einen Finger an die Lippen.

»Er ist mit einem Flugzeug weg«, sagte sie, »um Geld zu bekommen. Aber ich darf es nicht sagen. Es ist ein Geheimnis.«

Keiner von ihnen sprach. »Er bringt mir ein Geschenk mit«, fügte sie hinzu.

»Woher?« fragte Avery.

»Vom Nordpol, aber es ist ein Geheimnis.« Ihre Hand lag noch immer auf dem Türgriff. »Von wo der Weihnachtsmann kommt.«

»Sag deiner Mutter, daß zwei Herren hier waren«, sagte Avery, »von der Firma deines Vaters. Wir kommen am Nachmittag wieder.«

»Es ist wichtig«, sagte Leclerc.

Das Mädchen schien seine Angst zu verlieren, als es hörte, daß die beiden Männer seinen Vater kannten.

»Er ist mit einem Flugzeug weg«, wiederholte sie.

Avery suchte in seiner Tasche und gab ihr die fünf Shilling, die er in der Nacht von dem Taxifahrer auf Sarahs Zehnshillingstück herausbekommen hatte. Sie schloß die Tür und ließ sie in diesem verfluchten, von träumerischer Radiomusik erfüllten Stiegenhaus stehen.

4

Sie standen auf der Straße und sahen einander nicht an. »Warum haben Sie diese Frage gestellt? Die Frage nach ihrem Vater?« sagte Leclerc.

Avery sagte nichts, und Leclerc schien auch keine Antwort zu erwarten.

Leclerc wirkte manchmal so, als ob er weder höre noch fühle. Dann schien er davongetrieben zu werden, während er innerlich nach einem entschwundenen Ton lauschte wie ein Tänzer, nachdem die Musik zu seinen Bewegungen plötzlich verstummt ist. Eine Stimmung tiefster Traurigkeit schien dann über ihm zu liegen oder die ratlose Verwirrung, die ein Betrogener empfindet.

»Ich fürchte«, sagte Avery mitfühlend, »daß ich heute nachmittag nicht mit Ihnen hierher zurückkommen kann. Vielleicht möchte Woodford Sie begleiten ...«

»Bruce taugt nicht für so was.« Dann fügte Leclerc hinzu: »Werden Sie um Viertel vor elf zur Konferenz kommen?«

»Möglicherweise werde ich schon vor dem Ende wegmüssen. Ich muß noch ins Rondell, und gepackt habe ich auch noch nicht. Es geht Sarah nicht besonders gut. Aber ich werde so lange als möglich im Büro bleiben. Es tut mir leid, daß ich diese Frage gestellt habe. Wirklich.«

Leclerc sah ihn an. »Es soll niemand davon wissen. Ich muß zuerst mit ihrer Mutter sprechen. Vielleicht gibt es eine Erklärung. Taylor war ein alter Hase. Er kannte die Spielregeln.«

»Ich werde es nicht erwähnen. Sie können sich darauf verlassen. Auch Mayfly nicht.«

»Ich muß Haldane von Mayfly unterrichten. Er wird natürlich widersprechen. Ja, so werden wir sie nennen … die ganze Operation. Wir werden sie Mayfly nennen.« Der Gedanke tröstete ihn.

Sie beeilten sich, ins Büro zu kommen, nicht wegen der Arbeit, sondern weil sie auf der Flucht waren, weil sie die Anonymität suchten, die ihnen auf einmal zu einem Bedürfnis geworden war.

Averys Zimmer lag neben dem Leclercs. Auf seiner Tür stand »Direktions-Assistent«. Diese Bezeichnung stammte von einer Amerikareise, zu der Leclerc zwei Jahre zuvor eingeladen gewesen war. Die leitenden Männer wurden einfach mit der Funktion bezeichnet, die sie innerhalb der Organisation erfüllten. Avery hieß deshalb einfach »Chefbüro«, und auch wenn Leclerc seinen Titel jede Woche geändert hätte, so konnte er doch die Umgangssprache nicht ändern.

Um Viertel vor elf kam Woodford in sein Büro, wie Avery erwartet hatte, um ein bißchen mit ihm zu plaudern und ein paar Worte mit ihm über Dinge zu wechseln, die nicht direkt auf der Tagesordnung standen.

»Was geht eigentlich vor, John?« Er zündete seine Pfeife an, lehnte dann seinen großen Kopf zurück und löschte das Streichholz mit weit ausholenden, schwingenden Handbewegungen. Er war früher Lehrer gewesen; ein Sportler.

»Das würde ich gerne *Sie* fragen.«

»Der arme Taylor!«

»Eben.«

»Ich will wirklich nicht inkonsequent sein«, sagte Woodford und ließ sich auf der Schreibtischkante nieder, während er noch immer mit seiner Pfeife beschäftigt war.

»Ich will wirklich nicht inkonsequent sein, John«, wiederholte er, »aber da gibt's noch etwas, um das wir uns trotz des tragischen Todes von Taylor kümmern sollten.« Er verstaute die Tabaksschachtel in der Tasche seines grünen Anzuges und sagte: »Das Archiv.«

»Das Archiv ist Haldanes Revier.«

»Ich hab' nichts gegen unsern alten Adrian. Er ist ein guter Kamerad. Wir arbeiten schon seit zwanzig Jahren zusammen.«

Und deshalb, dachte Avery, bist also auch du ein guter Kamerad.

Woodford hatte die Angewohnheit, beim Sprechen immer näher zu rücken, wobei er seine mächtige Schulter auf seinen Partner zubewegte wie ein Pferd, das sich an einem Pfosten scheuert. Er beugte sich vor und sah Avery mit ernstem Blick an; ganz die Erscheinung eines einfachen, aufrechten Mannes voll tiefer Sorge, eines anständigen Menschen, der gezwungen war, sich zwischen Freundschaft und Pflicht zu entscheiden. Sein Anzug war aus haarigem Stoff, der zu dick war, um knittern zu können, und deshalb wie eine Bettdecke Wülste bildete. Die Knöpfe waren aus braunem Hirschhorn.

»Das Archiv, John, ist vollkommen auf dem Hund. Wir beide wissen das ganz genau. Papiere werden nicht richtig eingeordnet, und Akten werden nicht zur rechten Zeit wieder vorgelegt.« Er schüttelte voll Verzweiflung den Kopf. »Seit Mitte Oktober vermissen wir jetzt schon diesen taktischen Bericht über den Marine-Frachtverkehr. Er hat sich einfach in Luft aufgelöst.«

»Adrian Haldane hat einen Suchzettel losgelassen«, sagte Avery. »Wir sind alle dran beteiligt, nicht nur Adrian. Akten können schließlich mal verlorengehen. Das ist seit April die erste, Bruce. Ich halte das nicht für schlecht, wenn man bedenkt, wie viele wir bearbeiten. Ich dachte, das Archiv sei unsere stärkste Seite. Die Akten sind in tadellosem Zustand. Soviel ich weiß, ist das Verzeichnis unserer Aufklärungsobjekte einfach einmalig. Das ist alles Adrians Verdienst, oder nicht? Aber wenn Sie sich Sorgen machen, reden Sie doch mit Adrian selbst darüber.«

»Aber nein. So wichtig ist es auch wieder nicht.«

Carol brachte den Tee herein. Woodford trank aus einer riesigen Steinguttasse, die sein Monogramm trug, in großen, erhabenen Buchstaben, wie die Glasur auf einer Torte. Während Carol die Kanne hinstellte, sagte sie: »Wilf Taylor ist tot.«

»Ich bin schon seit eins hier«, log Avery, »und habe mich damit befaßt. Wir haben die ganze Nacht gearbeitet.«

»Der Direktor ist ganz außer Fassung«, sagte sie.

»Wie war seine Frau, Carol?« Carol war ein gut angezogenes Mädchen, vielleicht etwas größer als Sarah.

»Niemand hat sie je zu Gesicht bekommen.«

Sie verließ das Zimmer, wobei Woodford ihr nachsah. Er nahm die Pfeife aus dem Mund und grinste. Avery wußte, daß er jetzt gleich eine Bemerkung darüber machen würde, wie es wäre, mit Carol zu schlafen, und das ekelte ihn plötzlich an.

»Diese Tasse hat wirklich Ihre Frau gemacht, Bruce?« fragte er schnell. »Sie soll im Töpfern ganz groß sein.«

»Die Untertasse auch«, sagte Woodford. Er begann von den Kursen zu erzählen, die seine Frau besuchte, und davon, auf welch amüsante Weise das in Wimbledon in Mode gekommen war und wie irrsinnig sich seine Frau dafür begeisterte.

Fast elf Uhr: Sie konnten hören, wie sich die anderen auf dem Gang versammelten.

»Ich werde jetzt wohl besser hinüberschauen«, sagte Avery, »ob er schon bereit ist. Die letzten acht Stunden waren ziemlich schlimm für ihn.«

Woodford nahm seine Schale und trank einen Schluck Tee. »Wenn sich die Gelegenheit ergibt«, sagte er, »erwähnen Sie beim Chef bitte diese Archivgeschichte, John. Ich möcht's nicht gern vor all den anderen anschneiden. Adrian scheint doch ein bißchen alt zu werden.«

»Der Direktor hat jetzt gerade andere Sachen im Kopf, Bruce.«

»Ja, sicherlich.«

»Er kommt Haldane nicht gerne in die Quere, wie Sie wissen.«

An der Tür seines Zimmers wandte er sich zu Woodford um und fragte: »Erinnern Sie sich daran, ob es mal einen Mann namens Malherbe in der Organisation gegeben hat?«

Woodford erstarrte. »Du meine Güte, natürlich. Junger Kerl wie Sie, während des Krieges. Guter Gott!« Dann sagte er sehr ernst, aber nicht in seinem üblichen Ton: »Vor dem Chef erwähnen Sie diesen Namen besser nicht. Die Sache mit dem jungen Malherbe hat ihn mächtig mitgenommen. Er war einer von den Spezialpiloten. Wissen Sie, die beiden standen einander wirklich sehr nahe.«

Bei Tageslicht machte Leclercs Zimmer nicht so sehr den Eindruck von Unordnung, sondern mehr den eines Provisoriums. Man konnte glauben, es sei von seinem Inhaber hastig requiriert worden, als er gerade unter großem Zeitdruck stand und nicht wußte, wie lange er würde bleiben müssen. Über zwei Böcken lag eine Tischplatte, und darauf waren nicht drei oder vier, sondern gleich Dutzende von Landkarten verstreut – einige von ihnen in einem Maßstab, der sogar Straßen und Gebäude erkennen ließ. An einer Wandtafel hingen die Papierstreifen aus einem Telegrafenapparat. Sie waren auf rosa Bögen geklebt und wurden von einer großen Metallklemme gehalten wie die Korrekturfahnen in einer Druckerei. In einer Ecke war das Bett aufgestellt worden, auf dem ein Überwurf lag. Neben dem Waschbecken hing ein frisches Handtuch. Der Schreibtisch – ein graues Behördenstahlmöbel – war neu. Die Wände waren schmutzig. Da und dort war die helle Farbe abgeblättert, und darunter kam ein dunkles Grün zum Vorschein. Es war ein kleiner, rechteckiger Raum mit Vorhängen aus den Beständen der staatlichen Gebäudeverwaltung. Wegen dieser Vorhänge hatte es größere Auseinandersetzungen um die Frage gegeben, welchem Verwaltungsdienstgrad die Stellung Leclercs entsprach. Avery konnte sich an diesen Streit als die einzige Gelegenheit erinnern, bei der Leclerc sich etwas um die Verbesserung seines Zimmers bemüht hatte. Das Kaminfeuer war fast ganz heruntergebrannt. An manchen Tagen, wenn es sehr windig war, wollte das Feuer überhaupt nicht brennen, und immer konnte Avery in seinem Nebenzimmer das Rieseln des Rußes im Schornstein hören.

Avery sah zu, wie die anderen hereinkamen. Zuerst Woodford, dann Sandford, Dennison und McCulloch. Sie alle wußten bereits, was mit Taylor passiert war. Avery konnte sich leicht vorstellen, wie die Neuigkeit die Runde durch die einzelnen Abteilungen gemacht hatte – keineswegs als große Schlagzeile, sondern als kleine, erfreuliche Sensation, die von Zimmer zu Zimmer weiterwanderte und der Tagesarbeit Glanz verlieh, so wie sie diesen Männern hier Glanz verliehen hatte und den gleichen vorübergehenden Optimismus, den man bei einer Gehaltserhöhung empfindet. Sie würden nun Leclerc beobachten wie Gefangene ihren Wärter. Seine gewöhnliche Verhaltensweise war ihnen nur allzu vertraut, aber jetzt warteten sie darauf, daß er seine Routine aufgab. In der ganzen Organisation gab es keinen einzigen Menschen, der nicht gewußt hätte, daß man Leclerc und Avery mitten in der Nacht herausgeklingelt hatte und daß der Chef in seinem Büro schlafen würde.

Sie ließen sich am Tisch nieder und stellten, wie es Kinder beim Essen tun, ihre Tassen klappernd vor sich ab. Leclerc saß am Kopfende des Tisches, die anderen saßen an den Längsseiten. Der Stuhl am entgegengesetzten Ende blieb leer. Dann kam Haldane herein, und kaum hatte Avery ihn erblickt, wußte er, daß es zwischen ihm und Leclerc einen Kampf geben würde.

Haldane sah auf den leeren Stuhl und sagte: »Der zugigste Platz ist für mich, wie ich sehe.«

Avery stand auf, aber Haldane hatte sich schon gesetzt. »Lassen Sie nur, Avery, ich bin sowieso schon krank.« Er hustete, wie er es das ganze Jahr über tat. Offenbar konnte ihm nicht einmal das Sommerwetter helfen, denn er hustete zu allen Jahreszeiten.

Die anderen fühlten sich unbehaglich. Woodford nahm sich einen Keks. Haldane warf einen Blick auf das Feuer. »Das ist das Beste, was die Gebäudeverwaltung bieten kann?« fragte er.

»Es liegt am Regen«, sagte Avery. »Der Regen verträgt sich nicht mit dem Feuer. Pine hat schon irgendwas unternommen, aber das hat es nicht besser gemacht.«

»Ach.«

Haldane war ein hagerer Mann mit langen, nervösen Fingern, ein in sich verschlossener Mensch mit langsamen Gesten, beweglichen Gesichtszügen, schütterem Haar, mager, streitsüchtig und trocken. Ein Mann, der anscheinend auf alles und jeden voller Verachtung herabsah, seine eigene Zeiteinteilung hatte und keinen fremden Rat annahm. Ein Mann, dessen Leidenschaft dem Lösen von Kreuzworträtseln und dem Sammeln von Aquarellen aus dem 19. Jahrhundert gehörte.

Carol brachte einen Stoß Akten und Karten herein und legte ihn auf Leclercs Schreibtisch, der im Gegensatz zu dem Rest des Zimmers sehr aufgeräumt war. Es gab eine Minute peinlicher Stille, bis sie wieder hinausgegangen war. Nachdem die Tür wieder sicher geschlossen war, fuhr sich Leclerc mit der Hand vorsichtig über sein schwarzes Haar, als sei es ihm irgendwie fremd.

»Taylor ist getötet worden. Sie haben inzwischen alle davon gehört. Er wurde vergangene Nacht in Finnland getötet, wo er unter einem falschen Namen unterwegs war.« Es fiel Avery auf, daß er den Namen Malherbe nie erwähnte. »Einzelheiten wissen wir nicht. Es sieht so aus, als hätte man ihn überfahren. Ich habe Carol gesagt, sie solle herumerzählen, daß es ein Unfall war. Ist das klar?«

Sie sagten ja, es sei völlig klar.

»Er war unterwegs, um von... von einem skandinavischen Kontaktmann einen Film in Empfang zu nehmen. Sie wissen, wen ich meine. Normalerweise schicken wir ja keine Kuriere in den Einsatz, aber dieser Fall war etwas Besonderes. Wirklich ein ganz besonderer Fall. Ich glaube, daß mir Adrian das bestätigen kann.« Mit offenen Händen machte er eine Bewegung nach oben, wobei sich seine Handgelenke aus den Manschetten befreiten. Er legte Handflächen und Finger senkrecht aufeinander; ein Gebet um Haldanes Unterstützung.

»Besonderes?« wiederholte Haldane langsam. Die Stimme war so dünn und scharf wie der ganze Mann. Sie war kultiviert, aber ohne Ausdruck und ohne Gefühl. Er war um seine Stimme zu beneiden. »Es war anders. Ja. Nicht zuletzt deshalb, weil Taylor starb.« Dann bemerkte er trocken: »Wir hätten ihn niemals schicken sollen. Niemals. Wir haben einen der wichtigsten Grundsätze der Geheimdienstarbeit verletzt. Wir benützten einen Mann aus dem ›offenen‹ Dienst für einen geheimen Auftrag. Damit will ich nicht sagen, daß es überhaupt noch eine geheime Seite in unserer Organisation gibt.«

»Wollen wir das Urteil darüber nicht unseren Meistern überlassen?« schlug Leclerc zimperlich vor. »Schließlich werden Sie zugeben müssen, daß wir täglich vom Ministerium gedrängt werden, Ergebnisse vorzulegen.« Er wandte sich erst nach rechts, dann nach links zu den seitlich am Tisch Sitzenden, um sie wie Aktionäre an dem Gespräch zu beteiligen: »Es ist an der Zeit, daß Sie die Einzelheiten erfahren. Es handelt sich um ein Thema, das der höchsten Geheimhaltung unterliegt. Ich bitte

Sie, das zu bedenken. Ich schlage vor, das Wissen auf die Abteilungsleiter zu beschränken. Bisher waren nur Adrian Haldane und ein oder zwei Leute aus seiner Auswertungsabteilung damit befaßt. Und John Avery als mein Assistent. Ich möchte betonen, daß der uns verwandte Dienst auch nicht das geringste davon weiß. Nun zu unseren eigenen Vorkehrungen. Das Unternehmen hat den Decknamen Mayfly.« Er sprach abgehackt, mit wirkungsvoller Stimme. »Es gibt für die Bearbeitung dieses Falles nur eine Akte, die jeden Abend an mich persönlich zurückzugeben ist, oder – wenn ich nicht da bin – an Carol. Eine Kopie ist für das Archiv. Wir haben dieses System während des Krieges für Einsatzakten gehabt, und ich glaube, alle sind damit vertraut. Es ist das System, das wir in Zukunft anwenden. Ich werde Carols Namen auf die Liste der Berechtigten setzen.«

Woodford deutete mit seiner Pfeife auf Avery und schüttelte den Kopf: Der junge John nicht, der war noch nicht mit dem System vertraut. Sandford, der neben Avery saß, erklärte es ihm. Die Archivakte wurde im Verschlüsselungsraum aufbewahrt, und es war verboten, sie von dort wegzunehmen. Alle neuen Vorgänge waren sofort in dieser Akte abzuheften. Die Berechtigungsliste war das Verzeichnis aller Personen, die befugt waren, darin zu lesen. Die Verwendung von Klammern war untersagt, alle Blätter hatten fest eingeheftet zu werden. Die Tischrunde blickte selbstgefällig auf Avery.

Sandford leitete die Verwaltung. Er war ein väterlicher Mann mit goldgefaßter Brille, der auf einem Motorrad ins Büro fuhr. Leclerc hatte ihn deswegen einmal ohne besonderen Grund zurechtgewiesen, und er stellte es jetzt weiter unten in der Straße ab, gegenüber dem Krankenhaus.

»Nun zu unserem Unternehmen«, sagte Leclerc. Die dünne Linie seiner zusammengelegten Hände teilte sein strahlendes Gesicht. Nur Haldane sah ihn nicht an, seine Augen waren zum Fenster gewandt. Draußen fiel der Regen sacht gegen die Häuser wie Frühlingsregen in einem dunklen Tal.

Leclerc stand unvermittelt auf und ging zu der Wandkarte von Europa hinüber. Auf ihr waren kleine Fähnchen eingesteckt. Während er sich auf die Zehen stellte und mit ausgestrecktem Arm die nördliche Hemisphäre zu erreichen versuchte, sagte Leclerc: »Wir haben hier einen kleinen Punkt, der uns Ärger mit den Deutschen macht.« Kurzes Gelächter. »In der Gegend südlich Rostocks. Es ist ein Fleck mit dem Namen Kalkstadt, hier, sehen Sie?« Sein Finger war der Ostseeküste Schleswig-Holsteins gefolgt, nach Osten gefahren und hielt nun einen oder zwei Fingerbreit neben Rostock.

»Um es mit einem Satz zu sagen: Es gibt drei Anhaltspunkte, die den Verdacht nahelegen – ich könnte nicht sagen, daß sie ihn bestätigen –, daß dort in Beziehung auf militärische Anlagen etwas Großes vor sich geht.«

Er wandte sich um und sah seine Zuhörer an. Er gedachte, seinen Vortrag dort neben der Landkarte zu halten, um damit zu zeigen, daß er jede Einzelheit im Kopf hatte und nicht auf die Papiere an seinem Platz angewiesen war.

»Der erste Hinweis kam vor genau einem Monat, als wir den Bericht unseres Hamburger Vertreters Jimmy Gorton erhielten.«

Woodford grinste: Großer Gott, der alte Jimmy war noch immer im Geschäft?

»In der Nähe von Lübeck war ein ostdeutscher Flüchtling herübergekommen. Er war durch die Trave geschwommen. Ein Eisenbahner aus Kalkstadt. Er ging zu unserem Konsulat und wollte Informationen über eine Raketenbasis bei Rostock verkaufen. Ich brauche nicht zu sagen, daß ihn das Konsulat hinauswarf. Da uns das Auswärtige Amt nicht einmal die Möglichkeit gibt, seinen Kurierdienst mitzubenützen« – ein dünnes Lächeln –, »kann man kaum erwarten, daß es uns durch den Ankauf militärischer Nachrichten unterstützt.« Der Witz wurde mit fröhlichem Murmeln belohnt. »Wie dem auch sei. Durch einen glücklichen Zufall hörte Gorton von dem Mann und fuhr nach Flensburg, um mit ihm zu reden.«

Diese Gelegenheit konnte Woodford nicht verstreichen lassen. »Flensburg? War das nicht der Ort, den wir 1941 als deutsches U-Bootnest ausgemacht hatten?« In Flensburg hatte es ein großes Spektakel gegeben.

Leclerc nickte nachsichtig zu Woodford hinüber, als sei auch er von dieser Erinnerung amüsiert. »Der arme Mensch war schon bei jeder alliierten Dienststelle in Norddeutschland gewesen, ohne daß auch nur einer auf ihn hätte hören wollen. Jimmy Gorton hat mit ihm geplaudert.«

Leclercs Art, die Dinge zu beschreiben, legte die Vermutung nahe, daß Jimmy Gorton der einzige intelligente Mensch unter lauter Narren war. Jetzt ging Leclerc zu seinem Schreibtisch hinüber, nahm aus der silbernen Dose eine Zigarette, zündete sie an und griff dann nach einem Aktendeckel, auf dem ein dickes rotes Kreuz leuchtete. Geräuschlos legte er den Band vor sie auf den Tisch. »Das ist Jimmys Bericht. Er ist auch für hohe Ansprüche eine erstklassige Arbeit.« Die Zigarette sah zwischen seinen Fingern besonders lang aus. Ohne Zusammenhang fügte er hinzu: »Der Name des Verräters war Fritsche.«

»Verräter?« warf Haldane schnell ein. »Der Mann ist ein kleiner Flüchtling, ein Eisenbahner. Gewöhnlich sagen wir von derartigen Leuten nicht, daß sie Verrat begehen.«

»Der Mann ist nicht nur Eisenbahner«, sagte Leclerc rechtfertigend, »sondern versteht auch etwas von Maschinen und Fotografie.«

McCulloch schlug die Akte auf und begann methodisch, die einzelnen Blätter umzuwenden. Sandford sah ihm durch seine goldgefaßte Brille dabei zu.

»Am 1. oder 2. September – wir wissen das nicht genau, weil sich der Mann nicht mehr daran erinnern kann – machte er zufällig Doppelschicht in den Lagerschuppen von Kalkstadt. Einer seiner Kollegen war krank. Er hatte von sechs Uhr morgens bis zwölf Uhr mittags zu arbeiten und dann von vier Uhr nachmittags bis zehn Uhr abends. Als er zur Arbeit kam, waren am Bahnhofseingang ein Dutzend Vopos. Es gab keinen Personenverkehr. Man prüfte seine Papiere anhand einer Liste und befahl ihm, sich von den Lagerschuppen am östlichen Ende des Bahnhofes fernzuhalten.« Leclerc setzte bedachtsam hinzu: »Man sagte ihm, er riskiere – falls er den Schuppen nahe käme –, erschossen zu werden.«

Das machte Eindruck. Woodford sagte, so etwas sei für die Deutschen typisch.

»Es sind die Russen, gegen die wir kämpfen«, warf Haldane ein.

»Er ist ein komischer Vogel. Anscheinend hat er mit ihnen gestritten. Er sagte ihnen, daß er mindestens so zuverlässig sei wie sie selbst, ein guter Deutscher und Parteimitglied. Er zeigte ihnen seinen Eisenbahnerausweis, Bilder von seiner Frau und Gott weiß was noch. Es half natürlich nichts, weil sie ihm nur befahlen, die Anweisungen zu befolgen und von den Schuppen wegzubleiben. Irgendwie scheint er ihnen aber gefallen zu haben, denn als sie sich um zehn Uhr eine Suppe machten, riefen sie ihn herüber und boten ihm eine Tasse voll an. Bei der Suppe fragte er sie, was eigentlich los sei. Sie waren zugeknöpft, aber er konnte spüren, daß sie aufgeregt waren. Dann passierte etwas.« Leclerc fuhr fort: »Etwas sehr Wichtiges. Einer von den Jüngeren platzte heraus, was auch immer in dem Schuppen sei, sie könnten damit die Amerikaner innerhalb von Stunden aus Westdeutschland hinausjagen. Im selben Augenblick kam ein Offizier und schickte ihn an seine Arbeit zurück.«

Haldane ließ ein tiefes, hoffnungsloses Husten hören, das wie ein Echo in einem uralten Gewölbe klang.

Was für ein Offizier, fragte jemand, deutsch oder russisch?

»Deutsch. Das ist das Interessante daran. Russen waren überhaupt keine dort.«

»Der Flüchtling hat keine gesehen«, unterbrach Haldane scharf. »Das ist alles, was wir wissen. Wir wollen doch genau bleiben.« Wieder hustete er. Es war sehr störend.

»Wie du willst. – Er ging nach Hause und aß zu Mittag. Er war ziemlich ärgerlich, daß er in seinem eigenen Bahnhof von ein paar jungen Kerlen, die gerade Soldaten spielten, herumkommandiert wurde. Er trank ein paar Gläser Schnaps und grübelte über die Lagerschuppen nach. – Adrian, falls dir dein Husten zu schaffen macht …?« Haldane schüttelte den Kopf. »Dann fiel ihm ein, daß der Schuppen an seiner Nordseite an eine alte Hütte stieß und daß in der Trennwand ein Ventilator eingelassen war. Er bekam Lust, einmal durch diesen Ventilator in den Schuppen zu schauen. Um sich sozusagen an den Vopos zu rächen.«

Woodford lachte.

»Dann beschloß er, noch weiter zu gehen. Er würde durch den Ventilator fotografieren, was immer in dem Schuppen versteckt sein mochte.«

»Er muß verrückt gewesen sein«, bemerkte Haldane. »Ich kann das nicht verstehen.«

»Verrückt oder nicht: Das hatte er jedenfalls vor. Er war zornig, weil sie ihm nicht vertrauen wollten. Er fand, daß er ein Recht darauf hatte, zu wissen, was in dem Schuppen war. Er hatte eine Exa-Zwei, eine Spiegelreflex-Kamera mit einer Linse, ein ostdeutsches Produkt. Sie hat ein billiges Gehäuse, kann aber mit allen Zusatzobjektiven der Exakta verwendet werden. Natürlich hat sie viel weniger Belichtungseinstellungen als die Exakta.« Er blickte fragend zu den Technikern Dennison und McCulloch. »Hab' ich recht, meine Herren? – Sie müssen mich korrigieren.« Sie grinsten dümmlich, denn da war nichts zu korrigieren. »Er hatte ein gutes Weitwinkelobjektiv. Die Schwierigkeit war nur das Licht. Seine Schicht begann erst wieder um vier, wenn es schon dämmrig werden würde. Dann wäre noch weniger Licht in der Halle. Er besaß einen schnellen Agfa-Film, den er sich für irgendeine besondere Gelegenheit aufgehoben hatte. Seine Empfindlichkeit war 26 DIN. Er entschloß sich, diesen Film zu nehmen.« Leclerc machte eine Pause – mehr der Wirkung halber, als um Zeit für Fragen zu lassen.

Haldane fragte: »Warum hat er nicht bis zum nächsten Tag gewartet?«

Aber Leclerc überhörte das. »In diesem Bericht werden Sie eine umfassende Darstellung Gortons finden, wie der Mann in die Hütte gelangte, sich auf ein Ölfaß stellte und die Bilder durch den Ventilator schoß. Ich werde das jetzt nicht alles wiederholen. Er verwendete die weiteste Blende, nämlich zwo-acht, und schoß mit verschiedenen Belichtungszeiten zwischen einer Fünfundzwanzigstel und zwo Sekunden. Ein begrüßenswertes Beispiel deutscher Sorgfalt.« Niemand lachte. »Die Belichtungszeiten waren natürlich geschätzt. Nur die letzten drei Bilder zeigen irgend etwas. Hier sind sie.«

Leclerc sperrte das Stahlfach seines Schreibtisches auf und nahm einen Stoß großer Hochglanzfotos heraus. Dabei lächelte er ein wenig, wie ein Mann, der sein eigenes Spiegelbild betrachtet. Alle drängten sich um ihn, außer Haldane und Avery, die die Bilder schon vorher gesehen hatten.

Etwas war da.

Man konnte es beim flüchtigen Hinschauen sehen: Etwas verbarg sich zwischen den zerfließenden Schatten. Sah man jedoch genauer hin, dann schloß sich das Dunkel wieder und verschluckte die schwachen Konturen. Und doch war da etwas: die verwischten Umrisse eines Kanonenrohres, das aber spitz zuzulaufen schien und viel zu lang für seine Lafette war; es war da etwas wie ein Transportfahrzeug, ein leichter Schimmer, der von einer Rampe hätte stammen können.

»Ohne Zweifel würden sie Planen darübergezogen haben«, kommentierte Leclerc, während er ihre Gesichter in der Hoffnung studierte, etwas Zuversicht darin aufkeimen zu sehen.

Avery sah auf seine Uhr. Es war zwanzig Minuten nach elf. »Ich werde jetzt bald gehen müssen, Herr Direktor«, sagte er. Noch immer hatte er Sarah nicht angerufen. »Ich muß wegen meines Flugtickets noch in die Buchhaltung.«

»Nur noch zehn Minuten«, sagte Leclerc bittend, und Haldane fragte: »Wohin fährt er?«

»Er muß sich um Taylor kümmern. Vorher hat er noch eine Verabredung im Rondell.«

»Was meinst du mit ›kümmern‹? Taylor ist tot.«

Betretenes Schweigen.

Dann erwiderte Leclerc: »Du weißt genau, daß Taylor unter falschem Namen unterwegs war. Jemand muß seine Habseligkeiten abholen, den Film aufstöbern. Avery fährt als nächster Verwandter. Das Ministerium hat es schon genehmigt. Es war mir nicht klar, daß ich auch deine Zustimmung brauche.«

»Um die Leiche zu übernehmen?«

»Den Film zu bekommen«, zischte Leclerc.

»Das ist eine Einsatzarbeit. Avery hat keine Übung.«

»Im Krieg waren sie alle jünger, als er ist. Er kann sehr gut auf sich selbst aufpassen.«

»Taylor konnte es nicht. Was wird Avery unternehmen, sobald er den Film hat – ihn in seinem Waschbeutel nach Hause bringen?«

»Können wir das anschließend besprechen?« meinte Leclerc und wandte sich wieder an die anderen, wobei er ihnen geduldig zulächelte, als wolle er damit sagen, daß man eben Rücksicht auf den alten Adrian nehmen müsse.

»Bis vor zehn Tagen war das alles, worauf wir uns stützen konnten. Dann aber gab es den zweiten Hinweis. Das Gebiet um Kalkstadt war zum Sperrgebiet erklärt worden.« Aufgeregtes, sehr interessiertes Murmeln. »Im Umkreis von – soweit wir feststellen können – dreißig Kilometern. Völlig abgeschlossen, gesperrt für jeden Verkehr. Sie zogen sogar Grenzschutzeinheiten zusammen.« Sein Blick überflog die Gesichter in der Runde. »Zu diesem Zeitpunkt informierte ich den Minister. Nicht einmal Ihnen hier kann ich alle Zusammenhänge erklären. Aber lassen Sie mich eines erwähnen.«

Den letzten Satz hatte er schnell hervorgestoßen, wobei er mit einer ruckartigen Bewegung die kleinen Hörner seines graumelierten Haares, die über seinen Ohren wuchsen, zurückstrich.

Haldane war vergessen.

»Was uns von Anfang an wunderte« – er wies mit dem Kopf auf Haldane, eine entgegenkommende Geste im Augenblick des Sieges, die Haldane aber nicht zur Kenntnis nahm –, »war die Anwesenheit sowjetischer Truppen. Sie haben Einheiten in Rostock, Wismar, Schwerin.« Sein Finger wies auf die Fähnchen. »Aber keine – und das wird von anderen Agenturen bestätigt – in der unmittelbaren Umgebung von Kalkstadt. Wenn es dort wirklich Waffen gibt, Waffen von hoher Zerstörungskraft, weshalb sind dann nicht auch sowjetische Truppen dort?«

McCulloch äußerte eine Vermutung: Könnten nicht Techniker dort sein, sowjetische Ingenieure in Zivil?

»Das halte ich für unwahrscheinlich.« Ein zurückhaltendes Lächeln. »In vergleichbaren Fällen, bei denen taktische Waffen transportiert wurden, haben wir immer mindestens eine sowjetische Einheit identifiziert. Andererseits: Vor etwa fünf Wochen sind tatsächlich einige russische Soldaten in Gutsweiler gesehen worden. Das liegt etwas weiter südlich.« Er stand wieder an der Landkarte. »Sie blieben für eine Nacht in einem Gasthaus. Ein paar hatten Artillerie-Abzeichen, manche hatten nicht einmal Schulterstücke. Am nächsten Morgen zogen sie sehr früh ab,

Richtung Süden. Man könnte den Schluß daraus ziehen, daß sie etwas gebracht hatten, das sie bei ihrem Abmarsch dort ließen.«

Woodford wurde unruhig. Worauf sollte das alles hinauslaufen, wollte er wissen, was hielt man im Ministerium davon? Für das Lösen von Rätseln hatte er keine Geduld.

Leclerc schaltete auf seinen belehrenden Ton um, der keinen Widerstand duldete: Tatsachen sind Tatsachen, und über Tatsachen läßt sich nicht streiten. »Die Auswertung hat großartig gearbeitet. Die Gesamtlänge der auf diesen Bildern gezeigten Objekte – und so etwas können sie sehr genau feststellen – entspricht den Maßen der sowjetischen Mittelstreckenraketen. Auf Grund der vorliegenden Informationen« – er klopfte mit den Knöcheln leicht auf die Karte, was sie in seitwärts schwingende Bewegung versetzte – »hält es das Ministerium nicht für ausgeschlossen, daß wir es mit sowjetischen Raketen zu tun haben, die Ostdeutschland zur Verfügung gestellt worden sind.« Schnell setzte er hinzu: »Unsere Auswertung ist nicht bereit, so weit zu gehen. Nun, wenn sich die Ansicht des Ministeriums durchsetzen würde, das heißt, wenn sie recht hätten, dann stünden wir vor einer Situation wie« – das war sein großer Augenblick – »in Kuba! Die gleiche Situation wie in Kuba, nur« – er versuchte seiner Stimme einen Entschuldigung heischenden Unterton zu geben, um es möglichst nebensächlich klingen zu lassen – »noch viel gefährlicher.«

Damit hatte er sie gefangen.

»In diesem Stadium«, erklärte Leclerc, »fühlte sich das Ministerium berechtigt, eine Überfliegung des Gebietes zu genehmigen. Wie Sie wissen, hat sich unsere Organisation während der letzten vier Jahre mit Luftaufnahmen begnügen müssen, die auf den offiziellen zivilen und militärischen Luftverkehrsstrecken gemacht worden waren. Sogar dazu brauchten wir die Erlaubnis des Auswärtigen Amtes.« Er schweifte ab: »Ja, es war wirklich zu schade.« Seine Augen schienen etwas zu suchen, das nicht mehr innerhalb dieses Raumes lag. Die anderen beobachteten ihn gespannt, sie warteten, daß er fortfuhr.

»Diesmal war das Ministerium bereit, die Entscheidungsgewalt abzugeben. Und ich bin froh, Ihnen sagen zu dürfen, daß die Aufgabe, dieses Unternehmen durchzuführen, unserer Organisation übertragen wurde. Wir wählten den besten Piloten, den es in unseren Listen gibt: Lansen.« Jemand in der Runde sah erstaunt auf. Die Namen von Agenten wurden nie in dieser Form ausgesprochen. »Lansen nahm es gegen Honorar auf sich, während eines Charterfluges von Düsseldorf nach Finnland vom Kurs abzuweichen. Taylor wurde entsandt, den Film entgegenzunehmen. Er starb auf dem Flugplatz. Ein Verkehrsunfall, wie es scheint.«

Von draußen kam das Geräusch der im Regen vorbeifahrenden Autos herein, und es klang wie das Rascheln von im Wind bewegtem Papier. Das Feuer war erloschen. Nur der Rauch war geblieben und hing wie eine Wolke über dem Tisch.

Sandford hatte die Hand gehoben. Welche Art Rakete sollte das angeblich sein?

»Eine Sandal, mittlere Reichweite. Die Auswertung sagte mir, sie sei öffentlich zum erstenmal im November 1962 auf dem Roten Platz gezeigt worden. Seither hat sie eine gewisse Berühmtheit erlangt. Es waren Sandal-Raketen, die von den Russen in Kuba installiert wurden. Die Sandal ist außerdem« – ein kurzer Blick zu Woodford – »ein direkter Nachkomme der im Krieg von den Deutschen benützten V 2.«

Er holte von seinem Schreibtisch einige andere Fotos und legte sie auf den Tisch.

»Hier ist ein Foto der Sandal-Rakete aus unserer Auswertungsabteilung. Man sagte mir, ihr typisches Merkmal sei das, was man als Zackengürtel bezeichnen könnte« – er deutete auf ein Gebilde am unteren Ende des Geschosses –, »und die kleinen Flossen. Sie ist rund zwölf Meter lang. Wenn Sie es genau betrachten, können Sie die Rillen neben der Führungsleiste sehen – genau hier –, durch die der Schutzüberzug in seiner richtigen Lage festgehalten wird. Ironischerweise haben wir kein Foto zur Verfügung, das die Sandal in ihrem Schutzüberzug zeigt. Vielleicht haben die Amerikaner eines, aber ich sehe mich im augenblicklichen Stadium nicht in der Lage, sie daraufhin anzusprechen.«

Woodford reagierte schnell und pflichtete ihm bei: natürlich nicht.

»Der Minister war besorgt, daß wir sie nicht voreilig alarmieren. Die Amerikaner reagieren ja schon beim kleinsten Hinweis auf Raketen in der härtesten Weise. Ehe wir überhaupt wissen, wo sie sind, werden sie schon ihre U 2 über Rostock fliegen lassen.« Vom Gelächter der anderen ermutigt, fuhr Leclerc fort: »Der Minister machte noch eine Bemerkung, die ich Ihnen nicht vorenthalten möchte. Das Land, das von den Raketen am meisten bedroht ist, könnte – da sie eine Reichweite von zwölfhundert Kilometern haben – sehr wohl unser eigenes sein. Sicherlich aber ist es nicht Amerika. Politisch gesehen wäre es jetzt ein sehr ungünstiger Augenblick, unsere Köpfe in den Schürzenzipfeln Amerikas zu verstecken. Schließlich haben wir – wie es der Minister ausdrückt – noch immer ein oder zwei eigene Zähne.«

Haldane sagte sarkastisch: »Das ist ein köstlicher Vergleich«, und Avery wandte sich ihm mit dem bisher unterdrückten Zorn zu.

»Sie waren schon witziger«, sagte er und hätte beinahe hinzugefügt: Haben Sie doch etwas Mitleid!

Haldanes Blick hielt Avery einen Augenblick gefangen, ehe er ihn freigab: Dieser Verstoß war ihm nicht vergeben, die Sühne nur auf später vertagt.

Jemand fragte, was als nächster Schritt geplant sei, falls Avery den Film Taylors nicht finden würde. Angenommen, er war einfach nicht mehr vorhanden? Könnten sie das Gebiet noch einmal überfliegen lassen?

»Nein«, sagte Leclerc. »Noch eine Überfliegung steht außerhalb jeder Debatte. Viel zu gefährlich. Wir werden etwas anderes versuchen müssen.« Weiter schien er noch nicht gehen zu wollen, aber Haldane fragte: »Und was zum Beispiel?«

»Wir werden wohl einen Mann hineinschicken müssen. Das scheint die einzige Möglichkeit zu sein.«

»Diese Organisation hier?« fragte Haldane voll Unglauben. »Einen Mann hineinschicken? Das Ministerium wird so was niemals zulassen. Du meinst damit doch sicher, daß du das Rondell darum bitten wirst?«

»Ich habe dir die Lage bereits erklärt, Adrian. Du willst doch nicht etwa behaupten wollen, daß wir es nicht machen könnten?« Er sah sich herausfordernd in der Tischrunde um. »Jeder von uns hier, ausgenommen der junge Avery, ist seit zwanzig Jahren in diesem Geschäft. Du persönlich hast schon mehr über Agenten vergessen, als die meisten Leute im Rondell jemals gewußt haben.«

»Hört! Hört!« rief Woodford.

»Denk an deine eigene Abteilung, Adrian, denk an die Auswertung: Während der letzten fünf Jahre muß es ein halbes Dutzend Gelegenheiten gegeben haben, bei denen das Rondell zu dir gekommen ist, um deinen Rat einzuholen, von deinen Einrichtungen und Erfahrungen zu profitieren. Es könnte der Tag kommen, da sie sich auch auf unsere Agenten stützen! Das Ministerium hat uns eine Überfliegung genehmigt. Weshalb nicht auch einen Agenten?«

»Du hast noch einen dritten Hinweis erwähnt. Ich habe nicht verstanden. Was war das?«

»Taylors Tod«, sagte Leclerc.

Avery stand auf, nickte grüßend und ging auf den Zehenspitzen zur Tür. Haldane beobachtete ihn, während er den Raum verließ.

5

Carol hatte einen Zettel auf seinen Schreibtisch gelegt: »Ihre Frau hat angerufen.«

Er ging in ihr Büro, wo sie vor ihrer Schreibmaschine saß, ohne zu schreiben. »Sie würden nicht so über den armen Wilf Taylor sprechen, wenn Sie ihn besser gekannt hätten«, sagte sie.

»Nicht wie? Ich habe überhaupt nicht von ihm gesprochen.«

Er glaubte, sie trösten zu müssen. Manchmal berührten sie einander, und er glaubte, sie erwarte das jetzt.

Er beugte sich vor, bis er ihre Haarspitzen auf seiner Wange fühlte. Als er seinen Kopf an ihre Schläfe lehnte, spürte er ihre Haut, die sich leicht über den flachen Schädelknochen spannte. Einen Augenblick verharrten sie in dieser Stellung: Carol saß mit steifem Rücken und schaute gerade vor sich hin. Ihre Hände lagen zu beiden Seiten der Schreibmaschine, während Avery sich ungeschickt vorneigte. Er dachte daran, seine Hand unter ihren Arm zu schieben und ihre Brust zu berühren, aber er tat es nicht. Beide zogen sich sanft zurück, trennten sich und waren wieder allein. Avery stand auf.

»Ihre Frau hat angerufen«, sagte sie. »Ich sagte ihr, Sie seien in der Konferenz. Sie möchte Sie dringend sprechen.«

»Danke. Ich bin schon unterwegs.«

»John, was ist los? Was soll das Ganze mit dem Rondell? Was hat Leclerc vor?«

»Ich dachte, Sie wüßten es. Er sagte, er habe Sie auf die Liste gesetzt.«

»Das meine ich nicht. Warum lügt er Sie wieder an? Er hat ein Memorandum für Control diktiert, in dem von irgendeinem Trainingsplan die Rede ist und daß Sie ins Ausland fahren. Pine hat es abgeliefert. Leclerc hat sich wie ein Verrückter wegen der Pension von Mrs. Taylor aufgeführt, nach Präzedenzfällen gesucht, und der Himmel weiß, was noch alles. Sogar das Gesuch ist streng geheim. Er baut wieder eines seiner Kartenhäuser, John, ich weiß es. Wer, zum Beispiel, ist Leiser?«

»Sie dürfen es nicht wissen. Er ist ein Agent, ein Pole.«

»Arbeitet er fürs Rondell?« Sie wechselte ihre Spur. »Also warum fahren *Sie*? Das ist ein anderer Punkt, den ich nicht verstehe. Warum mußte Taylor wegen dieser Sache fahren? Wenn das Rondell in Finnland Kuriere hat, warum haben wir sie nicht von allem Anfang an benützen können? Warum den armen Taylor schicken? Sogar jetzt noch könnte das A. A. die Sache bereinigen. Ich bin sicher, daß sie das könnten. Er will dem Rondell einfach nicht die Möglichkeit dazu geben: Er versteift sich darauf, *Sie* zu schicken.«

»Sie verstehen das nicht«, sagte Avery kurz.

»Was anderes«, fragte sie, als er sich zum Gehen wandte. »Warum haßt Adrian Haldane Sie so sehr?«

Er besuchte die Buchhaltung und nahm dann ein Taxi zum Rondell. Leclerc hatte gesagt, er könne es verrechnen. Er war darüber verärgert, daß ihn Sarah gerade in einem solchen Augenblick zu erreichen versuchte. Er hatte ihr verboten, ihn jemals im Büro anzurufen. Leclerc war der Meinung, das sei ein Sicherheitsrisiko.

»Was haben Sie in Oxford studiert? Es war Oxford, nicht wahr?« fragte Smiley und bot ihm eine ziemlich zerdrückte Zigarette aus einem Zehnerpaket an.

»Sprachen.« Avery klopfte seine Taschen nach einem Streichholz ab. »Deutsch und Italienisch.« Als Smiley nichts sagte, fügte er hinzu: »Deutsch im Hauptfach.«

Smiley war ein kleiner, zerstreuter Mann mit dicken Fingern. Er hatte eine düstere, ausweichende Art, als fühle er sich unbehaglich. Was immer Avery erwartet hatte – das war es nicht.

»Na ja, na ja.« Smiley nickte sich selbst zu, ein sehr persönlicher Kommentar. »Ich glaube, es handelt sich um einen Kurier in Helsinki. Sie wollen ihm einen Film übergeben. Es ist ein Trainingskurs.«

»Ja.«

»Das ist eine höchst ungewöhnliche Bitte. Sind Sie sicher ... wissen Sie, wie lang der Film ist?«

»Nein.«

Lange Pause.

»Sie sollten versuchen, das in Erfahrung zu bringen«, sagte Smiley freundlich. »Ich halte es für möglich, daß der Kurier ihn verstecken möchte, wissen Sie.«

»Tut mir leid.«

»Ach, das macht nichts.«

Das ganze erinnerte Avery an Sitzungen mit seinem Lehrer in Oxford, bei denen er seine Aufsätze vorlas.

»Vielleicht«, sagte Smiley nachdenklich, »kann ich Ihnen das eine sagen: Ich bin überzeugt, daß Leclerc es schon von Control erfahren hat. Wir wollen Ihnen jede Unterstützung geben, zu der wir fähig sind – jede mögliche Unterstützung.« Mit der seltsamen Unaufrichtigkeit, die allen seinen Äußerungen anzuhaften schien, murmelte er: »Es gab eine Zeit, in der sich unsere Organisationen Konkurrenz gemacht haben. Ich habe das immer als sehr schmerzlich empfunden. Aber ich dachte mir, Sie könnten mir vielleicht ein *wenig* erzählen, nur ein klein wenig ... Control war so erpicht darauf zu helfen. Es wäre uns furchtbar unangenehm, aus Unwissenheit etwas Falsches zu tun.«

»Es ist eine Schulungsübung. Mit voller Ausrüstung. Ich weiß selbst nichts Genaues darüber.«

»Wir wollen helfen«, wiederholte Smiley. »Gegen welches Land ist die Aktion gerichtet, gegen welches angenommene Land?«

»Ich weiß nicht. Ich spiele nur eine kleine Rolle. Es handelt sich um eine Übung.«

»Aber wenn es sich um eine Übung handelt, warum dann so viel Heimlichkeit?«

»Nun ja – Deutschland«, sagte Avery.

»Danke.«

Smiley schien verlegen zu sein. Er betrachtete seine vor ihm auf dem Schreibtisch leicht gefalteten Hände und fragte Avery, ob es noch immer regne. Avery sagte, ja, leider.

»Es tut mir leid, das von Taylor gehört zu haben«, sagte Smiley. Avery erwiderte, Taylor sei ein guter Mann gewesen.

»Wissen Sie, wann Sie Ihren Film haben werden? Heute abend? Morgen? Leclerc dachte wohl eher an heute abend, nehme ich an.«

»Ich weiß nicht. Hängt davon ab, wie es läuft. Ich kann es im Augenblick einfach nicht sagen.«

»Nein.« Es folgte eine lange, grundlose Pause. Er ist wie ein alter Mann, dachte Avery, er vergißt, daß er nicht allein ist. »Nein, man muß mit so vielen Imponderabilien rechnen. Haben Sie diese Art Arbeit schon einmal gemacht?«

»Ein- oder zweimal.«

Wieder sagte Smiley nichts und schien die Pause nicht zu bemerken.

»Wie geht es denn in der Blackfriars Road? Haldane – kennen Sie den überhaupt?« Auf eine Antwort legte Smiley offenbar keinen Wert.

»Er leitet jetzt die Auswertung.«

»Natürlich. Ein guter Kopf. Ihre Auswertung genießt einen recht guten Ruf, wissen Sie. Wir selbst haben uns mehr als einmal an sie gewandt. Haldane und ich studierten zur selben Zeit in Oxford. Während des Krieges arbeiteten wir dann eine Zeitlang zusammen. Er hat den B. A. mit Auszeichnung gemacht. Wir hätten ihn nach dem Krieg hierherholen sollen. Ich erinnere mich, daß sich die Ärzte um seine Lunge Sorgen machten.«

»Ich habe nichts darüber gehört.«

»Darüber hatten Sie nichts gehört?« Er zog seine Augenbrauen auf eine komische Art in die Höhe. »In Helsinki gibt es ein Hotel namens ›Prinz von Dänemark‹. Gegenüber dem Hauptbahnhof. Kennen Sie es zufällig?«

»Nein. Ich war noch nie in Helsinki.«

»Tatsächlich nicht?« Smiley betrachtete ihn beunruhigt. »Es ist eine sehr seltsame Geschichte. Dieser Taylor – war er auch im Training?«

»Ich weiß nicht. Aber ich werde das Hotel finden«, sagte Avery mit leichter Ungeduld.

»Gleich hinter der Eingangstür werden Zeitschriften und Ansichtskarten verkauft. Es gibt nur den einen Eingang.« Er hätte vom Haus nebenan sprechen können. »Und Blumen. Ich glaube, es wäre für Sie am besten, wenn Sie dorthin gingen, sobald Sie den Film haben. Bitten Sie die Leute im Blumenkiosk, ein Dutzend roter Rosen an Mrs. Avery ins Hotel Imperial nach Torquay zu schicken. Oder ein halbes Dutzend würde auch genügen, wir wollen doch kein Geld verschwenden, nicht wahr? Blumen sind dort oben so teuer. – Reisen Sie unter Ihrem eigenen Namen?«

»Ja.«

»Hat das einen besonderen Grund?« Dann fügte er hastig hinzu: »Ich möchte ja nicht neugierig sein, aber unser Dasein ist ohnehin schon so kurz. – Ich meine, bevor es zu Ende ist.«

»Es dauert wohl ziemlich lang, einen falschen Paß zu bekommen. Das Auswärtige Amt …« Er hätte nicht antworten sollen. Er hätte ihn auffordern sollen, sich um seine eigenen Angelegenheiten zu kümmern.

»Entschuldigen Sie«, sagte Smiley und runzelte die Stirn, als habe er eine Taktlosigkeit begangen. »Sie können immer zu uns kommen, wissen Sie, wegen Pässen, meine ich.« Das war freundlich gemeint. »Also schicken Sie die Blumen. Bevor Sie das Hotel verlassen, vergleichen Sie Ihre Uhr mit der des Hotels. Nach einer halben Stunde kehren Sie zum Haupteingang zurück. Ein Taxifahrer wird Sie erkennen und seinen Wagenschlag öffnen. Steigen Sie ein, fahren Sie herum, geben Sie ihm den Film. Ach, und zahlen Sie bitte. Einfach den üblichen Fahrpreis. Die *kleinen* Dinge vergißt man so leicht. – Welche Art Schulung ist das eigentlich?«

»Was ist, wenn ich den Film nicht bekomme?«

»In diesem Fall unternehmen Sie nichts. Gehen Sie nicht in die Nähe des Hotels. Fahren Sie gar nicht nach Helsinki. Vergessen Sie's.«

Avery wurde plötzlich bewußt, daß diese Anweisungen bemerkenswert klar waren.

»Als Sie Deutsch studierten, haben Sie da zufällig das 17. Jahrhundert berührt?« erkundigte sich Smiley hoffnungsvoll, als Avery schon gehen wollte. »Gryphius, Lohenstein und diese Leute?«

»Das war ein Spezialfach. Leider nein.«

»Spezialfach«, brummte Smiley. »Welch ein *dummes* Wort. Ich nehme an, man wollte damit sagen, daß es etwas abseitig sei. Eine sehr unpassende Auffassung.«

Erst an der Tür sagte er: »Haben Sie eine Aktentasche oder so etwas?«

»Ja.«

»Wenn Sie diesen Film haben, stecken Sie ihn in die Manteltasche. Behalten Sie die Aktentasche in der Hand. Wenn man Ihnen folgen sollte, wird man es vor allem auf die Aktentasche abgesehen haben. Das ist ganz natürlich. Wenn Sie sich der Aktentasche einfach irgendwo entledigen, wird man vielleicht nach ihr, statt nach Ihnen suchen. Ich halte die Finnen für keine sehr komplizierten Menschen. Das ist natürlich nur ein Schulungshinweis. Aber ich mache mir keine Sorgen. Ich habe immer das Gefühl, daß es ein Fehler ist, sich auf die *Technik* zu verlassen.« Er begleitete Avery an die Tür und ging dann nachdenklich den Korridor hinunter zum Zimmer von Control.

Während Avery die Treppen zu seiner Wohnung hinaufstieg, überlegte er, wie Sarah reagieren würde. Jetzt tat es ihm leid, daß er nicht doch telefoniert hatte, denn er haßte es, sie in der Küche zu überraschen, während Anthonys Spielsachen über den Wohnzimmerteppich verstreut waren. Es war niemals gut, ohne Anmeldung nach Hause zu kommen. Sie schien zu erwarten, daß er etwas Schreckliches getan hatte, so sehr erschrak sie.

Er hatte nie einen Schlüssel bei sich, denn Sarah war immer zu Hause. Soviel er wußte, hatte sie keine eigenen Freunde; sie ging niemals zu Kaffeekränzchen und fuhr zu Einkäufen allein in die Stadt. Sie schien keinerlei Talent dazu zu haben, sich selbst ein Vergnügen zu gönnen.

Er läutete und hörte, wie Anthony »Mami, Mami« rief, und horchte auf ihren Schritt. Die Küche war am anderen Ende des Ganges, aber diesmal kam sie aus dem Schlafzimmer, so leise, als sei sie barfuß.

Sie öffnete die Tür, ohne ihn anzusehen. Sie trug ein Baumwollnachthemd und eine Strickjacke.

»Du hast dir ganz schön Zeit gelassen«, sagte sie, drehte sich um und ging unsicher in das Schlafzimmer zurück. »Irgendwas nicht in Ordnung?« fragte sie über die Schulter. »Ist noch jemand umgebracht worden?«

»Was ist los, Sarah? Fühlst du dich nicht wohl?«

Anthony tobte herum, weil sein Vater nach Hause gekommen war. Sarah kletterte ins Bett zurück. »Ich habe den Arzt angerufen. *Ich* weiß nicht, was es ist«, sagte sie, als sei Krankheit nicht ihr Fach.

»Hast du Fieber?«

Sie hatte eine Schüssel mit kaltem Wasser und den Waschlappen aus dem Badezimmer neben das Bett geholt. Er drückte den Waschlappen aus und legte ihn auf ihre Stirn. »Du wirst dich hier nützlich machen müssen«, sagte sie. »Ich fürchte nur, daß es nicht so aufregend ist wie Spionage. Willst du mich nicht fragen, was mir fehlt?«

»Wann kommt der Arzt?«

»Er hat bis zwölf Sprechstunde. Danach wird er kommen, nehme ich an.«

Er ging in die Küche, wobei Anthony ihm folgte. Das Frühstücksgeschirr stand noch auf dem Tisch. Er rief ihre Mutter in Reigate an und bat sie, sofort herzukommen.

Kurz vor eins kam der Arzt. Ein Fieber, sagte er, irgendein Virus.

Avery hatte erwartet, daß sie bei der Mitteilung von seiner Reise weinen würde. Sie nahm es zur Kenntnis, überlegte eine Weile und schlug ihm dann vor, packen zu gehen.

»Ist es wichtig?« fragte sie plötzlich.

»Natürlich. Sehr wichtig.«

»Für wen?«

»Für dich, für mich. Für uns alle, nehme ich an.«

»Auch für Leclerc.«

»Ich habe ja gesagt: für uns alle.«

Er versprach Anthony, ihm etwas mitzubringen.

»Wohin fährst du?« fragte Anthony.

»Mit dem Flugzeug.«

»Wohin?«

Er wollte ihm gerade sagen, daß das ein großes Geheimnis sei, als ihm Taylors kleine Tochter einfiel.

Er küßte Sarah, trug seinen Koffer in das Vorzimmer und stellte ihn auf den Läufer. Sarah zuliebe waren an der Tür zwei Schlösser angebracht, die man gleichzeitig aufschließen mußte.

Er hörte sie sagen: »Ist es auch gefährlich?«

»Ich weiß nicht. Ich weiß nur, daß es äußerst wichtig ist.«

»Du bist davon wirklich überzeugt, nicht wahr?«

Fast verzweifelt rief er: »Schau, wie weit voraus soll ich denn denken? Das ist keine Frage der Politik, sondern eine Frage der Tatsachen, verstehst du das nicht? Kannst du mir denn nicht glauben? Kannst du mir nicht einmal im Leben sagen, daß ich etwas Nützliches tue?« Er ging zurück ins Schlafzimmer. Sarah hielt sich ein Taschenbuch vor das Gesicht und tat so, als ob sie lese. »Du weißt ganz genau, daß wir alle dort unser Leben abschirmen müssen. Es hat doch keinen Sinn, mich dauernd zu fragen: ›Bist du überzeugt?‹ Es ist genauso, als fragtest du mich immer wieder, ob wir wirklich Kinder haben sollten, ob wir hätten heiraten sollen. Das hat einfach keinen Sinn.«

»Armer John«, bemerkte sie, legte ihr Buch nieder und sah ihn forschend an. »Loyalität ohne Glauben. Es ist sehr schwer für dich.« Sie sagte das völlig leidenschaftslos, als habe sie ein Übel in der Gesellschaftsstruktur erkannt. Ihr Kuß war wie ein Verrat ihrer eigenen Grundsätze.

Haldane wartete, bis der letzte aus dem Zimmer gegangen war. Er selbst war spät gekommen, und er würde spät gehen – immer anders als die anderen.

Leclerc sagte: »Warum tust du mir das an?« Er sprach wie ein von seinem Auftritt ermüdeter Schauspieler. Die Landkarten und Fotografien lagen noch immer zwischen den leeren Tassen und Aschenbechern verstreut auf dem Tisch.

Haldane gab keine Antwort.

»Was versuchst du zu beweisen, Adrian?«

»Was hast du da von einem Mann gesagt, den du hineinschicken willst?«

Leclerc ging zum Waschbecken und ließ Wasser in ein Glas laufen.

»Du magst Avery nicht, nicht wahr?« fragte er.

»Er ist jung – von diesem Kult habe ich genug.«

»Ich werde heiser, wenn ich die ganze Zeit rede«, sagte Leclerc. »Trink du auch eines. Wird deinem Husten guttun.«

»Wie alt ist Gorton?« Haldane nahm das Glas, trank und gab es zurück.

»Fünfzig.«

»Mehr. Er ist in unserem Alter. Er war während des Krieges in unserem Alter.«

»Man vergißt. Ja, er muß fünf- oder sechsundfünfzig Jahre sein.«

»Beamter auf Lebenszeit?« drängte Haldane.

Leclerc schüttelte den Kopf. »Er erfüllt die Voraussetzungen nicht«, sagte er. »Unterbrochene Dienstzeit. Nach dem Krieg ging er zur Kontrollkommission. Als sie zusperrte, wollte er in Deutschland bleiben. Hat eine deutsche Frau, glaube ich. Er kam zu uns, und wir gaben ihm einen Vertrag. Wir könnten es uns niemals leisten, ihn dort zu behalten, wenn er ein Beamter wäre.« Geziert wie ein Mädchen trank er einen Schluck Wasser. »Vor zehn Jahren hatten wir fünfzig Mann im Einsatz. Jetzt haben wir neun. Wir haben nicht einmal unsere eigenen Kuriere, keine Geheimkuriere. Das haben heute morgen schon alle gewußt. Warum hat keiner etwas gesagt?«

»Wie oft übermittelt er Flüchtlingsberichte?«

Leclerc zuckte mit den Schultern. »Ich sehe nicht alles, was er uns schickt«, sagte er. »Deine Leute müßten es wissen. Der Markt wird schwächer, stell' ich mir vor, seit sie in Berlin die Mauer gebaut haben.«

»Mir legen sie nur die besseren Berichte vor. Aus Hamburg muß das der erste gewesen sein, den ich seit einem Jahr gesehen habe. Ich war stets der Meinung, er hätte andere Aufgaben.«

Leclerc schüttelte den Kopf.

»Wann wird die Erneuerung seines Vertrages fällig?« fragte Haldane.

»Ich weiß nicht. Ich weiß es einfach nicht.«

»Ich nehme an, er macht sich ziemliche Sorgen. Bekommt er eine Abfindung, wenn er ausscheidet?«

»Er hat nur einen Dreijahresvertrag. Da gibt's keine Abfindung, keine Orden. Er hat natürlich die Möglichkeit, auch nach dem sechzigsten Lebensjahr noch weiterzuarbeiten, falls wir ihn wollen. Das ist der Vorteil, Vertragsangestellter zu sein.«

»Wann wurde sein Vertrag das letztemal erneuert?«

»Da fragst du am besten Carol. Es muß zwei Jahre her sein, vielleicht länger.«

Wieder sagte Haldane: »Du sprichst davon, einen Mann hineinzuschicken?«

»Ich bin heute nachmittag noch einmal beim Minister.«

»Du hast schon Avery geschickt. Das hättest du nicht machen sollen, weißt du.«

»Irgend jemand mußte fahren. Hätte ich nach deiner Meinung das Rondell um jemanden bitten sollen?«

»Avery war ziemlich unverschämt«, bemerkte Haldane.

Der Regen floß in die Dachrinne und hinterließ auf den schmutzigen Fensterscheiben graue Spuren. Leclerc schien das Sprechen Haldane überlassen zu wollen, aber Haldane hatte nichts zu sagen. »Ich weiß noch nicht, was der Minister über Taylors Tod denkt. Er wird mich heute nachmittag fragen, und ich werde ihm meine Ansicht darlegen. Wir tappen natürlich alle im dunkeln.« Seine Stimme gewann wieder an Stärke. »Aber er könnte mich vielleicht anweisen – das ist durchaus drin, Adrian –, er könnte mir den Befehl geben, einen Mann hineinzuschicken.«

»Und?«

»Angenommen, ich würde dich bitten, eine Einsatzabteilung aufzubauen, die Voruntersuchungen zu machen, Papiere und Ausrüstung vorzubereiten; angenommen, ich würde dich bitten, einen Agenten anzuwerben, ihn auszubilden und seinen Einsatz zu leiten – würdest du es tun?«

»Ohne dem Rondell etwas zu sagen?«

»Keine Einzelheiten. Vielleicht werden wir hin und wieder von ihren Einrichtungen Gebrauch machen müssen. Das heißt aber nicht, daß wir ihnen die ganze Geschichte erzählen müssen. Das ist eine Frage der Sicherheit, wieviel sie wirklich wissen *müssen.*«

»Also ohne das Rondell?«

»Warum nicht?«

Haldane schüttelte den Kopf. »Weil es nicht unsere Arbeit ist. Wir sind einfach nicht dafür eingerichtet. Überlasse die Sache dem Rondell, und hilf ihnen bei dem militärischen Kram. Übergib es einem alten Hasen, irgend jemandem wie Smiley oder Leamas …«

»Leamas ist tot.«

»Also dann Smiley.«

»Smiley ist als Agent erledigt.«

Haldane schoß das Blut in die Wangen. »Dann Guillam oder einem der anderen. Einem von den Profis. Sein Stall ist derzeit groß genug. Geh und sprich mit Control. Überlaß den Fall ihm.«

»Nein«, sagte Leclerc mit fester Stimme und stellte sein Glas auf den Tisch. »Nein, Adrian. Du bist ebenso lange wie ich in der Organisation, du kennst unsere Vorschrift. ›Es sind alle nötigen Schritte‹ – so heißt es darin – ›alle möglichen Schritte zu unternehmen, um aus jenen Gebieten, in denen das Erforderliche nicht durch die konventionellen militärischen Hilfsmittel beschafft werden kann, militärische Informationen herbeizuschaffen, sie zu überprüfen und zu analysieren.‹« Er unterstrich die Worte durch Schläge mit seiner kleinen Faust. »Wie, glaubst du, habe ich die Erlaubnis zum Überfliegen bekommen?«

»In Ordnung«, gab Haldane zu, »wir haben unsere Vorschrift. Aber die Welt hat sich geändert. Jetzt wird nach anderen Regeln gespielt. Damals waren wir die großen Macher – Schlauchboote in einer mondlosen Nacht, ein gekapertes feindliches Flugzeug, Funk und all das. Wir kennen das, du und ich. Wir haben es gemeinsam gemacht. Aber jetzt ist alles anders. Es ist ein anderer Krieg, eine andere Art des Kampfes. Auch im Ministerium weiß man das ganz genau.« Er fügte hinzu: »Und verlaß dich nicht zu sehr aufs Rondell. Von diesen Leuten hast du keine Wohltaten zu erwarten.«

Sie sahen einander erstaunt an. Es war ein Augenblick gegenseitigen Erkennens.

Leclerc sagte beinahe flüsternd: »Es begann mit unseren Funknetzen, nicht wahr? Erinnerst du dich, wie das Rondell eines nach dem anderen schluckte? Das Ministerium pflegte zu sagen: In der polnischen Abteilung droht eine Doppelgleisigkeit, Leclerc. Ich habe mich entschlossen, daß Control sich um Polen kümmern soll. Wann war das? Im Juli achtundvierzig. Jahr für Jahr ist das so weitergegangen. Warum, glaubst du, behandeln sie deine Auswertungsabteilung so gönnerhaft? Sicher nicht wegen deiner wunderschönen Akten und Karteikarten. Sie haben uns dort, wo sie uns haben wollen, verstehst du mich? Satelliten. Wir machen keinen einzigen Einsatz mehr. Das ist ihre Methode, uns einzuschläfern. Du weißt doch, wie man uns heute in Whitehall nennt? Die Mumien im Altenteil.«

Darauf folgte eine lange Stille.

Haldane sagte: »Ich mache Auswertung und keine Einsätze.«

»Früher hast du aber welche gemacht, Adrian.«

»Wie wir alle.«

»Du kennst das Ziel. Du kennst den ganzen Hintergrund. Das kann niemand außer dir. Nimm dir, wen du willst – Avery, Woodford, wen immer du willst.«

»Wir sind nicht mehr an Menschen gewöhnt. Sie einzusetzen, meine ich.« Haldane entwickelte ungewöhnliche Schüchternheit. »Ich mache Auswertung. Ich arbeite mit Akten.«

»Bis jetzt konnten wir dir nichts anderes geben. Wie lang ist es schon her? Zwanzig Jahre.«

»Weißt du, was ein Raketenstützpunkt bedeutet?« fragte Haldane. »Weißt du, welcher Wirbel damit verbunden ist? Sie brauchen Abschußrampen, Abschirmanlagen, Kabelbatterien, Kontrollbauten; sie brauchen Bunker zur Lagerung der Sprengköpfe, Tankwagen für die Treibstoffe und Oxidationsmittel. Und diese Sachen müssen zuerst dort sein. Raketen kriechen nicht heimlich durch die Nacht; sie ziehen wie ein Wanderzirkus über Land. Wir hätten schon früher und vor allem mehr Hinweise erhalten. Wir oder das Rondell. Was Taylors Tod anbelangt ...«

»Um Himmels willen, Adrian, glaubst du denn, Geheimdienstarbeit hätte mit unumstößlichen philosophischen Wahrheiten zu tun? Muß denn jeder Priester *beweisen*, daß Christus am Weihnachtstag geboren wurde?«

Er reckte sein kleines Gesicht nach vorne, während er etwas aus ihm herauszuholen versuchte, von dem er zu wissen schien, daß es irgendwo vorhanden war. »Du kannst nicht alles berechnen, Adrian. Wir sind keine Akademiker, wir sind Staatsbeamte. Wir müssen uns mit den Dingen befassen, wie sie sind. Wir müssen uns mit Menschen, mit Ereignissen befassen!«

»Also gut, mit Ereignissen: Als er durch den Fluß schwamm, wie hat er da den Film aufbewahrt? Wie hat er die Aufnahmen *wirklich* gemacht? Wieso ist kein einziges Bild verwackelt? Er hatte getrunken, er balancierte auf den Zehenspitzen: Die Belichtungszeiten waren lang genug, um ein Bild zu verwackeln, nein? Sagte er nicht, er hätte den Verschluß nach Gefühl offengehalten?«

Haldane schien sich zu fürchten, aber nicht vor Leclerc, nicht vor dem Einsatz, sondern vor sich selbst. »Warum hat er Gorton etwas umsonst gegeben, das er anderswo zu verkaufen suchte? Warum hat er überhaupt sein Leben riskiert, um diese Aufnahmen zu machen? Ich schickte Gorton eine Liste zusätzlicher Fragen. Er versucht noch immer, diesen Mann zu finden, wie er sagt.«

Sein Blick schweifte zu dem Flugzeugmodell und den Akten auf Leclercs Schreibtisch. Dann fuhr er fort: »Du denkst an Peenemünde, nicht wahr? Du möchtest, daß es wie in Peenemünde ist.«

»Du hast mir noch immer nicht gesagt, was du tun wirst, wenn ich diesen Befehl bekomme.«

»Den wirst du nie bekommen. Niemals, niemals wirst du ihn bekommen.« Er sprach mit großer Entschiedenheit, fast triumphierend. »Wir werden eingeschläfert, siehst du das nicht ein? Du selbst hast es gesagt. Sie wollen, daß wir schlafen gehen, nicht in den Krieg.« Er stand auf. »Deshalb ist alles ganz gleichgültig. Es ist schließlich eine rein akademische Angelegenheit. Oder kannst du dir wirklich vorstellen, daß uns Control unterstützt?«

»Sie sind bereit, uns einen Kurier zu stellen.«

»Ja. Ich finde das höchst seltsam.«

Haldane blieb an der Tür vor einer Fotografie stehen. »Das ist Malherbe, nicht wahr? Der Junge, der fiel. Warum hast du diesen Namen gewählt?«

»Ich weiß nicht. Er ist mir einfach eingefallen. Das Gedächtnis spielt einem oft komische Streiche.«

»Du hättest Avery nicht schicken sollen. Bei unserer Arbeit verwendet man nicht einen Schreibtischmann für einen Auftrag wie diesen.«

»Ich habe in der letzten Nacht die Kartei durchgesehen. Wir haben einen Mann, der dazu geeignet wäre«, sagte Leclerc. Und dann nachdrücklich: »Gelernter Funker, spricht Deutsch, ledig.«

Haldane erstarrte. Schließlich fragte er: »Wie alt?«

»Vierzig. Etwas darüber.«

»Er muß damals sehr jung gewesen sein.«

»Er hat seine Sache gut gemacht. Sie hatten ihn in Holland geschnappt, und er ist ihnen entkommen.«

»Wie wurde er geschnappt?«

Leclerc zögerte eine Sekunde, ehe er antwortete: »Das ist nicht verzeichnet.«

»Intelligent?

»Er scheint befähigt zu sein.«

Wieder Stillschweigen.

»Das bin ich auch. Warten wir ab, was Avery zurückbringt.«

»Warten wir ab, was das Ministerium sagt.«

Leclerc wartete, bis das letzte Geräusch von Haldanes Husten auf dem Gang verhallt war, ehe er seinen Mantel anzog. Er würde einen Spaziergang machen, etwas frische Luft schnappen und in seinem Club zu Mittag essen. Das Beste, was es geben würde. Er fragte sich, was es sein werde. In den letzten Jahren war es dort sehr viel schlechter geworden. Nach dem Essen würde er zu Taylors Witwe gehen. Dann ins Ministerium.

Während des Mittagessens im »Gorringe« sagte Woodford zu seiner Frau: »Der junge Avery macht seinen ersten Einsatz. Clarkie hat ihn geschickt. Er sollte was draus machen.«

»Vielleicht wird er auch umgebracht«, sagte sie gehässig. Sie durfte nichts trinken – Anweisung des Arztes. »Dann könnt ihr ein wirkliches Fest feiern. Himmel, das wär' eine tolle Sache! Auf zum Ball in die Blackfriars Road!« Ihre Unterlippe zitterte. »Warum sind die Jungen immer so verflucht wunderbar? Wir waren jung, nicht wahr…? Himmel, wir sind es noch! Was stimmt nicht mit uns? Wir können nicht darauf warten, alt zu werden, nicht wahr? Wir können nicht …«

»Ist gut, Babs«, sagte er. Er fürchtete, daß sie weinen könne.

6

Start

Im Flugzeug erinnerte sich Avery an den Tag, an dem Haldane nicht im Büro erschien. Es war zufällig der Erste eines Monats – es mußte Juli gewesen sein –, und Haldane kam nicht zum Dienst. Bis zu Woodfords Anruf über das Haustelefon hatte Avery nichts davon gewußt. Haldane sei wahrscheinlich krank, hatte Avery ihm geantwortet, oder er habe irgendeine persönliche Sache erledigen müssen. Aber Woodford war nicht zu beschwichtigen. Er sei in Leclercs Zimmer gewesen und habe auf der Urlaubstabelle nachgesehen, sagte er. Haldanes Urlaub sei erst für den August vorgemerkt.

»Rufen Sie in seiner Wohnung an, John«, hatte ihn Woodford gedrängt. »Sprechen Sie mit seiner Frau. Versuchen Sie herauszubekommen, was mit ihm los ist.«

Avery war so erstaunt, daß ihm die Worte fehlten: Die beiden arbeiteten seit zwanzig Jahren zusammen, und sogar er wußte, daß Haldane Junggeselle war.

»Versuchen Sie zu erfahren, wo er ist«, beharrte Woodford, »los, ich befehle Ihnen: Rufen Sie in seiner Wohnung an.«

Also rief er an. Er hätte Woodford sagen können, er solle es doch selbst machen, aber er hatte sich das nicht getraut. Haldanes Schwester hob ab. Haldane liege im Bett, sein altes Lungenleiden mache ihm wieder zu schaffen. Er habe sich geweigert, ihr die Telefonnummer der Organisation zu geben. Als Averys Blick auf den Kalender fiel, wurde ihm klar, warum Woodford so aufgeregt war: Es war der Beginn eines neuen

Quartals. Es wäre denkbar gewesen, daß Haldane einen neuen Posten gefunden und die Organisation verlassen hatte, ohne Woodford etwas zu sagen. Als Haldane einen oder zwei Tage später wieder erschien, war Woodford ungewöhnlich liebenswürdig zu ihm und ignorierte tapfer seine sarkastischen Bemerkungen. Er war ihm für seine Rückkehr dankbar. Danach hatte Avery eine Zeitlang Angst gehabt. Da sein Vertrauen in die Organisation erschüttert war, betrachtete er sie jetzt kritischer.

Er bemerkte, daß sie sich gegenseitig legendäre Fähigkeiten zuschrieben – ein Komplott, an dem sie alle außer Haldane teilnahmen. Leclerc stellte Avery zum Beispiel einem Mitglied seines Ministeriums nie ohne irgendein aufwertendes Schlagwort vor. »Avery ist der strahlendste unserer neuen Sterne« oder – zu älteren Männern – »John ist mein Gedächtnis. Sie müssen John fragen«. Aus dem gleichen Grund vergaben sie sich gegenseitig ihre Schnitzer, denn sie wagten es sich um ihrer selbst willen nicht einzugestehen, daß es in der Organisation auch Platz für Versager gab. Avery anerkannte, daß sie ihnen Schutz vor der Unüberschaubarkeit des modernen Lebens bot und einen Ort darstellte, wo es noch immer klare Fronten gab. Für ihre Mitglieder hatte die Organisation fast religiösen Charakter. Wie Mönche ihrem Orden maßen sie ihrer Vereinigung ein mystisches Eigenleben zu, das nichts zu tun hatte mit der saumseligen, sündigen Schar von Männern, aus der sie sich zusammensetzte. Während sie durchaus zynisch über die Fähigkeiten ihrer Mitbrüder herziehen oder sich höhnisch über ihre eigenen Kämpfe um einen Platz in der Hierarchie lustig machen konnten, brannte ihr Glaube an die Organisation heimlich weiter. Und das nannten sie Patriotismus.

All dies erfüllte Averys Herz mit einer heißen Welle der Zuneigung, während er das dunkel werdende Meer dort unten betrachtete und das kalte Licht der Sonne, das sich in den Wellen brach. Woodford mit seiner Pfeife und seiner ungehobelten Art wurde Teil dieser geheimen Elite, zu der jetzt auch Avery gehörte. Haldane – vor allem Haldane – mit seinen Kreuzworträtseln und seinen Absonderlichkeiten verkörperte den kompromißlosen, reizbaren und zurückhaltenden Intellektuellen. Jetzt tat es ihm leid, daß er unhöflich zu ihm gewesen war. Dennison und McCulloch erschienen ihm als die unübertrefflichen Techniker: stille Männer, die bei Sitzungen den Mund nicht aufmachten, aber unermüdlich waren und letzten Endes recht behielten. Er dankte Leclerc, dankte ihm herzlich für das Privileg, mit diesen Männern bekannt sein zu dürfen, und dankte ihm für diesen aufregenden Auftrag. Er dankte ihm dafür, daß er ihm die Möglichkeit gegeben hatte, aus der früher oft empfundenen Unsicherheit zu Erfahrung und Reife aufzurücken, Schulter an Schulter mit den anderen ein im Feuer des Krieges gestählter Mann zu werden. Er dankte ihm für die Klarheit seiner Führung, die Ordnung in der Anarchie seines Herzens schuf. Er malte sich aus, wie er eines Tages auch den heranwachsenden Anthony durch diese schäbigen Gänge führen und ihn dem alten Pine vorstellen könnte, der mit Tränen in den Augen in seiner Loge aufstehen und liebevoll die zarte Kinderhand ergreifen würde.

In dieser Szene spielte Sarah keine Rolle.

Avery berührte leicht eine Ecke des länglichen Briefumschlages in seiner Innentasche. Er enthielt sein Geld: zweihundert Pfund in einem blauen Behördenumschlag. Er hatte gehört, im Krieg hätten die Leute solche Sachen in das Futter ihrer Kleider eingenäht, und es wäre ihm sehr willkommen gewesen, hätte man das gleiche jetzt auch für ihn getan. Ein kindischer Einfall, wie er wohl wußte, ja, er lächelte sogar darüber, sich solchen Träumen hingegeben zu sehen.

Dann fiel ihm der Besuch ein, den er heute morgen bei Smiley gemacht hatte. So rückschauend, fürchtete er sich ein ganz klein wenig vor Smiley. Und es fiel ihm das Kind an der Tür ein. Ein Mann muß sich gegen Gefühle verhärten.

»Ihr Mann hat hervorragende Arbeit geleistet«, sagte Leclerc. »Ich kann Ihnen keine Einzelheiten verraten. Ich bin überzeugt, daß er sehr tapfer starb.«

Ihr Mund war verschmiert und häßlich. Leclerc hatte noch nie jemanden so sehr weinen sehen; es war wie eine Wunde, die sich nicht schließen wollte.

»Was meinen Sie mit tapfer?« stammelte sie. »Wir sind nicht im Krieg. Damit ist Schluß, mit all diesem hochtrabenden

Gerede. Er ist tot«, sagte sie und vergrub ihr Gesicht in ihrem angewinkelten Arm, der wie eine vergessene Puppe auf dem Eßtisch lag. Aus einer Ecke starrte das Kind herüber.

»Ich glaube«, sagte Leclerc, »Sie sind einverstanden, wenn ich eine Pension beantrage. Sie können das alles uns überlassen. Je früher wir uns damit befassen, desto besser.« Als wäre es die Maxime seines Hauses, erklärte er: »Eine Pension vermag alles in ein anderes Licht zu rücken.«

Der Konsul wartete neben dem Beamten der Paßkontrolle. Er kam ihm ohne ein Lächeln entgegen. Er tat nur seine Pflicht. »Sind Sie Avery?« fragte er. Avery gewann den Eindruck eines großen, streng aussehenden Mannes mit gerötetem Gesicht, der einen Filzhut und einen dunklen Mantel trug. Sie gaben sich die Hand.

»Sie sind der britische Konsul, Mr. Sutherland.«

»Konsul Ihrer Majestät, genaugenommen«, entgegnete er etwas säuerlich. »Da gibt's einen Unterschied, wissen Sie.« Er sprach mit schottischem Akzent. »Wieso wußten Sie, wie ich heiße?«

Sie gingen gemeinsam auf den Haupteingang zu. Es war alles sehr einfach. Avery bemerkte ein Mädchen hinter dem Schalter, blond und sehr hübsch.

»Es ist nett von Ihnen, daß Sie den Weg heraus gemacht haben«, sagte Avery.

»Es sind nur fünf Kilometer von der Stadt.«

Sie stiegen ins Auto.

»Er wurde weiter oben auf der Straße getötet«, sagte Sutherland. »Wollen Sie die Stelle sehen?«

»Ja, das könnte ich machen. Um meiner Mutter davon zu berichten.« Er trug eine schwarze Krawatte.

»Sie heißen wirklich Avery, nicht wahr?«

»Selbstverständlich; Sie haben meinen Paß doch bei der Kontrolle gesehen.«

Sutherland gefiel diese Bemerkung nicht, und Avery wünschte, sie nicht gemacht zu haben. Der Konsul startete den Wagen. Als sie gerade in die Mitte der Fahrbahn hinausziehen wollten, wurden sie von einem Citroën überholt.

»Verdammter Idiot«, zischte Sutherland. »Die Straßen sind wie Eis. Ich nehme an, das ist einer von diesen Piloten. Die haben kein Gefühl mehr für Geschwindigkeit.« Während das Auto vor ihnen die lange, über die Dünen führende Straße hinunterraste, wobei es hinter sich eine kleine Wolke aus Schnee aufwirbelte, konnten sie die Umrisse einer Schirmmütze vor dem hellen Fleck der Windschutzscheibe sehen.

»Woher kommen Sie?« fragte er.

»Aus London.«

Sutherland wies geradeaus: »Dort ist Ihr Bruder gestorben. Dort oben auf dem Abhang. Die Polizei glaubt, daß der Fahrer sehr voll gewesen sein muß. Hier sind sie sehr scharf, wenn jemand im alkoholisierten Zustand fährt, wissen Sie.« Es klang wie eine Warnung. Avery starrte auf das flache, schneebedeckte Land hinaus und dachte an den Engländer Taylor, wie er einsam die Straße entlangtrottete und seine schwachen Augen vor Kälte tränten.

»Nachher gehen wir zur Polizei«, sagte Sutherland. »Man erwartet uns. Dort werden Sie alle Einzelheiten erfahren. Haben Sie sich schon ein Zimmer hier besorgt?«

»Nein.«

Als sie die Höhe des Hügels erreichten, sagte Sutherland mit widerwilliger Ehrfurcht: »Es war hier, falls Sie aussteigen wollen.«

»Nicht nötig.«

Sutherland beschleunigte etwas, als habe er es eilig, von der Stelle wegzukommen.

»Ihr Bruder war auf dem Weg zum Hotel. Zum ›Regina‹, dort vorne. Es gab kein Taxi.« Als sie auf der anderen Seite des Hügels hinunterfuhren, sah Avery die breite Lichterfront eines Hotels.

»Überhaupt keine Entfernung, wirklich nicht«, bemerkte Sutherland. »Er hätte es in fünfzehn Minuten geschafft. Weniger. Wo wohnt Ihre Mutter?«

Diese Frage kam für Avery völlig unvorbereitet.

»In Woodbridge, Suffolk.« Dort fand gerade eine Nachwahl statt. Es war die erste Stadt, die ihm einfiel, obwohl er sich nicht für Politik interessierte.

»Warum hat er sie nicht angegeben?«

»Bedaure, ich verstehe nicht.«

»Als nächste Verwandte. Warum hat Malherbe nicht seine Mutter, sondern Sie angegeben?«

Vielleicht war die Frage nicht ernst gemeint, vielleicht diente sie ihm nur dazu, Avery zum Reden zu bringen, auf jeden Fall aber war sie lästig. Avery war noch immer von der Reise abgespannt und wünschte, ohne Vorbehalte betrachtet und nicht diesem Verhör unterworfen zu werden. Es kam ihm auch zum Bewußtsein, daß er sein angebliches Verwandtschaftsverhältnis mit Taylor nicht genügend ausgearbeitet hatte. Was hatte Leclerc in dem Fernschreiben angegeben: Halbbruder oder Stiefbruder? Nervös versuchte er sich eine Folge von Familienereignissen vorzustellen, die ihm zu einer Antwort auf Sutherlands Frage hätten verhelfen können: Todesfälle, Wiederverheiratungen oder zerrüttete Ehen.

»Hier ist das Hotel«, sagte der Konsul plötzlich und fügte dann hinzu: »Das geht mich natürlich nichts an. Er kann angeben, wen immer er will.« Entrüstung war bei Sutherland zur Gewohnheit geworden, fast eine Philosophie. Er sprach immer so, als liege jedes seiner Worte in ständigem Widerspruch zur allgemeinen Auffassung.

Schließlich sagte Avery: »Sie ist alt. Man wollte sie vor einem Schock bewahren. Ich nehme an, daß er daran gedacht hat, als er das Paßformular ausfüllte. Sie war krank, sie hat ein schwaches Herz. Sie ist operiert worden.« Es klang sehr kindisch.

»Aha.«

Sie hatten den Stadtrand erreicht.

»Es muß eine Leichenschau gemacht werden«, sagte Sutherland. »Das ist hier Gesetz, wenn es sich um einen gewaltsamen Tod handelt.«

Darüber wird Leclerc verärgert sein. Sutherland fuhr fort: »Das erschwert uns die Formalitäten. Die Kriminalpolizei behält den Toten, bis die Leichenschau beendet ist. Ich bat sie, sich zu beeilen, aber man kann sie nicht drängen.«

»Danke. Ich habe daran gedacht, die Leiche per Flugzeug überführen zu lassen.« Als sie von der Hauptstraße auf den Marktplatz einbogen, fragte Avery beiläufig, als habe er an der

Antwort kein persönliches Interesse: »Was geschieht mit seinen Sachen? Ich nehme sie wohl am besten an mich, nicht wahr?«

»Ich bezweifle, daß die Polizei sie Ihnen aushändigen wird. Dazu muß der Staatsanwalt seine Erlaubnis gegeben haben. Der Bericht des Totenbeschauers geht zuerst an ihn; er gibt dann die Leiche frei. Hat Ihr Bruder ein Testament hinterlassen?«

»Ich habe keine Ahnung.«

»Sie wissen nicht zufällig, ob Sie als Testamentsvollstrecker bestimmt wurden?«

»Nein.«

Sutherland ließ ein trockenes, nachsichtiges Lachen hören. »Ich kann mich nicht des Eindrucks erwehren, daß Sie ein bißchen voreilig sind. Nächster Verwandter ist nicht ganz das gleiche wie Testamentsvollstrecker«, sagte er. »Ich fürchte, das gibt Ihnen keine rechtliche Handhabe, abgesehen von der Verfügung über die Leiche.« Er machte eine Pause, drehte sich um und sah über die Lehne seines Sitzes durchs Rückfenster hinaus, während er den Wagen in eine Parklücke manövrierte. »Selbst wenn die Polizei mir die persönlichen Effekten Ihres Bruders aushändigt, bin ich nicht berechtigt, sie Ihnen zu übergeben, ehe ich nicht Weisung vom Auswärtigen Amt habe. Und dort«, setzte er schnell hinzu, da Avery ihn unterbrechen wollte, »werden sie mir keine derartige Weisung erteilen, ehe nicht eine beglaubigte Abschrift des Testaments oder eine Verfügung der Verwaltungsbehörde vorliegt.« Tröstend fügte er hinzu: »Aber ich kann Ihnen einen Totenschein ausstellen.« Er öffnete seine Tür. »Falls die Versicherungsgesellschaften ihn verlangen.«

Er warf Avery einen Blick von der Seite zu, als frage er sich, ob er überhaupt etwas erben würde. »Das kostet Sie fünf Shilling für die Ausfertigung und fünf Shilling für jede beglaubigte Abschrift. – Was haben Sie gesagt?«

»Nichts.«

Sie stiegen beide die Treppen zur Polizeidirektion hinauf.

»Wir werden mit Inspektor Peersen zu tun haben«, erklärte Sutherland. »Er ist recht nett. Sie werden bitte alles mir überlassen.«

»Selbstverständlich.«

»Er hat mich immer sehr großzügig bei den Heimführungsfällen unterstützt.«

»Bei den was?«

»Bei den Heimführungen von britischen Staatsbürgern, die hier gestrandet sind. Wir haben im Sommer einen Fall pro Tag. Sie sind eine Schande. Übrigens, hat Ihr Bruder viel getrunken? Es sind einige Hinweise dafür vorhanden …«

»Es ist möglich«, sagte Avery. »Ich habe ihn in den letzten paar Jahren kaum gesehen.« Sie betraten das Gebäude.

Leclerc stieg behutsam die breiten Treppen zum Ministerium hinauf, das zwischen den Whitehall Gardens und dem Fluß lag. Der wuchtige neue Eingang war von Plastiken in jenem faschistisch-monumentalen Stil umgeben, wie ihn gewöhnlich Kleinstadtbehörden bewundern. Das teilweise modernisierte Gebäude wurde von Uniformierten mit roten Schärpen bewacht und verfügte über zwei Rolltreppen. Die eine, die herunterkam, war voll besetzt, denn es war halb sechs.

»Herr Unterstaatssekretär«, begann Leclerc schüchtern, »ich werde den Herrn Minister um eine weitere Überfliegung bitten müssen.«

»Eine solche Bitte ist Zeitverschwendung«, antwortete der Unterstaatssekretär mit Genugtuung. »Er war schon wegen der letzten äußerst beunruhigt. Er hat sich zu einer neuen Taktik entschlossen: Es wird keine mehr geben.«

»Nicht einmal in einem solchen Fall?«

»Besonders nicht in einem solchen Fall.«

Der Unterstaatssekretär berührte leicht die Ecken seines Eingangskorbs – die Geste eines Bankdirektors, der einen Kontoauszug vor sich hat. »Sie werden sich etwas anderes einfallen lassen müssen«, sagte er. »Irgendeinen anderen Weg. Gibt es denn keine schmerzlose Methode?«

»Keine. Ich nehme an, wir könnten versuchen, eine Abwanderung aus diesem Gebiet anzuheizen. Das ist aber eine langwierige Sache. Flugblätter, Propagandasendungen, finanziellen Anreiz. Im Krieg hat sich das gut bewährt. Wir müßten uns an ziemlich viele Leute wenden.«

»Das scheint eine höchst undurchführbare Idee zu sein.«

»Ja. Die Zeiten haben sich geändert.«

»Welche anderen Möglichkeiten gibt es noch?« drängte der Unterstaatssekretär.

Leclerc lächelte wieder, als sei er gerne einem Freund behilflich, aber nicht imstande, Wunder zu vollbringen. »Einen Agenten. Eine kurzfristige Operation. Hin und her, alles zusammen vielleicht eine Woche.«

Der Unterstaatssekretär sagte: »Aber wer würde sich für einen solchen Job hergeben? Heutzutage?«

»Wer wirklich? Es wäre ein sehr kühner Versuch.«

Das Zimmer des Unterstaatssekretärs war groß, aber dunkel, mit langen Reihen von Buchrücken an den Wänden. Die Modernisierung war bis zu seinem Vorzimmer vorgedrungen, das in zeitgenössischem Stil eingerichtet war, aber dort war sie stehengeblieben. Um sein Zimmer zu modernisieren, würde man sich bis zu seiner Pensionierung gedulden müssen. In dem marmorverkleideten Kamin brannte ein Gasstrahler. An der Wand hing ein Ölgemälde, das eine Seeschlacht darstellte. Der Lärm der Flußschiffe im Nebel drang bis zu ihnen. Es herrschte eine seltsam maritime Stimmung.

»Kalkstadt liegt ziemlich nahe der Grenze«, bemerkte Leclerc. »Wir müßten keine fahrplanmäßige Maschine benützen. Wir könnten einen Übungsflug machen, vom Kurs abkommen. Das ist schon öfters vorgekommen.«

»Genau.« Dann fuhr der Unterstaatssekretär fort: »Dieser Mann von Ihnen, der gestorben ist...«

»Taylor?«

»Namen interessieren mich nicht. – Er wurde ermordet, nicht wahr?«

»Das ist nicht bewiesen«, sagte Leclerc.

»Aber Sie nehmen es an?«

Leclerc lächelte nachsichtig. »Ich glaube, wir wissen beide, Herr Unterstaatssekretär, daß es sehr gefährlich ist, Annahmen offen auszusprechen, wenn damit politische Entscheidungen verbunden sind. Ich bitte immer noch um die Erlaubnis, das Gebiet ein zweites Mal überfliegen zu dürfen.«

Dem Unterstaatssekretär schoß das Blut in die Wangen.

»Ich habe Ihnen gesagt, daß es nicht in Frage kommt. Nein! Ist das jetzt klar? Wir sprachen von Alternativen.«

»Ich glaube, es gibt eine Alternative, die aber kaum im Rahmen meiner Organisation liegt. Es betrifft eher Sie selbst und das Auswärtige Amt.«

»So?«

»Geben Sie den Londoner Zeitungen einen Wink. Bringen Sie es in Umlauf. Veröffentlichen Sie die Aufnahmen.«

»Und?«

»Beobachten Sie die Wirkung. Beobachten Sie die diplomatische Tätigkeit der DDR und der Sowjetunion, die Verkehrsbewegungen. Werfen Sie einen Stein ins Nest, und warten Sie ab, welche Folgen das hat.«

»Ich kann Ihnen genau sagen, welche Folgen das haben würde: einen Protest von den Amerikanern, dessen Echo in den Gängen dieses Hauses noch in zwanzig Jahren hörbar wäre.«

»Natürlich. Das habe ich vergessen.«

»Dann sind Sie ein glücklicher Mensch. Sie regten an, einen Agenten hineinzuschicken.«

»Nur vorläufig. Ich wüßte nicht, wen.«

»Hören Sie zu«, sagte der Unterstaatssekretär mit der Endgültigkeit eines sehr müden Mannes. »Der Standpunkt des Ministers ist sehr einfach. Sie haben einen Bericht vorgelegt. Wenn er der Wahrheit entspricht, verändert er unsere gesamte Verteidigungsstellung. Tatsächlich verändert er alles. Mir ist jede Sensation zuwider, ebenso dem Minister. Da Sie den Hasen aufgestört haben, ist das mindeste, was Sie tun können, daß Sie nun auf ihn schießen.«

Leclerc sagte: »Falls ich einen Mann fände, taucht das Problem der Mittel auf: Geld, Schulung, Ausrüstung. Vielleicht zusätzliches Personal. Verkehrsmittel. Ein Überfliegen hingegen ...«

»Warum zählen Sie so viele Schwierigkeiten auf? Ich war immer der Meinung, ihr wärt für diese Dinge da.«

»Wir sind darauf spezialisiert, Herr Unterstaatssekretär. Aber ich habe meinen Stab verkleinert, wissen Sie. Beträchtlich verkleinert. Man muß auch ehrlich zugeben, daß uns einige unserer Funktionen entzogen worden sind. Ich habe nie versucht, die Uhr zurückzudrehen. Das hier ist hingegen« – er deutete ein Lächeln an – »eine etwas anachronistische Situation.«

Der Unterstaatssekretär sah durch das Fenster auf die sich am Fluß hinziehende Lichterkette hinaus.

»Mir kommt es ziemlich zeitgemäß vor. Raketen und all das Zeug. Ich glaube nicht, daß der Minister sie für anachronistisch hält.«

»Ich meine nicht das Ziel, sondern die Angriffsmethode: den gewaltsamen Grenzübertritt. Das ist seit dem Krieg kaum je gemacht worden, obwohl es eine Form der geheimen Kriegführung ist, mit der meine Organisation traditionsgemäß voll vertraut ist. Oder war.«

»Worauf wollen Sie hinaus?«

»Ich denke nur laut, Herr Unterstaatssekretär. Ich frage mich, ob das Rondell für diese Art Unternehmung nicht besser ausgerüstet ist. Vielleicht sollten Sie sich an Control wenden. Ich kann ihm die Unterstützung meiner Waffenspezialisten versprechen.«

»Das heißt, Sie glauben, die Sache nicht bewältigen zu können?«

»Nicht mit meiner augenblicklichen Organisation. Control kann es. Das heißt, falls der Minister nichts dagegen hat, eine andere Behörde einzuweihen. Eigentlich zwei. Ich war mir nicht bewußt, daß Sie sich wegen der Publizität solche Sorgen machen.«

»Zwei?«

»Control wird sich verpflichtet fühlen, das Auswärtige Amt zu informieren. So wie ich Sie informiert habe. Und von diesem Augenblick an müssen wir uns damit abfinden, daß man sich dort den Kopf darüber zerbrechen wird.«

»Wenn diese Leute davon wissen«, sagte der Unterstaatssekretär voll Verachtung, »dann ist es morgen das Gesprächsthema in jedem verdammten Club.«

»Diese Gefahr besteht«, gab Leclerc zu. »Vor allem aber frage ich mich, ob das Rondell die militärischen Erfahrungen dazu besitzt. Ein Raketenstützpunkt ist eine komplizierte Sache: Abschußrampen, Abschirmanlagen, Kabelbatterien – alle diese Dinge erfordern genaues Arbeiten und sorgfältige

Überprüfung. Control und ich könnten unsere Kräfte vereinen, denke ich ...«

»Das kommt nicht in Frage. Ihr würdet dabei sehr schlecht harmonieren. Selbst wenn Ihnen eine Zusammenarbeit gelänge, würde das gegen den Grundsatz verstoßen, keinen monolithischen Apparat zu errichten.«

»Ach ja, natürlich.«

»Nehmen wir also an, Sie machen es selbst, nehmen wir an, Sie finden einen Mann. Was würde das erfordern?«

»Einen zusätzlichen Etat. Barmittel, ab sofort. Zusätzliches Personal. Ein Trainingslager. Direkten Schutz des Ministeriums in Form von Sonderpässen und Vollmachten.« Wieder die Spitze: »Und wenigstens etwas Hilfe von Control ... wir könnten sie uns unter einem Vorwand verschaffen.«

Klagend hallte der Ruf eines Nebelhorns über das Wasser.

»Wenn es keine andere Möglichkeit gibt ...«

»Vielleicht tragen Sie es dem Minister vor.«

Schweigen. Dann sagte Leclerc: »Praktisch gesprochen, brauchen wir an die dreißigtausend Pfund.«

»Verrechenbar?«

»Zum Teil. Ich dachte, Sie wollten von Einzelheiten verschont bleiben.«

»Nicht, wenn das Schatzamt betroffen ist. Ich schlage vor, Sie machen eine Aufstellung der Kosten.«

»In Ordnung. Nur eine ungefähre Übersicht.«

Wieder herrschte Schweigen.

»Im Vergleich zu der Gefahr kann man das wirklich nicht als große Summe bezeichnen«, sagte der Unterstaatssekretär, wie um sich selbst zu trösten.

»Zu der *möglichen* Gefahr. Das soll klar sein: Ich behaupte nicht, daß ich davon überzeugt bin. Ich habe nur den Verdacht, den schweren Verdacht.« Er konnte es sich nicht verkneifen hinzuzufügen: »Das Rondell würde das Doppelte verlangen. Die werfen mit dem Geld nur so herum.«

»Also dreißigtausend Pfund und unsere amtliche Unterstützung?«

»Und einen Mann. Aber den muß ich selbst finden.« Er lachte leise.

Der Unterstaatssekretär sagte unvermittelt: »Der Minister wird gewisse Einzelheiten nicht wissen wollen. Sind Sie sich darüber im klaren?«

»Selbstverständlich. Ich nehme an, Sie werden den Großteil des Gesprächs bestreiten.«

»Ich nehme an, das wird der Minister tun. Es ist Ihnen gelungen, ihn ziemlich zu beunruhigen.«

Jetzt lachte Leclerc laut heraus: »Das sollten wir unserem Herrn und gemeinsamen Meister niemals antun.«

Der Unterstaatssekretär schien nicht der Meinung zu sein, sie hätten einen gemeinsamen Meister. Sie erhoben sich.

»Übrigens, was Mrs. Taylors Pension betrifft«, sagte Leclerc. »Ich mache ein Gesuch an das Schatzamt. Dort sind sie der Meinung, der Minister sollte es unterzeichnen.«

»Ja, Herrgott, warum denn?«

»Es ist die Frage, ob er im Einsatz getötet wurde.«

Der Unterstaatssekretär erstarrte. »Das ist ziemlich vermessen. Sie bitten um die Bestätigung des Ministeriums, daß Taylor ermordet wurde.«

»Ich bitte um eine Witwenpension«, protestierte Leclerc ernst. »Taylor war einer meiner besten Leute.«

»Natürlich. Das sind sie immer.«

Der Minister sah bei ihrem Eintritt nicht auf.

Der Polizeiinspektor erhob sich von seinem Stuhl: ein kleiner beleibter Mann mit ausrasiertem Nacken. Er trug Zivilkleidung. Avery hielt ihn für einen Detektiv. Er schüttelte ihnen mit einer berufsmäßig kummervollen Miene die Hände, hieß sie in modernen Sesseln mit Armlehnen aus Teakholz Platz nehmen und bot ihnen aus einer Dose Zigarren an. Sie lehnten ab, also zündete er sich selbst eine an und benützte sie hinfort sowohl als Verlängerung seiner kurzen Finger, wenn er seinen Worten durch Gesten Nachdruck verlieh, wie auch als Zeigestab, um in der rauchigen Luft Gegenstände zu beschreiben, von denen er sprach. Er bezeugte Averys Schmerz mehrmals seine Reverenz, indem er sein Kinn in den Kragen versenkte und ihm aus dem Schatten seiner struppigen Augenbrauen vertrauliche Blicke des Mitgefühls zuwarf. Zuerst erläuterte er den Sachverhalt des

Unfalls, lobte mit einer ermüdenden Schilderung aller Details die Anstrengungen, die von der Polizei zur Auffindung des Autos gemacht worden waren, erwähnte mehrfach die persönliche Anteilnahme des Polizeipräsidenten sowie dessen sprichwörtliche Anglophilie und gab schließlich seiner eigenen Überzeugung Ausdruck, daß man den Schuldigen finden und mit der vollen Härte des finnischen Gesetzes bestrafen werde. Er verharrte eine ganze Weile bei seiner eigenen Bewunderung für die Briten, seiner Zuneigung für die Queen und Sir Winston Churchill sowie den Vorteilen der finnischen Neutralität, um schließlich auf die Leiche zu sprechen zu kommen.

Die Leichenschau, er sei stolz, dies sagen zu dürfen, sei beendet, und der Herr Öffentliche Ankläger – nach seinen eigenen Worten – habe erklärt, daß die Umstände, unter denen Mr. Malherbe den Tod gefunden hatte, keinen Anlaß zu irgendeinem weiteren Verdacht gäben, abgesehen von dem Vorhandensein einer beträchtlichen Menge Alkohols im Blut des Toten. Der Barkeeper am Flughafen habe fünf Gläser Steinhäger gezählt. Peersen wandte sich an Sutherland.

»Wünscht er seinen Bruder zu sehen?« erkundigte er sich, da er offenbar glaubte, es sei besonders feinfühlend, wenn er diese Frage einer dritten Person stellte.

Sutherland war verlegen. »Ich muß das Mr. Avery überlassen«, sagte er, als übersteige die Frage seine Kompetenzen. Beide Männer blickten auf Avery.

»Ich glaube nicht«, sagte Avery.

»Da gibt's nur eine Schwierigkeit«, sagte Peersen, »wegen der Identifizierung.«

»Identifizierung?« wiederholte Avery. »Meines Bruders?«

»Sie haben doch seinen Paß gesehen«, warf Sutherland ein, »ehe Sie ihn mir heraufgeschickt haben. Was ist die Schwierigkeit?«

Der Beamte nickte: »Ja, ja.« Er öffnete eine Schublade und zog eine Handvoll Briefe, eine Brieftasche und einige Fotografien heraus.

»Er hieß Malherbe«, sagte er. Er sprach fließend Englisch mit starkem amerikanischem Akzent, was irgendwie gut zu seiner Zigarre paßte. »Sein Paß lautete jedenfalls auf Malherbe. Es war doch ein echter Paß, oder nicht?« Peersen sah schnell zu Sutherland, und für einen Augenblick dachte Avery, er könnte in Sutherlands umwölktem Gesicht ein gewisses ehrliches Zögern entdecken.

»Natürlich.«

Peersen begann einen Brief nach dem anderen zu betrachten, wobei er einige in den vor ihm liegenden Aktendeckel schob und andere in die Schublade zurücklegte. Ab und zu, während er ein Blatt auf den Stoß vor ihm legte, murmelte er: »Ah so«, oder »Jaja«. Avery fühlte, wie ihm der Schweiß über den Körper rann. Seine verkrampften Hände waren feucht.

»Und Ihr Bruder hieß Malherbe?« fragte Peersen, als er mit dem Sortieren fertig war.

Avery nickte. »Natürlich.«

Der Polizeibeamte lächelte. »Keineswegs natürlich«, sagte er und hob seine Zigarre, wobei er durchaus freundlich nickte, als habe er ein neues Argument in die Debatte gebracht. »Alles, was er besaß, seine Briefe, seine Wäsche, der Führerschein, alles gehört Mr. Taylor. Kennen Sie einen Taylor?«

Etwas begann sich in Avery zu verkrampfen. Der Umschlag, was sollte er mit dem Umschlag machen? Sollte er schnell auf die Toilette gehen und ihn vernichten, ehe es zu spät war? Er bezweifelte, daß es funktionieren würde: Der Umschlag war aus hartem, glänzendem Papier. Selbst wenn er ihn zerriß – die Schnipsel würden schwimmen und sich nicht hinunterspülen lassen. Es war ihm klar, daß Peersen und Sutherland in der Erwartung einer Antwort auf ihn blickten, aber das einzige, worauf er seine Gedanken konzentrieren konnte, war der Umschlag, der plötzlich so schwer in seiner Brusttasche steckte.

Schließlich brachte er heraus: »Nein, kenne ich nicht. Mein Bruder und ich ...« – Stiefbruder oder Halbbruder? – »... mein Bruder und ich hatten nicht viel Kontakt miteinander. Er war älter, wir sind eigentlich gar nicht miteinander aufgewachsen. Er arbeitete mal hier, mal dort. Er konnte sich nie zu etwas Dauerhaftem entschließen. Vielleicht war dieser Taylor ein Freund von ihm, der ...« Avery zuckte mit den Schultern und versuchte tapfer anzudeuten, daß Malherbe sogar für ihn eine ziemlich geheimnisvolle Erscheinung gewesen sei.

»Wie alt sind Sie?« fragte Peersen. Sein Respekt vor dem schmerzlichen Verlust des anderen schien im Schwinden begriffen zu sein.

»Zweiunddreißig.«

»Und Malherbe?« fragte er beiläufig. »Um wie viele Jahre war er älter, bitte schön?«

Sutherland und Peersen hatten Malherbes Paß gesehen und wußten sein Alter. Man erinnert sich leicht an das Alter von Leuten, die gerade gestorben sind. Nur Avery, sein Bruder, hatte nicht die geringste Ahnung, wie alt der Tote gewesen war.

»Zwölf«, sagte er auf gut Glück. »Mein Bruder war vierundvierzig.« Warum hatte er sich so festgelegt?

Peersen runzelte die Brauen. »Nur vierundvierzig? Dann stimmt der Paß nicht.«

Peersen wandte sich zu Sutherland, deutete mit seiner Zigarre auf die Tür am entfernteren Ende des Raumes und sagte fröhlich, als habe er einen alten Streit zwischen zwei Freunden beendet: »Jetzt sehen Sie, wieso ich ein Problem mit der Identifizierung habe.«

Sutherland sah sehr erzürnt aus.

»Es wäre nett, wenn sich Mr. Avery die Leiche ansehen wollte«, schlug Peersen vor, »dann könnten wir sicherer sein.«

Sutherland sagte: »Inspektor Peersen. Die Identität des Mr. Malherbe geht aus seinem Paß hervor. Das Auswärtige Amt in London hat mit Sicherheit festgestellt, daß der Name Mr. Averys von Mr. Malherbe als der seines nächsten Verwandten angegeben worden ist. Sie sagten mir, daß über die Umstände seines Todes keine Zweifel bestünden. Es ist die übliche Verfahrensweise, daß Sie mir nun seine persönlichen Effekten zu treuen Händen übergeben, damit ich sie bis zum Abschluß der noch im Vereinigten Königreich durchzuführenden Formalitäten aufbewahren kann. Es ist anzunehmen, daß sich Mr. Avery nun der Leiche seines Bruders annehmen darf.«

Peersen schien zu zögern. Er zog die restlichen Papiere Taylors aus dem Stahlfach seines Schreibtisches und legte sie zu den anderen Papieren, die bereits vor ihm aufgeschichtet waren. Dann sprach er einige finnische Sätze ins Telefon. Nach kurzer Zeit brachte ein Polizist einen alten Lederkoffer und eine Inventarliste herein, die Sutherland unterschrieb. Während dieser Prozedur sprach weder Avery noch Sutherland auch nur ein Wort mit dem Inspektor.

Peersen begleitete sie den ganzen Weg bis zum Haupteingang. Sutherland bestand darauf, den Koffer und die Papiere selbst zu tragen. Sie gingen zum Auto. Avery wartete darauf, daß Sutherland etwas sagte, aber er schwieg. Die Fahrt dauerte ungefähr zehn Minuten. Die Stadt war nur spärlich beleuchtet. Avery bemerkte, daß auf der Straße in zwei Fahrspuren Chemikalien ausgestreut waren. Die Straßenmitte und die Rinnsteine waren mit Schnee bedeckt. Die Straßenlampen verbreiteten ein kränkliches Neonlicht, das in der sich verdichtenden Dunkelheit zu versickern schien. Da und dort nahm Avery steile Schindeldächer, das Kreischen einer Straßenbahn oder den hohen weißen Helm eines Polizisten wahr.

Gelegentlich warf er einen verstohlenen Blick zurück durch das Heckfenster.

7

Woodford stand Pfeife rauchend im Flur und grinste dem Büropersonal zu, das gerade dabei war, nach Hause zu gehen. Dies war für ihn die schönste Stunde des Tages. Bei Arbeitsbeginn am Morgen war es anders, denn es war aus Tradition üblich, daß untergeordnete Dienstgrade um halb zehn, die höheren aber zwischen zehn und zehn Uhr fünfzehn in der Dienststelle erschienen. Die höchsten Beamten der Organisation blieben theoretisch bis spät in die Nacht hinein, um ihre Arbeiten in Ruhe erledigen zu können. Leclerc pflegte zu sagen, daß ein Gentleman niemals auf die Uhr sah. Dieser Brauch stammte noch aus dem Krieg, als die Offiziere die frühen Morgenstunden damit verbrachten, von Aufklärungsflügen zurückgekehrte Piloten auszufragen oder die späten Abendstunden mit der Abfertigung eines Agenten. Damals hatten die untergeordneten Dienstgrade in Schicht gearbeitet, während die Offiziere kamen und gingen, wie es ihnen ihre Arbeit erlaubte. Jetzt erfüllte die Tradition einen anderen Zweck. Denn nun gab es Tage, ja oft sogar Wochen, in denen Woodford und seine Kollegen kaum wußten, wie sie ihre Zeit bis halb sechs Uhr ausfüllen sollten. So ging es allen außer Haldane, auf dessen gebeugten Schultern der Ruhm der Organisation lastete, eine hervorragende Auswertungsabteilung zu haben. Die anderen entwickelten Pläne, die nie in die Tat umgesetzt wurden, stritten freundschaftlich über Urlaubs- und Dienstpläne oder die Qualität ihrer Büromöbel und kümmerten sich mehr als nötig um die Sorgen der Mitglieder ihrer Abteilung.

Berry, der Beamte aus dem Code-Zimmer, trat in den Korridor, bückte sich und steckte die Fahrradklammern an seine Hose.

»Wie geht's der Gattin, Berry?« fragte Woodford. Ein Mann muß den Finger am Puls des Lebens halten.

»Es geht ihr gut, danke, Sir.« Er richtete sich auf und fuhr sich mit einem Kamm durchs Haar. »Die Sache mit Wilf Taylor – schrecklich, Sir.«

»Schrecklich, ja. Er war ein guter Kamerad.«

»Mr. Haldane wird das Archiv selbst zusperren, Sir. Er hat noch lange dort zu tun.«

»Hat er? – Naja, wir haben alle gerade sehr viel zu tun.«

Berry senkte die Stimme. »Und der Chef schläft heute im Büro, Sir. Eine ziemliche Krise, wirklich. Er soll zum Minister gefahren sein. Man hat ihm ein Auto geschickt.«

»Gute Nacht, Berry.«

Befriedigt dachte Woodford: Sie hören einfach zuviel. Dann schlenderte er den Flur hinunter.

Das Licht in Haldanes Zimmer stammte von einer verstellbaren Leselampe. Sie warf ein schmales Band grellen Lichtes auf die vor ihm liegenden Akten.

»Immer noch an der Arbeit?«

Haldane schob die eine Akte in den Korb mit der Aufschrift »Erledigt« und nahm eine andere zur Hand.

»Möchte wissen, wie es dem jungen Avery geht. Er wird schon weiterkommen, der Junge. Ich höre, daß der Chef noch nicht zurück ist. Muß eine lange Sitzung sein.«

Er ließ sich in dem Ledersessel nieder. Es war Haldanes eigener, den er aus seiner Wohnung hatte herüberbringen lassen, um darin sitzen zu können, wenn er seine Kreuzworträtsel löste.

»Woraus schließen Sie das? Bei uns ist das kaum üblich«, sagte Haldane, ohne aufzublicken.

»Wie ist Clarkie mit Taylors Frau weitergekommen?« fragte Woodford. »Wie hat sie es aufgenommen?«

Haldane seufzte und legte die Akte beiseite.

»Er hat's ihr beigebracht. Mehr weiß ich auch nicht«, sagte er.

»Sie wissen nicht, wie sie es aufgenommen hat? Hat er nichts davon erzählt?«

Woodford sprach immer etwas lauter, als nötig gewesen wäre, wie es die Art von Männern ist, die sich stets gegen ihre Frau durchsetzen müssen.

»Ich habe wirklich keine Ahnung. Soviel ich weiß, war er allein bei ihr. Leclerc behält solche Sachen lieber für sich.«

»Ich dachte, daß er vielleicht mit Ihnen ...«

Haldane schüttelte den Kopf. »Nur mit Avery«, murmelte er.

»Ist eine große Sache, das, nicht wahr, Adrian – oder könnte es sein?«

»Könnte sein. Wir werden schon sehen«, sagte Haldane sanft. Er war zu Woodford nicht immer unfreundlich.

»Gibt's sonst was Neues an der Taylor-Front?« wollte Woodford wissen.

»Der Luftwaffen-Attaché in Helsinki hat Lansen ausfindig gemacht. Er bestätigt, daß er Taylor den Film ausgehändigt hat. Die Russen hatten ihn offenbar über Kalkstadt abgefangen. Zwei MIGs. Sie haben ihn umkreist, dann aber freigelassen.«

»Gott«, sagte Woodford benommen, »das entscheidet die Sache.«

»Das entscheidet gar nichts. Es entspricht dem, was wir schon wissen. Wenn sie das Gebiet für gesperrt erklären, weshalb sollten sie es dann nicht auch überwachen? Vielleicht haben sie es nur wegen eines Manövers gesperrt, wegen irgendwelcher Flugabwehrübungen. Weshalb haben sie Lansen nicht zur Landung gezwungen? Nichts von alldem berechtigt zu irgendwelchen Schlußfolgerungen.«

Leclerc stand in der Tür. Das frische Hemd hatte er für den Minister, den schwarzen Schlips für Taylor angelegt.

»Ich bin mit einem Wagen gekommen«, sagte er. »Man hat uns einen aus dem Wagenpark des Ministeriums für unbegrenzte Zeit zur Verfügung gestellt. Der Minister war ziemlich erstaunt, als er hörte, daß wir kein Fahrzeug haben. Es ist ein Humber mit Chauffeur, wie der von Control. Man sagte mir, der Fahrer sei vertrauenswürdig.« Er sah Haldane an. »Ich habe mich entschlossen, eine Sonderabteilung zu bilden, Adrian. Ich möchte, daß du ihre Leitung übernimmst. Sandford soll solange deine Abteilung übernehmen. Die Abwechslung wird ihm guttun.« Plötzlich verzog sich sein Gesicht zu einem Lächeln, als könne er die Befriedigung nicht länger unterdrücken. Er war sehr erregt. »Wir werden einen Mann hineinschicken. Der Minister hat seine Zustimmung gegeben. Wir fangen sofort mit der Arbeit an. Als erstes möchte ich morgen früh die Abteilungsleiter sehen. Dir, Adrian, werde ich Woodford und Avery zuteilen. Du, Bruce, setzt dich bitte mit den jungen von unserer alten Ausbildergruppe in Verbindung. Das Ministerium wird für den vorübergehend zu bildenden Stab Dreimonatsverträge ausstellen. Natürlich ohne zusätzliche Verpflichtungen zu übernehmen. Das Ausbildungsprogramm wie üblich: Morsen, Waffentraining, Verschlüsseln, Beobachten, waffenloser Nahkampf und Tarnung. Wir werden ein Haus brauchen, Adrian. Vielleicht kann sich Avery nach seiner Rückkehr darum kümmern. Ich werde mich wegen der nötigen Dokumente an Control wenden. Unsere Fälscher sind ja alle zu ihm hinübergegangen. Wir werden Karten vom genauen Grenzverlauf im Gebiet von Lübeck brauchen, Flüchtlingsberichte, genaue Angaben über Minenfelder und andere Hindernisse.« Er sah auf seine Uhr. »Wollen wir uns nicht darüber unterhalten, Adrian?«

Haldane sagte: »Eine Frage: Wieviel weiß das Rondell über diese Sache?«

»Das, was wir ihnen erzählen wollen. Warum?«

»Man weiß, daß Taylor tot ist. Es hat in ganz Whitehall die Runde gemacht.«

»Möglich.«

»Man weiß, daß Avery in Finnland einen Film holen soll. Es könnte durchaus sein, daß ihnen der Bericht der zentralen Flugsicherung über Lansens Maschine aufgefallen ist. Sie haben dort eine besondere Art, Dinge zu bemerken ...«

»Na und?«

»Also hängt's nicht nur davon ab, wieviel wir ihnen erzählen wollen, oder?«

»Du wirst zur morgigen Konferenz kommen?« fragte Leclerc etwas pathetisch.

»Ich glaube, das Wesentliche deiner Anweisungen verstanden zu haben. Wenn du nichts dagegen hast, würde ich gerne noch ein paar Erkundigungen einziehen. Noch heute abend und vielleicht morgen vormittag.«

Etwas verwirrt sagte Leclerc: »Großartig. Können wir dir irgendwie helfen?«

»Vielleicht dürfte ich deinen Wagen für eine Stunde benützen?«

»Selbstverständlich. Ich möchte, daß wir ihn alle benützen – zu unserem gemeinsamen Nutzen. – Und das ist für dich, Adrian.« Er gab ihm eine grüne Karte, die in einem Zellophanumschlag steckte.

»Der Minister hat sie eigenhändig unterschrieben.« Er deutete damit an, daß es in der Unterschrift eines Ministers wie beim Segen des Papstes Unterschiede im Grad der Authentizität gäbe. »Du wirst es also machen, Adrian? Du übernimmst den Job?«

Haldane schien ihn nicht gehört zu haben. Er hatte die Akte wieder aufgeschlagen und betrachtete neugierig das Bild eines polnischen Jungen, der vor zwanzig Jahren gegen die Deutschen gekämpft hatte. Es war ein junges, entschlossenes Gesicht, ohne Humor. Sein Besitzer schien sich nicht so sehr um das Leben, sondern mehr um das Überleben Sorgen zu machen.

Leclerc rief mit plötzlicher Erleichterung: »Adrian, du leistest den zweiten Schwur?«

Haldane lächelte widerstrebend, als habe ihn die Phrase an etwas erinnert, das er schon längst vergessen hatte. »Er scheint das Talent zum Überleben zu besitzen«, sagte er schließlich, indem er auf die Akte wies. »Der Mann ist nicht so leicht umzubringen.«

Sutherland begann mit den Worten: »Als nächster Verwandter haben Sie das Recht, Ihre Wünsche über das weitere Verfahren mit der Leiche Ihres Bruders bekanntzugeben.«

»Ja.«

Das Haus Sutherlands war klein und hatte ein breites Doppelfenster, in dem Topfpflanzen standen. Sie waren das einzige Merkmal, das dieses Haus von seinen Vorbildern in der Wohngegend um Aberdeen unterschied. Während sie von der Gartentür auf das Haus zugingen, bemerkte Avery hinter dem Fenster eine Frau mittleren Alters. Sie trug eine Schürze und staubte gerade irgend etwas ab.

»Mein Büro ist auf der Rückseite«, sagte Sutherland, als wollte er damit festhalten, daß nicht das ganze Haus dem reinen Luxus geweiht sei. »Ich schlage vor, daß wir jetzt die restlichen Details besprechen. Ich möchte Sie nicht lange aufhalten.« Damit bedeutete er Avery, daß er keine Einladung zum Abendessen zu erwarten hätte. »Wie wollen Sie ihn nach England zurückbringen?«

Sie saßen einander an Sutherlands Schreibtisch gegenüber. Hinter dem Kopf des Konsuls hing das Aquarell einer bläulich-violetten Hügellandschaft, die sich in einem schottischen See spiegelte.

»Ich hätte gern, daß er mit dem Flugzeug zurückgebracht würde.«

»Sie wissen, daß das ein teurer Spaß ist?«

»Ich hätte ihn dennoch gerne mit dem Flugzeug zurückgebracht.«

»Für die Beerdigung?«

»Natürlich!«

»Das ist keineswegs natürlich«, entgegnete Sutherland spitz. »Wenn Sie Ihren Bruder« – er sprach diese Verwandtschaftsbezeichnung jetzt gleichsam in Anführungszeichen aus, aber Avery würde das Spiel bis zum Ende mitmachen – »einäschern ließen, würden ganz andere Transportbestimmungen in Anwendung kommen.«

»Ich verstehe. Verzeihung.«

»Es gibt in der Stadt ein Beerdigungsinstitut, Barford & Company. Einer der Teilhaber ist Engländer, mit einer Schwedin verheiratet. Es gibt eine ziemlich große schwedische Minderheit hier. Wir tun unser Bestes zur Unterstützung der britischen Kolonie. Unter den gegebenen Umständen wäre es wohl das beste, wenn Sie so schnell als möglich nach London zurückkehrten. Ich nehme an, daß Sie mich bevollmächtigen, Barford den Auftrag zu geben.«

»In Ordnung.«

»Sobald er den Leichnam übernommen hat, werde ich ihm den Paß Ihres Bruders aushändigen. Er wird sich ein ärztliches Attest über die Todesursache beschaffen müssen. Ich werde ihn mit Peersen in Verbindung bringen.«

»Ja.«

»Er wird außerdem einen amtlichen Totenschein des hiesigen Standesamtes benötigen. Es ist billiger, wenn man sich um diese Dinge selbst kümmert. Falls Geld bei Ihren Leuten eine Rolle spielt.«

Avery sagte nichts.

»Sobald er eine günstige Flugverbindung gefunden hat, wird er sich um den Frachtbrief kümmern. Soviel ich weiß, wird Derartiges meist nachts transportiert. Die Fracht ist billiger und …«

»Einverstanden.«

»Gut. Barford wird sicherstellen, daß der Sarg luftdicht ist. Er kann aus Metall oder aus Holz sein. Außerdem wird er selbst eine Bestätigung ausstellen, daß der Sarg nichts als die Leiche enthält und daß es dieselbe Leiche ist, auf die der Paß und der Totenschein Bezug nehmen. Ich erwähne dies für den Fall, daß Sie die Abwicklung in London übernehmen. Barford wird das alles sehr rasch erledigen. Ich werde mich darum kümmern. Er hat gute Verbindungen zu den Chartergesellschaften hier. Je eher er …«

»Ich verstehe.«

»Ich bin nicht sicher, daß Sie verstehen«, sagte Sutherland und hob die Augenbrauen, als ob Avery zudringlich wäre. »Was Peersen sagte, war sehr vernünftig. Ich möchte seine Geduld nicht auf die Probe stellen. Barford wird sich mit einer Londoner Firma in Verbindung setzen. Es ist doch London, oder nicht?«

»Ja, London.«

»Ich könnte mir vorstellen, daß er eine gewisse Anzahlung von Ihnen erwartet. Ich schlage vor, daß Sie das Geld bei mir gegen Quittung hinterlegen. Was nun den persönlichen Besitz Ihres Bruders anbelangt: Ich nehme an, daß, wer immer Sie schickte, auch den Wunsch hatte, daß Sie diese Briefe an sich nehmen?« Er schob sie über den Tisch.

Avery murmelte: »Da war noch ein Film. Ein belichteter Film.« Die Briefe steckte er in die Tasche.

Bedächtig zog Sutherland einen Durchschlag des Inventars heraus, das er auf der Polizei unterschrieben hatte, breitete es vor sich aus und ließ seinen Finger am linken Rand des Blattes herunterwandern. Er tat es voll Argwohn, als prüfe er die von einem anderen aufgestellte Rechnung.

»Hier ist kein Film verzeichnet. War auch eine Kamera da?«

»Nein.«

»Ah!«

Er brachte Avery zur Tür. »Übrigens sollten Sie Ihren Auftraggebern bestellen, daß Malherbes Paß ungültig war. Das Auswärtige Amt hat ein Rundschreiben mit etwa zwanzig Nummern herausgegeben. Der Paß Ihres Bruders war darunter. Es muß da eine Panne passiert sein. Ich wollte es gerade nach London berichten, als das Fernschreiben des Auswärtigen Amtes kam, in dem Sie bevollmächtigt werden, Malherbes Sachen in Empfang zu nehmen.« Er lachte kurz auf. Er war sehr ärgerlich. »Das war Quatsch, natürlich. Von sich aus hätte das Amt niemals diese Vollmacht geschickt. Sie haben gar nicht das Recht dazu, es sei denn, Sie hätten einen entsprechenden Bescheid der Verwaltungsbehörde, und den konnten Sie unmöglich mitten in der Nacht besorgt haben. Haben Sie schon eine Unterkunft? Das ›Regina‹ ist ganz passabel, es liegt gleich am Flughafen. Außerdem ist es außerhalb der Stadt. Ich nehme an, daß Sie selbst dorthin finden werden. Soviel ich weiß, bekommt ihr Leute großartige Diäten.«

Avery beeilte sich, das Gartentor zu erreichen, während sich seiner Erinnerung unauslöschlich das Bild von Sutherlands magerem, bitterem Gesicht einprägte, das sich ärgerlich von den schottischen Hügeln abhob. Die Holzhäuser an der Straße schienen in der Dunkelheit fast weiß, wie um einen Operationstisch versammelte Schatten.

Irgendwo unweit von Charing Cross befindet sich im Souterrain eines jener zwischen Villiers Street und der Themse liegenden erstaunlichen Häuser aus dem 18. Jahrhundert ein Club, an dessen Tür kein Name steht. Man erreicht ihn über eine gewundene Steintreppe. Das Geländer ist mit der gleichen grünen Farbe wie die Türen in der Blackfriars Road gestrichen und müßte eigentlich durch ein neues ersetzt werden.

Die Mitglieder des Clubs sind eine seltsame Auslese. Einige sind beim Militär, andere haben den Beruf eines Lehrers, wieder andere sind Büromenschen. Manche stammen aus dem Niemandsland der Londoner Gesellschaft, das irgendwo zwischen dem Buchmacher und dem Gentleman liegt. Den Leuten ihrer Umgebung – und vielleicht sogar sich selbst – vermitteln sie den Eindruck eines gedankenlosen Mutes. Ihre Unterhaltung besteht aus Abkürzungen und Sätzen, die sich ein Mensch mit Sprachgefühl nur aus der Ferne anhören kann. Es ist ein Treffpunkt der alten Gesichter und der jungen Körper, der jungen Gesichter und alten Körper. Hier haben sich die Spannungen des Krieges in Spannungen des Friedens verwandelt – ein Ort, an dem man gegen die Stille die Stimmen, gegen die Einsamkeit aber die Gläser erhebt. Es ist der Treffpunkt der Suchenden, die doch hier nichts anderes finden als ihresgleichen und die Wohltat geteilten Schmerzes. Hier haben die müden, wachsamen Augen keinen Horizont zu beobachten. Es ist noch immer ihr Schlachtfeld. Wenn es noch Liebe gibt, so finden sie sie hier unter sich, scheu wie Heranwachsende und mit dem ständigen Gedanken an andere Menschen in ihrem Bewußtsein.

Es fehlt aus der Kriegszeit niemand – bis auf die wichtigen Leute.

Es ist ein kleines Lokal, das von einem mageren, trockenen Mann geführt wird, der auf den Namen Major Dell hört. Er hat einen Schnurrbart und trägt eine Krawatte mit blauen Engeln auf schwarzem Grund. Nach dem ersten Schnaps auf seine Rechnung werden ihm die anderen von seinen Gästen bezahlt. Das Lokal heißt Alias-Club, und Woodford war Mitglied.

Der Club hat abends geöffnet. Die Gäste kommen gegen sechs, sie lösen sich aus der vorbeidrängenden Menge – verstohlen, aber zielsicher wie Besucher vom Land, die in ein anrüchiges Varieté streben. Zuerst fallen einem alle jene Dinge auf, die in diesem Club fehlen: keine Silberpokale hinter der Bar, kein Gästebuch am Eingang und keine Mitgliedsliste, keine Embleme, keine Titel. An den weißgekalkten Wänden hängen nur einige Fotos in den Wechselrahmen, wie die Bilder in Leclercs Büro. Die Gesichter darauf sind unscharf, einige offenbar von einem Paßbild vergrößert, das von vorne aufgenommen worden war, so daß der Vorschrift entsprechend beide Ohren sichtbar blieben. Es gibt auch die Bilder von Frauen, einige von ihnen sogar attraktiv, trotz ihrer hochsitzenden, viereckigen Schultern, die ebenso wie das lange Haar während des Krieges Mode waren. Die Männer tragen die verschiedensten Uniformen. Soldaten des Freien Frankreich und der Freien polnischen Armee zwischen ihren britischen Kameraden. Einige sind Piloten. Von den englischen Fliegern kann man noch immer viele, wenn auch alt und grau geworden, im Club an der Bar treffen.

Als Woodford hereinkam, drehten sich alle nach ihm um, und Major Dell bestellte erfreut das übliche Bier für ihn. Ein blühend aussehender Mann mittleren Alters erzählte gerade von einem Absprung, den er einmal über Belgien gemacht hatte, aber er schwieg, als er spürte, daß er die Aufmerksamkeit seines Publikums verloren hatte.

»Hallo, Woodie«, fragte jemand voll Verwunderung, »wie geht's Madame?«

»Geht noch«, sagte Woodford mit jovialem Lächeln. »Geht noch.« Er trank von seinem Bier. Jemand bot Zigaretten an.

Major Dell sagte: »Woodie macht es ganz raffiniert heute abend.«

»Ich such' jemanden. Aber es ist alles ziemlich geheim.«

»Wir wissen, wie's ist«, sagte der blühend Aussehende. Woodford sah von einem der an der Bar Stehenden zum anderen und fragte ruhig, aber mit einer Andeutung des Geheimnisvollen in der Stimme: »Was hat der Alte beim Barras gemacht?«

Etwas verwirrtes Schweigen. Sie hatten nun schon eine Zeitlang getrunken.

»Er hielt natürlich die Front...«, sagte Major Dell unsicher, und sie lachten alle.

Woodford lachte mit ihnen. Er kostete die Atmosphäre des stillschweigenden Einverständnisses aus, durch das die halbvergessene Stimmung heimlicher Saufnächte in irgendwelchen englischen Offiziersmessen wieder heraufbeschworen wurde.

»Und für was hielt er sie?« forschte er im gleichen vertraulichen Ton.

Diesmal riefen drei oder vier Stimmen gleichzeitig: »Für schlechter als die Etappe.«

Sie waren nun lauter und glücklicher.

»Da gab's mal einen Mann namens Johnson«, fuhr Woodford schnell fort, »Jack Johnson. Ich versuche herauszufinden, was aus ihm geworden ist. Er bildete Funker aus, war einer der Besten. Zuerst war er bei Haldane in Bovingdon, bis sie ihn hinauf nach Oxford versetzten.«

Voll freudiger Erregung rief der Blühende: »Jack Johnson! Sie meinen den Funker? Erst vor zwei Wochen hab' ich mir ein Autoradio bei Jack gekauft! ›Johnsons Radioquelle‹ am Clapham Broadway, das ist der Bursche. Schaut hier ab und zu mal vorbei. Radioamateur, kleiner Kerl, spricht so aus dem Mundwinkel, nicht?«

»Das ist er«, sagte ein anderer, »für uns von dem alten Verein läßt er zwanzig Prozent ab.«

»Mir hat er nicht«, sagte der Blühende.

»Das ist Jack. Er lebt in Clapham.«

Nun griffen es auch die anderen auf: Das sei der Bursche, und er habe dieses Geschäft in Clapham, ein Radioamateur, war das schon vor dem Krieg, sogar schon als Kind. Ja, am Broadway, sitzt dort schon jahrelang, muß ein Vermögen gemacht haben. Kommt gerne um die Weihnachtszeit in den Club. Woodford bestellte mit freudig gerötetem Gesicht eine Runde.

In dem folgenden Wirbel nahm ihn Major Dell sachte am Arm und zog ihn ans andere Ende der Bar.

»Woodie, ist das wahr mit dem alten Wilf Taylor? Hat er wirklich ins Gras gebissen?«

Woodford nickte mit ernstem Gesicht. »Er war bei einem Einsatz. Wir meinen, daß sich jemand ihm gegenüber etwas hart benommen hat.«

Major Dell zeigte sich sehr besorgt. »Ich hab's den Jungs noch nicht gesagt. Würde ihnen nur Kummer machen. Wer kümmert sich um seine Frau?«

»Der Chef hat das jetzt in die Hand genommen. Sieht gut für sie aus.«

»Gut«, sagte Major Dell, »gut.« Er nickte und klopfte Woodford voll Mitgefühl auf den Arm. »Wir werden es vor den Jungs nicht erwähnen, ja?«

»Natürlich.«

»Er hat ein- oder zweimal anschreiben lassen. Nicht viel. Kam meist am Freitag einen heben.« Die feine Sprechweise des Majors verrutschte manchmal etwas wie ein Patentschlips.

»Schick die Rechnung. Wir werden's begleichen.«

»Da gab's ein Kind, oder? War's nicht ein Mädchen?« Sie gingen zur Bar zurück. »Wie alt war sie doch?«

»Um die acht, vielleicht mehr.«

»Er sprach viel von ihr«, sagte der Major.

Jemand schrie: »Hey, Bruce, wann werdet ihr Burschen endlich mal wieder den Jerries* auf die Finger klopfen? Sie hocken schon wieder überall. War mit meiner Frau diesen Sommer in Italien – alles voll von arroganten Deutschen.«

Woodford lächelte. »Früher, als du glaubst. – Jetzt wollen wir mal diesen versuchen, hört zu ...« Der Lärm ebbte ab. Woodford war eine Realität. Er machte diese Arbeit noch immer.

»Es gab da mal einen Spezialisten für waffenlosen Nahkampf, einen Unteroffizier, Waliser. Er war ziemlich klein.«

»Klingt nach Sandy Low«, schlug der Blühende vor.

»Genau, das ist Sandy!« Alle drehten sich bewundernd zu dem Blühenden. »Klar! Ein Waliser. Wir nannten ihn Randy Sandy.«

»Natürlich«, sagte Woodford zufrieden. »Na, und ging er nicht als Boxlehrer zu irgendeinem Internat?« Er betrachtete die anderen mit zusammengekniffenen Lidern. Er mußte ja viel verschweigen, das Ganze sehr vorsichtig durchspielen, weil es so streng geheim war.

»Genau, das ist er. Das ist Sandy!«

Woodford schrieb sich den Namen auf, denn er war durch die Erfahrung vorsichtig geworden, daß er gerne Dinge vergaß, die er seinem Gedächtnis anvertraut hatte.

Als er sich zum Gehen anschickte, fragte der Major: »Und was macht Clarkie?«

---

* Jerries: Spitzname für die Deutschen

»Arbeitet«, sagte Woodford. »Schuftet sich zu Tode wie immer.«

»Die Jungs reden viel über ihn, weißt du. Warum kommt er nicht ab und zu einmal her? Sie würden sich irrsinnig freuen, es würde ihnen Auftrieb geben.«

»Sag mal«, sie waren schon an der Tür, »erinnerst du dich an einen Kerl namens Leiser? Fred Leiser, ein Pole. Er war bei unserem Haufen und bei dem Auftritt in Holland dabei.«

»Er lebt noch?«

»Ja.«

»Tut mir leid«, sagte der Major unbestimmt, »aber die Ausländer haben aufgehört, zu mir zu kommen. Weiß auch nicht, warum. Wir haben uns hier nie Gedanken darüber gemacht.«

Woodford schloß die Tür hinter sich und trat in die Londoner Nacht hinaus. Er sah sich um, und es gefiel ihm, was er sah: die mütterliche Stadt, die seiner rauhen Sorge überlassen war. Er schritt langsam aus – wie ein alt gewordener Turner auf seinem alten Sportplatz.

8

Avery, im Gegensatz dazu, ging schnell. Er hatte Angst. Keine Furcht ist so schrecklich und gleichzeitig so schwer zu beschreiben wie die, die einen Spion in fremdem Land befallen kann. Der Blick eines Taxifahrers, das Gedränge der Menschen, die Vielfalt der Uniformen – war das gerade ein Postbote oder war es ein Polizist? –, die unbekannten Sitten, die fremde Sprache, die fremdartigen Geräusche, kurz all das, was die neue Welt ausmachte, in die Avery plötzlich geraten war, erzeugte in ihm einen Zustand der fortwährenden Angst, die sich wie ein Nervenschmerz, jetzt, da Avery allein und müde war, besonders bösartig bemerkbar machte. Innerhalb weniger Augenblicke schwankte seine Stimmung zwischen Panik und einer kriecherischen Unterwürfigkeit, die ihn auf unnatürliche Weise dankbar sein ließ für ein freundliches Wort oder auch nur einen wohlwollenden Blick. Er empfand eine entwürdigende Abhängigkeit von jenen, die er gerade zu hintergehen im Begriff war. Avery wünschte nichts sehnlicher, als von den gleichgültigen Gesichtern um ihn her die Absolution eines vertrauensvollen Lächelns zu erhalten. Es war ihm keine Hilfe, daß er sich immer wieder sagte: Du fügst ihnen ja gar keinen Schaden zu, du bist doch ihr Beschützer. Er bewegte sich zwischen ihnen wie ein Gejagter auf der Suche nach Ruhe und Nahrung.

Er fuhr mit dem Taxi ins Hotel und bat um ein Zimmer mit Bad. Man reichte ihm das Meldebuch zur Unterschrift. Er hatte bereits seinen Füller auf das Papier gesetzt, als er, nur zehn Zeilen höher, in mühsamer Schrift den Namen Malherbe verzeichnet sah. Der Namenszug war in der Mitte unterbrochen, als habe ihn sein Schreiber nicht recht buchstabieren können. Sein Auge folgte der Eintragung in dieser Zeile: Adresse, London – Beruf: Major a. D. – Bestimmungsort: London. Sein letztes Vergnügen, dachte Avery, waren also ein falscher Beruf und ein falscher Grad gewesen, aber sie hatten dem unbedeutenden Engländer Taylor noch einen Augenblick das Gefühl des Ruhmes verschafft. Warum nicht Oberst? Warum nicht Admiral? Warum hatte er sich nicht selbst geadelt und eine Adresse in der Park Lane verschafft? Selbst noch im Zustand des Träumens hatte Taylor seine Grenzen erkannt.

Der Portier sagte: »Der Diener wird Ihr Gepäck bringen.«

»Verzeihung«, sagte Avery – eine sinnlose Bemerkung des Bedauerns – und schrieb seinen Namen, wobei ihm der Portier eigenartig aufmerksam zusah.

Er gab dem Diener eine Münze und hatte im selben Augenblick das Gefühl, daß er ihm zuviel gegeben habe. Er schloß die Tür seines Zimmers und blieb einige Zeit auf seinem Bett sitzen. Der Raum war durchdacht angelegt, aber er wirkte kalt und unpersönlich. An der Tür hing ein mehrsprachiger Hinweis, daß das Hotel für Wertgegenstände nur haften könne, wenn sie beim Portier hinterlegt seien, und neben dem Bett warnte ein zweiter Aushang vor den finanziellen Nachteilen, die es für den Gast bedeuten würde, wenn er das Frühstück nicht im Hause einnahm. Auf dem Schreibpult lag eine Reisezeitschrift und daneben eine schwarz gebundene Bibel. Es gab ein ungemein sauberes und sehr kleines Badezimmer und einen eingebauten Schrank, in dem ein Kleiderbügel hing. Er hatte vergessen, ein Buch mitzunehmen. Er hatte keineswegs erwartet, daß er gegen Langeweile zu kämpfen haben würde.

Ihm war kalt, und er hatte Hunger. Er wollte baden. Er drehte das Wasser auf und begann sich auszuziehen. Er war schon dabei, ins Wasser zu steigen, als er sich an Taylors Briefe in seiner Tasche erinnerte. Er zog seinen Bademantel an, setzte sich aufs Bett und begann, sie zu lesen. Einer war von der Bank und bezog sich auf eine Überziehung des Kontos, einer war von Taylors Mutter, einer von einem Freund – er begann »Lieber alter Wilf« –, und die übrigen waren von einer Frau. Diese Briefe waren gefährlich. Sie stellten ein Sicherheitsrisiko dar. Derartige Briefe konnten ihn leicht kompromittieren. Er entschloß sich, sie alle zu verbrennen. Im Zimmer gab es noch ein Waschbecken. Er legte die Briefe hinein und hielt ein Streichholz an sie. Irgendwo hatte er gelesen, daß man das so machte. Da war auch noch eine Mitgliedskarte des Alias-Clubs, ausgestellt auf den Namen Taylor, und er verbrannte auch sie, zerdrückte dann die verkohlten Reste im Becken und drehte das Wasser auf. Es stieg schnell. Das Becken hatte keinen Stöpsel, sondern einen eingebauten Metallmechanismus, der mit einem Hebel zwischen den Hähnen bedient wurde. In diesem Mechanismus hatte sich die nasse Asche festgesetzt: Der Abfluß des Beckens war verstopft.

Er sah sich nach einem Gegenstand um, mit dem er unter den beweglichen Metallverschluß in das Abflußrohr hätte stochern können. Er versuchte es mit seinem Füller, aber der war zu dick, also holte er seine Nagelfeile. – Mehrmalige Versuche brachten die Asche schließlich in das Rohr. Das Wasser floß ab und ließ einen dunkelbraunen Fleck auf dem weißen Boden des Porzellanbeckens sichtbar werden. Er rieb den Fleck, zuerst mit der Hand, dann mit der Nagelbürste, aber er wollte nicht verschwinden. Die Glasur konnte sich nicht so verfärben. Es mußte irgendeine Substanz aus dem Papier sein, vielleicht war es Teer. Er ging ins Bad und sah sich vergebens nach einem Putzmittel um.

Als er ins Zimmer zurückkam, bemerkte er, daß es mit dem Geruch verkohlten Papiers erfüllt war. Er ging schnell zum Fenster und öffnete es. Ein eisiger Windstoß fuhr gegen seine nackten Beine. Er zog gerade den Bademantel fester um sich, als es an der Tür klopfte. Er starrte von Furcht gelähmt auf die Tür, hörte es wieder klopfen, rief schließlich »Ja« und sah, wie sich die Klinke bewegte. Es war der Mann von der Rezeption.

»Mr. Avery?«

»Ja?«

»Verzeihung. Wir brauchen Ihren Paß. Für die Polizei.«

»Polizei!«

»Es ist hier so üblich.«

Avery hatte sich vor das Waschbecken gestellt. Die Vorhänge flatterten wild vor dem geöffneten Fenster.

»Darf ich das Fenster schließen?« fragte der Mann.

»Mir war nicht gut. Ich wollte ein bißchen frische Luft hereinlassen.«

Er fand seinen Paß und gab ihn dem Mann, der – wie Avery bemerkte – auf das Waschbecken starrte, auf den braunen Fleck und die kleinen schwarzen Flocken, die im Becken zurückgeblieben waren. Sehnlicher als je zuvor wünschte er, wieder daheim in England zu sein.

Die Villen längs der Western Avenue wirken wie eine Reihe rosafarbener Gräber auf einem grauen Feld, ein steingewordenes Bild beginnenden Alters. Einförmigkeit ist die Folge widerspruchslosen Alterns, des sanften Sterbens und des erfolglosen Lebens. Diese Villen sind Häuser, denen es bessergeht als ihren Bewohnern: Sie tauschen sie nach Belieben aus, ohne sich selbst zu ändern. Möbelwagen gleiten respektvoll wie Leichenwagen zwischen ihnen hindurch, um diskret die Toten abzuholen und die Lebenden zu liefern. Manchmal wird einer der Besitzer seine Hand rühren, um einige Töpfe Farbe auf Balken und Türen zu verteilen oder den Garten zu verschönern, aber seine Anstrengungen verändern das Haus nicht mehr, als ein Strauß Blumen das Krankenzimmer in einer Klinik verändert. Und das Gras wird auch in Zukunft auf seine eigene Art wachsen wie das Gras auf einem Grab.

Haldane stieg aus und schickte den Wagen weg, um zu Fuß in den Weg nach South Park Gardens einzubiegen, das gute fünf Minuten von der Avenue entfernt war: eine Schule, ein Postamt, vier Läden und die Filiale einer Bank. Er ging gebeugt, an seiner Hand baumelte eine Aktentasche. Er schritt gemessen über das Pflaster. Hinter den Häusern wurde der Turm einer modernen Kirche sichtbar, eine Uhr schlug sieben. An der Ecke ein Lebensmittelgeschäft, neue Fassade, Selbstbedienung. Er schaute auf den Namen: Smethwick. Im Laden war ein jüngerer Mann in braunem Overall gerade dabei, eine aus Büchsen errichtete Pyramide zu vollenden. Haldane klopfte an die Scheibe. Der Mann schüttelte den Kopf und stellte eine weitere Büchse auf den Turm. Haldane klopfte noch einmal, heftiger. Der Mann kam zur Tür.

»Ich darf Ihnen nichts mehr verkaufen«, rief er durch das Glas, »wozu also das Geklopfe?« Dann sah er die Aktentasche und fragte: »Oder sind Sie Vertreter?«

Haldane griff in die Brusttasche und hielt etwas gegen die Scheibe – eine Karte in einer Zellophanhülle, die aussah wie eine Dauerkarte. Der junge Mann starrte darauf, dann drehte er langsam den Schlüssel.

»Ich möchte mit Ihnen privat sprechen«, sagte Haldane und trat in den Laden.

»So ein Ding habe ich noch nie gesehen«, bemerkte der junge Mann zögernd. »Ich nehme an, daß es in Ordnung ist.«

»Es ist ganz in Ordnung. Nachforschung von Amts wegen. Jemand namens Leiser, ein Pole. Soviel ich weiß, hat er vor ziemlich langer Zeit hier gearbeitet.«

»Da muß ich Vater holen«, sagte der junge Mann. »Ich war damals noch ein Kind.«

»Ich verstehe«, sagte Haldane in einem Ton, als sei ihm Jugend zuwider.

Es war schon fast Mitternacht, als Avery das Gespräch mit Leclerc bekam. Er war sofort am Apparat. Avery konnte sich genau vorstellen, wie er aufrecht in dem Eisenbett saß, die Militärdecken zurückgeworfen hatte und mit seinem schmalen, hellwachen Gesicht auf die Neuigkeiten wartete.

»Hier ist John«, sagte er vorsichtig.

»Jaja, ich weiß schon, wer Sie sind.« Leclerc schien ärgerlich darüber, daß er seinen Namen erwähnt hatte.

»Ich fürchte, das Geschäft ist geplatzt, sie haben kein Interesse. Negativ. Sie sollten dem Mann, mit dem ich gesprochen habe, dem kleinen Dicken, sagen, daß wir die Hilfe seines Freundes hier nicht brauchen werden.«

»Ich verstehe. Macht nichts.« Er schien überhaupt kein Interesse zu haben.

Avery wußte nicht, was er sagen sollte. Er hatte einfach keine Ahnung. Dabei wünschte er so sehr, noch länger mit Leclerc zu sprechen. Er hätte so gerne berichtet, wie verächtlich er von

Sutherland behandelt worden und daß der Paß nicht in Ordnung gewesen war. »Die Leute hier, die Leute, mit denen ich verhandle, sind über das ganze Geschäft ziemlich beunruhigt.«

Er wartete.

Er hätte Leclerc gerne mit seinem Namen angeredet, hatte aber für ihn keinen Namen. Es war in der Organisation nicht üblich, einander mit Mister anzureden. Die Älteren redeten sich einfach mit ihren Familiennamen an und gebrauchten gegenüber den jüngeren deren Vornamen. Es gab keine Regel dafür, wie man seinen Vorgesetzten anzusprechen hatte. So sagte Avery nur: »Sind Sie noch da?« Und Leclerc antwortete: »Natürlich. Wer ist beunruhigt? Was ist schiefgegangen?« Avery dachte, ich hätte ihn mit Direktor ansprechen können, aber das hätte wohl gegen die Sicherheitsvorschriften verstoßen.

»Der Vertreter hier, der Mann, der sich um unsere Interessen kümmert ... er hat das ganze Geschäft durchschaut«, sagte er. »Er hat sich's wohl zusammengereimt.«

»Sie haben betont, daß es streng vertraulich ist?«

»Ja, natürlich.« Wie hätte er nur die Angelegenheit mit Sutherland erklären können?

»Gut. Wir können gerade jetzt keinen Ärger mit dem Auswärtigen Amt brauchen.« Mit veränderter Stimme fuhr Leclerc fort: »Hier läuft alles ausgezeichnet, John, ausgezeichnet. Wann kommen Sie zurück?«

»Ich muß mich um die ... es ist nicht so leicht, unseren Freund heimzubringen, wie Sie geglaubt haben. Man muß einen Haufen Formalitäten erledigen.«

»Wann werden Sie fertig sein?«

»Morgen.«

»Ich werde Sie mit dem Wagen in Heathrow abholen lassen. In den letzten Stunden hat sich hier viel verändert, viele Fortschritte. Wir brauchen Sie dringend. Und – gut gemacht, John, wirklich gut gemacht.«

»In Ordnung.«

Er hatte erwartet, in dieser Nacht tief zu schlafen, aber nach einer Zeitspanne, die ihm wie eine Stunde schien, fuhr er hellwach und gespannt aus dem Schlaf. Er sah auf seine Uhr. Es war zehn nach eins. Nachdem er aus dem Bett gestiegen war, ging er zum Fenster und blickte auf die schneebedeckte Landschaft hinaus, durch die sich als dunkles Band die zum Flughafen führende Straße zog. Er glaubte, die kleine Erhebung sehen zu können, auf der Taylor gestorben war.

Er war verzweifelt und voll Angst. Verworrene Bilder drängten sich ihm auf: Taylors schreckliches Gesicht, das er fast hätte betrachten müssen, blutüberströmt und mit weit aufgerissenen Augen, als wolle er eine entscheidende Entdeckung mitteilen, dazwischen Leclercs von leicht verletzlichem Optimismus erfüllte Stimme, der dicke Polizist, der ihn mißgünstig anstarrte, als sei er ein Gegenstand, den zu kaufen er sich nicht leisten konnte. Avery mußte erkennen, daß er kein Mensch war, der mit dem Alleinsein leicht fertig wurde. Es machte ihn traurig und sentimental. Er ertappte sich dabei, daß er zum erstenmal seit heute morgen, als er seine Wohnung verlassen hatte, an Sarah und Anthony dachte. Während er an seinen Jungen, die kleine Stahlbrille auf seiner Nase, dachte, stiegen ihm plötzlich Tränen in die Augen, und er sehnte sich danach, seine Stimme zu hören, er sehnte sich nach Sarah und der vertrauten Umgebung seiner Wohnung. Vielleicht sollte er anrufen, mit ihrer Mutter sprechen, sich nach ihr erkundigen? Aber was, wenn sie wirklich ernsthaft krank war? Er hatte an diesem Tag schon genug gelitten, genügend Energie und Erfindungskraft aufgewendet, sich genug gefürchtet. Er war durch einen Alptraum gegangen, und man konnte von ihm nicht erwarten, daß er sie jetzt anrief. Er ging zurück in sein Bett.

Sosehr er sich mühte – er fand keinen Schlaf. Seine Augenlider waren heiß und schwer, sein Körper erschöpft, und dennoch konnte er nicht schlafen. Draußen kam Wind auf und rüttelte an den Doppelfenstern. Einmal war ihm zu heiß, dann wieder zu kalt. Dann fiel er in eine Art Halbschlaf, nur um sofort wieder aus seiner unangenehmen Ruhe durch ein Weinen aufgeschreckt zu werden, das aus dem Nebenzimmer gekommen sein konnte oder aber auch von Anthony, und ebensogut mochte das Geräusch, das er nicht genau gehört hatte und an das er sich jetzt im wachen Zustand nur undeutlich erinnern konnte, das metallische Schluchzen einer sprechenden Puppe gewesen sein.

Und einmal, es war kurz vor Anbruch der Dämmerung, hörte er vor seinem Zimmer einen Laut – es war nur ein einzelner Schritt, draußen im Flur, und dieses Geräusch war sicher nicht eingebildet, sondern ganz wirklich, so daß er in eisigem Schrecken dalag und darauf wartete, daß sich die Klinke an seiner Tür bewegte oder daß die Männer Inspektor Peersens klopften. Er lauschte angespannt und hätte schwören können, daß er ein feines Knistern wahrnehmen konnte wie von Stoff, dann ein unterdrücktes Atemgeräusch gleich einem winzigen Seufzer. Stille. Obwohl er noch scheinbar endlose Minuten lang lauschte, hörte er nichts mehr.

Er knipste das Licht an, ging zum Stuhl hinüber, um seinen Füller zu holen. Er fand ihn schließlich beim Waschbecken. Aus der Aktentasche holte er eine lederne Schreibmappe, die ihm Sarah geschenkt hatte.

Er ließ sich an dem wackligen Tischchen vor dem Fenster nieder und begann einen Liebesbrief zu schreiben. Er schrieb an irgendein Mädchen. Es hätte vielleicht Carol sein können. Als schließlich der Tag anbrach, zerriß er ihn in kleine Schnitzel, die er in der Toilette hinunterspülte. Dabei fiel sein Blick auf etwas Weißes, das auf dem Boden lag. Es war ein Foto von Taylors Kind. Das Mädchen hielt eine Puppe im Arm und hatte eine Brille auf, die gleiche Art Brille, die auch Anthony trug. Das Bild mußte zwischen seinen Papieren gelegen haben. Er wollte es vernichten, aber irgendwie brachte er das nicht übers Herz. Er steckte es in die Tasche.

9

Heimkehr

Wie Avery erwartet hatte, entdeckte er Leclerc in Heathrow unter den Wartenden; er stand auf den Zehenspitzen und spähte unruhig nach ihm aus. Er hatte die Zollbeamten irgendwie bestochen oder mußte das Ministerium dazu bewogen haben, ihm eine besondere Behandlung zu verschaffen, denn als er Avery erblickte, betrat er die Halle und bahnte Avery selbstsicher den Weg, als sei er es gewohnt, von Formalitäten verschont zu bleiben. Das ist das Leben, das wir führen, dachte Avery. Immer der gleiche Flughafen, nur mit jeweils anderen Namen, die gleichen eiligen, schuldbewußten Zusammenkünfte. Wir leben außerhalb der Stadtmauern, die Black Friars aus einem dunklen Haus in Lambeth. Er war todmüde und sehnte sich nach Sarah. Er wollte ihr sagen, daß es ihm leid tue, wollte sich wieder mit ihr versöhnen, eine neue Stellung suchen, einen neuen Anlauf nehmen, öfter mit Anthony spielen. Er schämte sich.

»Ich will nur rasch telefonieren. Sarah fühlte sich bei meiner Abreise nicht recht wohl.«

»Rufen Sie vom Büro aus an, wenn es Ihnen nichts ausmacht«, sagte Leclerc. »Ich habe in einer halben Stunde eine Besprechung mit Haldane.« Da Avery den Eindruck hatte, in Leclercs Stimme schwinge ein falscher Ton mit, warf er ihm einen mißtrauischen Blick zu, aber die Augen des anderen waren auf den schwarzen Humber gerichtet, der auf dem reservierten Parkplatz stand. Leclerc ließ sich den Wagenschlag vom

Fahrer öffnen, und nach einigem umständlichen Hin und Her saß Avery schließlich an Leclercs linker Seite, wie es offenbar das Protokoll verlangte. Der Fahrer schien das Warten satt zu haben. Zwischen ihm und ihnen gab es keine Trennwand.

»Das ist eine Veränderung«, sagte Avery und deutete auf das Auto.

Leclerc nickte nur, als sei die Anschaffung für ihn keineswegs mehr neu. »Wie steht die Sache?« fragte er zerstreut.

»In Ordnung. Es ist doch nichts los? Mit Sarah, meine ich.«

»Warum sollte etwas los sein?«

»Blackfriars Road?« fragte der Fahrer, ohne den Kopf zu wenden, wie man es von einem Chauffeur erwarten konnte.

»Hauptquartier, ja.«

»Das war ein schreckliches Durcheinander in Finnland«, sagte Avery grob. »Die Papiere unseres Freundes... Malherbe... waren nicht in Ordnung. Das Auswärtige Amt hatte seinen Paß eingezogen.«

»Malherbe? Ach so, Sie meinen Taylor. Das wissen wir alles. Das ist jetzt schon geregelt. Nur die übliche Eifersucht. Control ist in der Tat ziemlich außer sich darüber. Er schickte uns seine Entschuldigung. Wir haben jetzt eine Menge Leute auf unserer Seite. Sie können sich davon keine Vorstellung machen, John. Sie werden uns sehr nützlich sein, John: Sie sind der einzige, der es an Ort und Stelle gesehen hat.« Was gesehen? fragte sich Avery. Sie waren wieder zusammen, mit der gleichen Intensität, dem gleichen körperlich spürbaren Unbehagen, den gleichen Augenblicken geistiger Leere. Als Leclerc sich ihm zuwandte, glaubte Avery einen schrecklichen Augenblick lang, er werde ihm die Hand aufs Knie legen. »Ich sehe, Sie sind müde, John. Ich weiß, wie einem zumute ist. Macht nichts – Sie sind wieder bei uns. Hören Sie, ich habe eine gute Nachricht für Sie: Das Ministerium hat plötzlich enorm angebissen. Wir sollen eine Einsatzsondergruppe bilden, um die nächste Phase vorzubereiten.«

»Die nächste Phase?«

»Sicher! Den Mann, den ich Ihnen gegenüber erwähnte. Wir können die Dinge nicht so bewenden lassen. Wir sind zum Aufklären da, John, nicht nur zum Vergleichen der Ergebnisse anderer Leute. Ich habe die Sonderabteilung wieder ins Leben gerufen. Wissen Sie, was das ist?«

»Haldane leitete sie während des Krieges. Schulung…«

Leclerc unterbrach ihn eilig wegen der Anwesenheit des Fahrers: »… Schulung der reisenden Vertreter. Und er wird sie auch jetzt wieder leiten. Ich habe beschlossen, daß Sie mit ihm arbeiten sollen. Ihr seid meine zwei besten Köpfe.« Er sah Avery von der Seite an.

Leclerc hatte sich verändert. In seinem Benehmen schwang eine neue Saite mit, etwas, das mehr war als Optimismus oder Hoffnung. Als Avery ihn das letzte Mal gesehen hatte, schien sein Leben nichts als ein Kampf gegen das Unglück zu sein; jetzt strahlte er Frische aus – ein Zielbewußtsein, das entweder neu oder sehr alt war.

»Und Haldane hat angenommen?«

»Ich sagte es schon. Er arbeitet Tag und Nacht. Sie vergessen, daß Adrian ein Profi ist. Ein echter Routinier. Die alten Hasen sind für solche Jobs die besten. Mit einem oder zwei jungen Köpfen zur Seite.«

Avery sagte: »Ich möchte über die ganze Unternehmung mit Ihnen sprechen… über Finnland. Ich komme in Ihr Büro, sobald ich Sarah angerufen habe.«

»Kommen Sie gleich mit, dann kann ich Sie ins Bild setzen.«

»Ich rufe zuerst Sarah an.«

Wieder hatte Avery das unbegründete Gefühl, daß Leclerc ihn von einer Verständigung mit Sarah abzuhalten versuchte.

»Es geht ihr doch gut, nicht wahr?«

»Soviel ich weiß, ja. Warum fragen Sie?« Dann setzte Leclerc liebenswürdig hinzu: »Froh, wieder zurück zu sein, John?«

»Ja, natürlich.«

Er ließ sich in die Polster des Wagens zurücksinken. Da Leclerc seine Feindseligkeit spürte, ließ er ihn eine Weile in Ruhe. Avery wandte seine Aufmerksamkeit der Straße und den stattlich aussehenden rosa Villen zu, an denen sie im leichten Regen vorüberfuhren.

Leclerc begann wieder zu sprechen, jetzt in amtlichem Ton. »Ich möchte, daß Sie gleich anfangen. Morgen, wenn es Ihnen möglich ist. Wir haben Ihr Zimmer hergerichtet. Es gibt eine

Menge zu tun. Was diesen Mann betrifft: Haldane hat ihn schon in der Mache. Wir werden wahrscheinlich mehr darüber erfahren, sobald wir ins Amt kommen. Von jetzt an sind Sie Adrians Geschöpf. Ich glaube, das sagt Ihnen zu. Unsere Oberen haben eingewilligt, Ihnen einen Sonderausweis vom Ministerium zur Verfügung zu stellen. Das gleiche Ding, das sie im Rondell haben.«

Avery kannte Leclercs Art zu erzählen: Es gab Zeiten, da beschränkte er sich völlig auf dunkle Andeutungen, indem er nur Rohmaterial lieferte, das der Verbraucher und nicht der Lieferant auswerten mußte.

»Ich möchte mit Ihnen über die ganze Sache reden. Nachdem ich Sarah angerufen habe.«

»Ist in Ordnung«, entgegnete Leclerc freundlich, »kommen Sie und erzählen Sie mir davon. Warum nicht gleich jetzt?« Er wandte Avery voll sein Gesicht zu – ein Ding ohne Tiefe, ein einseitiger Mond. »Sie haben gute Arbeit geleistet«, sagte er großherzig, »ich hoffe, Sie machen so weiter.« Sie hatten die Stadtgrenze von London erreicht. »Wir bekommen vom Rondell etwas Hilfe«, fügte er hinzu. »Man scheint dort ziemlich willig zu sein. Natürlich sind sie nicht ganz im Bild. Darauf hat der Minister großen Wert gelegt.«

Sie fuhren die Lambeth Road hinunter, in der der Kriegsgott residiert. Am einen Ende das Kriegsmuseum, am anderen Ende Schulen und dazwischen Krankenhäuser und ein Friedhof mit seiner an einen Tennisplatz erinnernden Umzäunung. Niemand weiß, wer in dieser Straße lebt. Im Vergleich zu der Zahl der Menschen, die man sieht, gibt es zu viele Häuser, die Schulen scheinen zu groß für die wenigen Kinder. Die Spitäler mögen vielleicht voll besetzt sein, aber die Jalousien sind heruntergezogen.

Über allem liegt Staub wie der Staub des Krieges. Er liegt auf den ausdruckslosen Fassaden, er erstickt das Gras auf den Gräbern: Er hat die Menschen vertrieben, mit Ausnahme jener wenigen, die in dunklen Ecken wie die Geister von Gefallenen herumlungern oder schlaflos hinter gelb erleuchteten Fenstern warten. Es ist eine Straße, die den Eindruck macht, als wären ihr die Menschen häufig entflohen. Die wenigen, die zurückgekehrt sind, haben offenbar alle irgend etwas von ihren Reisen aus der lebendigen Welt mitgebracht: einer das Stück eines Feldes, ein anderer die zerfallende Terrasse im Regency-Stil, einen Schuppen oder ein Lagerhaus. Oder eine Kneipe, die »Blumen des Waldes« heißt.

Es ist eine Straße voller vertrauenswürdiger Unternehmen. Eines steht unter der Schirmherrschaft Unserer trostreichen Jungfrau, das andere unter der des Erzbischofs Amigo. Was weder Krankenhaus, Schule, Kneipe oder Seminar ist, scheint leblos unter dem allmächtigen, alles bedeckenden Staub. Es gibt ein Spielwarengeschäft, vor dessen Tür ein seit langem unberührtes Vorhängeschloß hängt. Avery blickte jeden Tag auf seinem Weg ins Büro hinein: Auf den Regalen verrostete das Spielzeug. Die Fensterscheiben waren blind vom Schmutz, und ihr unterer Rand hatte Streifen, Abdrücke von Kinderhänden. Es gibt auch ein Geschäft, wo man auf die Reparatur seines Gebisses warten kann. Avery betrachtete all dies durch die Scheiben des vorbeifahrenden Autos und hakte ein Objekt nach dem anderen auf der Liste seines Gedächtnisses ab, wobei er sich fragte, ob er diese Parade noch einmal würde abnehmen können, solange er noch Mitglied der Organisation war. Sie kamen an Lagerhäusern vorbei, über deren Tore Stacheldraht gespannt war, und an Fabriken, die nichts produzierten. In einer von ihnen läutete gerade eine Glocke, die aber niemand hörte. Dann kam eine verfallene Mauer mit Plakatanschlägen. »Heute bist du jemand in der Armee.« Sie verließen den Kreisverkehr des St. George's Circus und bogen schließlich in die Blackfriars Road.

Als sie sich dem Haus näherten, fühlte Avery, daß sich etwas verändert hatte. Einen Augenblick schien es ihm, als sei das bißchen Gras auf dem armseligen Stück Rasen während seiner kurzen Abwesenheit dicker und höher geworden, als seien die Betontreppen zum Haupteingang, denen es sogar im Hochsommer gelang, feucht und schmutzig zu wirken, jetzt sauber und einladend. Ehe er noch das Gebäude selbst betreten hatte, wußte er, daß ein neuer Geist in die Organisation Einzug gehalten hatte.

Dieser Geist hatte selbst ihre unbedeutendsten Mitglieder erfaßt. Pine, der zweifellos von dem schwarzen Dienstwagen und dem plötzlichen Kommen und Gehen geschäftiger Leute beeindruckt war, sah adrett und munter aus. Ausnahmsweise machte er keine Bemerkung über die letzten Cricketergebnisse. Das Treppenhaus glänzte von frischem Bohnerwachs.

Auf dem Gang begegneten sie Woodford. Er trug einige Akten, deren Deckel mit dem roten Vermerk »Streng geheim« versehen waren, und schien in Eile.

»Tag, John! Gut gelandet also? Nette Gesellschaft gehabt?« Er schien sich wirklich über ihre Begegnung zu freuen. »Ist Sarah jetzt wieder in Ordnung?«

»Er hat sich gut gehalten«, sagte Leclerc schnell, »er hatte einen sehr schwierigen Einsatz.«

»O ja; armer Taylor. Wir werden Sie in der neuen Abteilung brauchen. Ihre Frau wird Sie ein oder zwei Wochen entbehren müssen.«

»Was hat er da über Sarah gesagt?« fragte Avery. Plötzlich hatte er Angst. Er eilte den Gang hinunter. Leclerc rief ihm etwas nach, aber er kümmerte sich nicht darum. Er betrat sein Zimmer und blieb wie angewurzelt stehen. Auf seinem Schreibtisch war ein zweites Telefon und an der Wand stand ein Eisenbett wie das von Leclerc. Neben dem neuen Telefon hing eine Liste mit Telefonnummern, die für den Alarmfall wichtig waren. Die nachts geltenden Nummern waren rot. An der Rückseite der Tür hing ein zweifarbiges Plakat mit dem Profil eines Männerkopfes, über dessen Stirn gedruckt war: »Behalte es hier!« Vor seinem Mund stand: »Laß es nicht heraus!« Es dauerte einige Sekunden, bis er verstand, daß dieses Plakat eine Ermahnung war, an die Sicherheit zu denken, und nicht etwa eine makabre Anspielung auf Taylor. Er nahm den Hörer ab und wartete. Carol kam mit einer Unterschriftsmappe herein.

»Wie ist's gegangen?« fragte sie. »Der Chef scheint zufrieden zu sein.« Sie stand sehr dicht neben ihm.

»Gegangen? Es war kein Film da! Nicht unter den anderen Sachen. Ich trete aus, bin dazu entschlossen. – Was, zum Teufel, ist mit dem Telefon los?«

»Wahrscheinlich weiß man nicht, daß Sie schon zurück sind. Da ist ein Zettel von der Buchhaltung wegen der Rückvergütung einer Taxifahrt. Sie beanstanden die Rechnung.«

»Taxifahrt?«

»Von Ihrer Wohnung ins Büro. In der Nacht, als Taylor starb. Es ist angeblich zuviel.«

»Bitte machen Sie der Zentrale Beine. Die scheinen dort zu schlafen.«

Sarah hob selbst ab.

»Gott sei Dank, du bist es.«

Ja, sagte Avery, er sei vor einer Stunde angekommen. »Sarah, ich hab' es satt. Ich werde Leclerc sagen ...«

Aber ehe er zu Ende gesprochen hatte, platzte sie heraus: »John, um Himmels willen, was hast du nur getan? Wir haben die Polizei hier gehabt, Detektive. Sie wollten mit dir über eine Leiche sprechen, die am Londoner Flughafen eingetroffen ist. Irgend jemand, der Malherbe heißt. Sie sagten, die Leiche sei mit einem falschen Paß aus Finnland geschickt worden.«

Er schloß die Augen. Am liebsten hätte er aufgelegt. Aber obwohl er den Hörer weit von sich weg hielt, hörte er noch immer ihre Stimme »John ... John!« sagen. »Sie behaupten, er sei dein Bruder. Er ist an *dich* adressiert, John; irgendein Londoner Bestattungsinstitut hätte alles für dich erledigen sollen ... John, John, bist du noch da?«

»Hör zu«, sagte er, »es ist alles in Ordnung. Ich werde mich jetzt darum kümmern.«

»Ich habe ihnen von Taylor erzählt; ich mußte es.«

»Sarah!«

»Was hätte ich denn machen sollen? Sie hielten mich für eine Verbrecherin oder sonstwas. Sie glaubten mir nicht, John! Sie fragten, wie man dich erreichen könne. Darauf mußte ich ihnen sagen, ich wüßte es nicht. Ich wußte ja nicht einmal, in welches Land oder mit welchem Flugzeug du geflogen bist. Ich war krank, John, ich fühlte mich elend, ich hatte diese verfluchte Grippe und vergessen, die Pillen zu nehmen. Sie kamen mitten in der Nacht, zu zweit, John. Warum sind sie in der Nacht gekommen?«

»Was hast du ihnen gesagt? Verdammt noch mal, Sarah, was hast du ihnen noch erzählt?«

»Fluch nicht! Wenn hier jemand das Recht dazu hat, dann bin ich es, und zwar auf dich und deine widerliche Organisation. Ich sagte, du machtest irgend etwas Geheimes; du seist im Auftrag der Organisation verreist – John, nicht einmal den Namen der Organisation weiß ich –, daß du durch einen Anruf mitten in der Nacht weggerufen worden seist. Ich sagte, es handelte sich um einen Kurier namens Taylor.«

»Du bist wahnsinnig«, schrie Avery, »du bist völlig wahnsinnig. Ich habe dir gesagt, du darfst niemals etwas sagen!«

»Aber, John, das waren Polizisten! Das kann doch nichts ausmachen, wenn man es ihnen sagt!« Sie weinte, er konnte es hören.

»John, bitte komm nach Hause. Ich habe solche Angst. Du mußt aus dieser Sache aussteigen, wieder in einen Verlag gehen. Es ist mir einerlei, was du tust, aber ...«

»Ich kann nicht. Es ist furchtbar wichtig. Wichtiger, als du möglicherweise verstehen kannst. Es tut mir leid, Sarah, ich kann jetzt nicht vom Büro fort.« Ärgerlich, wie er war, fiel ihm eine nützliche Lüge ein: »Du hast womöglich alles zerstört!«

Darauf folgte eine lange Stille.

»Sarah, ich muß diese Geschichte klären. Ich werde dich später anrufen.«

Als sie endlich antwortete, bemerkte er in ihrer Stimme die gleiche tonlose Resignation, mit der sie ihn seine Sachen packen geschickt hatte. »Du hast das Scheckheft mitgenommen. Ich habe kein Geld.«

Er sagte ihr, er werde es ihr schicken. »Wir haben ein Auto«, fügte er hinzu, »mit Chauffeur, eigens für diese Sache.« Bevor er auflegte, hörte er sie sagen: »Ich dachte, ihr habt Autos in Mengen.«

Er lief zu Leclerc hinüber, der mit Haldane – dessen Mantel noch naß vom Regen war – hinter seinem Schreibtisch stand. Die beiden waren über eine Akte gebeugt, deren Blätter vergilbt und zerrissen waren.

»Taylors Leiche!« schrie er. »Sie ist auf dem Londoner Flughafen. Ihr habt alles durcheinandergebracht. Sie haben sich Sarah vorgenommen. Mitten in der Nacht!«

»Warten Sie!« Es war Haldane, der wütend sagte: »Sie haben kein Recht, einfach hier hereinzustürmen. Warten Sie!« Er mochte Avery nicht.

Er vertiefte sich wieder in die Akte, ohne Avery zu beachten. »Keineswegs«, murmelte er dann. Zu Leclerc sagte er: »Das ist schon ein gewisser Erfolg Woodfords, wie ich sehe. Nahkampf ist in Ordnung. Er hat von einem Funker gehört, einem der besten. Ich erinnere mich an ihn. Die Autowerkstatt heißt ›Herzkönig‹, ein offenbar glänzendes Unternehmen. Wir haben bei der Bank Erkundigungen eingezogen. Sie waren dort ziemlich, wenn nicht sogar sehr hilfsbereit. Er ist ledig. Scheint ein Weiberheld zu sein – die übliche polnische Art eben. Keine politischen Interessen, keine nennenswerten Hobbys, keine Schulden, keine Beschwerden. Scheint sozusagen ein Niemand zu sein. Es heißt, er sei ein guter Mechaniker. Was den Charakter anbelangt ...« Er zuckte mit den Schultern. »Was weiß man schon von anderen Menschen?«

»Aber was haben sie dir *erzählt*? Mein Gott, man kann doch nicht fünfzehn Jahre in einer Gegend leben, ohne irgendeinen Eindruck zu hinterlassen. Es gab da einen Lebensmittelhändler – Smethwick? –, bei dem wohnte er nach dem Krieg.«

Haldane gestattete sich ein Lächeln. »Sie sagten, er sei ein guter Arbeiter gewesen und sehr höflich. Jeder sagt, er sei höflich. Sie erinnern sich nur an eines: daß er in ihrem Hinterhof mit Leidenschaft einen Tennisball herumschlug.«

»Hast du dir die Werkstatt angesehen?«

»Gewiß nicht. Ich bin nicht in ihre Nähe gekommen. Ich schlage vor, ihn heute abend aufzusuchen. Ich sehe keine andere Möglichkeit. Schließlich steht der Mann seit zwanzig Jahren in unserer Kartei.«

»Gibt es nichts sonst, was du erfahren konntest?«

»Das müßten wir über das Rondell machen.«

»Dann laß Avery die Einzelheiten herausfinden.« Leclerc schien die Anwesenheit Averys vergessen zu haben. »Was das Rondell anbelangt – das werde ich persönlich erledigen.« Sein Interesse wurde von einer neuen Landkarte an der Wand gefesselt, einem Stadtplan von Kalkstadt, der die Kirche und den Bahnhof zeigte. Daneben hing eine ältere Karte von Osteuropa.

Raketenbasen, deren Existenz bereits eindeutig erwiesen war, waren hier in ein System mit der südlich von Rostock gelegenen mutmaßlichen Basis gebracht. Durch dünne, zwischen Stecknadeln gespannte Wollfäden waren Nachschubwege, Befehlsinstanzen und bewaffnete Stützpunkte miteinander verbunden. Einige dieser Fäden führten nach Kalkstadt.

»Gut, nicht wahr? Sandford hat sie gestern nacht abgesteckt«, sagte Leclerc. »Solche Sachen macht er wirklich recht gut.«

Auf seinem Schreibtisch lag ein weißhölzerner Zeigestab wie eine Riesennadel, durch die eine rosa Schleife gezogen war. Er hatte ein neues Telefon – grün und schicker als Averys, mit der Aufschrift »Vorsicht! Feind hört mit!« Haldane und Leclerc studierten eine Weile die Karte, wobei sie manchmal in die Mappe mit Telegrammen schauten, die Leclerc wie ein Chorknabe sein Psalmenbuch offen in beiden Händen hielt.

Endlich wandte er sich zu Avery und sagte: »Also, was ist, John?« Jetzt warteten sie, daß er sprach. Er fühlte, wie sein Zorn verebbte, obwohl er ihn gerne noch länger ausgekostet hätte. Er wollte entrüstet herausschreien: »Wie können Sie es wagen, meine Frau hineinzuziehen?« Er wollte die Beherrschung verlieren, aber er konnte es nicht. Sein Blick war auf die Karte geheftet.

»Also?«

»Die Polizei war bei Sarah. Sie weckten sie mitten in der Nacht. Zwei Mann. Ihre Mutter war bei ihr. Sie kamen wegen der Leiche auf dem Flughafen, wegen Taylors Leiche. Sie wußten, daß der Paß falsch war, und glaubten, sie habe mit der Sache zu tun.« Dann wiederholte er lahm: »Sie haben sie aufgeweckt!«

»Wir wissen davon. Die Sache ist bereits geklärt. Ich wollte es Ihnen schon sagen, aber Sie ließen mich nicht dazu kommen. Die Leiche ist freigegeben worden.«

»Es war nicht in Ordnung, Sarah da hineinzuziehen.«

Haldane hob schnell den Kopf: »Was wollen Sie damit sagen?«

»Diese Sache gehört nicht in unseren Aufgabenbereich.« Es klang sehr frech. »Wir sollten die Finger davonlassen. Wir sollten sie dem Rondell übergeben. Smiley oder sonst irgend jemandem – das sind die zuständigen Leute, nicht wir.« Er fuhr mühsam fort. »Ich glaube diesem Bericht nicht. Ich glaube nicht, daß er wahr ist! Es würde mich nicht wundern, wenn dieser Flüchtling überhaupt nicht existierte, wenn Gorton die ganze Angelegenheit erfunden hätte. Ich glaube nicht, daß Taylor ermordet worden ist!«

»Ist das alles?« fragte Haldane. Er war sehr böse.

»Damit möchte ich nicht weiter zu tun haben. Mit der Operation, meine ich. Es ist nicht in Ordnung.«

Er sah auf die Karte und dann zu Haldane. Er lachte etwas dümmlich. »Während ich die ganze Zeit einen toten Mann gejagt habe, waren Sie hinter einem lebenden her! Das ist leicht hier, in der Traumfabrik... aber draußen leben Menschen, wirkliche Menschen!«

Leclerc berührte Haldane sanft am Arm, als wolle er damit sagen: Laß, ich werd' das schon in Ordnung bringen. Er schien nicht beunruhigt, sondern eher dankbar zu sein, Symptome zu erkennen, die er schon früher diagnostiziert hatte. »Gehen Sie in Ihr Zimmer, John, Sie sind übermüdet.«

»Aber was sage ich Sarah?« Er sprach voll Verzweiflung.

»Sagen Sie ihr, man werde sie nicht mehr belästigen. Sagen Sie, es habe sich um ein Mißverständnis gehandelt – sagen Sie ihr, was Sie wollen. Essen Sie etwas Warmes, und kommen Sie in einer Stunde zurück. Im Flugzeug wird man ja nicht satt. Dann werden Sie uns den Rest erzählen.« Leclerc lächelte das gleiche saubere, leere Lächeln wie auf dem Foto inmitten der toten Flieger. Als Avery die Tür erreicht hatte, hörte er sanft und liebevoll seinen Namen rufen. Er blieb stehen und sah zurück.

Leclerc hob eine Hand vom Schreibtisch, und mit einer halbkreisförmigen Handbewegung wies er auf den Raum, in dem sie standen.

»Ich werde Ihnen etwas sagen, John. Während des Krieges waren wir in der Baker Street. Wir hatten dort einen Keller, den das Ministerium für den Notfall als Zentrale für die Einsatzleitung hergerichtet hatte. Adrian und ich haben viel Zeit dort unten verbracht. Sehr viel Zeit.« Er warf einen Blick auf Haldane. »Erinnerst du dich, wie die Öllampe wackelte, wenn oben die Bomben fielen? Wir mußten mit Situationen fertig werden, in denen wir nur ein Gerücht gehört hatten, John. Nicht mehr. Ein Hinweis mußte uns oft genügen, das Risiko auf uns zu nehmen, einen oder wenn nötig zwei Mann loszuschicken, von denen manchmal keiner zurückkam. Oder es war nichts dahinter. Gerüchte, eine Vermutung, eine Spur, die man verfolgte. Man vergißt leicht, woraus Abwehr besteht: aus Glück und Spekulation. Hier und da ein unerwarteter Glücksfall, da und dort ein Fang. Manchmal stolpert man über eine Sache wie diese: Es kann ebensogut sehr viel dahinterstecken wie auch einfach nichts. Der Hinweis kann von einem Bauern in Flensburg stammen, ebensogut aber auch von einem Universitätsprofessor. Beides aber schließt eine Möglichkeit ein, die man nicht zu mißachten wagt. Wir erhalten den Befehl, einen Mann auszuwählen, ihn loszuschicken. So ist es immer gewesen. Viele sind nicht zurückgekommen. Sie wurden ausgeschickt, um Zweifel zu klären. Wir *mußten* sie schicken, weil wir auf eindeutiges Wissen angewiesen sind, verstehen Sie das? – Jeder von uns hat Augenblicke wie diesen, John. Glauben Sie nicht, daß es immer leicht ist.« Er lächelte voller Erinnerungen. »Wir hatten oft Skrupel – wie Sie. Wir mußten sie überwinden. Wir nannten das den zweiten Schwur.« Er lehnte sich zwanglos gegen den Schreibtisch. »Den zweiten Schwur«, wiederholte er. »Also, John, wenn Sie warten wollen, bis die Bomben fallen, bis die Menschen in den Straßen sterben ...« Er war plötzlich ernst, als enthülle er seinen Glauben. »Es ist viel schwerer im Frieden, ich weiß. Es erfordert Mut. Eine ganz besondere Art Mut.«

Avery nickte. »Es tut mir leid«, sagte er.

Haldane beobachtete ihn voll Abscheu.

»Der Direktor meint damit«, sagte er scharf, »daß – falls Sie in der Organisation bleiben und die Arbeit machen wollen – Sie es tun sollen. Wenn Sie jedoch Ihre Emotionen pflegen wollen, dann gehen Sie bitte woandershin und tun Sie es dort in Frieden. Wir sind hier zu alt für Ihresgleichen.«

Avery klang noch immer Sarahs Stimme im Ohr, und er konnte die Reihen kleiner Häuser im Regen vorbeiziehen sehen. Er versuchte, sich ein Leben ohne die Organisation vorzustellen. Er erkannte, daß es zu spät war, weil es schon immer zu spät gewesen war, weil er um des Wenigen willen, das sie ihm geben konnten, zu ihnen gekommen war, und sie nahmen ihm das Wenige, das er besaß. Wie ein zweifelnder Priester hatte er das Gefühl gehabt, daß – was auch immer sein zaghaftes Herz bergen mochte – es sicher an seinem Zufluchtsort aufgehoben sei. Jetzt war es verschwunden. Er sah Leclerc und dann Haldane an. Sie waren seine Kollegen. Alle drei würden sie, Gefangene des Schweigens, Seite an Seite arbeiten, die harte Scholle in jeder Jahreszeit aufbrechen; sie waren einander fremd, und sie brauchten einander in einer Wildnis preisgegebenen Glaubens.

»Haben Sie gehört, was ich gesagt habe?« fragte Haldane.

Avery murmelte: »Wie bitte?«

»Sie waren nicht im Krieg, John«, sagte Leclerc freundlich. »Sie verstehen nicht, wie diese Dinge sich der Menschen bemächtigen. Sie wissen nicht wirklich, was Pflicht ist.«

»Ich weiß«, sagte Avery. »Es tut mir leid. Ich möchte mir gerne das Auto für eine Stunde ausborgen ... Sarah etwas schicken, wenn das geht.«

»Natürlich.«

Ihm fiel ein, daß er Anthonys Geschenk vergessen hatte. »Es tut mir leid«, sagte er nochmals.

»Übrigens« – Leclerc öffnete eine Schublade des Schreibtisches und nahm einen Umschlag heraus. Er reichte ihn Avery mit einer nachsichtigen Gebärde. »Das ist Ihr Ausweis, ein Sonderausweis vom Ministerium. Damit Sie sich legitimieren können. Er lautet auf Ihren eigenen Namen. Sie werden ihn in den nächsten Wochen vielleicht brauchen.«

»Danke.«

»Nehmen Sie ihn heraus.«

Es war ein Stück dicken, in Zellophan eingeschlagenen grünen Kartons, dessen Farbe verwaschen schien und zum unteren Rand hin dunkler wurde. Sein Name war mit einer elektrischen Schreibmaschine in Großbuchstaben quer darüber geschrieben: Mr. John Avery. Darunter stand, daß der Besitzer berechtigt sei, im Auftrag des Ministeriums Erhebungen durchzuführen. Die Unterschrift war mit roter Tinte gemacht worden.

»Danke.«

»Damit sind Sie sicher«, sagte Leclerc. »Der Minister hat ihn unterschrieben. Mit roter Tinte, sehen Sie. Das ist Tradition.«

Avery ging in sein Zimmer zurück. Es gab Zeiten, da stand er seinem Spiegelbild wie einem leeren Tal gegenüber, und diese Vision trieb ihn dann vorwärts, in Erfahrungen hinein, wie Verzweiflung uns zum Selbstmord treiben kann. Manchmal war er wie ein Mensch auf der Flucht, der aber gegen den Feind stürmt in der verzweifelten Sehnsucht, Hiebe auf seinem zerfallenden Körper zu fühlen, da nur sie allein ihm noch beweisen konnten, daß es ihn noch immer gab; in der verzweifelten Hoffnung, seiner trüben, gleichförmigen Existenz ein echtes Ziel zu geben, voll verzweifelter Sehnsucht danach – wie Leclerc angedeutet hatte –, sein Gewissen zu opfern, um Gott zu finden.

DRITTER TEIL

Leisers Einsatz

»Sich wie ein Schwimmer
springend in die Reinheit werfen,
frohgemut fort von einer Welt,
die alt und kalt und müde.«

Rupert Brooke,
1914

10

Vorspiel

Der Humber setzte Haldane an der Autowerkstatt ab.

»Sie brauchen nicht zu warten. Sie müssen Mr. Leclerc ins Ministerium bringen.«

Er ging mit zögernden Schritten über die Betonfläche, vorbei an den gelben Zapfsäulen und den im Wind rasselnden Reklameschildern. Es war Abend, und es würde wohl regnen. Die Firma war klein, aber sehr gepflegt. Am einen Ende ein Ausstellungsraum, am anderen die Werkstatt, dazwischen ein turmartiges Gebäude, in dem jemand wohnte. Das Ganze war übersichtlich angelegt, man hatte viel schwedisches Holz verwendet. Am Turm leuchtete ein herzförmiges Reklamezeichen, das fortlaufend seine Farbe wechselte. Irgendwo wimmerte eine Metalldrehbank. Haldane betrat das Büro. Niemand da. Es roch nach Gummi. Er läutete und begann gequält zu husten. Wenn er hustete, preßte er manchmal die Hände gegen die Brust, und sein Gesicht verriet dann die Ergebenheit eines Mannes, der mit dem Schmerz vertraut war. Neben einem Zettel, der wie eine private Annonce an einem Bretterzaun aussah und auf dem mit der Hand geschrieben stand: »St. Christophorus und alle deine Engel, bitte beschütze uns auf der Reise. F. L.«, hingen Kalender mit dürftig bekleideten Mädchen an der Wand. Am Fenster hing ein Käfig, in dem ein aufgeregter Wellensittich herumflatterte. Die ersten Regentropfen platschten träge gegen die Scheibe. Dann kam ein ungefähr achtzehnjähriger Junge mit ölverschmierten Händen herein. Er trug einen

Overall, auf dessen Brusttasche ein rotes Herz und darüber eine Krone angenäht waren.

»Guten Abend«, sagte Haldane. »Bitte verzeihen Sie. Ich suche einen alten Bekannten, einen Freund. Wir haben uns früher gut gekannt. Ein Mr. Leiser. Fred Leiser. Ich wollte fragen, ob Sie eine Ahnung haben ...«

»Ich hole ihn«, sagte der Junge und verschwand.

Haldane wartete geduldig, während er die Kalender betrachtete und sich überlegte, ob sie wohl von Leiser selbst oder von dem Jungen dort aufgehängt worden waren. Als sich die Tür wieder öffnete, stand Leiser vor ihm. Haldane erkannte ihn von der Fotografie her. Er hatte sich tatsächlich kaum verändert. Die zwanzig Jahre hatten sich nicht mit kräftigen Linien, sondern nur an den Augen mit einem feinen Netz von Fältchen in seinem Gesicht eingezeichnet. Und in Spuren an den Mundwinkeln, die Selbstdisziplin verrieten. Das indirekte Licht warf keine Schatten auf sein Gesicht, das auf den ersten Blick nichts anderes als Einsamkeit verriet. Es war ein blasses Gesicht.

»Was kann ich für Sie tun?« fragte Leiser. Es sah beinahe so aus, als stehe er stramm.

»'n Tag. Erkennen Sie mich nicht mehr?«

Leiser betrachtete ihn mit dem ausdruckslosen und doch vorsichtigen Gesicht eines Mannes, der aufgefordert worden ist, einen Preis vorzuschlagen.

»Sind Sie sicher, daß Sie mich meinen?«

»Ja.«

»Muß lange her sein«, sagte er schließlich. »Es passiert nicht oft, daß ich ein Gesicht vergesse.«

»Zwanzig Jahre.« Haldane hustete um Vergebung heischend.

»Dann war's also im Krieg, ja?«

Er war ein kleiner, sehr aufrechter Mann. Äußerlich war er Leclerc ähnlich. Er hätte Kellner sein können. Seine Hemdsärmel waren einmal umgeschlagen, seine Arme dicht behaart. Er trug ein weißes, teures Hemd. Auf der Brusttasche war ein Monogramm. Er sah wie ein Mann aus, der an seiner Kleidung nicht spart. Er trug einen goldenen Ring und eine Uhr mit goldenem Armband. Offenbar legte er großen Wert auf ein gepflegtes

Äußeres. Haldane roch sein Rasierwasser. Er hatte dichtes braunes Haar, dessen Ansatz in gerader Linie über die Stirn lief. Es war zurückgekämmt und an den Schläfen leicht gewellt. Er trug keinen Scheitel und wirkte ausgesprochen slawisch. Obwohl er sich sehr gerade hielt, war etwas Schwankendes an ihm, eine gewisse Lockerheit der Schultern und Hüften, die die Vermutung nahelegte, daß er mit der See vertraut war. Es war dieser Punkt, an dem jede Ähnlichkeit mit Leclerc abrupt aufhörte. Abgesehen von seinem äußeren Erscheinungsbild wirkte er wie ein sehr geschickter Mann, der sich bei Reparaturen im eigenen Haus, oder wenn es galt, das Auto an einem kalten Wintermorgen in Gang zu bringen, durchaus zu helfen wußte. Außerdem sah er wie ein harmloser Mensch aus, wenn auch wie einer, der viel herumgekommen war. Er trug einen Schottenschlips.

»Sie erinnern sich sicher an mich«, bat Haldane.

Leiser starrte auf die mageren Wangen mit den hektischen roten Flecken, den schlaffen, unruhigen Körper und die sich sanft bewegenden Hände – und da huschte über sein Gesicht der Schatten eines schmerzlichen Erkennens, als habe er die Überreste eines Freundes zu identifizieren.

»Sie sind doch nicht etwa Captain Hawkins, oder?«

»Doch.«

»Guter Gott«, sagte Leiser, ohne sich zu bewegen. »*Ihr* also habt euch nach mir erkundigt!«

»Wir suchen einen Mann mit Ihrer Erfahrung, jemanden wie Sie.«

»Wozu brauchen Sie ihn, Sir?«

Er hatte noch immer keine Bewegung gemacht. Man konnte nur sehr schwer sagen, was er dachte. Sein Blick war auf Haldane gerichtet.

»Um einen Auftrag auszuführen. Nur einen Auftrag.«

Leiser lächelte, als falle ihm plötzlich wieder alles ein. Er wies mit einer Kopfbewegung zum Fenster. »Da drüben?« Er meinte irgendwo jenseits des draußen fallenden Regens.

»Ja.«

»Wie ist es mit dem Zurückkommen?«

»Die normalen Vorschriften. Es ist dem Mann im Feld überlassen. Die Kriegsvorschriften.«

Leiser kramte in seinen Taschen und brachte Zigaretten und Streichhölzer zum Vorschein. Der Wellensittich kreischte in seinem Käfig.

»Die Kriegsvorschriften. – Sie rauchen?« Er nahm sich eine Zigarette und zündete sie an, wobei er mit seinen Händen eine Muschel um die Flamme formte, als müsse er sie vor einem starken Sturm schützen. Das Streichholz ließ er auf den Boden fallen, wo es jemand anders aufheben mochte.

»Guter Gott«, wiederholte er, »zwanzig Jahre. Damals war ich ein Kind. Ein richtiges Kind.«

Haldane sagte: »Ich bin sicher, daß Sie es nicht bereuen. Wollen wir etwas trinken gehen?« Er gab Leiser eine Visitenkarte. Noch druckfrisch stand darauf: Captain A. Hawkins. Darunter stand eine Telefonnummer.

Leiser las und zuckte mit den Schultern. »Mir ist's recht«, sagte er und holte seinen Mantel. Noch ein Lächeln, ungläubig diesmal. »Aber Sie vergeuden Ihre Zeit mit mir, Captain.«

»Vielleicht kennen Sie jemanden. Noch vom Krieg her, jemanden, der es übernehmen würde.«

»Ich kenne nicht viele Leute«, sagte Leiser. Er nahm seine Jacke und einen dunkelblauen Nylonregenmantel vom Haken. Er beeilte sich, Haldane die Tür zu öffnen, als lege er Wert auf gute Form. Sein Haar war wie Vogelschwingen sorgfältig übereinandergelegt.

Auf der gegenüberliegenden Seite der Straße war eine Kneipe. Um sie zu erreichen, mußten sie eine Fußgängerbrücke überqueren. Der dichte Verkehr der abendlichen Stoßzeit donnerte unter ihnen vorbei, und die dicken, kalten Regentropfen schienen ihn begleiten zu wollen. Die Brücke bebte im Rhythmus der Fahrzeuge. Die Kneipe war im Tudorstil eingerichtet, mit neuen Pferdegeschirren an den Wänden und einer auf Hochglanz polierten Schiffsglocke. Leiser bestellte einen White Lady. Er trinke niemals was anderes, sagte er. »Einem Drink treu bleiben, Captain, das ist mein Rat. Dann werden Sie keine Schwierigkeiten haben. Zum Wohl.«

»Es müßte jemand sein, der die alten Tricks kennt«, bemerkte Haldane. Sie saßen in der Ecke neben dem Kaminfeuer. Sie hätten ebensogut über Geschäfte sprechen können. »Es ist ein sehr wichtiger Job. Man zahlt viel mehr als im Krieg.« Er lächelte düster. »Man zahlt überhaupt viel heutzutage.«

»Na ja, Geld ist nicht alles, oder?« Eine steife kleine Phrase, die er von den Engländern gelernt hatte.

»Man hat sich an Sie erinnert, Leute, deren Namen Sie längst vergessen haben, falls Sie sie überhaupt je kannten.« Ein nicht überzeugendes Lächeln der Erinnerung kräuselte seine dünnen Lippen: Es mochte Jahre her sein, seit er zum letztenmal gelogen hatte. »Sie haben einen starken Eindruck hinterlassen, Fred. Es gab nicht viele, die so gut waren wie Sie. Selbst nach zwanzig Jahren.«

»Im alten Verein denkt man also an mich?« Er schien dankbar dafür zu sein, aber auch schüchtern, als stünde es ihm nicht zu, daß man sich seiner erinnerte. »Ich war ja nur ein Kind, damals«, wiederholte er. »Wen gibt's denn noch, wer ist noch dabei?«

Haldane, der ihn beobachtete, antwortete: »Ich habe Sie gewarnt, Fred, wir haben noch immer dieselben Regeln. Nur, was man wirklich wissen muß – wie damals.« Es klang streng.

»Guter Gott«, sagte Leiser. »Alles wie früher. Immer noch so groß, der Laden?«

»Größer.« Haldane ging zur Bar und holte noch einen White Lady. »Kümmern Sie sich viel um Politik?«

Leiser hob seine sauber gewaschene Hand und ließ sie wieder fallen.

»Sie wissen, wie wir hier sind«, sagte er, »in England. Nicht wahr?« Der Ton, in dem er dies sagte, enthielt die leicht unverschämte Unterstellung, daß er Haldane ebenbürtig sei.

Haldane unterbrach ihn schnell: »Ich meine, in einem weiten Sinn.« Er hustete trocken. »Schließlich haben diese Leute ja Ihr Land kassiert, oder nicht?« Leiser sagte nichts. »Was hielten Sie zum Beispiel von Kuba?«

Haldane rauchte nicht, aber er hatte an der Bar eine Schachtel von Leisers Zigaretten gekauft und riß nun mit seinen dünnen Altmännerfingern das Zellophan herunter, um Leiser über den Tisch hinweg eine anzubieten. Ohne auf eine Antwort zu warten, setzte er hinzu: »Das Entscheidende in Kuba war, müssen Sie wissen, daß die Amerikaner Bescheid wußten. Es war eine Frage der Information. Als sie sie hatten, konnten sie was unternehmen. Allerdings konnten sie drüberfliegen. Das ist nicht in jedem Fall möglich.« Er lachte kurz. »Man fragt sich, was sie ohne diese Möglichkeit unternommen hätten.«

»Ja, das ist richtig.« Leiser nickte wie eine Marionette. Haldane achtete nicht darauf.

»Möglicherweise hätten sie nicht weitergewußt«, meinte Haldane und schlürfte an seinem Whisky. »Übrigens, sind Sie verheiratet?«

Leiser grinste und hielt seine Hand flach mit abgespreiztem Daumen und kleinem Finger wie ein Flugzeug vor sich, mit dessen Tragflächen er wackelte. »So – so«, sagte er. Sein Schottenschlips war an seinem Hemd mit einer goldenen Klammer in der Form einer Reitpeitsche vor einem Pferdekopf befestigt. Sie war sehr geschmacklos.

»Und Sie, Captain?«

Haldane schüttelte den Kopf.

»Nein«, bemerkte Leiser gedankenvoll. »Also nicht.«

»Es gab auch andere Fälle«, fuhr Haldane fort, »in denen schwerwiegende Fehler gemacht wurden, weil man entweder nicht die richtigen oder nicht genügend Informationen hatte. Ich meine, nicht mal wir können überall dauernd Leute haben.«

»Nein, bestimmt nicht«, sagte Leiser zuvorkommend.

Das Lokal begann sich zu füllen.

»Kennen Sie nicht einen anderen Platz, wo wir uns ungestört unterhalten können?« erkundigte sich Haldane. »Wir können was essen, ein bißchen über den alten Verein plaudern. Oder haben Sie eine andere Verabredung?« In den unteren Gesellschaftsschichten pflegte man ja ziemlich früh zu Abend zu essen.

Leiser warf einen schnellen Blick auf seine Uhr. »Bis acht ist mir alles recht. Sie sollten was gegen Ihren Husten tun, Sir. Kann gefährlich werden, ein Husten wie Ihrer.« Die Uhr war aus Gold, hatte ein schwarzes Zifferblatt und einen eigenen Zeiger für die Phasen des Mondes.

Der Unterstaatssekretär zeigte deutlich, wie lästig es ihm war, so lange aufgehalten zu werden.

Leclerc sprach jedoch weiter: »Ich glaube, Ihnen berichtet zu haben, daß man sich im Auswärtigen Amt bei der Ausstellung von Pässen für Einsatzzwecke recht stur zeigt. Man hat es sich zur Gewohnheit gemacht, in jedem einzelnen Fall beim Rondell rückzufragen. Wir sind vollkommen ohne Status, das wissen Sie, nicht? Es fällt mir nicht leicht, mich mit diesen Dingen unbeliebt zu machen – man hat dort einfach nicht die geringste Vorstellung davon, wie wir arbeiten. Es wäre zu überlegen, ob es nicht die beste Lösung darstellte, wenn wir unsere Paßanforderungen über Ihr Sekretariat laufen ließen. Das würde es überflüssig machen, jedesmal zum Rondell gehen zu müssen.«

»Was meinen Sie mit stur?«

»Wie Sie sich vielleicht erinnern, hatten wir den armen Taylor unter einem anderen Namen fahren lassen. Das A. A. erklärte seinen Paß bereits einige Stunden, ehe er London überhaupt erst verlassen hatte, schon wieder für ungültig. Ich fürchte, das Rondell hat da einen groben administrativen Schnitzer gemacht. Jedenfalls wurde der Paß, mit dem die Leiche aus Kopenhagen hier ankam, aus diesem Grund nicht anerkannt, und wir hatten große Schwierigkeiten. Ich mußte meinen besten Mann schicken, damit er die Sache ausbügelt.« Eine spontane kleine Lüge. »Ich bin sicher, daß Control ziemlich leicht von der Notwendigkeit einer neuen Regelung überzeugt werden könnte, wenn der Minister darauf bestünde.«

Der Unterstaatssekretär deutete mit dem Bleistift auf die zu seinem Sekretariat führende Tür. »Sagen Sie das da drin. Knobeln Sie was mit ihnen aus. Das klingt doch wirklich alles sehr dumm. Mit wem haben Sie es im Außenamt immer zu tun?«

»De Lisle«, sagte Leclerc befriedigt. »Er sitzt in der Abteilung für Allgemeines. – Und im Rondell mit Smiley.«

Der Unterstaatssekretär notierte das. »Man weiß wirklich nie, mit wem man dort reden soll. Die sind so überorganisiert.«

»Dann noch etwas: Es könnte sein, daß ich das Rondell um technische Hilfe werde bitten müssen. Funkgeräte und dergleichen. Ich schlage vor, in diesem Fall eine Tarngeschichte zu erzählen. Ich halte das für sicherer. Am besten wäre es, zu sagen, daß wir ein großangelegtes Trainingsprogramm abwickeln wollen.«

»Tarngeschichte? – O ja, eine Lüge. Sie erwähnten das schon.«

»Nur eine Vorsichtsmaßnahme, nichts weiter.«

»Sie müssen tun, was Sie für nötig halten.«

»Ich habe mir vorgestellt, daß es auch Ihnen lieber sei, wenn das Rondell nichts weiß. Sie haben selbst gesagt: keinen monolithischen Apparat. Ich habe nach diesem Grundsatz gehandelt.«

Der Unterstaatssekretär blickte wieder zur Uhr über der Tür. »Er war ziemlich schlecht gelaunt: ein schwieriger Tag mit dem Jemen. Ich glaube, daß zum Teil auch die Nachwahl in Woodbridge schuld daran ist. Er regt sich über diese Dinge am Rande immer sehr auf. Wie steht übrigens Ihre Sache? Sie hat ihm viel Kopfzerbrechen gemacht, müssen Sie wissen. Was darf er jetzt glauben?« Er machte eine Pause. »Diese Deutschen jagen mir wirklich Angst ein. Sie sagten, Sie hätten jemanden gefunden, der ausgezeichnet dafür geeignet ist?« Sie traten auf den Korridor hinaus.

»Wir sind an ihm dran. Wir haben ihn schon in Arbeit. Heute abend werden wir endgültig Bescheid wissen.«

Der Unterstaatssekretär rümpfte kaum sichtbar die Nase, während er seine Hand schon auf die Türklinke des Ministerzimmers legte. Er war ein gläubiges Mitglied der Anglikanischen Hochkirche und verabscheute alles Ungeordnete.

»Was treibt einen Menschen, derartige Aufträge zu übernehmen? – Nicht Sie, ihn meine ich.«

Leclerc schüttelte schweigend den Kopf, als sei er völlig der gleichen Meinung. »Der Himmel mag's wissen. Das ist etwas, was nicht einmal wir verstehen.«

»Was für ein Mensch ist er? Aus welcher Schicht? – Nur allgemein, was Sie schätzen.«

»Intelligent. Autodidakt. Polnischer Herkunft.«

»Ach so. Ich verstehe.« Er schien erleichtert. »Wir werden es glimpflich machen, nicht wahr? Malen Sie es nicht zu schwarz. Er verabscheut jedes Drama. Schließlich kann jeder Narr sehen, was die Gefahren sind.«

Sie gingen hinein.

Haldane und Leiser nahmen an einem Ecktisch Platz wi Verliebte in einem Espresso. Es war eines dieser Restaura die leere Chiantiflaschen für die Atmosphäre und nicht vi mehr für ihre Gäste bieten. Schon morgen oder übermorgen würde es wieder verschwunden sein, ohne daß es irgend jemandem besonders auffiele, aber solange es da war – neu und voller Hoffnung –, war es gar nicht so schlecht. Leiser hatte ein Steak bestellt, wahrscheinlich eine Gewohnheit, und er saß steif mit an den Körper gepreßten Armen, während er aß.

Haldane gab sich zunächst den Anschein, als habe er den Zweck seines Besuches vergessen. Er erzählte vage vom Krieg und von der Organisation, von Einsätzen, die er bis zu diesem Nachmittag, an dem er seine Erinnerung aus den Akten wieder auffrischte, schon fast gänzlich aus dem Gedächtnis verloren hatte. Er sprach – da dies ohne Zweifel wünschenswert schien – hauptsächlich von jenen Männern, die am Leben geblieben waren.

Er kam auf Übungen zu sprechen, an denen Leiser teilgenommen hatte. War er überhaupt noch so an der Funkerei interessiert? Nun ja, eigentlich nicht. Wie stand es mit der Selbstverteidigung, waffenlosem Nahkampf? Dazu hatte eigentlich die Gelegenheit gefehlt.

»Sie haben ja im Krieg einige ziemlich harte Augenblicke erlebt, soviel ich mich erinnere«, sagte Haldane schnell. »Gab's da nicht in Holland Schwierigkeiten?« Sie waren wieder bei Selbstgefälligkeiten und den Erinnerungen an die alten Zeiten gelandet.

Ein steifes Nicken. »Ich hatte vorübergehend Schwierigkeiten«, gab Leiser zu. »Ich war ja auch jünger, damals.«

»Was ist denn wirklich passiert?«

Leiser sah Haldane an, blinzelnd, als hätte der andere ihn aufgeweckt, dann begann er zu sprechen. Es war eines dieser Kriegserlebnisse, die seit Kriegsausbruch in verschiedenen Variationen immer wieder erzählt worden sind, und es paßte so wenig zu dem sauberen kleinen Lokal wie Hunger und Armut, wobei es noch an Glaubwürdigkeit dadurch einbüßte, daß es berichtet wurde. Leiser erzählte, als habe auch er die Geschichte nur gehört, etwa wie einen Kampf, den er in einer Radioübertragung miterlebt hatte. Er war gefangengenommen worden, er war geflohen, er hatte sich sechs Tage ohne Verpflegung durchgeschlagen, hatte getötet, war versteckt und nach England zurückgeschmuggelt worden. Er erzählte gut. Vielleicht war es nur seine jetzige Vorstellung von den Kriegserlebnissen, vielleicht war es wahr. Aber wie eine südländische Witwe, die vom Tod ihres Mannes berichtet, hatte auch Leiser die Leidenschaft seines Herzens verloren und klammerte sich deshalb um so stärker an die des Erzählens. Er schien nur zu reden, weil man ihn darum gebeten hatte, wobei seine Geziertheit im Gegensatz zu der Leclercs weniger dem Wunsche entsprang, andere zu beeindrucken, sondern mehr dem Bedürfnis, sich selbst zu schützen. Er wirkte wie ein sehr verinnerlichter Mann, der sich nur vorsichtig tastend ausdrückte, ein Mensch, der lange allein gewesen war, ohne menschliche Beziehungen. Er schien ausgeglichen und doch nirgends verwurzelt zu sein. Seine Aussprache war gut, aber eindeutig die eines Ausländers, denn es fehlte ihm die gewisse Lässigkeit, das Verschlucken einzelner Silben, das selbst begabte Imitatoren niemals völlig beherrschen. Er hatte eine Stimme, die mit ihrer Umgebung vertraut, aber nicht in ihr zu Hause war.

Haldane hörte höflich zu. Als Leiser fertig war, fragte er: »Wie ist man eigentlich das erstemal auf Sie gekommen, wissen Sie das?« Sie waren sehr weit voneinander entfernt.

»Sie haben's mir nie erzählt«, sagte Leiser ausdruckslos, als sei es unpassend, nach so etwas zu fragen.

»Ohne Zweifel sind Sie der Mann, den wir brauchen«, bemerkte Haldane schließlich. »Sie haben den deutschen Background, wenn Sie verstehen, was ich meine. Sie kennen diese Leute, nicht wahr? Sie haben mit den Deutschen Erfahrung.«

»Nur aus dem Krieg«, sagte Leiser.

Dann sprachen sie über das Ausbildungslager. »Wie geht's diesem Dicken? George Soundso. Kleiner, trauriger Kerl.«

»Oh – dem geht's gut, danke.«

»Er heiratete damals ein hübsches Mädchen.« Leiser lachte unanständig, während er mit seinem rechten Arm das arabische Zeichen für sexuelle Tüchtigkeit machte. »Allmächtiger«, sagte er, immer noch lachend, »wir kleinen Burschen! Sind doch nicht zu schlagen.«

Es war ein außerordentlicher Lapsus. Haldane schien darauf gewartet zu haben. Er betrachtete ihn lange mit eisigem Gesicht, bis das Schweigen unüberhörbar geworden war. Dann stand er bedächtig auf. Er schien plötzlich sehr verärgert zu sein, verärgert über Leisers dummes Grinsen und diesen ganzen billigen, unnützen Flirt, verärgert über diese sinnlos wiederholten Platitüden und diese gemeine Verhöhnung eines wertvollen Menschen.

»Würden Sie es bitte unterlassen, so etwas zu sagen? George Smiley ist zufällig einer meiner Freunde.«

Er winkte dem Ober, bezahlte und stelzte schnell aus dem Restaurant, in dem Leiser verwirrt und allein zurückblieb, mit einem White Lady in der Hand und den Blick der braunen Augen unruhig auf die Tür gerichtet, durch die Haldane so unvermittelt verschwunden war.

Schließlich ging auch er. Langsam schlenderte er über die Fußgängerbrücke durch die Dunkelheit und den Regen, wobei er auf die Doppelreihe von Straßenlampen hinunterstarrte, zwischen denen der Verkehr dahinbrauste. Dann sah er zu seiner Werkstatt hinüber, zu der Reihe erleuchteter Zapfsäulen und zu dem Turm, dessen Spitze von einem Herzen aus abwechselnd grün und rot leuchtenden 60-Watt-Birnen gekrönt war. Er betrat das hell erleuchtete Büro, sagte etwas zu dem Jungen und stieg langsam die Treppe hinauf, der plärrenden Musik entgegen.

Haldane wartete, bis er außer Sicht war, und eilte dann in das Restaurant zurück, um sich ein Taxi rufen zu lassen.

Sie hatte den Plattenspieler eingeschaltet, hörte der Tanzmusik zu, saß in seinem Stuhl und trank.

»Gott, kommst du spät«, sagte sie. »Ich bin am Verhungern.«

Er küßte sie.

»Du hast schon gegessen«, sagte sie. »Ich kann's riechen.«

»Nur 'ne Kleinigkeit, Bett. Ich mußte. Es war ein Mann hier, mit dem ich einen Drink nehmen mußte.«

»Lügner.«

Er lächelte. »Laß doch, Betty. Wir sind zum Abendessen verabredet, stimmt's?«

»Was für ein Mann?«

Die Wohnung war sehr sauber. Vorhänge und Teppiche hatten Blumenmuster, und auf allen polierten Flächen lagen Schondecken aus Spitze. Alles war geschont, Vasen, Lampen, Aschenbecher, alles sorgsam gehütet, als erwarte sich Leiser von der Natur nichts als nackte Vernichtung. Er hatte eine Vorliebe für einen Hauch Antike, die sich im verschnörkelten Schnitzwerk der Möbel und den schmiedeeisernen Lampenfüßen niedergeschlagen hatte. Es gab auch einen Spiegel in goldenem Rahmen und ein aus Laubsägearbeit und Gips angefertigtes Bild sowie eine neue Standuhr, deren kleine Gewichte sich unter einem Glassturz hin und her drehten.

Als er das Barschränkchen öffnete, begann eine Spieluhr ihre kurze Melodie zu spielen.

Er mixte sich mit großer Sorgfalt einen White Lady wie ein Mensch, der sich eine Medizin zubereitet. Sie sah ihm dabei zu und zuckte im Takt der Musik mit den Hüften, wobei sie ihr Glas seitlich von sich weghielt, als sei es die Hand ihres Partners und als sei dieser Partner nicht Leiser.

»Was für ein Mann?« wiederholte sie.

Er stand vor dem Fenster, mit steifem Rücken wie ein Soldat.

Der grelle Widerschein des flackernden Herzens auf dem Dach zuckte über die Häuser, erfaßte die Streben der Brücke und spiegelte sich zitternd auf der nassen Fahrbahn der Allee. Hinter den Häusern erhob sich die Kirche. Sie sah aus wie ein Kino, auf das man einen spitzen Turm mit gerillten Ziegeln gesetzt hatte, hinter dessen Öffnungen manchmal die Glocken läuteten. Hinter der Kirche war der Himmel. Manchmal glaubte er, die Kirche werde das einzige sein, was Bestand haben werde. Dann erschien ihm der Himmel über London wie vom Widerschein einer brennenden Stadt erhellt.

»Gott, bist du heute abend aber fröhlich!«

Die Kirchenglocken wurden von einem Tonband abgespielt, in vielfacher Verstärkung, damit sie den Lärm des Verkehrs übertönen konnten. An den Sonntagen verkaufte er sehr viel Benzin. Der Regen schlug jetzt kräftiger auf die Fahrbahn. Leiser konnte sehen, wie er die Scheinwerfer der Autos dämpfte und grün und rot auf dem Asphalt tanzte.

»Komm, Fred, tanz mit mir.«

»Noch einen Augenblick, Bett.«

»Ja, Himmel, was ist nur los mit dir? Trink was und vergiß es!«

Er konnte hören, wie ihre Füße im Rhythmus der Musik über den Teppich schleiften und wie die Anhänger an ihrem Armband unermüdlich dazu klimperten.

»Himmel noch mal, nun tanz schon.«

Sie sprach undeutlich und zog die letzte Silbe jedes Satzes nachlässig weit über ihre normale Länge. Es war die gleiche berechnete Desillusion, mit der sie sich selbst hinzugeben pflegte – nämlich mürrisch, als gebe sie Geld, oder als gehöre das Vergnügen nur den Männern, während den Frauen nichts als Schmerz blieb.

Sie hielt mit einer gleichgültig-unvorsichtigen Bewegung des Tonarmes die Platte an. Im Lautsprecher hörte man, wie die Nadel über die Rillen kratzte.

»Was, zum Teufel, ist eigentlich los?«

»Nichts. Gar nichts. Ich hab' nur einen schweren Tag gehabt, das ist alles. Dann kam dieser Mann – jemand, den ich von früher kenne.«

»Ich frage dich immer noch: wer? Es war eine Frau, was? Irgendein Flittchen.«

»Nein, Betty, es war ein Mann.«

Sie kam zu ihm ans Fenster und gab ihm gleichgültig einen Stoß. »Was ist denn so verdammt großartig an dieser Aussicht? Nichts als ein Haufen verrotteter kleiner Häuser. Du sagst selbst immer, daß sie dich ankotzen. Na, wer war es?«

»Er ist von einer der großen Gesellschaften.«

»Und sie wollen dich haben?«

»Ja ... sie wollen mir ein Angebot machen.«

»Gott, wer will schon so einen verdammten Polen?«

Er machte keine Bewegung. »Sie wollen.«

»Es war jemand in der Bank, um sich nach dir zu erkundigen, mußt du wissen. Sie haben alle zusammen in Mr. Dawnays Büro gesessen. Du bist in Schwierigkeiten, nicht wahr?«

Er nahm ihren Mantel und half ihr mit sehr korrekt angewinkelten Ellbogen hinein.

Sie sagte: »Um Gottes willen nur nicht wieder dieses neue Lokal mit den stinkfeinen Kellnern.«

»Aber es ist doch nett dort, oder nicht? Ich dachte, du hättest es gern gehabt. Man kann auch tanzen. Du magst das doch. Wohin willst du denn gehen?«

»Mit dir? Ja, Himmelherrgott, irgendwohin, wo's ein bißchen lebendig ist, mehr nicht!«

Er starrte sie an, während er die Tür für sie offenhielt. Plötzlich lächelte er.

»Okay, Bett. Wie du willst. Es ist dein Abend. Laß schon mal den Wagen an. Ich werde einen Tisch bestellen.« Er gab ihr die Schlüssel. »Ich kenn' was, ein wirklich tolles Lokal.«

»Was, zum Teufel, hat dich gebissen?«

»Du kannst fahren. Diese Nacht hauen wir uns um die Ohren.« Er ging zum Telefon.

Es war kurz vor elf, als Haldane ins Büro zurückkam. Leclerc und Avery erwarteten ihn. Carol tippte im Sekretariat.

»Ich dachte, du würdest früher zurück sein«, sagte Leclerc.

»Es hat nicht geklappt. Er sagt, daß er nicht mitspielt. Den nächsten probierst du wohl besser selbst aus. Ich bin dem nicht mehr gewachsen.« Es schien ihn nicht weiter zu berühren. Er setzte sich. Sie starrten ihn ungläubig an.

»Hast du ihm Geld geboten?« fragte Leclerc schließlich. »Wir können bis fünftausend Pfund gehen.«

»Natürlich habe ich Geld geboten. Er ist einfach nicht interessiert, kann ich euch verraten. Er war eine einmalig unerfreuliche Erscheinung.«

»Tut mir leid.« Leclerc sagte nicht, weshalb.

Sie konnten das Klappern von Carols Schreibmaschine hören. »Was nun?« fragte Leclerc.

»Ich habe keine Ahnung.« Haldane sah unruhig auf seine Uhr.

»Es muß doch noch andere geben.«

»Nicht in unserer Kartei. Nicht mit seinen Qualifikationen. Wir haben Belgier, Schweden, Franzosen, aber Leiser war der einzige deutschsprechende mit technischen Erfahrungen. Auf dem Papier jedenfalls ist er der einzige.«

»Der noch jung genug ist – meinst du das?«

»So nehme ich an. Es muß ein alter Hase sein. Wir haben weder genügend Zeit noch Möglichkeiten, einen Neuen auszubilden. Besser wär's, wir fragten das Rondell. Die haben sicher jemanden.«

»Das können wir nicht machen«, sagte Avery.

»Was für eine Sorte Mensch war er?« beharrte Leclerc, der sich einfach weigerte, schon alle Hoffnung aufzugeben.

»Ordinär, von der slawischen Sorte. Klein. Er spielt den ›Rittmeister‹. Höchst abstoßend.« Haldane suchte in seinen Taschen nach der Rechnung. »Er putzt sich wie ein Buchmacher heraus, aber das tun sie alle, nehme ich an. Gebe ich die Rechnung dir oder der Buchhaltung?«

»Sicherheitsrisiko?«

»Wüßte nicht, weshalb.«

»Und hast du darüber gesprochen, wie dringend es ist? Über seine Loyalität als neuer Staatsbürger – und derartiges Zeug?«

»Er fand die alte Loyalität reizvoller.« Haldane legte die Rechnung auf den Tisch.

»Und Politik? Manche von diesen Einwanderern sind besonders ...«

»Über Politik haben wir auch gesprochen. Zu der Sorte von Exilleuten gehört er nicht. Er betrachtet sich als integriert, ein naturalisierter Engländer. Was erwartest du von ihm? Daß er nochmals den Treueid auf das polnische Königshaus ablegt?« Wieder sah er auf seine Uhr.

»Du wolltest ihn überhaupt nicht anwerben!« rief Leclerc, den Haldanes Gleichgültigkeit plötzlich erboste. »Du bist ganz zufrieden, Adrian, ich kann's dir ja vom Gesicht ablesen! – Guter Gott, was ist mit unserer Organisation, hat das gar nichts für ihn bedeutet? Du glaubst ja schon selbst nicht mehr an uns, dir ist das alles egal! Du lachst ja über mich!«

»Wer von uns glaubt denn?« fragte Haldane höhnisch. »Du selbst sagst immer: Wir erledigen unseren Job.«

»*Ich* glaube«, erklärte Avery.

Haldane wollte gerade etwas sagen, als das grüne Telefon läutete.

»Das ist das Ministerium«, sagte Leclerc. »Also, was sage ich ihnen?« Haldane beobachtete ihn.

Er nahm den Hörer auf, legte ihn ans Ohr und reichte ihn dann über den Tisch. »Die Zentrale. Wieso, um alles in der Welt, sind die über Grün gekommen? Jemand, der nach Captain Hawkins fragt. Das bist doch du, oder?«

Haldane lauschte, sein hageres Gesicht war ausdruckslos. Schließlich sagte er: »Ich denke wohl. Wir werden schon jemanden finden. Das sollte keine Schwierigkeit machen. Morgen um elf. Seien Sie bitte pünktlich«, und legte auf. Das Licht in Leclercs Zimmer schien durch das Fenster zu versickern, dessen dünner Vorhang es nicht zurückhalten konnte. Draußen regnete es unablässig.

»Das war Leiser. Er will den Job übernehmen. Möchte nur wissen, ob wir jemanden haben, der sich um seine Firma kümmert, solange er weg ist.«

Leclerc sah ihn zutiefst überrascht an. Langsam breitete sich ein komischer Ausdruck der Freude auf seinem Gesicht aus. »Du hattest es erwartet!« rief er. Er streckte seine kleine Hand Haldane entgegen. »Entschuldige, Adrian. Ich habe dir unrecht getan. Ich gratuliere dir aus vollem Herzen.«

»Wieso hat er angenommen?« fragte Avery erregt. »Was hat ihn doch noch dazu bewogen?«

»Warum tun Agenten überhaupt etwas? Warum irgend jemand von uns?« Haldane setzte sich wieder. Er sah alt aus, aber auch verletzlich wie ein Mann, dessen Freunde bereits alle gestorben sind. »Warum willigen sie ein, warum widersetzen sie sich, warum lügen sie oder sagen die Wahrheit? Warum tut das irgend jemand von uns?« Er begann wieder zu husten. »Vielleicht fehlt ihm etwas in seinem Beruf. Vielleicht ist es wegen der Deutschen: Er haßt sie. Das jedenfalls sagt er. Ich nehme das nicht so ernst. Außerdem sagte er, daß er uns nicht enttäuschen wolle. Ich nehme an, daß er das selbst glaubt.«

Zu Leclerc gewandt, fügte er hinzu: »Die gleichen Vorschriften wie im Krieg – das war doch richtig, oder nicht?«

Aber Leclerc wählte schon die Nummer des Ministeriums.

Avery ging ins Sekretariat hinüber. Carol stand auf.

»Was geht hier vor?« fragte sie schnell. »Warum diese Aufregung?«

»Es ist wegen Leiser.« Avery schloß hinter sich die Tür. »Er hat sich einverstanden erklärt.« Er streckte ihr die Arme entgegen, um sie zu umarmen. Es würde das erste Mal sein.

»Warum?«

»Haß gegen die Deutschen, sagt er. Ich glaube eher, daß es wegen der Bezahlung ist.«

»Wäre das denn gut?«

Avery grinste wissend. »Solange wir ihm mehr bezahlen als die anderen …«

»Sollten Sie nicht zu Ihrer Frau fahren?« sagte sie scharf. Ich glaube nicht, daß Sie unbedingt hier schlafen müssen.«

»Wir sind im Einsatz.« Avery ging in sein Zimmer. Carol sagte nicht gute Nacht.

Leiser legte den Telefonhörer auf. Es war plötzlich so still. Das Licht auf dem Dach erlosch und ließ das Zimmer im Dunkeln. Leiser lief eilig die Treppe hinunter. Er schnitt ein Gesicht, als konzentriere er alle seine Gedanken auf die Aussicht, ein zweitesmal zu Abend zu essen.

11

Sie entschieden sich für Oxford, wie sie es schon im Krieg getan hatten. Unter den hier lebenden Angehörigen der verschiedensten Nationalitäten und Berufe, durch das ständige Kommen und Gehen der Gäste der Universität war es ihnen leicht, ihre Anonymität zu wahren, und dies entsprach ebenso wie die Nähe des offenen Landes genau ihren Bedürfnissen. Außerdem war es eine Gegend, in der sie sich auskannten. Am Morgen nach Leisers Anruf fuhr Avery los, ein Haus zu suchen. Am darauffolgenden Tag rief er Haldane an, um ihm mitzuteilen, daß er etwas im Norden der Stadt gefunden habe, ein großes viktorianisches Haus mit vier Schlafzimmern und einem Garten, das er für einen Monat gemietet habe. Es war sehr teuer. Innerhalb der Organisation wurde es Mayfly-Haus genannt und als Betriebskosten abgebucht.

Sobald Haldane davon erfahren hatte, verständigte er Leiser. Auf dessen Vorschlag hin kam man überein, Leiser solle herumerzählen, er fahre zu einem Kurs in die Midlands.

»Erzählen Sie keinerlei Einzelheiten«, hatte Haldane gesagt. »Lassen Sie sich die Post nach Coventry schicken, postlagernd. Wir werden sie dort für Sie abholen.« Leiser war erfreut, als er hörte, daß es Oxford war.

Leclerc und Woodford hatten verzweifelt nach jemandem gesucht, der während Leisers Abwesenheit die Autowerkstatt leiten könnte, und plötzlich fiel ihnen McCulloch ein. Leiser gab ihm eine Rechtsvollmacht und verbrachte einen Vormittag damit, ihm hastig alles zu zeigen. »Wir werden Ihnen eine Art Bürgschaft dafür leisten«, sagte Haldane.

»Das ist nicht nötig« antwortete Leiser, und er erklärte ganz ernsthaft: »Ich arbeite ja für englische Gentlemen.«

Freitag abend hatte Leiser am Telefon seine Zustimmung erteilt, und bis Mittwoch waren die Vorbereitungen so weit fortgeschritten, daß Leclerc die Sonderabteilung zu einer Sitzung einberufen konnte, bei der er seine Pläne umriß. Avery und Haldane sollten mit Leiser nach Oxford gehen. Beide sollten am nächsten Abend reisen, da Haldane bis dahin den Lehrplan fertig zusammengestellt haben würde. Leiser würde etwa ein bis zwei Tage später in Oxford ankommen, sobald er eben seine eigenen Angelegenheiten geregelt hatte. Haldane war als Leiter des Trainings vorgesehen, Avery als sein Assistent. Woodford würde in London bleiben. Zu seinen Aufgaben würde es auch gehören, mit Hilfe des Ministeriums (und von Sandfords Auswertungsabteilung) Anschauungsmaterial über die äußeren Merkmale von Kurz- und Mittelstreckenraketen zusammenzustellen. Damit ausgerüstet, sollte er dann ebenfalls nach Oxford kommen.

Leclerc war unermüdlich. Bald war er im Ministerium, um von den erzielten Fortschritten zu berichten, dann im Schatzamt, um sich wegen der Pension für Taylors Witwe herumzustreiten, dann wieder versuchte er mit Woodfords Hilfe ehemalige Instruktoren für Funk und Morsen, Fotografie und waffenlosen Nahkampf zu gewinnen.

Die ihm verbleibende Zeit widmete Leclerc Mayfly-Null – dem Augenblick, an dem Leiser nach Ostdeutschland eingeschleust werden würde. Zunächst schien er keine feste Vorstellung davon zu haben, wie das bewerkstelligt werden sollte. Er sprach in ungenauen Wendungen von einer See-Operation von Dänemark aus, wobei ein kleines Fischerboot eine Rolle spielen sollte und ein Gummi-Schlauchboot, das vom Radar nicht erfaßt werden konnte. Er diskutierte mit Sandford verschiedene Möglichkeiten des illegalen Frontübertritts und telegraphierte an Gorton die Bitte um Auskunft über das Grenzgebiet im Raum von Lübeck. In verhüllter Form holte er sogar im Rondell Ratschläge ein. Control war bemerkenswert hilfreich.

All dies vollzog sich in der optimistischen Atmosphäre erhöhter Aktivität, die Avery bei seiner Rückkehr aus Finnland aufgefallen war. Selbst jene Personen, die angeblich nichts von dem Unternehmen wußten, ließen sich von der Krisenstimmung anstecken. In der kleinen Stammtischrunde, die sich täglich zum Mittagessen an einem Ecktisch im »Cadena« einfand, summte es von Gerüchten und Vermutungen. So hieß es zum Beispiel, daß ein Mann namens »Jack« Johnson, der sich im Krieg als Morselehrer einen Namen gemacht hatte, in die Reihen der Organisation aufgenommen worden sei. Von der Buchhaltung waren ihm Spesen ausbezahlt worden, und sie hatte den Auftrag erhalten – das war das erstaunlichste daran –, einen Dreimonatsvertrag auszustellen und vom Schatzamt bestätigen zu lassen. Wer hatte je von einem Dreimonatsvertrag gehört? fragten sie sich. Johnson hatte im Krieg mit den Fallschirmeinsätzen in Frankreich zu tun gehabt, eine Sekretärin, die schon lange im Amt war, erinnerte sich daran. Berry, der Verschlüsselungsmann, hatte Mr. Woodford gefragt, für welchen Zweck Johnson verwendet werden solle – Berry war immer recht naseweis –, und Mr. Woodford hatte gegrinst und ihm gesagt, er solle sich gefälligst um seine eigenen Angelegenheiten kümmern, aber – so hatte er gesagt – er sei für ein Unternehmen vorgesehen, ein sehr geheimes, das sie in Europa starten würden, in Nordeuropa, und vielleicht interessiere es Berry zu erfahren, daß der arme Taylor nicht umsonst gestorben war.

Durch die vordere Einfahrt strömten jetzt in nicht abreißender Folge Wagen und Amtsboten. Pine forderte eine Hilfskraft an und erhielt auch von einer anderen Behörde einen Untergebenen zugeteilt, den er mit überheblicher Selbstgefälligkeit herumkommandierte. Er hatte irgendwo aufgeschnappt, daß das Unternehmen gegen Deutschland gerichtet war, und dieses Wissen spornte seinen Eifer an.

Unter den Geschäftsleuten in der Nachbarschaft ging sogar das Gerücht um, daß das Amtsgebäude verkauft werde. Man nannte die Namen von privaten Interessenten und setzte große Hoffnungen darauf, sie als Kunden zu bekommen. Zu allen Tages- und Nachtzeiten ließ man sich Imbisse in das Haus bringen, in dem die Lichter nie mehr erloschen. Der Haupteingang, bisher aus Sicherheitsgründen immer versperrt gewesen, war nun geöffnet, und in der Blackfriars Road wurde Leclerc, mit steifem Hut und Aktentasche in seinen schwarzen Humber steigend, ein vertrauter Anblick.

Gleich einem Verletzten, der seine eigenen Wunden nicht sehen möchte, übernachtete Avery in den vier Wänden seines kleinen Büros, die dadurch zu den Grenzen seines Daseins geworden waren. Einmal schickte er Carol aus, ein Geschenk für Anthony zu kaufen. Sie kam mit einem Milchauto zurück, dessen Plastikkannen man öffnen und mit Wasser füllen konnte. Sie probierten es am Abend aus und schickten es dann mit dem Humber in Averys Wohnung nach Battersea.

Als alles fertig war, reisten Haldane und Avery mit einem amtlichen Freifahrschein erster Klasse nach Oxford. Beim Mittagessen hatten sie im Speisewagen einen Tisch für sich allein. Haldane bestellte sich eine halbe Flasche Wein, die er leerte, während er das Kreuzworträtsel in der »Times« löste. Sie sprachen kein Wort miteinander – Haldane, weil er beschäftigt war, und Avery, weil er es nicht wagte, ihn dabei zu stören.

Plötzlich bemerkte Avery Haldanes Schulkrawatte, und noch ehe er Zeit gefunden hatte, es sich zu überlegen, sagte er: »Mein Gott, ich hatte ja keine Ahnung, daß Sie Cricket spielen!«

»Haben Sie erwartet, daß ich es Ihnen sage?« fragte Haldane spitz. »Im Büro könnte ich sie doch schwerlich tragen.«

»Entschuldigung.«

Haldane sah ihn streng an. »Sie sollten sich nicht dauernd entschuldigen«, bemerkte er. »Sie tun das beide.« Er goß sich Kaffee ein und bestellte einen Cognac. Kellner waren ihm gegenüber immer sehr aufmerksam.

»Beide?«

»Sie und Leiser. Bei ihm ist es eine natürliche Folgerung.«

»Mit Leiser wird es wohl anders sein, nicht?« sagte Avery schnell. »Er ist ein Profi.«

»Leiser ist keiner von uns. Täuschen Sie sich nicht. Wir sind nur lange mit ihm in Verbindung, das ist aber auch alles.«

»Wie ist er? Was für ein Mensch?«

»Er ist ein Agent. Er ist ein Mensch, den man steuert, nicht einer, den man kennt.«

Er wandte sich wieder seinem Kreuzworträtsel zu.

»Er muß aber doch loyal sein«, sagte Avery, »weshalb sonst hätte er einwilligen sollen?«

»Sie haben gehört, was der Direktor über die beiden Schwüre sagte. Der erste wird oft sehr leichtfertig geleistet.«

»Und der zweite?«

»Oh, das ist was anderes. Wenn es soweit ist, daß er ihn leisten muß, werden wir ihm schon behilflich sein.«

»Aber weshalb hat er das erstemal zugestimmt?«

»Ich mißtraue Begründungen. Ich mißtraue Worten wie Loyalität oder Treue. Und vor allem mißtraue ich Motiven«, erklärte Haldane. »Wir steuern einen Agenten, damit ist das Rechnen erledigt. Sie haben doch Deutsch studiert, nicht wahr? *Am Anfang war die Tat.*«

Kurz vor ihrer Ankunft wagte Avery noch eine Frage.

»Weshalb hat man den Paß ablaufen lassen?«

Haldane hatte eine besondere Art, den Kopf zur Seite zu neigen, wenn er angesprochen wurde. »Das Auswärtige Amt pflegte uns immer eine Reihe von Paßnummern zuzuteilen, die wir für Einsätze verwenden konnten. Diese Abmachung lief jeweils ein Jahr. Vor sechs Monaten erklärte das Auswärtige Amt plötzlich, sie würden uns ohne Empfehlung des Rondells keine mehr zuteilen. Anscheinend hat Leclerc unsere Ansprüche nicht genügend hart vertreten, so daß ihn Control aus dem Rennen drängen konnte. Taylors Paß war einer aus der alten Serie. Man hat die ganze Serie drei Tage vor seiner Abreise für ungültig erklärt. Es war keine Zeit mehr, noch irgendwas dagegen zu unternehmen. Vielleicht wäre es ja auch niemandem aufgefallen. Im Rondell hat man sich sehr hinterhältig benommen.« Eine Pause. »In der Tat kann ich nicht ganz verstehen, was Control nun eigentlich wirklich vorhat.«

Sie nahmen sich ein Taxi nach Nord-Oxford und stiegen an der Straßenecke vor ihrer Villa aus. Avery betrachtete die Häuser, an denen sie in der Dämmerung auf dem Weg zu ihrem eigenen Domizil vorbeigingen. Er erspähte grauhaarige Gestalten, die sich hinter erleuchteten Fenstern bewegten, samtüberzogene Ohrensessel mit Spitzendeckchen, chinesische Wandschirme, Notenständer und eine Bridgerunde, die still im gelben Lampenlicht saß wie verzauberte Höflinge in einem Schloß. Dies war eine Welt, von deren Existenz er früher einmal gewußt und der er sich fast selbst einmal angehörig gefühlt hatte. Aber das war schon lange her.

Sie verbrachten den Abend damit, das Haus herzurichten. Haldane meinte, Leiser solle das hintere Schlafzimmer bekommen, dessen Fenster auf den Garten blickte, während sie selbst die Zimmer zur Straße nehmen würden. Er hatte einige wissenschaftliche Bücher, eine Schreibmaschine und etliche eindrucksvolle Akten vorausgeschickt, die er nun auspackte und im Eßzimmer auf dem Tisch ausbreitete, damit die Haushälterin des Besitzers, die jeden Tag zum Aufräumen kommen würde, ihre Neugier daran stillen könne. »Wir werden diesen Raum als Arbeitszimmer bezeichnen«, sagte er. Im Salon stellte er das Tonbandgerät auf.

Die mitgebrachten Tonbänder verschloß er in einem Wandschrank, dessen Schlüssel er mit peinlicher Sorgfalt an einem Schlüsselring befestigte. In der Eingangshalle warteten noch weitere Gepäckstücke: ein Filmprojektor aus den Beständen der Luftwaffe, eine Projektionsleinwand und ein grüner Leinenkoffer, der fest versperrt und mit Lederecken besetzt war.

Das Haus war geräumig und gut erhalten. Die Möbel waren aus Mahagoni und hatten Messingbeschläge. Die Wände waren bedeckt mit den Porträts einer unbekannten Familie, Sepia-Federzeichnungen, Miniaturen, vom Alter vergilbten Fotografien. Auf einem Wandbrett stand eine Schale mit getrockneten, stark riechenden Blumen, und am Spiegel steckte ein Palmwedel. Von der Decke hingen schwere, aber unaufdringliche Leuchter herab, in einer Ecke stand ein Bibeltisch, in einer anderen die Statue eines kleinen und sehr häßlichen Cupido, der sein Gesicht ins Dunkel wandte. Das ganze Haus atmete verhalten den Duft hohen Alters, in dem wie Weihrauch eine höfliche, aber unnahbare Trauer mitschwang.

Gegen Mitternacht waren sie mit dem Auspacken fertig. Sie ließen sich im Salon nieder. Die Marmorplatte über dem Kamin wurde von zwei Mohren aus Ebenholz getragen, und das Licht des Gasfeuers spielte über die Vergoldung der Rosengirlanden, mit denen ihre dicken Knöchel gefesselt waren. Der Kamin stammte aus einer Zeit – es könnte sowohl das 17. wie das 19. Jahrhundert gewesen sein –, in der die Mohrenknaben eben erst das Windspiel aus seiner Rolle als Schmucktier der Gesellschaft verdrängt hatten. Sie waren nackt, wie es ein Hund gewesen wäre, und lagen an einer Kette aus goldenen Rosen. Avery goß sich einen Whisky ein und ging dann zu Bett, während Haldane, in Gedanken versunken, zurückblieb.

Sein Zimmer war groß und dunkel. Über dem Bett hing eine Lampe mit einem Schirm aus blauem Porzellan. Auf dem Nachttisch lagen bestickte Deckchen, und ein kleines Emailschild erflehte »Gottes Segen auf dieses Haus«. Neben dem Fenster hing ein Gemälde, auf dem ein Knabe im Gebet vor einem Bett kniete, in dem seine Schwester saß und frühstückte.

Avery lag da und dachte an Leiser, und es war, als warte er auf ein Mädchen. Aus dem Zimmer gegenüber konnte er den fortwährenden Husten Haldanes hören, fort und fort. Er hatte noch nicht aufgehört, als er einschlief.

Leclerc fand Smileys Club ein seltsames Lokal, keineswegs das, was er zu finden erwartet hatte. Zwei Räume im Souterrain und ein Dutzend Menschen, die vor einem offenen Kaminfeuer an einzelnen Tischen saßen und speisten. Einige kamen ihm irgendwie bekannt vor. Er vermutete, daß sie mit dem Rondell zu tun hatten.

»Das sieht hier recht gut aus. Wie wird man Mitglied?«

»Oh, Sie können's nicht werden«, sagte Smiley bedauernd, wurde rot und fuhr fort: »Ich meine, sie nehmen keine neuen Mitglieder auf. Nur eine Generation ... ein paar sind im Krieg geblieben, sind gestorben oder ins Ausland gegangen. Was hatten Sie auf dem Herzen, wollte ich fragen?«

»Sie waren so freundlich, dem jungen Avery behilflich zu sein.«

»Ja ... ja, natürlich. Wie lief die Sache übrigens? Ich habe nichts mehr gehört.«

»Es war nur ein Übungseinsatz. Es gab gar keinen Film.«

»Ach so, Verzeihung.« Smiley sprach hastig und machte seine abschließende Bemerkung wie jemand, der einen Namen erwähnt hatte, ohne zu wissen, daß es der eines Toten war.

»Wir erwarteten gar nicht ernsthaft, daß ein Film vorhanden sein würde. Es war nur eine Vorsichtsmaßnahme. Wieviel hat Ihnen Avery eigentlich darüber erzählt? Wir trainieren nur ein paar unserer alten Hasen … und auch ein paar von unseren neuen Jungs«, erklärte Leclerc. »Das ist so etwas, was man in der toten Saison machen kann. Weihnachten, nicht wahr. Die Leute auf Urlaub.«

»Ich verstehe schon.«

Leclerc stellte fest, daß der Rotwein sehr gut war. Er wünschte sich nun, daß er in einen kleineren Club eingetreten wäre. Seiner hatte enorm nachgelassen. Man hatte solche Schwierigkeiten mit dem Personal.

»Sie haben vielleicht davon gehört«, begann Leclerc dann förmlich, »daß mir Control seine volle Unterstützung für die Durchführung von Schulungsprogrammen angeboten hat.«

»Ja, ja, natürlich.«

»Mein Minister hat das angeregt. Er hält viel von dem Gedanken, ein Lager ausgebildeter Agenten zu schaffen. Als der Plan zum erstenmal auftauchte, bin ich gleich zu Control gegangen und habe selbst mit ihm darüber gesprochen. Später ist dann wieder Control an mich herangetreten. Sie wußten das wohl schon?«

»Ja. Control fragte sich …«

»Er war außerordentlich hilfsbereit. Glauben Sie nicht, ich wüßte das nicht zu schätzen. Es ist Einigkeit darüber erzielt worden – ich glaube, ich sollte Ihnen diese Details mitteilen, die Ihnen von Ihrem Büro bestätigt werden können –, daß wir möglichst weitgehend der Wirklichkeit entsprechende Verhältnisse schaffen müssen, wenn das Training sinnvoll sein soll. Früher nannten wir das ›Gefechtsbedingungen‹.« Er lächelte nachsichtig. »Wir haben ein Gelände in Westdeutschland ausgewählt. Es ist eine ungemütliche Gegend, fremd, ideal, um Grenzübergänge zu üben und derartige Sachen. Wir können die Hilfe der Armee in Anspruch nehmen, falls wir sie brauchen.«

»Ja, in der Tat. Eine wirklich gute Idee.«

»Aus grundsätzlichen Sicherheitserwägungen sind wir alle der Meinung, daß Ihre Dienststelle nur über jene Einzelheiten dieser Übung unterrichtet werden soll, bei denen Sie so gütig sind, mit uns zusammenzuarbeiten.«

»Control erzählte mir schon davon«, sagte Smiley. »Er möchte alles tun, was in seinen Kräften steht. Er wußte nicht, daß Sie diese Art Sachen überhaupt noch anfassen. Es freute ihn.«

»Gut«, sagte Leclerc kurz. Er schob seine Ellbogen auf dem Tisch etwas nach vorne. »Ich dachte, ich kann Sie vielleicht ein bißchen ausnützen ... ganz unformell, natürlich, ungefähr so, wie ihr es von Zeit zu Zeit mit Adrian Haldane getan habt.«

»Natürlich.«

»Das wichtigste sind im Augenblick falsche Papiere. Ich habe in der Kartei unsere ehemaligen Fälscher heraussuchen lassen. Wie ich gesehen habe, sind Hyde und Fellowby schon vor einigen Jahren zum Rondell gegangen.«

»Ja. Es kam durch die Verlagerung des Schwerpunktes, wissen Sie.«

»Ich habe die Personenbeschreibung eines Mannes notiert, der bei uns beschäftigt ist. Nehmen wir an, er hat seinen Wohnsitz in Magdeburg. Er ist einer der Leute, die im Training stehen. Glauben Sie, daß man für ihn Dokumente herstellen könnte – Personalausweis, Parteibuch und was noch in Frage kommt? Alles, was nötig ist.«

»Der Mann wird sie unterschreiben müssen«, sagte Smiley. »Dann überstempeln wir seine Unterschrift. Wir würden natürlich auch Fotos brauchen. Außerdem müßte er darüber unterrichtet werden, was die Papiere im einzelnen bedeuten und wie sie zu verwenden sind. Hyde könnte das vielleicht an Ort und Stelle mit Ihrem Agenten erledigen?«

Ein kurzes Zögern. »Ohne Zweifel. Ich habe ihm einen Decknamen gegeben. Er ähnelt ziemlich weitgehend seinem eigenen. Wir halten das für eine nützliche Verfahrensweise.«

»Da das Ganze eine derart ausgeklügelte Übung ist«, sagte Smiley mit komisch gerunzelter Stirn, »möchte ich nur der Form halber darauf hinweisen, daß falsche Papiere von recht beschränktem Wert wären. Damit meine ich, daß ein Telefonanruf an die Meldebehörde von Magdeburg ausreicht, um die beste Fälschung wie ein Windei platzen zu lassen …«

»Ich glaube, das wissen wir. Wir wollen ihnen beibringen, wie man sich tarnt, Verhöre übersteht … Sie kennen das ja.«

Smiley nippte an seinem Claret. »Ich wollte nur darauf hinweisen. Man wird so leicht von der reinen Methode hypnotisiert. Ich wollte damit nicht unterstellen … wie geht's übrigens Haldane? Er hat in Oxford den B. A. mit Auszeichnung gemacht, wußten Sie das? Wir haben zusammen studiert.«

»Adrian geht's gut.«

»Ihr Avery gefiel mir«, sagte Smiley freundlich. Sein dickliches kleines Gesicht zog sich schmerzhaft zusammen. »Wissen Sie«, fragte er eindringlich, »daß sie das Barock noch immer nicht in den Deutsch-Lehrplan aufgenommen haben? Sie bezeichnen es als Spezialgebiet.«

»Ein anderes Problem ist die Nachrichtenübermittlung durch Geheimfunk. Wir haben seit dem Krieg nicht viel Gebrauch davon gemacht. Soviel ich weiß, ist das alles inzwischen viel komplizierter geworden. Man übermittelt mit hohen Geschwindigkeiten und so. Wir möchten da gern mit der Entwicklung Schritt halten.«

»Ja. Ja, ich glaube, die Nachricht wird mit einem winzigen Tonbandgerät auf Band genommen und innerhalb von Sekunden überspielt.« Er seufzte. »Aber niemand erzählt uns wirklich viel. Die Techniker lassen sich nicht in die Karten sehen.«

»Ist das eine Methode, die unseren Leuten mit Erfolg innerhalb, na, sagen wir einem Monat beigebracht werden kann?«

»Um sie unter einsatzmäßigen Bedingungen anzuwenden?« fragte Smiley erstaunt. »Geradewegs nach einem Monat Training?«

»Manche sind technisch begabt, verstehen Sie. Leute mit Funkerfahrung.«

Smiley beobachtete Leclerc ungläubig. »Erlauben Sie … wird er, werden sie in diesem Monat außerdem auch noch andere Dinge lernen müssen?« forschte er.

»Für manche ist es nur ein Auffrischungskurs.«

»Aha.«

»Was meinen Sie?«

»Nichts, nichts«, sagte Smiley unbestimmt und setzte dann hinzu: »Ich glaube fast, daß unsere Leute von der Technik nicht sehr von der Idee erfreut sein werden, derartige Geräte abzutreten. Es sei denn ...«

»Es sei denn, es wäre ihr eigenes Trainingsprogramm?«

»Ja.« Smiley errötete. »Ja, das wollte ich sagen. Sie sind da komisch, wissen Sie? Eifersüchtig.«

Leclerc verfiel in Schweigen, während er mit seinem Weinglas leicht auf die polierte Tischplatte klopfte. Plötzlich lächelte er, als sei es ihm gelungen, eine Depression zu überwinden. »Na gut. Werden wir eben nur ein konventionelles Gerät verwenden. Sind die Peilmethoden seit dem Krieg ebenfalls verfeinert worden? Das Abhören und Ausfindigmachen von Schwarzsendern?«

»O ja. Ja, natürlich!«

»Wir werden das berücksichtigen müssen. Wie lange kann man auf der Welle bleiben, ohne daß sie den Standort finden?«

»Zwei oder drei Minuten vielleicht. Das hängt davon ab. Oft ist es eine Frage des Glücks, wie schnell sie ihn hören. Man kann ihn nur festnageln, solange er sendet. Es hängt auch viel von der Frequenz ab. So sagt man mir jedenfalls.«

»Im Krieg«, sagte Leclerc, sich erinnernd, »gaben wir den Agenten mehrere Kristalle mit. Jeder schwingt in einer ganz bestimmten Frequenz. In regelmäßigen Abständen wechselte man den Kristall. Gewöhnlich bot diese Methode genügend Sicherheit. Wir könnten es wieder so machen.«

»Ja. Ja, ich kann mich daran erinnern. Es war nur immer ein Jammer mit der Neueinstellung des Senders. Womöglich mußte die Spule gewechselt werden, entsprechend dann auch die Antenne.«

»Nehmen wir einmal an, der Mann sei mit dem konventionellen Gerät schon vertraut. Sie sagen, die Gefahr, abgefangen zu werden, sei jetzt größer als während des Krieges? Sie sagen, zwei oder drei Minuten Sendezeit kann man riskieren?«

»Oder weniger«, sagte Smiley, der ihn beobachtete. »Es hängt von so vielen Dingen ab ... Glück, Empfangsbedingungen, Dichte des Funkverkehrs, Bevölkerungsdichte ...«

»Angenommen, er wechselte jedesmal nach zweieinhalb Minuten Sendezeit die Frequenz. Das würde doch sicher genügen?«

»Unter Umständen kann das sehr lang sein.« Smileys trauriges, ungesund aussehendes Gesicht hatte sich besorgt gerunzelt. »Sie sind ganz sicher, daß es sich wirklich nur um eine Übung handelt?«

»Soweit ich mich erinnere«, sagte Leclerc, beharrlich seine Gedanken ausspinnend, »sind diese Kristalle nicht größer als eine kleine Streichholzschachtel. Wir könnten ihnen mehrere mitgeben. Es sollen ja nur ein paar Sendungen gemacht werden, vielleicht nur drei oder vier. Würden Sie meinen Vorschlag für durchführbar halten?«

»Das ist kaum mein Fach.«

»Was soll ich sonst tun? Ich habe Control gefragt, und er sagte, ich solle mit Ihnen sprechen. Er sagte, Sie würden mir raten, würden mir mit der Ausrüstung helfen. Was kann ich denn noch tun? Darf ich mit Ihren Technikern sprechen?«

»Tut mir leid. Control war mit der Technik ziemlich einig, daß wir jede mögliche Hilfe leisten, aber keinerlei neues Gerät aufs Spiel setzen wollen. Ich meine, das Risiko eingehen, es aufs Spiel zu setzen. Schließlich ist es ja nur eine Übung. Ich glaube, er fand, wenn Sie nicht über ausreichendes technisches Material verfügen, sollten Sie ...«

»... die Verantwortung an ihn abtreten?«

»Nein, nein«, protestierte Smiley, aber Leclerc unterbrach ihn.

»Diese jetzt im Training stehenden Männer würden im Ernstfall gegen militärische Ziele eingesetzt werden«, sagte er ärgerlich. »Rein militärische. Control hat das zur Kenntnis genommen!«

»Oh, sicher.« Smiley schien sich damit abzufinden. »Und wenn Sie ein konventionelles Gerät wollen, können wir ohne Zweifel eines auftreiben.«

Der Kellner brachte eine Karaffe mit Portwein. Leclerc sah Smiley dabei zu, wie er sich etwas in sein Glas goß und die Karaffe dann vorsichtig über den polierten Tisch zu ihm herüberschob.

»Er ist recht gut, aber leider bald alle. Wenn dieser hier zu Ende ist, werden wir an die jüngeren gehen müssen. Ich spreche morgen als erstes mit Control. Ich bin sicher, daß er nichts dagegen haben wird. Gegen die Dokumente, meine ich. Und die Kristalle. Wir könnten Sie wegen der Frequenzen beraten. Bestimmt. Control hat es eigens erwähnt.«

»Control war sehr zuvorkommend«, gestand Leclerc. Er war etwas angetrunken. »Manchmal verwirrt mich das.«

12

Zwei Tage später traf Leiser in Oxford ein. Sie erwarteten ihn ungeduldig auf dem Bahnsteig. Haldane spähte in die Gesichter der Vorbeihastenden. Seltsamerweise war es Avery, der ihn zuerst entdeckte: eine reglose Gestalt in einem Kamelhaarmantel hinter dem Fenster eines leeren Abteils.

»Ist er das?« fragte Avery.

»Das ist erster Klasse. Er muß die Differenz aus der eigenen Tasche bezahlt haben.« Haldane schien das als eine Beleidigung aufzufassen.

Leiser ließ das Fenster herunter und reichte zwei schweinslederne Autokoffer heraus, deren Farbe zu sehr ins Rötliche spielte, um natürlich zu sein. Sie begrüßten sich lebhaft und schüttelten sich vor aller Augen die Hände. Avery wollte das Gepäck zum Taxi tragen, aber Leiser zog es vor, es selbst zu nehmen – in jeder Hand ein Stück, als gehöre das zu seinen Pflichten. Er ging etwas abseits von ihnen, mit zurückgezogenen Schultern, und starrte auf die Vorbeieilenden. Das Gedränge verwirrte ihn. Bei jedem Schritt wippte sein langes Haar.

Avery, der ihn beobachtete, fühlte sich plötzlich beunruhigt.

Er war ein Mensch, kein Schemen. Ein Mann mit einem kräftigen Körper und sinnvollen Bewegungen. Und doch war er wie ein Roboter, den sie lenken mußten. Es schien keinen Ort zu geben, zu dem er nicht marschieren würde. Er wirkte wie ein einrückender Rekrut und hatte bereits dessen diensteifrige, frische Art angenommen. Aber Avery mußte sich eingestehen: Keine Einzelheit dieser Unternehmung entsprach einer militärischen Dienstverpflichtung Leisers. Avery hatte sich jedoch während seiner kurzen Arbeit in der Organisation bereits mit der seltsamen Tatsache vertraut gemacht, daß einzelne Unternehmungen, die aus unerfindlichen Ursprüngen entstanden, zu keinem Ergebnis führten und doch Teil einer unendlichen Kette von Betätigungen waren. Sie verloren schließlich ihre eigene Wesenheit und hörten auf, als Einzelunternehmen erkennbar zu sein – ähnlich einer fortgesetzten Reihe fruchtloser Liebesanträge, die in ihrer Gesamtheit als aktives Geschlechtsleben galten. Während er aber nun beobachtete, wie dieser Mann schnell und lebendig neben ihm dahinstapfte, erkannte er, daß sie bis zu diesem Augenblick innerhalb der Organisation nur eine Art geistiger Inzucht getrieben hatten, indem sie nichts als Ideen umwarben. Jetzt aber hatten sie es mit einem menschlichen Wesen zu tun, und hier, neben ihm, ging es, in Fleisch und Blut: Leiser.

Sie stiegen in das Taxi, Leiser zuletzt, um ihnen den Vorrang zu lassen. Es war spät am Nachmittag, der Himmel hinter den kahlen Bäumen war grau. Aus den Schornsteinen von Nord-Oxford stiegen dicke Rauchsäulen wie die Zeichen keuscher Opferfeuer. Die Häuser zeigten eine bescheidene Stattlichkeit, jedes von ihnen schien als romantische Behausung einer anderen Sage herausgeputzt worden zu sein. Hier die Türmchen von König Artus' Schloß, dort die geschnitzten Gitter einer Pagode, dazwischen exotische Zwergnadelgewächse und halb sichtbare Wäsche, wie Schmetterlinge in einer falschen Jahreszeit. Die Häuser standen alle ordentlich jedes in seinem Garten, ihre Vorhänge waren säuberlich zugezogen, zuerst die Spitzengardinen und darüber der dicke Brokat, wie Unterrock und Rock. Es sah wie ein schlechtes Aquarell aus, auf dem die dunklen Farben zu schwer ausgefallen sind und der Himmel grau und schmutzig in der Dämmerung, die Farben zu stark verarbeitet.

An der Straßenecke stiegen sie aus dem Taxi. Die Luft war vom Geruch modrigen Laubes durchzogen, und wenn es in der Nachbarschaft Kinder gab, so machten sie keinen Lärm. Die drei Männer gingen auf das Gartentor zu. Leiser stellte seine

Koffer ab und betrachtete das Haus. »Hübsch«, sagte er anerkennend, und zu Avery gewandt: »Wer hat es ausgesucht?«

»Ich.«

»Sehr schön.« Er klopfte Avery auf die Schulter. »Gut gemacht!« Avery lächelte erfreut und öffnete das Tor. Leiser bestand darauf, erst nach den anderen hineinzugehen. Sie brachten ihn zu seinem Zimmer hinauf. Er trug immer noch seine Koffer selbst.

»Ich werde später auspacken«, sagte er. »Ich mache das gern ordentlich!« Er ging mit prüfendem Blick durch das Haus und nahm einzelne Gegenstände in die Hand, um sie genauer betrachten zu können, als wolle er ein Angebot für das Haus machen.

»Ein hübsches Haus«, erklärte er schließlich. »Mir gefällt's.«

»Gut«, sagte Haldane, als sei ihm das völlig gleichgültig.

Avery ging mit Leiser zu dessen Zimmer zurück, um ihm eventuell behilflich zu sein.

»Wie heißen Sie?« fragte Leiser. Mit Avery allein fühlte er sich wohler, war er ungezwungener.

»John.«

Sie schüttelten sich noch einmal die Hand.

»Guten Tag! Also, John. Nett, Sie kennenzulernen. Wie alt sind Sie?«

»Vierunddreißig«, log John.

Ein Blinzeln. »Gott, ich wäre auch gern noch mal vierunddreißig. Haben Sie so was schon mal gemacht?«

»Kam von meinem Einsatz vor einer Woche zurück.«

»Und wie ist es gelaufen?«

»Prima.«

»Schau an. Wo ist Ihr Zimmer?«

Avery zeigte es ihm.

»Sagen Sie, wie ist das hier eigentlich?«

»Was meinen Sie damit?«

»Wer leitet die Sache?«

»Captain Hawkins.«

»Sonst niemand?«

»Eigentlich nicht. Ich werde auch dasein.«

»Immer?«

»Ja.«

Leiser begann auszupacken. Avery sah ihm dabei zu. Er hatte mit Leder überzogene Bürsten, Haarwasser, eine ganze Batterie kleiner Flaschen mit anderen Toilettenartikeln, einen elektrischen Rasierapparat vom neuesten Typ sowie Woll- und Seidenkrawatten, die zu seinen teuren Hemden paßten.

Avery ging hinunter. Haldane hatte ihn erwartet. Er lächelte dem hereinkommenden Avery zu. »Na?«

Avery hob in einer etwas übertriebenen Geste die Schultern. Er war stolz, aber gleichzeitig befangen.

»Was halten Sie von ihm?« fragte er.

Haldane antwortete trocken: »Ich kenne ihn ja kaum.« Er hatte eine besondere Art, Gespräche im Keim zu ersticken. »Ich möchte, daß Sie immer mit ihm zusammen sind. Gehen Sie mit ihm spazieren, machen Sie die Schießübungen mit, trinken Sie in Gottes Namen mit ihm, wenn das notwendig ist. Er darf nicht allein sein.«

»Was ist mit seinem Urlaub zwischendurch?«

»Das werden wir noch sehen. Inzwischen machen Sie, was ich Ihnen sage. Sie werden feststellen, daß er gern in Ihrer Gesellschaft sein wird. Er ist ein sehr einsamer Mensch. Und vergessen Sie nicht: Er ist Engländer – Engländer bis ins Mark. Noch etwas – das ist äußerst wichtig: Lassen Sie ihn nicht auf den Gedanken kommen, daß wir uns seit dem Krieg verändert haben. Die Organisation ist genau das geblieben, was sie einmal gewesen ist. Diese Illusion müssen Sie nähren, obwohl Sie natürlich« – er sagte es ohne zu lächeln – »viel zu jung sind, das überhaupt beurteilen zu können.«

Sie begannen am nächsten Morgen. Nach dem Frühstück kamen sie im Salon zusammen, und Haldane hielt eine kleine Rede.

Das Training werde in zwei jeweils vierzehn Tage dauernde und von einer kurzen Erholungspause unterbrochene Abschnitte zerfallen, sagte er. Im ersten Abschnitt sollten alte Kenntnisse aufgefrischt werden. Im zweiten werde man die neu belebten Fähigkeiten mit der bevorstehenden Aufgabe in Verbindung setzen. Erst während des zweiten Kurses würde Leiser seinen Decknamen, die dazugehörende Lebensgeschichte und den Zweck des Unternehmens erfahren; die Information würde aber nicht so weit gehen, daß man ihm das Zielgebiet oder die Einzelheiten der geplanten Einschleusung preisgeben werde.

Ebenso wie in allen anderen Übungsfächern werde Leisers Training auch bei der Nachrichtenübermittlung zuerst das Grundsätzliche behandeln und dann zu den Einzelheiten seiner Aufgabe übergehen. Während der ersten Ausbildungsphase werde er sich wieder mit der Technik des Chiffrierens, mit dem Morsecode und den Wellenplänen vertraut machen. In der zweiten Phase werde er die meiste Zeit mit praktischen Sendeübungen unter beinahe einsatzmäßigen Bedingungen verbringen. Der Ausbilder werde im Laufe der Woche eintreffen.

Haldane erklärte all dies mit einer gewissen schulmeisterlichen Schärfe, während Leiser ihm aufmerksam zuhörte und durch ein gelegentliches Kopfnicken seine Zustimmung zum Ausdruck brachte. Avery fand es seltsam, daß Haldane kaum Anstrengungen machte, seinen Widerwillen zu verbergen.

»In der ersten Phase werden wir feststellen, wieviel Sie noch beherrschen. Tut mir leid, aber wir werden Sie ziemlich in Trab halten. Wir möchten, daß Sie der Aufgabe gewachsen sind. Sie werden im Gebrauch von Handfeuerwaffen und im waffenlosen Kampf unterrichtet, wir werden Ihre Nerven trainieren und die zum Handwerk gehörenden Fertigkeiten. An den Nachmittagen wollen wir so lange wie möglich Fußmärsche mit Ihnen machen.«

»Mit wem? Kommt John mit?«

»Ja. John wird Sie führen. Betrachten Sie ihn bitte als Ihren Berater in allen kleineren Fragen. Ich verlasse mich darauf, daß Sie nicht zögern, sich an einen von uns zu wenden, wenn es irgend etwas zu besprechen gibt, irgendeine Beschwerde oder Sorge.«

»In Ordnung.«

»Grundsätzlich muß ich Sie bitten, nicht allein auszugehen. Es wäre mir lieb, wenn John Sie begleitet, falls Sie einmal ins Kino, etwas einkaufen oder sonst etwas unternehmen wollen, wozu Ihnen Zeit bleibt. Ich fürchte aber, daß Sie wenig Gelegenheit zur Entspannung haben werden.«

»Das erwarte ich gar nicht«, sagte Leiser, »ich brauche es auch nicht.« Es schien so, als wollte er es gar nicht.

»Der Funkausbilder wird Ihren Namen nicht wissen. Das ist eine durchaus übliche Vorsichtsmaßnahme. Bitte beachten Sie das. Die Putzfrau glaubt, daß wir an einer wissenschaftlichen Tagung teilnehmen. Ich kann mir nicht vorstellen, daß Sie in die Lage kommen, mit ihr sprechen zu müssen, aber wenn doch, denken Sie bitte daran. Wenn Sie sich nach Ihrer Werkstatt erkundigen möchten, wenden Sie sich bitte zuerst an mich. Sie sollten ohne meine Zustimmung keine Telefongespräche führen. Wir werden auch andere Besucher haben: Fotografen, Ärzte, Techniker. Alle diese Leute sind Hilfspersonal und nicht im Bilde. Die meisten glauben, Sie seien im Rahmen eines allgemeinen Schulungsprogrammes hier. Bitte denken Sie daran.«

»Okay«, sagte Leiser. Haldane sah auf die Uhr.

»Wir beginnen um zehn Uhr. Ein Auto wird uns an der Straßenecke abholen. Der Fahrer gehört nicht zu uns, also bitte keine Unterhaltung während der Fahrt.« Dann fragte er: »Haben Sie keinen anderen Anzug? Dieser ist nicht gerade das Passende für den Schießplatz.«

»Ich habe eine Sportjacke und Flanellhosen.«

»Jedenfalls sollten Sie sich weniger auffällig kleiden.«

Während sie zum Umziehen hinaufgingen, sagte Leiser mit schiefem Lächeln zu Avery: »Das ist ein Kerl vom alten Schlag, was?«

»Aber gut«, entgegnete Avery.

Leiser blieb auf der Treppe stehen. »Selbstverständlich! – Eine Frage: War das schon immer hier? Habt ihr das Haus schon für viele benützt?«

»Sie sind nicht der erste«, sagte Avery.

»Na ja, ich weiß ja, daß Sie mir nicht viel erzählen dürfen. Ist die Einheit noch das, was sie war ... hat sie noch überall ihre Leute ... ist es noch derselbe alte Laden?«

Avery zögerte. »Ich glaube nicht, daß Sie einen großen Unterschied finden werden. Ich würde sagen, daß wir uns ein bißchen vergrößert haben.«

»Gibt's dabei noch mehr junge Leute?«

»Tut mir leid, Fred.«

Leiser legte im Weitergehen seine Hand auf Averys Rücken. Er benützte seine Hände überhaupt sehr oft.

»Sie sind auch gut, John«, sagte er. »Machen Sie sich kein Kopfzerbrechen meinetwegen. Keine Bange, nicht wahr, John?«

Sie fuhren nach Abingdon. Das Ministerium hatte entsprechende Vereinbarungen mit der dort stationierten Luftlandeeinheit getroffen. Der Ausbilder erwartete sie schon.

»Bestimmte Pistole gewöhnt, Sir?«

»Browning drei-acht-Automatik, bitte«, sagte Leiser wie ein Junge, der beim Lebensmittelhändler Gemüse verlangt.

»Die heißt bei uns jetzt die Neun-Millimeter. Sie werden eine vom alten Typ gehabt haben.«

Haldane hielt sich im Schießstand abseits, während Avery half, die mannsgroße Zielscheibe bis zur Zehnmetermarke heranzukurbeln und Klebestreifen über die alten Löcher zu heften.

»Sie nennen mich ›Stab‹«, sagte der Ausbilder und wandte sich an Avery: »Sie möchten's auch versuchen, Sir?«

Ehe Avery antworten konnte, hatte Haldane schnell gesagt: »Ja, es werden bitte beide schießen, ›Stab‹.«

Zuerst kam Leiser. Avery stand neben Haldane, während Leiser – der ihnen den Rücken zukehrte mit dem Gesicht zu der Sperrholzfigur eines deutschen Soldaten, im leeren Schießstand wartete. Das Ziel wirkte schwarz zwischen den grob verputzten weißen Mauern; über Bauch und Oberschenkel waren mit Kreide die rohen Umrisse eines Herzens gezeichnet, dessen innere Fläche mit übereinandergeklebten Papierstücken bedeckt war. Sie sahen Leiser zu, wie er nun das Gewicht der Waffe in der Hand prüfte, sie schnell in Augenhöhe hob und dann wieder langsam sinken ließ, das leere Magazin an seinen Platz stieß, es herauszog und wieder zurückschnappen ließ. Er warf einen schnellen Blick über die Schulter zu Avery, während er sich mit der linken Hand eine Strähne seines braunen Haares aus der Stirn strich, weil sie ihn beim Zielen behinderte. Avery lächelte aufmunternd und sagte dann unterdrückt zu Haldane: »Bin mir über ihn noch immer nicht ganz klargeworden.«

»Wieso nicht? Er ist ein ganz gewöhnlicher Pole.«

»Woher kommt er? Aus welcher Gegend?«

»Sie kennen doch seine Akte: aus Danzig.«

»Natürlich.«

Der Ausbilder begann: »Zuerst versuchen wir's mal mit der leeren Waffe, Sir, beide Augen offen, Sir, sehr schön so, und schauen Sie geradeaus, beide Füße hübsch auseinander, danke, sehr schön so. Entspannen bitte, ganz ruhig und locker, das ist die Stellung zum Schießen und nicht zum Exerzieren, jawohl, Sir, das haben wir ja schon alles geübt. Jetzt die Waffe hoch, Sir, in Position, aber ohne zu zielen. Recht so!« Der Ausbilder holte Luft, öffnete eine Holzschachtel und entnahm ihr vier Magazine. »Eins in die Waffe, eins in die linke Hand«, sagte er und gab die beiden anderen zu Avery hinüber, der fasziniert verfolgte, wie Leiser mit geübter Bewegung ein volles Magazin in den Kolben der Automatik schob und seinen Daumen an den Sicherungshebel legte.

»Jetzt die Waffe spannen, Sir, halten Sie sie dabei schräg vor sich hin. Jetzt in Schußrichtung bringen, nicht zielen, schießen Sie ein Magazin leer, Sir, immer zwei Schüsse hintereinander. Wir erinnern uns, daß wir die Automatik nicht als Präzisionswaffe betrachten, Sir, sondern mehr als eine Waffe für den Einsatz im Nahkampf. Jetzt langsam, ganz langsam ...«

Ehe er den Satz beenden konnte, hallte der Schießstand von Leisers Schüssen wider. Leiser hielt sich sehr gerade und schoß schnell, das zweite Magazin vorschriftsmäßig wie eine Handgranate in der linken Hand: ein stummer Mann, der eine Möglichkeit gefunden hatte, seinem Ärger Ausdruck zu geben. Avery konnte mit wachsender Erregung den Zorn spüren, der in diesem Schießen lag. Erst zwei und noch einmal zwei Schüsse, dann drei, und schließlich eine ganze Ladung, während sich leichter Dunst um ihn ausbreitete und der Holzsoldat schwankte und Averys Nase sich mit dem süßlichen Geruch verbrannten Pulvers füllte.

»Elf von dreizehn im Ziel«, sagte der Ausbilder. »Sehr gut, wirklich sehr gut. Nächstes Mal bitte bei jeweils zwei Schüssen hintereinander bleiben. Und warten Sie, bis ich den Befehl zum Feuern gebe.« Zu Avery: »Möchten Sie's nicht auch versuchen, Sir?«

Leiser war zur Scheibe gegangen und befühlte die Einschußlöcher mit seinen schlanken Fingern. Die plötzliche Stille war drückend. Er schien in tiefes Grübeln versunken, während er seine Hände über das Sperrholz gleiten ließ und mit einem Finger gedankenvoll über den Umriß des deutschen Helmes strich, bis der Ausbilder sagte: »Los jetzt, wir haben nicht den ganzen Tag Zeit.«

Avery stand auf der Matte und wog die Waffe in seiner Hand. Der Ausbilder half ihm, das Magazin einzuführen, das andere hielt er in der nervös verkrampften linken Hand. Haldane und Leiser sahen ihm zu.

Avery feuerte. Der Lärm der schweren Waffe dröhnte dumpf in seinen Ohren, und er merkte, wie sein junges Herz sich zusammenzog, als er die Silhouette durch seine Schüsse in träge Schwankungen versetzt sah.

»Gut gemacht, John, gut gemacht«, rief Leiser.

»Sehr gut«, sagte der Ausbilder automatisch. »Sehr gut fürs erste Mal, Sir.« Er wandte sich an Leiser: »Würden Sie bitte hier nicht so herumbrüllen?« Er erkannte Ausländer auf den ersten Blick.

»Wieviel?« fragte Avery gespannt, als er und der Unteroffizier an der Scheibe zusammentrafen und die schwärzlichen Löcher betasteten, die dünn über Brust und Bauch der Figur verstreut waren. »Wie viele, Stab?«

»Sie sollten mit mir kommen, John«, flüsterte Leiser und legte seinen Arm um Averys Schulter. »Ich könnte Sie gut brauchen da drüben.« Einen Augenblick zuckte Avery zurück. Aber dann legte auch er lachend seinen Arm um Leiser. Er fühlte den warmen, rauhen Stoff der Sportjacke unter seiner Handfläche.

Der Ausbilder führte sie über den Exerzierplatz zu einem fensterlosen Ziegelbau, dessen eines Ende höher als das andere war und der an ein Theater erinnerte. Vor dem Eingang waren zwei sich überlappende Mauern, wie vor einem Pissoir.

»Bewegliche Ziele«, sagte Haldane, »und Schießen bei Dunkelheit.«

Mittags spielten sie die Tonbänder ab.

Die Bänder sollten sich wie ein Leitmotiv durch die ersten vierzehn Tage seiner Ausbildung ziehen. Sie waren von alten Grammophonplatten überspielt. Eine der Platten hatte einen Sprung, der wie das Ticken eines Metronoms immer wiederkehrte. Alle Platten gehörten zu einem schweren Gesellschaftsspiel, bei dem man sich Dinge merken mußte, die von den Sprechern nicht ausdrücklich gesagt, sondern ganz nebenbei und manchmal nur indirekt erwähnt wurden, oft vor einem die Aufmerksamkeit ablenkenden Hintergrund anderer Geräusche – Dinge, die jetzt in der Unterhaltung bestritten, dann wieder korrigiert oder bestätigt wurden. Es waren drei Hauptstimmen, zwei männliche und eine weibliche. Andere unterbrachen. Es war die Frau, die ihnen auf die Nerven ging.

Sie hatte die antiseptische Stimme, die Stewardessen ganz von selbst anzunehmen scheinen. Auf dem ersten Bandstück las sie sehr schnell Listen herunter, zuerst eine Einkaufsliste: zwei Pfund von diesem und ein Kilo von jenem. Ohne abzusetzen, sprach sie dann plötzlich von farbigen Kegeln: so und so viele grün, so und so viele gelb. Dann waren es plötzlich Waffen: Revolver, Torpedos, Munition von diesem und jenem Kaliber. Dann eine Fabrik: Kapazität, Produktion, Ausschuß, Jahresumsatz und Monatsergebnisse. Auf dem nächsten Band sprach sie noch immer von diesen Dingen, aber fremde Stimmen unterbrachen sie und lenkten die Unterhaltung in unerwartete Bahnen.

Beim Einkaufen begann sie mit der Frau des Lebensmittelhändlers einen Streit über bestimmte Waren, die ihren Ansprüchen nicht mehr genügten: Eier, die nicht mehr frisch waren, oder den empörend hohen Preis der Butter. Als der Geschäftsmann sich vermittelnd einzuschalten versuchte, beschuldigte sie ihn der Parteinahme. Das Gespräch ging über Punkte und Lebensmittelkarten, die Sonderzuteilung von Einmachzucker, einen Hinweis auf unbenannte Schätze unter der Ladentheke. Die Stimme des Händlers wurde ärgerlich und laut, brach aber ab, als sich das Kind einschaltete und von den Kegeln erzählte: »Mami, Mami, ich hab' die drei grünen umgeschmissen, und wie ich sie aufstellen wollte, sind die sieben schwarzen umgefallen, Mami, wieso sind nur noch acht schwarze übrig?«

Die Szene wechselte in eine Kneipe. Wieder die Stimme der Frau. Sie rezitierte aus einer Waffenstatistik. Dann fielen andere Stimmen ein. Sie zweifelten einige der Zahlen an, nannten neue Ziele und wiederholten alte. Die Wirkung einer bestimmten Waffe, weder mit Namen genannt noch beschrieben, wurde zynisch in Frage gestellt und erregt verteidigt.

Alle paar Minuten brüllte eine Stimme: »Halt!« Es wirkte wie die Stimme eines Schiedsrichters, und Haldane stoppte das Bandgerät und verwickelte Leiser in ein Gespräch über Fußball oder das Wetter, oder er las laut aus einer Zeitung vor, wobei er auf seiner Uhr kontrollierte, daß es genau fünf Minuten dauerte. (Die Uhr auf dem Kaminsims war kaputt.) Dann ließ er das Band weiterlaufen, und sie hörten eine von fern irgendwie vertraut klingende Stimme, die etwas schleppend wie die eines Pfarrers klang. Es war eine junge, bittende und unsichere Stimme, die der Averys ähnlich war: »Hier sind jetzt die vier Fragen: Wenn man die schlechten Eier abzieht, wie viele hat sie in den vergangenen drei Wochen gekauft? Wie viele Kegel sind es insgesamt? Wie hoch war die gesamte Jahresproduktion von geprüften und geeichten Geschützrohren während der Jahre 1937 und 1938? Schließlich geben Sie im Telegrammstil jede beliebige Information wieder, aus der die Länge der Geschützrohre ermittelt werden könnte.«

Leiser lief ins Arbeitszimmer hinüber, um die Antworten niederzuschreiben. Er schien das Spiel bereits zu kennen. Sobald er das Zimmer verlassen hatte, sagte Avery anklagend: »Das waren Sie. Das am Ende ist Ihre Stimme gewesen.«

»War sie das?« fragte Haldane zurück. Es klang so, als habe er es gar nicht gewußt.

Es gab auch andere Tonbänder, und sie trugen den Geruch des Todes; das Geräusch von Füßen, die über eine Holztreppe rannten, das einer zuschlagenden Tür, ein Klicken und die Stimme eines Mädchens, die in der Art, wie man Zitronen oder Sahne anbietet, fragte: »Das Schnappen eines Türschlosses? Das Spannen eines Hahnes?«

Leiser zögerte. »Eine Tür«, sagte er. »Es war nur die Tür.«

»Es war eine Pistole«, erwiderte Haldane scharf. »Eine Browning neun-Millimeter-Automatik. Das Magazin ist in die Kammer zurückgeschoben worden.«

Am Nachmittag machten sie ihren ersten Spaziergang, Leiser und Avery. Sie gingen durch Port Meadow in die dahinterliegende offene Landschaft hinaus. Haldane hatte sie weggeschickt. Sie gingen schnell, wobei ihre Füße durch das lange, harte Gras schleiften und der Wind Leisers Haar wild um seinen Kopf flattern ließ. Es war kalt, aber es regnete nicht. Es war ein klarer, sonnenloser Tag, und der Himmel über den flachen Feldern war dunkler als die Erde.

»Sie kennen sich hier aus, nicht wahr?« fragte Leiser. »Sie sind hier in der Schule gewesen?«

»Als Student, ja.«

»Was haben Sie studiert?«

»Sprachen. Vor allem Deutsch.«

Sie kletterten über einen Zaun und kamen auf einen engen Pfad zwischen zwei Hecken.

»Verheiratet?« fragte Leiser.

»Ja.«

»Kinder?«

»Eins.«

»Sagen Sie mir eins, John: Als der Captain meine Karte herauszog – was geschah dann?«

»Wieso? Was soll geschehen sein?«

»Wie sieht das aus – ein Verzeichnis von so vielen Leuten. Es muß doch riesig sein, in einer Einheit wie dieser.«

»Es ist alphabetisch geordnet«, sagte Avery hilflos. »Einfach Karten. Warum?«

»Er sagte, sie hätten sich an mich erinnert: die alten Füchse. Wer hat sich eigentlich erinnert?«

»Alle haben sich erinnert. Es gibt ein Sonderverzeichnis der besten Leute. Praktisch jeder in der Organisation kennt Fred Leiser. Sogar die Neuen. Mit der Beurteilung, die Sie haben, kann man einfach nicht vergessen werden.« Er lächelte: »Sie gehören einfach dazu wie ein Möbelstück, Fred.«

»Sagen Sie mir noch was, John. Ich möchte ja kein Quertreiber sein, verstehen Sie, aber sagen Sie mir ... wäre ich auch drinnen gut?«

»Drinnen?«

»Im Amt, mit euch zusammen. Ich nehme an, man muß dazu geboren sein wie der Captain.«

»Ich fürchte, ja, Fred.«

»Was für Autos benützt ihr dort eigentlich?«

»Humbers.«

»Hawk oder Snipe?«

»Hawk.«

»Nur Vierzylinder? Der Snipe ist viel besser, müssen Sie wissen.«

»Ich spreche nur von normalen Dienstfahrten, nicht von Einsätzen«, sagte Avery. »Dafür haben wir jede Menge anderer Wagen.«

»Wie den Lieferwagen?«

»Genau.«

»Wie lange vorher ... wie lange dauerte Ihre Schulung? Sie haben zum Beispiel gerade einen Einsatz hinter sich. Wann hat man Sie vorher ...«

»Tut mir leid, Fred! Ich bin nicht befugt ... nicht mal Ihnen.«

»Natürlich, John. Macht ja nichts.«

Sie gingen an einer Kirche vorüber, die über der Straße auf einem Hügel lag, und kehrten am Rand eines frisch gepflügten Feldes entlang zurück in die sie willkommen heißende Umarmung des Mayfly-Hauses und des über die goldenen Rosenketten spielenden Gaslichtes. Sie waren müde, aber strahlend vergnügt.

Am Abend sahen sie Filme, um das optische Erinnerungsvermögen zu schulen: Sie fuhren in einem Auto über einen Truppenübungsplatz, in einem Zug an einem Flugfeld vorüber, oder sie machten einen Spaziergang durch eine Stadt, und plötzlich merkten sie dann, daß sie ein Fahrzeug oder ein Gesicht, das mehrmals auftauchte, nicht wiedererkannt hatten. Manchmal wurden Bilder zusammenhangloser Gegenstände in schneller Folge auf die Leinwand projiziert, wobei sich im Hintergrund Stimmen unterhielten, die denen auf dem Tonband glichen, aber ihr Gespräch bezog sich nicht auf den Film, so daß der Schüler Augen und Gehör gleichzeitig anstrengen mußte, um das auszuwählen, was von beidem wertvoll schien.

So endete der erste Tag, der für alle folgenden Tage den Rhythmus ihres Ablaufes festgelegt hatte: für beide sorglose, erfüllte Tage voll ehrlicher Arbeit und vorsichtiger, aber sich vertiefender Zuneigung, während sich die Fertigkeiten der Knabenzeit erneut zu Waffen des Krieges wandelten.

Für den waffenlosen Kampf hatten sie einen kleinen Turnsaal nahe Headington gemietet, den sie im Krieg benutzt hatten. Per Bahn war ein Ausbilder gekommen. Sie nannten ihn Sergeant.

»Wird er überhaupt ein Messer in seiner Ausrüstung haben?« fragte er und setzte höflich hinzu: »Ich will nicht neugierig sein.« Er sprach mit walisischem Akzent.

Haldane zuckte die Achseln. »Wenn er es selbst will. Wir wollen ihn nicht zu sehr behängen.«

»Ein Messer hat viel für sich, Sir.« Leiser war noch im Umkleideraum. »Wenn er damit umgehen kann. Und die Jerries haben für so was nichts übrig, nicht das geringste.« In einem Handkoffer hatte er mehrere Messer mitgebracht, die er jetzt in der Art eines Handelsreisenden, der seine Muster vorlegt, auspackte. »Sie haben kalten Stahl niemals vertragen können«, erklärte er. »Der Trick ist, daß es nicht zu lange ist, Sir. Flach, mit zwei Schneiden.« Er wählte eines aus und hielt es in die Höhe. »Es gibt tatsächlich kaum etwas Besseres als das.« Es war ein breites flaches Messer wie ein Lorbeerblatt, mit unpolierter Klinge, der Griff war geformt wie ein Stundenglas, kreuzweise schraffiert, damit er fest in der Hand lag. Leiser kam auf sie zu, während er sich mit einem Kamm das Haar glattstrich.

»Schon mal mit so was gearbeitet?«

Leiser betrachtete das Messer eingehend und nickte. Der Sergeant sah ihn genau an. »Ich kenne Sie, nicht wahr? Ich bin Sandy Lowe. Ein verdammter Waliser.«

»Sie haben mich im Krieg ausgebildet.«

»Himmelherrgott«, sagte Lowe leise, »natürlich. Sie haben sich nicht sehr verändert, oder?« Sie grinsten sich scheu an und wußten nicht, ob sie sich die Hände schütteln sollten. »Also, los, wollen mal sehen, was Sie noch können.« Sie gingen zu der Kokosmatte in der Mitte des Saales, Lowe warf sein Messer Leiser vor die Füße, der sich brummend danach bückte.

Lowe trug eine abgeschabte, sehr alte Tweedjacke. Er trat schnell ein paar Schritte zurück, während er sie auszog und sie sich mit einer einzigen Bewegung um den linken Arm wickelte wie ein Mann, der sich anschickt, mit einem Hund zu kämpfen. Er bewegte sich langsam um Leiser herum, wobei er sein eigenes Messer zog und sein Gewicht leicht von einem Fuß auf den anderen verlegte. Er stand gebeugt, hielt den angewinkelten Arm mit ausgestreckten Fingern und der Handfläche nach unten locker vor seinen Leib.

So gedeckt, ließ er seine Klinge rastlos vor sich hin und her tanzen, während Leisers Augen auf ihn geheftet waren. Eine Zeitlang täuschten sie einander mit Finten und Ausweichmanövern. Einmal, als Leiser ausbrach, ließ Lowe es im Zurückweichen zu, daß Leisers Messer in den Stoff der um seinen Arm gewickelten Jacke schnitt. Dann ließ sich Lowe auf die Knie fallen und tat so, als wolle er das Messer hinter Leisers Deckung hinaufstoßen, und jetzt war es an Leiser, zurückzuspringen, aber er war wohl zu langsam, denn Lowe schüttelte den Kopf und rief »Halt!«, während er aufstand.

»Erinnern Sie sich?« Er zeigte auf Bauch und Oberschenkel, wobei er Arme und Ellbogen andrückte, als wolle er sich schmaler machen. »Halten Sie die Angriffsfläche klein.« Er ließ Leiser sein Messer weglegen und zeigte ihm Griffe. Er schlang seinen linken Arm um Leisers Nacken und gab vor, ihn in die Nieren oder den Magen zu stechen. Dann bat er Avery, sich als Demonstrationsobjekt zur Verfügung zu stellen, und sie gingen gelockert um ihn herum, wobei Lowe mit seinem Messer auf die betreffenden Körperteile wies und Leiser zustimmend nickte. Hie und da, wenn ihm ein besonderer Trick wieder einfiel, lächelte er.

»Sie halten die Klinge nicht genügend in Bewegung. Vergessen Sie nicht: Daumen oben, Klinge parallel zum Boden, Unterarm steif, Gelenk locker. Der Gegner darf Sie nie ruhig in den Blick bekommen, keinen einzigen Augenblick. Und die linke Hand zu Ihrer eigenen Deckung, ob Sie ein Messer haben oder nicht. Seien Sie niemals großzügig mit Ihrem eigenen Körper, das sage ich auch meiner Tochter immer.« Alle außer Haldane lachten pflichtschuldig.

Danach kam Avery an die Reihe. Leiser schien darauf gewartet zu haben. Er nahm seine Brille ab und hielt das Messer so, wie Lowe es ihm zeigte. Er war wachsam und zurückhaltend, während Leiser breitbeinig wie eine Krabbe von einem Fuß auf den anderen trat, mal näher kommend, mal zurückweichend, wobei ihm der Schweiß über das Gesicht lief und seine kleinen Augen in Konzentration zusammengekniffen waren. Die ganze Zeit über spürte Avery, wie sich die Rillen des Messergriffes in seine Handfläche preßten, und seine Waden und Gesäßmuskeln begannen zu schmerzen, da er sein ganzes Gewicht auf den Zehen hielt, und Leisers zornige Augen suchten seinen Blick. Dann hatte sich Leisers Fuß hinter seine Ferse gehakt. Während er das Gleichgewicht verlor, fühlte er, wie das Messer seiner Hand entwunden wurde. Er fiel unter Leisers Gewicht nach hinten, wobei sich die Hand des Angreifers an seinen Hemdkragen klammerte.

Auch er lachte mit, während sie ihm auf die Beine halfen. Leiser bürstete den Staub von seinem Anzug. Die Messer wurden während der folgenden Turnübungen weggelegt. Avery machte mit.

Als sie damit zu Ende waren, sagte Lowe: »Jetzt machen wir noch einen Augenblick Selbstverteidigung, und damit ist Schluß für heute.«

Haldane sah Leiser an. »War's zuviel für Sie?«

»Keine Spur.«

Lowe nahm Avery beim Arm und führte ihn auf die Matte. Zu Leiser sagte er: »Sie setzen sich auf die Bank, während ich Ihnen ein paar Dinge zeige.«

Er legte Avery eine Hand auf die Schulter. »Uns interessieren nur fünf Stellen, ob wir jetzt ein Messer haben oder nicht. Welche sind das?«

»Leisten, Nieren, Bauch, Herz und Hals«, entgegnete Leiser müde.

»Wie bricht man einem Mann den Hals?«

»Gar nicht. Man zerschlägt die Luftröhre.«

»Was ist mit einem Schlag in den Nacken?«

»Nicht mit der bloßen Hand. Nicht ohne Waffe.« Er hatte das Gesicht in die Hände genommen.

»Richtig.« Lowe bewegte seine offene Hand mit langsamer Bewegung auf Averys Hals zu. »Hand offen, Finger ausgestreckt, verstanden?«

»Verstanden«, sagte Leiser.

»Was fällt Ihnen noch ein?«

Pause. »Die Tigerklaue. Angriff auf die Augen.«

»Das nie«, antwortete der Sergeant kurz. »Nicht als Angriff. Es läßt Sie völlig ungeschützt. Jetzt zu den Würgegriffen. Immer von hinten, ist das klar? Biegen Sie den Kopf zurück, so, die Hand auf die Kehle, so, und jetzt zupressen.« Lowe sah über die Schulter: »Schauen Sie hierher, bitte, ich mache das nicht zu meinem eigenen Vergnügen ... also kommen Sie her, wenn Sie schon alles kennen, und zeigen Sie uns ein paar Griffe!«

Leiser stand auf, umschloß Lowes Arme, und eine Zeitlang rangen sie hin und her, wobei jeder darauf wartete, daß der andere eröffnete. Dann ließ Lowe los, Leiser stolperte, und ein Schlag von Lowes Hand auf seinen Hinterkopf ließ ihn vornüber hart auf die Matte fallen.

»Das kostet Sie eine Runde«, sagte Lowe grinsend, aber da war Leiser schon über ihm, drehte ihm den Arm brutal nach hinten und warf ihn hart zu Boden, wobei Lowes schmächtiger Körper auf die Matte prallte wie ein Vogel gegen die Windschutzscheibe eines Autos.

»Spielen Sie fair!« keuchte Leiser. »Oder ich werde Ihnen verdammt weh tun.«

»Niemals auf den Gegner stützen«, sagte Lowe kurz. »Und im Turnsaal nicht die Beherrschung verlieren.« Er rief zu Avery hinüber: »Jetzt sind Sie dran, Sir. Lassen Sie ihn tüchtig arbeiten.«

Avery stand auf, zog seine Jacke aus und wartete auf Leisers Angriff. Er fühlte den starken Griff auf seinen Armen, und beim Vergleich mit dieser ausgewachsenen Kraft wurde ihm plötzlich die Schwäche seines eigenen Körpers bewußt. Er versuchte, die Unterarme des älteren Mannes zu packen, aber seine Hände vermochten sie nicht zu umfassen. Er versuchte sich loszureißen, aber Leiser hielt ihn fest. Leisers Kopf war gegen den seinen gepreßt, und der Geruch von Haaröl stieg ihm in die Nase. Er spürte die feuchten Bartstoppeln und die Hitze von Leisers angespanntem Körper. Er stemmte sich gegen Leisers Brust und bemühte sich verzweifelt, der erstickenden Umklammerung dieses Mannes zu entkommen. Als er sich zurückstieß, trafen sich ihre Blicke über der schlingernden Wiege ihrer verschlungenen Arme, als sähen sie einander zum erstenmal, und Leisers vor Anstrengung verzerrtes Gesicht löste sich in einem Lächeln, sein Griff lockerte sich.

Lowe gesellte sich zu Haldane. »Er ist Ausländer, nicht wahr?«

»Pole. Wie macht er sich?«

»In seiner besten Zeit war er recht gut, würde ich sagen. Gefährlich, unangenehm. Guter Körper. Ist noch verhältnismäßig fit.«

»Ich verstehe.«

»Wie geht es Ihnen selbst, Sir? Alles in Ordnung?«

»Ja, danke.«

»Das ist gut. Zwanzig Jahre. Wirklich erstaunlich. Die Kinder sind alle schon erwachsen.«

»Tut mir leid, aber ich habe keine.«

»Ich spreche von meinen.«

»Ach so.«

»Sehen Sie noch irgendwen vom alten Verein, Sir? Wie geht's Mr. Smiley?«

»Ich fürchte, ich habe keinen Kontakt mehr. Ich bin kein geselliger Mensch. Wollen wir abrechnen?«

Lowe nahm Haltung an, während Haldane sich anschickte, ihn zu bezahlen: Reisespesen, Honorar, siebenunddreißig Shilling für das Messer und zweiundzwanzig für die Scheide, die mit einer Feder versehen war, um das Herausziehen zu erleichtern. Lowe stellte ihm eine Empfangsbestätigung aus, die er aus Sicherheitsgründen mit S.L. unterschrieb. »Das Messer ist zum Selbstkostenpreis«, erklärte er. »Wir beziehen so was durch den Sportclub.« Er schien sehr stolz darauf zu sein.

Haldane gab Leiser einen Trenchcoat und halbhohe Stiefel, und Avery forderte ihn zu einem Spaziergang auf. Sie fuhren im Oberdeck des Autobusses bis Headington.

»Was war eigentlich heute morgen los?« fragte Avery.

»Ich dachte, wir würden nur so herumblödeln, weiter nichts. Dann warf er mich.«

»Er konnte sich noch an Sie erinnern, nicht wahr?«

»Natürlich konnte er. Warum hat er mir dann weh getan?«

»Es war nicht so gemeint.«

»Na gut, lassen wir das.« Er war noch immer aufgebracht.

Sie stiegen an der Endstation aus und trotteten durch den Regen. Avery sagte: »Der Grund ist, daß er keiner von uns war – deshalb mochten Sie ihn nicht.«

Leiser lachte und hakte sich bei Avery ein. Der in Schwaden langsam über die leere Straße treibende Regen lief über ihre Gesichter und in die Kragen ihrer Regenmäntel. Avery drückte seinen Arm an den Leib und hielt Leisers Hand darunter gefangen. Sie setzten ihren Spaziergang fort, beide waren zufrieden. Den Regen hatten sie vergessen oder nahmen ihn nicht ernst, und sie scherten sich nicht darum, daß er ihre Kleider verdarb.

»Ist der Captain zufrieden, John?«

»Sehr. Er sagt, alles liefe nach Wunsch. Wir fangen bald mit dem Funken an, nur die Grundbegriffe. Jack Johnson soll morgen ankommen.«

»Es fällt mir alles wieder ein: John, das Schießen und all das. Ich hab' nichts vergessen.« Er lächelte. »Die alte Drei-acht.«

»Die Neun-Millimeter. Sie machen es großartig, Fred. Wirklich gut. Der Captain hat's gesagt.«

»Der Captain hat's gesagt, John?«

»Genau das. Und er hat es nach London berichtet. Dort ist man auch zufrieden. Wir haben nur Angst, daß Sie ein bißchen zu ...«

»Zu was?«

»Nun – zu britisch sind.«

Leiser lachte. »Keine Bange, John.«

Auf der Innenseite seines Armes, dort wo Leisers Hand lag, fühlte Avery eine angenehme, trockene Wärme.

Den Vormittag verbrachten sie mit dem Verschlüsseln. Haldane unterrichtete. Er hatte Seidentücher mitgebracht, die jeweils mit einem Code von der Art bedruckt waren, wie Leiser ihn verwenden würde. Außerdem hatte er eine auf Karton geklebte Tabelle zur Umwandlung von Buchstaben in Zahlen bei sich. Er klemmte die Tabelle hinter die Marmoruhr auf dem Kaminsims und erläuterte sie in einem Vortrag. Seine Art war der Leclercs sehr ähnlich, aber ohne jede Geziertheit. Avery und Leiser saßen mit gezücktem Bleistift am Tisch und übertrugen nach

Haldanes Anweisungen einen Text Absatz für Absatz in die auf der Tabelle angegebenen Zahlen, zogen diese von den Zahlenkolonnen auf den Seidentüchern ab und übersetzten das Ergebnis wieder zurück in Buchstaben. Es war eine Arbeit, die eher Geschicklichkeit als Konzentration erforderte, und da sich Leiser vielleicht allzusehr bemühte, wurde er unruhig und verwirrt.

»Wir werden jetzt einmal zwanzig Gruppen nach der Stoppuhr übertragen«, sagte Haldane und diktierte von einem Blatt in seiner Hand eine aus elf Wörtern bestehende Meldung und die Unterschrift »Mayfly«. – »Ab nächster Woche werden Sie es ohne Tabelle schaffen müssen. Ich stelle sie in Ihr Zimmer, und Sie müssen sie auswendig lernen. Los!«

Er drückte auf die Stoppuhr und ging zum Fenster, während die beiden Männer am Tisch fieberhaft arbeiteten und mit beinahe einstimmigem Murmeln einfache Additionen auf das Schmierpapier vor sich kritzelten. Avery konnte die wachsende Zerfahrenheit in Leisers Bewegungen bemerken, die unterdrückten Seufzer und Flüche, das ärgerliche Durchstreichen. Während er selbst nun absichtlich langsamer arbeitete, spähte er über Leisers Arm, um dessen Fortschritte festzustellen, und er sah, daß der Bleistiftstummel in Leisers Hand schweißverschmiert war. Ohne ein Wort zu sagen, tauschte er ruhig sein eigenes Blatt gegen das Leisers aus. Haldane, der sich gerade umwandte, schien es nicht bemerkt zu haben.

Schon diese ersten Tage hatten genügt, deutlich zu machen, daß Leiser zu Haldane aufsah wie ein Kranker zu seinem Arzt oder wie ein Sünder zu seinem Priester. Dieser Mann, der seine Stärke aus einem so gebrechlichen Körper gewann, hatte etwas Furchterregendes an sich.

Haldane tat so, als bemerke er Leiser gar nicht. Er hielt starrköpfig an seinen privaten Gewohnheiten fest. So unterließ er es nie, sein Kreuzworträtsel zu lösen, und bei den Mahlzeiten, während sie die Tonbänder ablaufen ließen, trank er allein seinen Burgunder, von dem er eine Kiste aus der Stadt hatte liefern lassen. Seine Verschlossenheit war so vollkommen, daß man tatsächlich glauben konnte, allein die Nähe des Menschen widere ihn an. Und doch zog Haldane Leiser mit immer unwiderstehlicherer Kraft an, je ausweichender, je verschlossener er wurde. Auf Grund irgendwelcher geheimnisvoller Maßstäbe erschien er Leiser als Musterexemplar des englischen Gentleman, und was immer Haldane tat oder sagte, bestärkte Leiser nur in seiner Auffassung.

Haldane gewann an Statur. In London war er ein Mann, der langsam und pedantisch über die Korridore tappte, als suche er für seine Füße Halt. Hinter ihm stauten sich dann immer ungeduldig Büroboten und Sekretärinnen, die es nicht wagten, ihn zu überholen. Hier in Oxford dagegen zeigte er eine Beweglichkeit, die seine Londoner Kollegen erstaunt hätte. Seine vertrocknete Figur war wieder zum Leben erwacht, er hielt sich aufrecht. Selbst seine Unfreundlichkeit schien nun ein Zeichen besonderer Autorität. Nur sein Husten blieb – dasselbe gequälte, hoffnungslose Schluchzen, das diesen schmalen Brustkorb zu sprengen schien und in Haldanes magere Wangen rote Flecken trieb, was Leiser mit der stummen Sorge eines Schülers für seinen bewunderten Meister erfüllte.

»Ist der Captain krank?« fragte er Avery einmal, während er eine alte Ausgabe von Haldanes »Times« in die Hand nahm.

»Er spricht nie darüber.«

»Ich nehme an, das wäre ungezogen.« Seine Aufmerksamkeit war plötzlich von der Zeitung gefesselt, die offenbar noch niemand gelesen hatte – nur das Kreuzworträtsel war gelöst. Rundherum waren auf den Rand verstreut die Abwandlungen eines aus neun Buchstaben bestehenden Anagramms gekritzelt.

Verwirrt zeigte Leiser seine Entdeckung Avery. »Er liest sie nicht«, sagte er. »Er löst nur das Kreuzworträtsel.«

Als sie an diesem Abend zu Bett gingen, nahm Leiser verstohlen die Zeitung mit sich, als enthielte sie irgendein Geheimnis, das man durch sorgfältige Prüfung enthüllen könnte.

Soweit Avery es beurteilen konnte, war Haldane von Leisers Fortschritten befriedigt. Im Verlauf der vielfältigen Übungen, zu denen Leiser jetzt angehalten wurde, hatten sie ihn eingehender beobachten können. Mit der Fähigkeit der Schwachen, scharf zu beobachten, spürten sie seine Fehler auf und schätzten seine Stärke ein. Im gleichen Maß, in dem sie sein Vertrauen gewannen, begann er zunehmend eine entwaffnende Offenheit zu zeigen. Er liebte vertrauliche Gespräche. Er war ihr Geschöpf und gab ihnen alles – und sie bewahrten alles sorgfältig auf, wie es die Armen tun. Sie sahen, daß seine überschüssigen Kräfte durch die Organisation plötzlich ein Ziel bekommen hatten: Leiser hatte wie ein Mann mit ungewöhnlichem sexuellen Appetit in seiner neuen Tätigkeit das Objekt seiner Begierde gefunden. Er schien Gefallen daran zu finden, von ihnen Befehle zu erhalten, und er gab ihnen dafür seine Stärke als Unterpfand für seinen Gehorsam. Vielleicht war es ihnen sogar bewußt, daß Leiser in ihnen die Pole einer absoluten Autorität erblickte: der eine durch sein verbittertes Festhalten an Maßstäben, denen Leiser niemals gerecht werden konnte, der andere durch seine jugendliche Zugänglichkeit und den Reiz und die Verläßlichkeit seines Wesens.

Leiser unterhielt sich gerne mit Avery. Er sprach über seine Freundinnen oder den Krieg. Er nahm an – und Avery fand das irritierend, aber weiter nichts –, daß ein Mann Mitte Dreißig – ob er nun verheiratet war oder nicht – natürlich ein intensives und abwechslungsreiches Liebesleben hatte. Später dann, am Abend, wenn die beiden ihre Mäntel angezogen hatten und zu der Kneipe am Ende der Straße hinuntergelaufen waren, pflegte er seine Ellbogen auf den kleinen Tisch zu stützen, sich vorzubeugen und von seinen Eroberungen bis in die kleinsten Einzelheiten zu berichten. Seine Hand ruhte dabei an seinem Kinn, und die schlanken Spitzen seiner Finger öffneten und schlossen sich in einer unbewußten Nachahmung der Bewegungen seiner Lippen. Er handelte nicht aus Eitelkeit, sondern aus Freundschaft. Diese Vertraulichkeiten und Geständnisse – wahr oder erfunden – stellten die einfache Münze dar, mit der sie einander ihre Freundschaft vergalten. Betty wurde dabei von Leiser niemals erwähnt.

Allmählich lernte Avery das Gesicht Leisers mit einer Genauigkeit kennen, die nicht mehr von seinem Erinnerungsvermögen abhing. Er bemerkte, wie sich die Züge Leisers seinen Stimmungen entsprechend veränderten, wie sich Depression oder Müdigkeit am Ende eines langen Tages in der Spannung der Haut über seinen Backenknochen ausdrückten, durch die

Augen und Mund an ihren Winkeln aufwärts gezogen wurden, so daß sein Ausdruck plötzlich noch slawischer wurde und an Vertrautheit verlor.

Leiser hatte von seinen Nachbarn oder von seinen Kunden gewisse Wendungen aufgeschnappt, die zwar völlig sinnlos waren, aber sein fremdes Ohr doch beeindruckt hatten. Er konnte zum Beispiel von »einem gewissen Maß der Befriedigung« sprechen, indem er eine unpersönliche Wendung gebrauchte, die ihm irgendwie würdiger schien. Er hatte sich auch eine Reihe von Klischees angeeignet. Dauernd wiederholte er Ausdrücke wie »nur keine Bange«, »mach keinen Wind«, »die Katze aus dem Sack lassen«, und es schien, als bemühe er sich damit um eine Lebensart, die er nur unvollständig verstand, in die er sich aber mit derartigen Zauberformeln hineinschwindeln wollte. Einige dieser Ausdrücke waren nicht mehr modern, wie Avery bemerkte.

Ein- oder zweimal hatte Avery den Verdacht, daß Haldane sein enges Verhältnis zu Leiser mißbilligte. Dann wieder schien es so, als hätte Haldane in Avery Gefühle entfaltet, über die er selbst keine Kontrolle mehr hatte. Eines Abends, am Anfang der zweiten Woche, während Leiser sich jener zeitraubenden Körperpflege widmete, die bei ihm fast jeder Feierabendbeschäftigung vorausging, erkundigte sich Avery bei Haldane, ob er nicht auch selbst auszugehen wünsche.

»Wohin, glauben Sie, soll ich gehen? Auf eine Wallfahrt zum Schrein meiner Jugend?«

»Ich dachte, Sie hätten vielleicht Freunde hier; Leute, die Sie von früher kennen.«

»Wenn ich sie hätte, wäre es unvorsichtig, sie zu besuchen. Ich bin unter einem anderen Namen hier.«

»Verzeihen Sie. Natürlich.«

Dann sagte Haldane mit strengem Lächeln: »Außerdem schließt nicht jeder von uns so leicht Freundschaft.«

Aufgebracht entgegnete Avery: »Sie haben mir selbst gesagt, ich solle immer mit ihm zusammensein!«

»Sehr richtig, und das taten Sie auch. Es wäre unangebracht von mir, mich zu beklagen. Sie machen es bewunderungswürdig.«

»Was?«

»Befehle befolgen.«

In diesem Augenblick läutete es an der Haustür, und Avery ging hinunter, um zu öffnen. Im Licht der Straßenlampe konnte er die vertrauten Umrisse eines parkenden Lieferwagens der Organisation erkennen. Vor der Tür stand eine kleine, unscheinbare Gestalt in braunem Anzug und Mantel. Die braunen Schuhspitzen glänzten. Es hätte der Gasableser sein können.

»Mein Name ist Jack Johnson«, sagte er unsicher. »›Johnson's Radioquelle‹, das bin ich.«

»Kommen Sie herein«, sagte Avery.

»Ich bin doch hier richtig, nicht wahr? Captain Hawkins und so?«

Er trug eine weiche Ledertasche, die er vorsichtig auf den Boden stellte, als enthielte sie seine ganze Habe. Gekonnt schüttelte er den Regen aus dem halbgeschlossenen Schirm und stellte ihn dann in den Ständer unter seinem Mantel.

»Ich heiße John.«

Johnson ergriff Averys Hand und drückte sie herzlich.

»Freue mich sehr, Sie kennenzulernen. Der Chef hat sehr viel von Ihnen erzählt. Also Sie sind das Wunderkind, wie ich höre.«

Sie lachten.

Er faßte Avery mit einer vertraulichen Geste am Arm. »Sie verwenden Ihren eigenen Namen, nicht wahr?«

»Ja. Den Vornamen.«

»Und der Captain?«

»Hawkins.«

»Wie ist er, Mayfly, meine ich? Wie stellt er sich an?«

»Sehr gut. Einfach sehr gut.«

»Ich höre, er ist ein ziemlicher Schürzenjäger.«

Während Johnson und Haldane im Wohnzimmer miteinander sprachen, ging Avery zu Leiser hinauf.

»Wir können nicht weggehen, Fred. Jack ist gekommen.«

»Wer ist Jack?«

»Jack Johnson, der Funker.«

»Ich dachte, wir würden nicht vor nächster Woche damit anfangen.«

»Nur die Grundbegriffe in dieser Woche, damit Ihre Finger wieder locker werden. Kommen Sie herunter und sagen Sie guten Tag.«

Leiser trug einen dunklen Anzug und hielt eine Nagelfeile in der Hand.

»Was ist also, gehen wir dann?«

»Ich habe Ihnen doch gesagt, Fred: Wir können heute abend nicht weg. Jack ist gekommen.«

Leiser ging hinunter und schüttelte Johnson ohne Formalität kurz die Hand, als wären ihm Neuankömmlinge zuwider. Sie unterhielten sich steif eine Viertelstunde lang, bis Leiser unter dem Vorwand, daß er müde sei, mürrisch zu Bett ging.

Johnson gab seinen ersten Bericht. »Er ist langsam«, sagte er. »Er hat freilich schon sehr lange nicht mehr gemorst. Aber ich traue mich nicht, ihn mit dem Gerät arbeiten zu lassen, ehe er auf der Taste schneller geworden ist. Ich weiß, es ist mehr als zwanzig Jahre her, Sir, man kann ihm keinen Vorwurf machen. Aber langsam ist er, Sir, sehr sogar.« Er hatte die bedachtsame Sprechweise einer Kinderfrau, als verbrächte er viel Zeit mit Kindern. »Der Chef sagt, ich soll ihn die ganze Zeit steuern – auch beim Einsatz. Ich höre, wir fahren alle nach Deutschland rüber, Sir.«

»Ja.«

»Dann werden wir uns kennenlernen müssen, Mayfly und ich. Von dem Moment an, da ich mit ihm auf dem Gerät zu arbeiten beginne, sollten wir viel zusammensein, Sir. Das ist wie mit der Handschrift: Wir müssen uns beide an die Handschrift des anderen gewöhnen. Außerdem die Fahrpläne, die Zeiten, zu denen er sich melden kann, und derartiges. Die Tabelle der Zeichen für seine verschiedenen Frequenzen. Sicherheitszeichen. Das ist für vierzehn Tage ziemlich viel zu lernen.«

»Sicherheitszeichen?« fragte Avery.

»Absichtlich gemachte Fehler, Sir; wie zum Beispiel ein Rechtschreibfehler in einer bestimmten Gruppe, statt eines A ein E oder so etwas. Wenn er uns mitzuteilen wünscht, daß man ihn geschnappt hat und er unter Aufsicht sendet, wird er das Zeichen auslassen.« Er wandte sich zu Haldane. »Sie kennen das ja, Captain.«

»Man hat in London davon gesprochen, ihm auch die Schnellübermittlung per Tonband beizubringen. Wissen Sie, was aus dieser Idee geworden ist?«

»Der Chef hat mir davon erzählt, Sir. Ich glaube, die Ausrüstung war nicht verfügbar. Ich kann auch nicht wirklich behaupten, daß ich viel davon verstehe. Seit meiner aktiven Zeit ist viel von diesem Transistorzeug dazugekommen. Der Chef sagte, wir sollten uns an die alten Methoden halten, aber die Frequenz alle zweieinhalb Minuten wechseln, Sir. Die Jerries sollen enorm scharf beim Peilen sein heutzutage.«

»Welches Gerät hat man uns geschickt? Zum Herumtragen scheint es sehr schwer zu sein.«

»Es ist eines von der Art, die Mayfly im Krieg benützt hat, Sir. Das ist das Angenehme daran. Die alte B 2 im wasserdichten Gehäuse. Wenn wir wirklich nur ein paar Wochen haben, scheint kaum Zeit zu sein, irgend etwas anderes durchzunehmen. Nicht, daß er schon soweit wäre, damit arbeiten zu können.«

»Wieviel wiegt es?«

»Fast fünfzig Pfund, Sir, alles in allem. Das normale Koffergerät. Das Gewicht erklärt sich durch die Wasserabdichtung, aber er braucht sie, wenn er über schwieriges Gelände muß. Besonders zu dieser Jahreszeit.« Er zögerte. »Aber beim Morsen ist er langsam, Sir.«

»Ja. Glauben Sie, daß Sie ihn rechtzeitig auf Touren bringen können?«

»Das kann ich nicht sagen, Sir. Nicht, bevor wir auf dem Gerät arbeiten, daß uns die Finger krachen. Nicht vor dem zweiten Teil, nachdem er ein bißchen Urlaub gehabt hat. Im Augenblick werde ich ihn nur mal mit der Taste allein arbeiten lassen.«

»Danke«, sagte Haldane.

13

Nach Ablauf der ersten vierzehn Tage erhielt er achtundvierzig Stunden Urlaub. Er hatte es nicht verlangt, und als man ihm den Vorschlag machte wegzufahren, schien er verwirrt. Unter keinen Umständen dürfe er sich in der Umgebung seiner Autowerkstatt blicken lassen. Obwohl er schon am Freitag nach London hätte reisen können, meinte er, er wolle lieber erst am Samstag fahren, und obwohl man ihn nicht vor Montag früh zurückerwartete, sagte er, er werde womöglich schon Sonntag abend wieder dasein. Man betonte, daß er sich von allen seinen Bekannten fernhalten müsse. Seltsamerweise schien ihn das zu trösten.

Avery war beunruhigt und ging zu Haldane.

»Ich glaube nicht, daß wir ihn einfach so ins Blaue schicken sollten. Sie haben ihm gesagt, er dürfe weder nach South Park fahren noch seine Freunde besuchen, falls er welche hat. Ich sehe nicht ganz klar, wohin er dann gehen kann.«

»Sie glauben, er wird sich einsam fühlen?«

Avery errötete. »Ich glaube, er wird sich die ganze Zeit über wünschen zurückzukommen.«

»Dagegen können wir kaum etwas einzuwenden haben.«

Sie gaben ihm Spesengeld, alte Fünf- und Einpfundnoten. Er wollte es ablehnen, aber Haldane drängte es ihm auf, als gehe es dabei um ein Prinzip. Sie boten ihm an, ein Hotelzimmer für ihn zu bestellen, aber das lehnte er ab. Haldane schien es für selbstverständlich zu halten, daß er nach London fuhr, also machte er sich schließlich auf den Weg. Es war, als erfülle er eine Pflicht ihnen gegenüber.

»Er hat bestimmt irgendwo ein Weib«, sagte Johnson befriedigt.

Leiser fuhr mit dem Mittagszug und nahm einen schweinsledernen Koffer mit. Er trug seinen Kamelhaarmantel, der einen leicht militärischen Schnitt und Lederknöpfe hatte. Aber niemand mit Kinderstube hätte ihn je für einen englischen Offiziersmantel gehalten.

Leiser gab seinen Koffer in der Aufbewahrung am Bahnhof Paddington ab und spazierte in die Praed Street hinaus, weil er nicht wußte, wo er hingehen sollte. Er schlenderte eine halbe Stunde umher, betrachtete die Schaufenster und las die in Anschlagkästen aufgehängten Anzeigen von leichten Mädchen. Es war Samstag nachmittag. Eine Handvoll alter Männer mit Filzhüten und Regenmänteln strichen zwischen den Läden, die Pornographien feilboten, und den Zuhältern an der Ecke umher. Der Verkehr war sehr gering. Eine hoffnungslose Feierabendstimmung erfüllte die Straße.

Im Filmclub verlangte man ein Pfund und gab ihm eine vordatierte Mitgliedskarte – wegen des Gesetzes. Dann hockte er zwischen schemenhaften Gestalten auf einem Küchenstuhl. Der Film war sehr alt; es hätte leicht sein können, daß er vor der Nazizeit aus Wien herübergekommen war. Zwei ganz nackte Mädchen tranken Tee. Es war ein Stummfilm, in dem nichts weiter geschah, als daß sie hin und wieder ihre Tassen zum Mund führten und dabei ihre Körperhaltung etwas veränderten. Sie wären jetzt wohl sechzig, wenn sie den Krieg überlebt hatten. Leiser stand auf, um zu gehen. Es war schon nach halb sechs, und die Kneipen machten auf. Als er am Kiosk neben dem Eingang vorbeikam, sagte der Manager: »Ich kenne ein Mädchen, das sich gerne einen netten Abend macht. Sehr jung.«

»Nein, danke.«

»Zweieinhalb Pfund; sie hat Ausländer gern. Sie macht es Ihnen ausländisch, wenn Sie wollen. Französisch.«

»Hauen Sie ab.«

»Sie haben's notwendig, mir das zu sagen.«

»Hauen Sie ab.« Leiser ging noch einmal zurück, und seine kleinen Augen funkelten plötzlich. »Wenn Sie mir das nächste Mal ein Mädchen anbieten, dann was Englisches, verstanden?«

Die Luft war jetzt milder. Der Wind hatte sich gelegt, und die Straße war leer. Der Betrieb hatte sich nach drinnen verlagert. Die Frau hinter der Bar sagte: »Kann Ihnen jetzt nichts mixen, mein Lieber, nicht ehe der Rummel vorbei ist. Sie sehen's ja selbst.«

»Ich trinke aber nichts anderes.«

»Tut mir leid, mein Lieber.«

Er bestellte Gin und Wermut. Das Getränk war lauwarm und ohne Kirsche. Das Gehen hatte ihn ermüdet. Er saß auf der langen Polsterbank, die an der Wand entlanglief, und sah einer Runde von vier Männern zu, die Wurfpfeile in das an der Wand hängende Zielbrett schleuderten. Sie spielten, ohne ein Wort zu sagen, aber mit tiefer Hingabe, als seien sie sich bewußt, irgendeine rituelle Handlung auszuüben. Es war beinahe wie im Filmclub. Als einer von ihnen zu einer Verabredung mußte, riefen sie Leiser zu: »Machen Sie den vierten?«

»Gerne.« Er war froh, daß ihn jemand angesprochen hatte, und stand auf. Aber im selben Augenblick kam ein Bekannter der drei herein, ein Mann namens Henry, und der spielte an seiner Stelle. Leiser war nahe daran, einen Streit zu beginnen, aber es schien ihm dann doch keinen Zweck zu haben.

Auch Avery war allein ausgegangen. Zu Haldane hatte er gesagt, er mache einen Spaziergang, zu Johnson, er gehe ins Kino. Avery hatte eine Art zu lügen, die sich Vernunftgründen entzog. Es trieb ihn einfach zu den alten, von früher her vertrauten Orten zurück: zu seinem College, zu den Buchläden, Kneipen und Bibliotheken. Das Semester ging gerade zu Ende. Oxford roch irgendwie weihnachtlich und trug dem Anlaß mit zimperlicher Bosheit Rechnung, indem es seine Schaufenster mit dem Flitter vergangener Weihnachten schmückte.

Er ging die Banbury Road bis zu der Straße hinunter, in der er und Sarah im ersten Jahr ihrer Ehe gewohnt hatten. Die Fenster der Wohnung waren dunkel. Während er vor dem Haus stand, versuchte er zuerst hinter den Mauern und dann in sich selbst eine Spur von Gefühl, Zuneigung, Liebe oder sonst etwas zu finden, das ihre Heirat gerechtfertigt hätte, aber er konnte nichts finden und nahm an, daß es nie etwas Derartiges gegeben hatte. Er suchte verzweifelt, wollte verstehen, was ihn bewegt hatte; aber er fand nichts. Er starrte ein leeres Haus an. Er eilte heim, dorthin, wo Leiser wohnte.

»Guter Film?« fragte Johnson.

»Sehr nett.«

»Ich dachte, Sie wollten spazierengehen«, sagte Haldane vorwurfsvoll und sah von seinem Kreuzworträtsel auf.

»Ich hab' mir's anders überlegt.«

»Übrigens«, sagte Haldane, »was Leisers Pistole betrifft: Er scheint die Drei-acht besonders zu schätzen.«

»Ja. Jetzt wird sie Neun-Millimeter genannt.«

»Nach seiner Rückkehr sollte er beginnen, sie bei sich zu tragen. Natürlich ungeladen.« Er warf einen Blick auf Johnson. »Besonders, wenn er mit dem Funkkurs beginnt. Gleich von Anfang an. Er muß sie die ganze Zeit über bei sich haben. Wir wollen ihn dazu bringen, daß er sich ohne sie verloren fühlt. Ich habe eine besorgen lassen. Sie werden sie in Ihrem Zimmer finden, Avery, mit verschiedenen Halftern. Vielleicht erklären Sie es ihm, bitte?«

»Wollen Sie es ihm nicht selbst sagen?«

»Das machen besser Sie. Sie kommen so gut mit ihm aus.«

Avery ging hinauf, um Sarah anzurufen. Sie war zu ihrer Mutter gezogen. Es war ein sehr steifes Gespräch.

Leiser wählte Bettys Nummer, aber er bekam keine Antwort.

Erleichtert ging er in einen billigen Juwelierladen neben dem Bahnhof, der auch am Samstag nachmittag geöffnet war, und kaufte einen goldenen Anhänger für ihr Armband: eine Kutsche mit Pferden. Er kostete elf Pfund – genau die Summe, die er als Spesengeld erhalten hatte. Er bat den Verkäufer, den Anhänger eingeschrieben an ihre Adresse in South Park zu schicken. Er legte einen Zettel mit folgenden Worten bei: »Bin in zwei Wochen zurück. Sei brav!« Nachdem er schon gedankenlos mit

»F. Leiser« unterschrieben hatte, strich er es wieder durch und ersetzte es durch »Fred«.

Er ging ein bißchen spazieren, spielte mit dem Gedanken, ein Mädchen anzusprechen, und nahm sich schließlich in dem Hotel neben dem Bahnhof ein Zimmer. Er schlief wegen des lärmenden Verkehrs sehr schlecht. Am Morgen rief er nochmals bei Betty an, aber wieder hob niemand ab. Rasch legte er den Hörer auf die Gabel zurück; eigentlich hätte er länger warten müssen. Nach dem Frühstück ging er die Sonntagszeitungen kaufen und las in seinem Zimmer die Fußballberichte, bis es Mittag war. Nach dem Essen machte er den gewohnten Spaziergang. Er hatte nur eine unklare Vorstellung davon, durch welche Teile Londons er lief. Er ging den Fluß entlang bis Charing Cross und fand sich schließlich im strömenden Regen in einem leeren Park. Die asphaltierten Wege waren mit gelben Blättern übersät. Im Musikpavillon saß einsam ein alter Mann. Er trug einen schwarzen Mantel und hatte einen Rucksack aus grünem Leinen bei sich, der wie ein Gasmaskenbeutel aussah. Er schlief oder lauschte unhörbarer Musik.

Leiser wartete bis zum Abend, um Avery nicht zu enttäuschen. Dann nahm er den letzten Zug heim nach Oxford.

Avery kannte eine Kneipe hinter dem Balliol College, in der man an Sonntagen Tischbillard spielen konnte. Johnson spielte gerne eine Partie. Er trank Bier, Avery Whisky. Sie lachten viel; es war eine harte Woche gewesen. Johnson gewann immer. Er spielte methodisch nur die einfachen Löcher mit den niedrigen Zahlen, während Avery über die Bande das Hunderterloch zu erreichen versuchte.

»Ich hätte nichts gegen ein bißchen Spaß, wie Fred ihn jetzt hat«, sagte Johnson kichernd. Er zielte, stieß zu, und eine weiße Kugel fiel pflichtbewußt in ihr Loch. »Diese Polen sind schrecklich hinter Weibern her. Lassen nichts aus, diese Polen. Besonders Fred, der ist ein richtiger Reißer. Man kann's an seinem Gang sehen.«

»Sind Sie auch so, Jack?«

»Wenn mir danach ist, schon! Hätte im Augenblick nichts dagegen, wenn ich ehrlich bin.«

Sie spielten noch einige Löcher – jeder versunken in seine vom Alkohol beflügelten erotischen Phantasien.

»Trotzdem stecke ich lieber in unserer Haut«, sagte Johnson zufrieden. »Sie nicht?«

»Na, und ob.«

»Wissen Sie«, sagte Johnson, während er Kreide auf die Spitze seines Billardstocks rieb, »eigentlich sollte ich mit Ihnen gar nicht so sprechen. Sie waren im College und so. Sie gehören einer anderen Klasse an, John.«

Sie tranken einander zu und dachten dabei an Leiser.

»Herrgott noch mal«, sagte Avery, »wir kämpfen doch im selben Krieg, oder nicht?«

»Ganz richtig.«

Johnson goß sich den Rest des Bieres ein. Er tat es sehr sorgfältig, aber ein wenig lief über und floß auf den Tisch.

»Auf Fred«, sagte Avery.

»Auf Fred. Hier und dort draußen. Wünsch' ihm verdammt viel Glück!«

»Viel Glück, Fred!«

»Ich weiß nicht, wie er mit der B 2 fertig werden wird«, murmelte Johnson. »Er hat noch sehr viel vor sich.«

»Auf Fred!«

»Fred. Er ist ein lieber Junge. Sagen Sie mal, kennen Sie diesen Kerl Woodford, der mich angeheuert hat?«

»Klar. Er kommt nächste Woche heraus.«

»Haben Sie mal Babs kennengelernt, seine Frau? Das war ein Mädchen, Gott, war das ein Mädchen! Ging mit jedem ... Herrgott, die dürfte jetzt auch schon drüber hinaus sein, nehme ich an. Trotzdem, sie macht's immer noch gut, was?«

»Stimmt.«

Sie tranken.

»Sie ging mal mit diesem Bürohengst Jimmy Gorton. – Was ist aus dem geworden?«

»Er ist in Hamburg. Geht ihm ausgezeichnet.«

Sie kamen noch vor Leiser nach Hause. Haldane war schon schlafen gegangen.

Es war nach Mitternacht, als Leiser in der Halle seinen nassen Kamelhaarmantel auszog und – da er ein ordentlicher

Mensch war – auf einen Bügel hängte. Dann schlich er auf Zehenspitzen ins Wohnzimmer und machte Licht. Sein Blick schweifte zärtlich über die schweren Möbelstücke, über die mit Schnitzereien und schweren Messingbeschlägen verzierte Kredenz, über den Schreibtisch und den Bibeltisch. Liebevoll betrachtete er wieder die hübschen Damen auf der Croquetwiese und die hübschen Männer auf dem Schlachtfeld, die hochmütigen Jungengesichter unter Strohhüten und die Mädchen in Cheltenham: eine lange Porträtgalerie des Unbehagens, in der auch der leiseste Hauch von Leidenschaft fehlte. Die auf dem Kaminaufsatz stehende Uhr war ein kleiner Pavillon aus blauem Marmor. Die goldenen Zeiger waren so reich verziert, so verschnörkelt und mit Blumen überladen, daß man nur schwer erkennen konnte, wohin die Spitzen deuteten. Sie hatten sich seit seiner Abreise nicht bewegt, vielleicht seit seiner Geburt nicht, und in gewisser Weise war das für eine alte Uhr eine große Leistung.

Leiser nahm seinen Koffer und stieg die Treppe hinauf. Haldane hustete, aber es war dunkel in seinem Zimmer. Leiser klopfte an Averys Tür.

»Sind Sie da, John?«

Nach einem Augenblick hörte er, wie sich Avery im Bett aufsetzte. »War's nett, Fred?«

»Das will ich meinen!«

»Mit den Weibern alles klargegangen?«

»Wie gewünscht. Bis morgen, John.«

»Bis morgen, Fred. Fred …«

»Ja, John?«

»Jack und ich hatten eine ordentliche Sitzung. Nur Sie haben dabei noch gefehlt.«

»Das ist wahr, John.«

Langsam, zufrieden und müde ging er den Gang entlang, trat in sein Zimmer, zog seine Jacke aus, zündete eine Zigarette an und warf sich dankbar in den Lehnstuhl. Es war ein großer und sehr bequemer Sessel mit Ohrenbacken. Während er hineinsank, bemerkte er etwas: Eine Tabelle zur Umrechnung von Buchstaben in Zahlen hing an der Wand, und darunter, in der Mitte der Daunendecke, lag ein alter dunkelgrüner Leinenkoffer mit lederbezogenen Ecken. Er war aufgeklappt, und darin befanden sich zwei graue Stahlkassetten. Leiser stand auf und starrte in wortlosem Erkennen auf sie hinunter, streckte seine Hand aus und berührte sie – vorsichtig, als könnten sie heiß sein. Er drehte an dem Abstimmungsknopf, hielt inne und las die Aufschrift an den Schaltern. Es hätte das gleiche Gerät sein können, das er in Holland gehabt hatte: Sender und Empfänger in der einen Kassette, Morsetaste und Kopfhörer in der anderen. Die Kristalle – ein Dutzend – waren in einem Beutel aus Fallschirmseide, der oben mit einer grünen Schnur zusammengezogen war. Er probierte die Morsetaste mit dem Finger. Sie kam ihm viel kleiner vor, als er sie in Erinnerung hatte.

Er ging wieder zum Lehnstuhl zurück, während sein Blick auf den Koffer geheftet blieb. Dann saß er steif und schlaflos im Sessel wie ein Mann auf Totenwache.

Er kam zu spät zum Frühstück. Haldane sagte: »Sie verbringen den ganzen Tag mit Johnson. Vormittag und Nachmittag.«

»Kein Spaziergang?«

Avery war damit beschäftigt, sein Ei aufzuklopfen.

»Vielleicht morgen. Von jetzt an sind wir im technischen Training, Spaziergänge stehen leider an zweiter Stelle.«

Control verbrachte die Montagabende recht oft in London, weil er behauptete, das sei der einzige Tag, an dem er in seinem Club einen Stuhl bekommen könne. Smiley hatte den Verdacht, daß er nur nicht bei seiner Frau bleiben wollte.

»In der Blackfriars Road sprießen die Blumen, wie ich höre«, sagte er. »Leclerc soll in einem Rolls-Royce durch die Gegend fahren.«

»Es ist ein ganz gewöhnlicher Humber«, entgegnete Smiley. »Aus dem Fuhrpark des Ministeriums.«

»Daher stammt er?« fragte Control mit hochgezogenen Brauen. »Ist das nicht lustig? Die Black Friars fahren nicht schlecht.«

14

»Sie kennen also das Gerät?« fragte Johnson.

»Die B 2.«

»Okay. Offizielle Bezeichnung: Type drei, Marke zwei; wird mit Wechselstrom oder einer 6-Volt-Autobatterie betrieben, aber Sie werden den Netzanschluß verwenden, nicht wahr? Man hat festgestellt, daß Sie dort Wechselstrom haben werden. Ihr Verbrauch ist 57 Watt beim Senden und 25 bei Empfang. Also, falls Sie irgendwohin verschlagen werden, wo es nur Gleichstrom gibt, werden Sie sich wohl eine Batterie leihen müssen, was?«

Leiser lachte nicht.

»Ihr Netzkabel ist mit Steckern versehen, die in alle europäischen Steckdosen passen.«

»Ich weiß.«

Leiser sah Johnson zu, wie er das Gerät einsatzbereit machte. Zuerst verband er Sender und Empfänger durch einen Stecker mit Transformator und Gleichrichter, die in einem eigenen Gehäuse montiert waren. Er verschraubte die Kabelanschlüsse. Nachdem er das Gerät ans Netz angeschlossen und eingeschaltet hatte, stöpselte er das Kabel der winzigen Morsetaste in die Buchsen am Sender und das der Kopfhörer in die des Empfängers.

»Das ist eine kleinere Taste als die, die wir im Krieg hatten«, wandte Leiser ein. »Ich hab' sie vergangene Nacht ausprobiert. Meine Finger rutschten dauernd ab.«

Johnson schüttelte den Kopf.

»Tut mir leid, Fred, es ist genau die gleiche.« Er zwinkerte ihm zu. »Vielleicht ist Ihr Finger gewachsen.«

»Schon gut. Nur weiter.«

Johnson zog aus der Zubehörschachtel eine aufgerollte Litze mit Plastikisolierung und befestigte eines ihrer Enden am Antennenausgang. »Die meisten Ihrer Kristalle liegen im Drei-Megahertz-Bereich, so daß Sie Ihre Spule nicht zu wechseln brauchen. Verlegen Sie die Antenne hübsch gespannt, Fred – und nichts mehr kann schiefgehen. Besonders nicht bei Nacht. Jetzt auf die Abstimmung achten: Sie haben Antenne, Erde, Taste, Kopfhörer und Energiequellen hübsch angeschlossen, jetzt schauen Sie auf Ihren Sendeplan und stellen fest, auf welcher Frequenz Sie heute sind, dann suchen Sie den entsprechenden Kristall heraus, klar?« Er hielt eine kleine Kapsel aus schwarzem Bakelit hoch und steckte sie dann mit den aus ihr herausragenden Drahtstiften in den passenden Sockel des Senders. »Die männlichen Teile schön in die Löcher stecken, sehen Sie, so! Soweit alles klar, Fred? Mache ich zu rasch für Sie?«

»Ich schau' schon zu. Fragen Sie nicht dauernd.«

»Jetzt die Kristall-Wahlscheibe auf ›alle Kristalle‹ drehen und den Zeiger der Wellenskala auf Ihre Frequenz einstellen. Wenn Sie auf dreieinhalb Megahertz müssen, stellen Sie den Frequenzknopf zwischen die Drei und die Vier. So, sehen Sie? jetzt stecken Sie die entsprechende Spule ein, wie herum ist egal, Fred, es ist genug Spielraum da.«

Leiser stützte seinen Kopf mit der Hand, während er sich verzweifelt an die Reihenfolge der Handgriffe zu erinnern versuchte, die ihm früher einmal schon so selbstverständlich gewesen waren. Johnson fuhr methodisch fort: ein Mann, dem sein Beruf eine Selbstverständlichkeit ist. Die sanfte Stimme, deren Monolog die automatischen Bewegungen seiner Hand von Schalter zu Schalter begleitete, war angenehm und sehr geduldig.

»ASE-Knopf auf A für Abstimmung. Das bringt die Anzeige von Anode und Antenne auf zehn. Jetzt können Sie den Trafo einschalten, ja?« Er deutete auf die Meßskala: »Sie sollten eine Anzeige von dreihundert bekommen. Es ist nahe genug dran,

Fred. Jetzt kann ich's versuchen: Ich drehe den Wahlknopf des Meßinstrumentes auf drei und spiel' mit der V-Abstimmung, bis ich den größten Ausschlag bekomme. Jetzt dreh' ich weiter auf sechs ...«

»Was ist V?«

»Verstärker, Fred. Wußten Sie das nicht?«

»Weiter.«

»Ich drehe die Anodenabstimmung bis zum kleinsten Ausschlag – hier ist er! Hundert, nicht mehr, wenn der Knopf auf zwei zeigt. Jetzt den ASE rüber auf S – S für Sender, Fred –, und Sie können auch schon die Antenne trimmen. Hier – drücken Sie auf die Taste. So ist's recht, sehen Sie? Sie bekommen einen höheren Ausschlag, weil Sie zusätzlich Energie in die Antenne schicken, ist ja klar, nicht?«

Schweigend vollzog er das kurze Ritual der Antennenabstimmung, bis die Nadel des Meßinstrumentes exakt ihren vorgesehenen Platz einnahm.

»Schon erledigt«, erklärte er triumphierend. »So, jetzt ist Fred dran. Hier, Ihre Hände sind ja ganz naß. Sie müssen aber ein Wochenende gehabt haben, mein Lieber! Warten Sie, Fred!« Johnson ging aus dem Zimmer und kam mit einer riesigen weißen Pfeffermühle zurück, aus der er sorgfältig Kreidestaub auf den schwarzen Knopf der Morsetaste streute.

Er sagte: »Wenn Sie mich fragen, Fred, dann lassen Sie von jetzt an die Mädchen in Ruhe!«

Leiser betrachtete seine geöffnete Hand. In den Falten hatten sich Schweißperlen gesammelt. »Ich konnte nicht schlafen.«

»Das glaube ich Ihnen sofort.« Johnson tätschelte liebevoll den Gerätekoffer. »Von jetzt an werden Sie mit ihr hier schlafen. Sie ist Mrs. Fred, klar? Und niemand anders!« Er baute das Gerät wieder ab und wartete, bis Leiser mit kindlicher Langsamkeit begann, es mühsam erneut zusammenzusetzen – so viele Jahre waren seit damals vergangen.

Tag für Tag saßen Leiser und Johnson im Schlafzimmer an dem kleinen Tisch und klopften ihre Meldungen herunter. Manchmal fuhr Johnson auch mit dem Lieferwagen weg und ließ Leiser allein. Dann ging es zwischen ihnen bis zum Morgengrauen hin und her. Oder Leiser und Avery fuhren zu einem in Fairford gemieteten Haus – Leiser wurde nicht allein fortgelassen –, von wo sie nach ihrem Erkennungszeichen Meldungen absetzten, die wie die Sprüche von Amateurfunkern aufgemacht waren. Leiser hatte sich merklich verändert. Er war nervös und unsicher geworden. Er beschwerte sich bei Haldane darüber, wie mühsam es sei, immer wieder die Frequenz wechseln zu müssen, wie schwer es war, jedesmal das Gerät neu abzustimmen, wie wenig Zeit er dafür hatte. Johnson gegenüber verhielt er sich stets unsicher. Johnson war später zu ihnen gestoßen, und aus irgendeinem Grund bestand Leiser darauf, ihn als Außenseiter zu behandeln, dem er keine volle Zugehörigkeit zu der verschworenen Gemeinschaft zubilligen wollte, von der er sich einbildete, daß sie zwischen Avery, Haldane und ihm selbst bestehe.

Eine besonders lächerliche Szene ereignete sich einmal beim Frühstück. Leiser hob den Deckel eines Marmeladentopfes, betrachtete den Inhalt und fragte, indem er sich an Avery wandte: »Ist das Bienenhonig?«

Johnson beugte sich mit dem Messer in der einen und dem Butterbrot in der anderen Hand über den Tisch.

»In England sagt man das nicht, Fred. Wir nennen es einfach Honig.«

»Das meine ich: Honig, Bienenhonig.«

»Einfach Honig«, wiederholte Johnson. »Engländer sagen einfach Honig dazu.«

Leiser setzte den Deckel wieder sorgfältig auf den Topf. Er war blaß vor Zorn. »Ich brauche keine Belehrungen von Ihnen.«

Haldane sah von seiner Zeitung auf und sagte scharf: »Seien Sie still, Johnson. Bienenhonig ist absolut korrekt.«

Leisers Höflichkeit hatte etwas Unterwürfiges, seine Streitigkeiten mit Johnson erinnerten an den Hinterhof.

Von derartigen Zusammenstößen abgesehen, entwickelten die beiden jedoch wie alle Männer, die täglich an einer gemeinsamen Aufgabe zusammenarbeiten müssen, eine zunehmende Abhängigkeit von den gleichen Hoffnungen, Stimmungen und Depressionen. Hatte es beim Unterricht keine Schwierigkeiten gegeben, so verlief die folgende Mahlzeit in fröhlicher Stimmung. Die beiden warfen sich dann nur für Eingeweihte verständliche Bemerkungen über den Zustand der Ionosphäre, das Überwechseln auf eine andere Frequenz oder einen ungewöhnlichen Instrumentenausschlag zu, der sich während des Abstimmens ergeben hatte. Wenn der Unterricht schlecht verlaufen war, sprachen sie wenig oder überhaupt nicht, und alle außer Haldane schlangen hastig ihr Essen hinunter, da sie nichts zu sagen hatten. Manchmal fragte Leiser, ob er nicht einen Spaziergang mit Avery machen könne, aber Haldane schüttelte dann den Kopf und sagte, dafür sei keine Zeit. Avery, schuldbewußt, machte keine Anstalten, ihm zu Hilfe zu kommen.

Als die zwei Wochen ihrem Ende entgegengingen, erhielt das Mayfly-Haus den Besuch verschiedener Spezialisten aus London. Ein großer Mann mit tiefliegenden Augen unterwies Leiser im Gebrauch einer winzigen Miniaturkamera mit Wechseloptik, und ein Arzt – gütig und vollkommen uninteressiert – lauschte endlos lange auf Leisers Herzschlag. Auf diesem Besuch hatte das Schatzamt bestanden, da es um die Frage der Hinterbliebenenrente ging. Leiser erklärte zwar, keine Angehörigen zu besitzen, aber um das Schatzamt zufriedenzustellen, wurde er dennoch untersucht.

Die Pistole übte eine sehr beruhigende Wirkung auf Leiser aus. Avery hatte sie ihm nach der Rückkehr von seinem freien Wochenende gegeben. Er bevorzugte ein Achselhalfter – der Schnitt seiner Jacke ließ die Ausbuchtung kaum erkennen –, und am Ende eines langen Tages pflegte er die Waffe hervorzuholen und mit ihr zu spielen, indem er durch ihren Lauf blickte, sie hob und senkte wie damals im Schießstand. »Es gibt keine bessere Pistole«, sagte er dann, »zumindest nicht von diesem Kaliber. Nicht geschenkt möchte ich eine von den Typen, die sie auf dem Festland verwenden. Das sind Waffen für Weiber. Wie ihre Autos. Ich kann Ihnen versichern, John, die Drei-Acht ist die beste.«

»Man nennt sie jetzt Neun-Millimeter.«

Die Ablehnung, die Leiser unverhohlen gegenüber Fremden zeigte, erreichte ihren unerwarteten Höhepunkt, als Hyde zu Besuch kam, ein Mann aus dem Rondell. Es war ein Vormittag, an dem alles schiefging. Leiser hatte nach der Stoppuhr geprobt, vierzig Gruppen entschlüsselt und dann gesendet. Eine Funkbrücke verband sein Schlafzimmer mit dem Johnsons, über die sie hinter verschlossenen Türen Meldungen austauschten. Johnson hatte ihm eine Reihe international üblicher Code-Abkürzungen beigebracht: QRJ – Ihre Zeichen sind zu schwach, QRW – bitte schneller, QSD – Sie morsen schlecht, QSM – letzte Meldung wiederholen, QSZ – bitte jedes Wort zweimal senden, QRU – ich habe nichts für Sie. Obwohl Johnsons Bemerkungen über die zunehmend ungleichmäßiger werdenden Morsezeichen Leisers derart verschlüsselt waren, verwirrten sie Leiser noch mehr, bis er schließlich mit einem Fluch sein Gerät abschaltete und zu Avery hinunterging. Johnson folgte ihm.

»Hat keinen Sinn, aufzugeben, Fred.«

»Lassen Sie mich in Ruhe!«

»Schauen Sie, Fred: Sie haben es ganz verkehrt gemacht. Ich habe Ihnen doch gesagt, Sie sollten die Anzahl der kommenden Gruppen vor jeder Meldung senden. Sie können sich aber auch gar nichts merken!«

»Und ich habe Ihnen gesagt, Sie sollen mich in Ruhe lassen!« Er wollte gerade noch etwas hinzufügen, als die Türglocke läutete. Es war Hyde. Mit ihm kam ein Assistent, ein dicker Mensch, der irgendein Mittel gegen die Folgen des schlechten Wetters lutschte.

Beim Mittagessen wurden keine Tonbänder abgespielt. Ihre Gäste saßen nebeneinander und kauten mürrisch, als hätten sie jeden Tag das gleiche Essen, das sie nur wegen des Nährwertes zu sich nahmen. Hyde war ein magerer, dunkelhäutiger Mann ohne den geringsten Anflug von Humor. Er erinnerte Avery an Sutherland. Er war gekommen, um Leiser eine neue Identität zu geben. Er hatte Papiere mitgebracht, die Leiser unterschreiben mußte – Ausweise, eine Art Lebensmittelkarten, einen Führerschein, einen Erlaubnisschein, der zum Betreten des Grenzgebietes innerhalb eines gewissen Abschnittes berechtigte – sowie ein altes Hemd, das er aus der Aktentasche zog. Nach dem Essen breitete er alles auf dem Tisch im Salon aus, während der Assistent seine Kamera fertig machte.

Leiser mußte das Hemd anziehen, und sie fotografierten ihn von vorn, so daß seine beiden Ohren entsprechend den ostdeutschen Vorschriften zu sehen waren. Dann zeigten sie ihm, wie er zu unterschreiben hatte. Er wirkte nervös.

»Wir werden Sie Freiser nennen«, sagte Hyde, als sei die Angelegenheit damit erledigt.

»Freiser? Das klingt ja wie mein richtiger Name.«

»Eben. Das soll es auch. Ihre Leute wollten es so haben. Für die Unterschriften und so – damit's keine Schwierigkeiten damit gibt. Besser, Sie versuchen es vorher ein paarmal, ehe Sie unterschreiben.«

»Ich hätte es lieber anders. Ganz anders.«

»Wir werden bei Freiser bleiben, glaube ich«, sagte Hyde. »So ist es auf höherer Ebene entschieden worden.« Hyde war ein Mann, der sich ganz auf passive Verbalformen verließ.

Eine ungemütliche Stille folgte.

»Ich will's anders. Mir gefällt Freiser nicht, und ich möchte es anders.« Auch Hyde gefiel ihm nicht, und er war drauf und dran, das ebenfalls zu sagen.

Haldane mischte sich ein. »Sie haben sich den Anweisungen zu fügen. Die Organisation hat die Entscheidung getroffen. Von Änderungen kann keine Rede sein.«

Leiser war sehr blaß geworden.

»Dann kann man diese Anweisungen verdammt einfach durch neue ersetzen. Ich will einen anderen Namen, weiter nichts. Das ist doch nicht viel, Herrgott, oder? Ich will nicht mehr als einen anderen Namen. Einen anständigen, nicht so eine halbseidene Imitation.«

»Ich verstehe nicht«, sagte Hyde. »Es ist doch nur für eine Übung, nicht?«

»Sie brauchen gar nichts zu verstehen, Sie sollen es nur ändern. Mehr nicht. Wer, zum Teufel, glauben Sie eigentlich zu sein, daß Sie hier einfach reinkommen und mich herumkommandieren?«

»Ich werde mit London sprechen«, sagte Haldane und ging in sein Zimmer hinauf. Während sie warteten, bis er wieder herunterkam, herrschte peinliches Schweigen.

»Sind Sie mit ›Hartbeck‹ zufrieden?« fragte Haldane. Seine Stimme war nicht ohne Sarkasmus.

Leiser lächelte. »Hartbeck. Das ist gut.« Er breitete seine Arme in einer Entschuldigung heischenden Geste aus. »Hartbeck ist gut.«

Leiser übte die Unterschrift zehn Minuten, dann unterzeichnete er die Papiere, wobei er jedesmal zuerst eine kleine Bewegung machte, als müsse er Staub entfernen.

Hyde erklärte ihnen die Dokumente. Er brauchte sehr lange dazu. In Ostdeutschland, sagte er, gebe es derzeit kein richtiges Rationierungssystem, aber man lasse sich bei bestimmten Geschäften einschreiben und erhalte eine Bestätigung darüber. Er erklärte das Prinzip der Reisegenehmigungen und die Voraussetzungen, unter denen man welche bekomme. Er sprach lange darüber, daß Leiser seinen Personalausweis jedesmal ungefragt vorlegen müsse, wenn er eine Fahrkarte kaufen oder ein Hotelzimmer nehmen wolle. Leiser begann mit ihm zu streiten, und Haldane versuchte, die Sitzung abzubrechen. Hyde achtete nicht auf ihn. Erst als er fertig war, nickte er ihnen zu und ging, gemeinsam mit seinem Fotografen, nachdem er noch das alte Hemd zusammengelegt und in seiner Aktentasche verstaut hatte, als gehöre es zu seiner Ausrüstung.

Der Ausbruch Leisers schien Haldane sehr zu beschäftigen. Er rief in London an und befahl seinem Assistenten Gladstone, in Leisers Akte nach irgendeinem Hinweis auf den Namen Freiser zu suchen. Er ließ in allen Namenslisten nachsehen – ohne Erfolg. Als Avery andeutete, Haldane messe dem Zwischenfall wohl zuviel Bedeutung bei, schüttelte der andere den Kopf. »Wir warten auf den zweiten Schwur«, sagte er.

Nach Hydes Besuch erhielt Leiser nun täglich Unterricht über seine neue Identität. Er, Avery und Haldane entwarfen Schritt für Schritt eine bis ins kleinste Detail gehende Lebensgeschichte des Mannes Hartbeck. Sie führten ihn in seinen Berufsalltag ein, in seine Vorlieben und Freizeitgewohnheiten, sein Liebesleben und die Wahl seines Freundeskreises. Zusammen drangen sie bis in die entlegensten Ecken des mutmaßlichen Daseins dieses Mannes vor, verliehen ihm Fähigkeiten und Eigenschaften, die Leiser selbst kaum besaß.

Woodford brachte die neuesten Nachrichten aus London.

»Der Direktor hält sich großartig.« Die Art, in der Woodford das sagte, klang, als ringe Leclerc mit einer schweren Krankheit. »Heute in einer Woche fahren wir nach Lübeck. Jimmy Gorton hat sich um die deutschen Grenzer gekümmert. Er sagt, sie seien ziemlich zuverlässig. Wir haben die Stelle für den Übergang festgelegt und ein Bauernhaus außerhalb der Stadt gemietet. Er hat ausgestreut, wir wären eine Gruppe von Wissenschaftlern, die Ruhe und frische Luft haben wollen.« Woodford warf Haldane einen Blick geheimen Einverständnisses zu. »Die Organisation arbeitet großartig. Wie 'ne Eins. Und welcher Geist dahintersteckt, Adrian! Jetzt fragt kein Mensch nach den Dienststunden. Oder nach dem Rang – Dennison, Sandford ... wir sind einfach ein Team. Sie sollten mal sehen, wie sich Clarkie im Ministerium wegen der Pension für die Frau des armen Taylor schlägt.« Mit leiser Stimme setzte er hinzu: »Wie macht sich Mayfly?«

»Ganz gut. Er ist oben und morst.«

»Seine Nerven? Ist er noch mal so explodiert oder was Ähnliches?«

»Nicht, daß ich wüßte«, erwiderte Haldane, als sei es ohnehin nicht zu erwarten, daß er Bescheid wisse.

»Entwickelt er Unternehmungslust? Manchmal wollen die hin und wieder ein Mädchen.«

Woodford hatte Zeichnungen von sowjetischen Raketen mitgebracht. Sie waren von Zeichnern des Ministeriums nach Fotografien aus der Auswertungsabteilung angefertigt worden und maßen 60 mal 90 Zentimeter. Man hatte sie säuberlich auf Karton aufgezogen. Einige waren als Geheimsache gestempelt. Besonders wichtige Merkmale waren mit kleinen Pfeilen bezeichnet, und die Beschriftung wirkte seltsam kindlich: Flosse, Spitze, Treibsatz, Ladung. Neben jeder Rakete stand eine lustige kleine Figur, die wie ein Pinguin mit Sturzhelm aussah, und daneben hieß es in Druckschrift: »Menschliche Durchschnittsgröße«. Woodford verteilte sie an den Wänden des Zimmers, als seien sie sein eigenes Werk. Avery und Haldane sahen ihm schweigend dabei zu.

»Er kann sie sich nach dem Essen ansehen«, sagte Haldane. »Lassen Sie sie bis dahin zusammen.«

»Ich habe auch einen Film mitgebracht, um ihm einige Hintergrundinformationen zu geben: Startvorbereitungen, wie diese Dinge transportiert werden, ein bißchen über ihre Zerstörungskraft. Der Direktor meinte, es wäre nicht schlecht, wenn er weiß, was man damit anrichten kann. Es könnte ihn anfeuern.«

»Er braucht keine Anfeuerung«, sagte Avery.

Dann fiel Woodford etwas ein. »Ach ja: Ihr kleiner Gladstone möchte mit Ihnen sprechen. Er sagte, es sei dringend – wußte nur nicht, wie er Sie erreichen kann. Ich sagte ihm, Sie würden anrufen, sobald Sie Zeit haben. Offenbar haben Sie ihn gebeten, irgendwas im Mayfly-Gebiet zu erledigen. Wegen der Industrie – oder waren es Manöver? Er sagte, er hätte die Antwort jetzt vorliegen. Er gehört zur besten Kategorie untergeordneter Dienstgrade, dieser Bursche.« Nach einem Blick zur Decke fragte er: »Wann kommt Fred herunter?«

Haldane sagte scharf: »Ich möchte nicht, daß Sie ihn sehen, Bruce.« Es kam nicht oft vor, daß Haldane einen Vornamen benützte. »Sie werden leider in der Stadt essen müssen. Verrechnen Sie es.«

»Warum denn das, um Himmels willen?«

»Sicherheit. Ich sehe keine Notwendigkeit, daß er mehr Leute von uns kennt, als unbedingt erforderlich ist. Die Zeichnungen sprechen für sich selbst. Nehme an, der Film nicht weniger.«

Woodford ging, zutiefst verletzt. Jetzt wußte Avery, daß Haldane Leisers Irrglauben aufrechterhalten wollte, die Organisation beschäftige keine Trottel.

Für den letzten Tag des Kurses hatte Haldane eine ausgedehnte Übung vorgesehen, die von zehn Uhr vormittags bis acht Uhr abends dauern sollte. Sie verband optische Beobachtungen in der Stadt, heimliches Fotografieren und das Abhören von Tonbändern miteinander. Die von Leiser tagsüber gesammelten Informationen waren dann in einem Bericht zusammenzufassen, der verschlüsselt und am Abend per Funk an Johnson durchzugeben war. Am Morgen, während der Befehlsausgabe, herrschte Ausgelassenheit. Johnson machte eine scherzhafte Bemerkung darüber, daß man nicht aus Versehen die Polizei von Oxford fotografieren solle, worüber Leiser herzhaft lachte. Selbst Haldane erlaubte sich ein schiefes Lächeln. Es war Semesterschluß, die Jungen standen kurz vor der Heimfahrt.

Die Übung war ein großer Erfolg. Johnson war zufrieden, Avery begeistert, Leiser deutlich entzückt. Sie hatten zwei Sendungen gemacht, die fehlerlos ausgefallen waren, wie Johnson berichtete. Fred sei ruhig und sicher wie ein Felsen gewesen. Als sie um acht Uhr zum Abendessen zusammenkamen, trugen sie ihre besten Anzüge. Das Essen war besonders gut, und Haldane stellte den Rest seines Burgunders zur Verfügung, mit dem sie Trinksprüche ausbrachten. Sie sprachen von regelmäßigen Treffen, zu denen sie in künftigen Jahren zusammenkommen wollten. Leiser sah sehr schneidig aus in seinem dunkelblauen Anzug mit der silbernen Moirékrawatte. Johnson wurde ziemlich betrunken und ließ sich nicht davon abhalten, Leisers Funkgerät herunterzuholen, dem er dann mehrmals als der »Frau Hartbeck« zuprostete. Avery und Leiser saßen beisammen. Die Entfremdung der letzten Woche war gewichen.

Am nächsten Tag, einem Samstag, kehrte Avery mit Haldane nach London zurück. Leiser mußte mit Johnson bis zur Abreise der ganzen Gruppe nach Deutschland in Oxford zurückbleiben. Die Abreise sollte Montag erfolgen. Am Sonntag würde ein Lieferwagen der Luftwaffe kommen und Leisers Gerätekoffer abholen, der unabhängig von ihnen zu Gorton nach Hamburg und zusammen mit Johnsons transportabler Funkstation zu dem Bauernhaus in der Nähe von Lübeck gebracht werden sollte, von dem aus das Unternehmen Mayfly seinen Ausgang nehmen würde. Ehe Avery das Haus verließ, machte er noch einen letzten Rundgang, teils aus Sentimentalität, teils aus Sorge um die Einrichtung, da er den Mietvertrag unterschrieben hatte.

Während der Reise nach London war Haldane sehr unruhig. Offenbar wartete er noch immer auf irgendeine unvorhergesehene Krise Leisers.

15

Es war am selben Abend. Sarah war schon im Bett. Ihre Mutter hatte sie nach London gebracht.

»Wann immer du mich brauchst«, sagte er, »komme ich zu dir, wo du auch bist.«

»Du meinst, wenn ich im Sterben liege.« Analysierend fügte sie hinzu: »Das gleiche tue ich für dich, John. Darf ich meine Frage jetzt wiederholen?«

»Montag. Es fährt eine Gruppe von uns.« Sie waren wie Kinder, jeder spielte für sich.

»In welchen Teil Deutschlands?«

»Einfach Deutschland, Westdeutschland. Zu einer Konferenz.«

»Noch mehr Leichen?«

»Himmelherrgott, Sarah, glaubst du, ich will dir etwas verheimlichen?«

»Ja, John, das glaube ich«, sagte sie einfach. »Ich glaube, dir würde an dem Job gar nichts mehr liegen, wenn du mir davon erzählen dürftest. Es gibt dir eine Freiheit, von der ich ausgeschlossen bin.«

»Ich kann dir nur sagen, daß es eine große Sache ist ... eine große Operation. Mit Agenten. Ich habe sie geschult.«

»Wer ist der Leiter?«

»Haldane.«

»Ist das nicht derselbe, der dir Intimitäten über seine Frau erzählt? Ich finde ihn einfach widerlich.«

»Nein, das ist Woodford. Haldane ist ganz anders. Er ist seltsam. Pedantisch, zurückhaltend. Sehr fähig.«

»Aber sie sind alle fähig, nicht wahr? Auch Woodford ist fähig.«

Ihre Mutter brachte den Tee herein.

»Wann kannst du aufstehen?« fragte er.

»Wahrscheinlich Montag. Hängt vom Doktor ab.«

»Sie wird Ruhe brauchen«, sagte ihre Mutter und ging hinaus.

»Wenn du daran glaubst, tu es«, sagte Sarah. »Aber mach nicht ...« Sie brach ab und schüttelte den Kopf, jetzt das kleine Mädchen.

»Du bist eifersüchtig. Du bist eifersüchtig auf meine Arbeit und die Schweigepflicht. Du *willst* nicht, daß ich an meine Arbeit glaube!«

»Mach weiter. Glaube an sie, wenn du kannst.«

Eine Zeitlang sahen sie einander nicht an. »Wenn es nicht wegen Anthony wäre, würde ich dich wirklich verlassen«, sagte Sarah schließlich.

»Weshalb?« fragte Avery hoffnungslos. Dann bemerkte er die günstige Gelegenheit: »Laß dich durch Anthony nicht abhalten.«

»Du redest nie mit mir, genausowenig wie du mit Anthony redest. Er kennt dich kaum.«

»Worüber kann man schon reden?«

»Ach Gott!«

»Du weißt, daß ich nicht über meine Arbeit sprechen kann. Ich erzähle dir sowieso mehr, als ich dürfte. Das ist der Grund, warum du immer über die Organisation spottest, nicht wahr? Du kannst sie nicht verstehen und willst es auch gar nicht. Es paßt dir nicht, daß sie geheim ist, aber du verachtest mich, wenn ich gegen diese Regel verstoße.«

»Fang nicht wieder damit an.«

»Ich tue es auch nicht«, sagte Avery. »Ich habe mich entschieden.«

»Aber vergiß diesmal wenigstens das Geschenk für Anthony nicht.«

»Ich habe ihm doch diesen Milchwagen gekauft.«

Wieder schwiegen sie.

»Du solltest Leclerc kennenlernen«, sagte Avery. »Ich glaube, du solltest mit ihm sprechen. Er schlägt es immer wieder vor. Ein Abendessen ... er würde dich vielleicht überzeugen.«

»Wovon?«

Sie hatte entdeckt, daß vom Saum ihres Bettjäckchens ein Faden herunterhing. Seufzend nahm sie aus der Lade des Nachttisches eine Nagelschere und schnitt ihn ab.

»Du hättest ihn vernähen sollen. So machst du nur deine Kleider kaputt«, sagte Avery.

»Wie sind sie«, fragte sie, »diese Agenten? Warum tun sie es?«

»Zum Teil aus Loyalität, zum Teil für Geld, nehme ich an.«

»Du willst sagen, du bestichst sie?«

»Halt den Mund!«

»Sind es Engländer?«

»Einer von ihnen. Stell mir keine Fragen mehr, Sarah; ich kann es dir nicht sagen.« Sein Kopf näherte sich dem ihren. »Frag mich nicht, Liebes.« Er griff nach ihrer Hand. Sie zog sie nicht zurück.

»Und es sind alles Männer?«

»Ja.«

Plötzlich sagte sie schnell und mit völlig veränderter Stimme, ohne Tränen zwar, aber sehr bewegt, als sei die Zeit der Gespräche vorbei und dies ihr Entschluß: »John, ich möchte es wissen. Ich muß es wissen, jetzt, bevor du gehst. Es ist eine schrecklich unenglische Frage, aber seit du dort arbeitest, hast du mir immer wieder gesagt, daß Menschen nicht zählten – ich nicht, Anthony nicht – und nicht die Agenten. Du hast mir gesagt, du hättest eine Berufung gefunden. Was ruft dich? Das möchte ich wissen. Was ist das für eine Art Berufung? Das ist die Frage, auf die du mir nie eine Antwort gegeben hast und derentwegen du dich vor mir versteckst. Bist du ein Märtyrer, John? Sollte ich dich für deine Taten bewundern? Bringst du Opfer?«

Avery sagte kurz, wobei er es vermied, sie anzusehen: »Es ist nichts von alledem. Ich mache eine Arbeit. Ich bin ein Techniker, ein Rädchen im Apparat. Du willst mich zu dem Geständnis bringen, daß ich auf zwei verschiedenen Ebenen denke. Du willst mir den Widerspruch beweisen.«

»Nein. Du hast schon gesagt, was ich hören wollte: daß ihr euer Leben abschirmen müßtet und diese Abschirmung nicht durchbrechen dürftet. Das ist nicht auf zwei Ebenen gedacht, sondern überhaupt nicht. Es ist so demütig gehandelt. Hältst du dich wirklich für so klein?«

»Du hast mich klein gemacht. Verhöhne mich nicht. Jetzt machst du mich klein.«

»John, ich schwöre dir, daß ich das nicht will. Als du gestern abend nach Hause kamst, hast du wie frisch verliebt ausgesehen. Auf eine Art verliebt, bei der man zufrieden und glücklich ist. Du wirktest befreit und gelockert. Einen Augenblick dachte ich, du hättest eine Frau gefunden. Das war der Grund, warum ich gefragt habe, ob es nur Männer gebe... Ich dachte, du wärest verliebt. Jetzt sagst du mir, du seist eine Null, und scheinst auch noch stolz darauf zu sein.«

Er wartete, dann sagte er mit dem gleichen Lächeln, das er auch Leiser zu schenken pflegte: »Du hast mir schrecklich gefehlt, Sarah. Ich bin in Oxford zu dem Haus gegangen, dem Haus in der Chandos Road, erinnerst du dich? Es ist für uns schön dort gewesen, nicht wahr?« Er drückte ihre Hand. »Sehr schön. Ich dachte daran, an unsere Heirat, an dich. Und an Anthony. Ich liebe dich, Sarah. Ich liebe dich wirklich. Für alles... wie du unseren Sohn erziehst.« Er lachte leise. »Ihr seid beide so verletzbar, daß ich euch manchmal kaum auseinanderhalten kann.«

Sie antwortete nicht, also fuhr er fort: »Ich dachte, wir könnten vielleicht aufs Land ziehen, ein Haus kaufen... Ich bin jetzt fest drin: Leclerc würde uns sicher helfen, einen Kredit zu bekommen. Dann könnte Anthony im Garten spielen. Man braucht sich nicht mit allem abzufinden. Wir könnten ins Theater gehen wie damals in Oxford.«

Sie sagte abwesend: »Ja, taten wir das? Auf dem Land können wir doch nicht ins Theater gehen, oder?«

»Die Organisation bedeutet mir etwas, verstehst du das nicht? Es ist eine wirkliche Position. Und wichtig, Sarah.«

Sie schob ihn sanft weg. »Meine Mutter hat uns für Weihnachten nach Reigate eingeladen.«

»Wird sehr nett sein. Schau ... wegen des Büros: Nach allem, was ich getan habe, ist man mir jetzt verpflichtet. Sie erkennen mich als Gleichwertigen an, als Kollegen. Ich bin einer von ihnen.«

»Du trägst also keine Verantwortung? Du bist nur ein Teil der Gruppe. Also brauchst du keine Opfer zu bringen.« Sie waren soweit wie am Anfang. Avery, der das nicht begriffen hatte, fuhr sanft fort: »Ich kann ihm doch sagen, daß du kommen wirst? Daß wir einmal zusammen essen gehen?«

»Herrgott noch mal, John«, fuhr sie ihn an, »hör auf, mich wie einen deiner verdammten Agenten zu behandeln.«

Haldane saß inzwischen an seinem Schreibtisch und studierte Gladstones Bericht. Zweimal hatte es in der Gegend von Kalkstadt Manöver gegeben: 1952 und 1960. Beim zweitenmal hatte russische Infanterie ohne Deckung aus der Luft, aber mit der Unterstützung schwerer Panzer einen Angriff auf Rostock simuliert. Über das Manöver im Jahre 1952 wußte man wenig, außer daß ein großer Truppenteil die Stadt Wolken besetzt hatte. Man nahm an, daß sie magentarote Schulterstücke getragen hatten. Der Bericht war nicht zuverlässig. Beide Male war die Gegend zum Sperrgebiet erklärt gewesen, und zwar bis zur Küste im Norden. Der Bericht enthielt auch eine lange Aufzählung der wichtigsten Industrieanlagen dieser Gegend. Es gab einige Hinweise – sie stammten vom Rondell, das sich aber weigerte, die Quelle anzugeben –, daß auf einem Plateau östlich von Wolken eine neue Raffinerie errichtet würde und daß die maschinelle Ausrüstung aus Leipzig geliefert worden war. Es war zwar unwahrscheinlich, aber doch denkbar, daß das Material auf dem Schienenweg über Kalkstadt befördert worden war. Es gab weder einen Hinweis auf irgendwelche Veränderungen der Bevölkerung oder der Industrie noch irgendeinen Vorfall, der auf eine vorübergehende Absperrung dieser Stadt hätte schließen lassen können.

Unter Haldanes Eingängen lag eine Notiz vom Archiv: Man habe die von ihm angeforderten Akten herausgesucht, er könne sie aber nur in der Bibliothek lesen, da einige den Geheimhaltungsvorschriften unterlägen.

Er ging hinunter, öffnete das Kombinationsschloß an der Stahltür zum Archiv und tastete vergebens nach dem Lichtschalter. Schließlich gab er es auf und tastete sich im Dunkeln zwischen den Regalen hindurch bis zu dem kleinen fensterlosen Raum im hintersten Teil des Gebäudes, wo die wichtigsten und strengst geheimen Dokumente aufbewahrt wurden. Es war stockdunkel. Er riß ein Streichholz an, fand den Schalter und machte Licht. Auf dem Tisch lagen zwei mit rotem Band verschnürte Aktenbündel. Das eine war die Akte Mayfly, die bereits drei Ordner füllte und nur einem sehr beschränkten Personenkreis zugänglich war. Eine Liste der entsprechenden Namen war auf den Deckel geklebt. Das zweite Bündel trug die Anschrift: »Betrüger (Sowj. und Ostdeutschland)« und war eine in Kartonmappen musterhaft angelegte Sammlung von Papieren und Fotografien.

Nach einem kurzen Blick in die Akte Mayfly wandte Haldane seine Aufmerksamkeit den Mappen zu und blätterte in der entmutigenden Ansammlung von Schurken, Doppelagenten und Verrückten, die in jedem denkbaren Winkel der Erde unter jedem denkbaren Vorwand – und manchmal sogar mit Erfolg – versucht hatten, die westlichen Nachrichtendienste zu täuschen. Ihre Arbeitsweise war von langwieriger Gleichförmigkeit: Ein Körnchen Wahrheit, das aus Berichten der Tagespresse und dem Tratsch des Wochenmarktes stammte, wurde mit eigenen Zufallsbeobachtungen vermischt, die jegliche Sorgfalt vermissen ließen und dadurch die Verachtung des Betrügers für den Betrogenen verrieten, um sich schließlich in einem Schwall blühender Phantasie aufzulösen, der mit seiner schon beinahe künstlerischen Unverschämtheit auch noch die letzte Beziehung zur Wahrheit zerstörte.

Einer der Berichte war durch einen eingelegten Zettel mit Gladstones Initialen gekennzeichnet, auf dem in behutsamer runder Handschrift vermerkt war: »Könnte für Sie interessant sein.«

Es war der Bericht eines Flüchtlings über Versuche, die angeblich mit sowjetischen Panzern in der Nähe von Gutsweiler angestellt worden waren. Er trug den Vermerk: »Nicht verwenden. Erfindung!« Der Vermerk war mit einer ausführlichen Begründung versehen, aus der hervorging, daß ganze Absätze wortwörtlich von einem 1949 erschienenen sowjetischen Militärhandbuch abgeschrieben waren. Der Verfasser schien einfach jede Zahlenangabe des Originals um rund ein Drittel vergrößert und das Ganze mit einigen eigenen Einfällen gewürzt zu haben. Er hatte sechs sehr verwackelte Fotos beigelegt, die den Eindruck erweckten, als seien sie mit dem Teleobjektiv aus einem fahrenden Zug aufgenommen worden. Auf der Rückseite der Fotos stand in McCullochs sorgfältiger Schrift: »Benützte angeblich Exa-Zwei-Kamera. Ostdeutsches Fabrikat, schlechtes Gehäuse. Exakta Tele-Optik. Niedere Verschlußgeschwindigkeit. Negative durch Rütteln des Zuges sehr verwackelt. Sehr zweifelhaft.« Das alles sagte nicht viel. Die gleiche Kameramarke, mehr nicht. Er schloß das Archiv ab und ging nach Hause. Leclerc hatte gesagt, es sei nicht seine Aufgabe, den Beweis zu erbringen, daß Christus wirklich am Weihnachtstag auf die Welt gekommen sei. Noch viel weniger, dachte Haldane, war es seine Aufgabe, den Beweis dafür zu erbringen, daß Taylor wirklich ermordet worden war.

Woodfords Frau gab etwas Soda in ihren Scotch, nur einen Spritzer – mehr aus Gewohnheit als aus Bedürfnis.

»Du meine Güte, im Büro schlafen!« sagte sie. »Bekommst du Einsatzzulage?«

»Ja, selbstverständlich.«

»Also ist es keine Konferenz, nicht wahr? Eine Konferenz ist kein Einsatz. Außer«, fügte sie kichernd hinzu, »Ihr habt sie im Kreml.«

»Also gut, es ist keine Konferenz. Es ist ein Einsatz. Und deshalb die Zulage.«

Sie betrachtete ihn durch den aufsteigenden Rauch der zwischen ihren Lippen steckenden Zigarette mit einem erbarmungslosen Blick ihrer halbgeschlossenen Augen. Sie war eine magere, kinderlose Frau.

»In Wirklichkeit ist überhaupt nichts los. Du hast das alles erfunden.« Sie begann zu lachen. Es klang hart und böse. »Du armer Dummkopf.« Wieder lachte sie. »Wie geht's dem kleinen Clarkie? Ihr habt alle Angst vor ihm, nicht wahr? Warum sagst du nie etwas gegen ihn? Jimmy Gorton war anders. Der hat ihn durchschaut.«

»Erzähl mir nichts von Jimmy Gorton.«

»Jimmy ist wunderbar!«

»Babs, ich warne dich!«

»Der arme Clarkie.« Sie wurde nachdenklich. »Erinnerst du dich an die Einladung zu diesem netten kleinen Abendessen in seinem Club? Damals, als er sich plötzlich erinnert hatte, daß er sich auch uns gegenüber einmal als Wohltäter erweisen müßte? Steak und Nieren und tiefgekühlte Erbsen.« Sie nippte an ihrem Whisky. »Und warmer Gin.« Plötzlich durchfuhr sie ein Gedanke. »Ich frage mich, ob er jemals eine Frau gehabt hat«, sagte sie. »Herrgott, warum ist mir das nicht schon eher eingefallen!«

Woodford kehrte auf festeren Boden zurück.

»Also gut, es ist nichts los.« Er stand mit einem dummen Grinsen auf und holte sich Streichhölzer vom Schreibtisch.

»Hier wirst du deine verdammte Pfeife nicht rauchen«, sagte sie automatisch.

»Also es ist nichts los«, wiederholte er zufrieden, zündete seine Pfeife an und sog geräuschvoll daran.

»Gott, ich hasse dich!«

Woodford schüttelte, noch immer grinsend, den Kopf. »Mach dir nichts draus«, sagte er. »Mach dir einfach nichts draus. Du hast es gesagt, meine Liebe, und nicht ich. Ich schlafe nicht im Büro. Damit ist alles in Ordnung, nicht wahr? Ich bin auch nicht in Oxford gewesen. Ich war nicht einmal im Ministerium. Ich habe auch kein Auto bekommen, das mich am Abend nach Hause bringt.«

Sie beugte sich vor. Ihre Stimme klang plötzlich drängend und gefährlich. »Was ist los?« stieß sie hervor. »Ich habe ein Recht darauf, es zu erfahren. Ich bin deine Frau, oder nicht? Diesen kleinen Huren im Büro erzählt ihr es ja auch, oder? Also rede!«

»Wir schicken einen Mann über die Grenze«, sagte Woodford. Jetzt war es an ihm zu triumphieren. »Hier in London habe ich die Sache in der Hand. Es ist eine Krise, vielleicht gibt's sogar einen Krieg. Es handelt sich um eine verdammt heikle Sache.« Das Streichholz war ausgegangen, aber er schwenkte es noch immer mit weit ausholender Armbewegung hin und her, während er sie triumphierend ansah.

»Verdammter Lügner«, sagte sie. »Das kannst du jemand anderem erzählen!«

In der Kneipe in Oxford waren fast keine Menschen. Die paar Gäste standen an der Theke, und sie hatten die Tische für sich allein. Leiser nippte an einem White Lady, während der Funker das teuerste Bier bestellt hatte. Es ging auf Rechnung der Organisation.

»Nehmen Sie's einfach mit der Ruhe, Fred«, drängte er freundschaftlich. »Mehr brauchen Sie nicht zu tun. Sie sind beim letztenmal großartig gewesen. Wir werden Sie sehr gut hören können. Da brauchen Sie sich keine Sorgen zu machen. Sie sind nur hundert Kilometer hinter der Grenze. Es ist ein Kinderspiel, solange Sie sich an die Regeln erinnern. Lassen Sie sich nur beim Abstimmen Zeit, sonst sind wir alle aufgeschmissen.«

»Werde daran denken. Keine Bange.«

»Sie können ganz unbesorgt sein. Die Jerries werden Sie nicht hören. Sie geben ja keine Liebesbriefe durch, sondern nur eine Handvoll Zahlengruppen. Dann ein neues Rufzeichen und eine andere Frequenz. Die werden's nie herausfinden, nicht in der kurzen Zeit, die Sie drüben sind.«

»Vielleicht können sie es doch, heutzutage«, sagte Leiser. »Womöglich haben sie seit dem Krieg dazugelernt.«

»Die müssen sich mit allen möglichen Arten von Funkverkehr herumschlagen: Seefahrt, Militär, Luftsicherung, Gott weiß was noch. Die sind auch keine Übermenschen, Fred. Die sind wie wir. Ein träger Haufen. Keine Bange.«

»Ich habe keine Bange. Im Krieg haben sie mich auch nicht gefaßt. Lange nicht.«

»Passen Sie auf, Fred. Was halten Sie davon: Noch einen Drink, und dann schleichen wir uns hier und machen uns eine gemütliche Stunde mit Frau Hartbeck? Ohne Licht, hm? Sie ist schüchtern, hat's lieber im Dunkeln. Dann haben wir's ganz sicher, ehe wir uns langlegen. Und morgen machen wir blau.« Dann setzte er fürsorglich hinzu: »Schließlich ist morgen Sonntag, nicht wahr?«

»Ich möchte schlafen. Kann ich nicht mal etwas schlafen, Jack?«

»Morgen, Fred. Morgen können Sie sich hübsch ausruhen.« Er drückte Leisers Ellbogen. »Jetzt sind Sie verheiratet, Fred. Da kann man nicht immer schlafen, wissen Sie? Sie haben nun mal den Schwur geleistet. Das pflegten wir früher immer zu sagen.«

»Schon recht, nun lassen Sie das endlich, ja?« Leisers Stimme klang gereizt. »Hören Sie bloß damit auf.«

»Tut mir leid, Fred.«

»Wann fahren wir nach London?«

»Montag, Fred.«

»Wird John dort sein?«

»Wir treffen ihn auf dem Flugplatz. Und den Captain. Sie wollten, daß wir noch ein bißchen üben, die Routinesachen und so.«

Leiser nickte, während er mit dem Zeige- und Mittelfinger leicht auf den Tisch klopfte, als würde er morsen.

»Also – weshalb erzählen Sie nicht ein bißchen von den Mädchen, die Sie bei Ihrem Urlaub in London vernascht haben?« schlug Johnson vor.

Leiser schüttelte den Kopf.

»Na gut, dann schmeiß' ich jetzt noch 'ne Runde, und Sie laden mich auf eine Partie Billard ein.«

Leiser lächelte schüchtern. Er hatte seinen Ärger vergessen. »Ich habe viel mehr Geld als Sie, Jack. Der White Lady kostet 'ne Menge. Lassen Sie nur.« Er kreidete seinen Billardstock und warf eine Münze ein. »Ich spiel' doppelt oder nichts gegen Sie – für gestern abend.«

»Schauen Sie, Fred«, bat Johnson ruhig, »setzen Sie nicht dauernd aufs große Geld. Nicht immer nur mit der Roten auf Hundert – bleiben Sie bei den Zwanzigern und Fünfzigern, die leppern sich auch ganz schön zusammen. Damit kommen Sie heil nach Hause.«

Plötzlich war Leiser ärgerlich. Er stellte seinen Stock zurück in den Halter und nahm seinen Kamelhaarmantel vom Haken.

»Was ist denn, Fred? Was, zum Teufel, ist jetzt wieder los?«

»Lassen Sie mich in Gottes Namen in Frieden! Hören Sie auf, sich wie ein beschissener Gefängniswärter aufzuspielen. Ich gehe auf einen Job, wie wir's alle im Krieg getan haben. Ich sitze schließlich nicht in der Exekutionszelle.«

»Seien Sie nicht verrückt«, sagte Johnson sanft, nahm ihm den Mantel ab und hängte ihn wieder an den Haken zurück. »Außerdem sagen wir nicht Exekution, wir sagen Todeszelle.«

Carol stellte den Kaffee vor Leclerc auf den Schreibtisch. Er sah lächelnd auf und sagte »Danke«, müde, aber gut erzogen, wie ein Kind am Ende einer Geburtstagsparty.

»Adrian Haldane ist schon heimgegangen«, bemerkte Carol. Leclerc beugte sich wieder über die Landkarte.

»Ich habe in sein Büro geschaut. ›Gute Nacht‹ hätte er schon sagen können.«

»Das tut er nie«, antwortete Leclerc stolz.

»Kann ich noch irgendwas tun?«

»Ich vergesse immer wieder, wie man Yards in Meter umrechnet.«

»Das weiß ich leider auch nicht.«

»Das Rondell sagte, dieser Graben sei zweihundert Meter lang. Das wären rund zwohundertfünfzig Yards, nicht?«

»Ich glaube; ich werde nachsehen.«

Sie ging in ihr Büro und holte sich aus dem Regal ein Buch mit den Umrechnungstabellen.

»Ein Meter hat neununddreißig Komma siebenunddreißig Zoll«, las sie laut vor. »Hundert Meter sind hundertneun Yards und dreizehn Zoll.«

Leclerc schrieb es auf.

»Ich glaube, wir sollten Gorton ein Telegramm mit der Bestätigung schicken, daß alles wie vorgesehen ablaufen wird. Trinken Sie ruhig erst Ihren Kaffee. Bringen Sie Ihren Block dann mit.«

»Ich trinke keinen Kaffee.« Sie holte den Block.

»Amtspriorität genügt. Wir wollen den alten Jimmy nicht aus dem Bett holen.« Er strich sich mit seiner kleinen Hand kurz übers Haar. »Erstens: Vorausgruppe Haldane, Avery,

Johnson und Mayfly ankommen BEA-Flug soundsoviel, soundsoviel Uhr am 9. Dezember.« Er blickte auf. »Die Einzelheiten lassen Sie sich von der Verwaltung sagen. Zweitens: Alle reisen unter den echten Namen und fahren mit dem Zug weiter nach Lübeck. Aus Sicherheitsgründen werden Sie Gruppe nicht – wiederhole: nicht – am Flughafen treffen, können jedoch mit Avery im Standquartier Lübeck Telefonkontakt herstellen.« Mit einem kurzen Lachen bemerkte er: »Dem alten Adrian kann ich ihn schlecht auf den Hals laden. Die beiden verstehen sich überhaupt nicht...« Mit erhobener Stimme: »Drittens: Gruppe zwo, bestehend aus Direktor ohne Begleitung, Ankunft erst mit Morgenmaschine 10. Dezember. Erbitte Abholung am Flugplatz für kurze Besprechung vor Weiterreise nach Lübeck. Viertens: Ihre Aufgabe ist unauffällige Leistung von Rat und Hilfe mit dem Ziel, Unternehmen Mayfly erfolgreich abzuschließen.«

Sie stand auf.

»Muß John Avery fahren? Seine arme Frau hat ihn schon seit Wochen nicht gesehen.«

»Soldatenschicksal«, erwiderte Leclerc, ohne sie anzusehen. »Wie lange braucht ein Mann, um zwohundertzwanzig Yards weit zu kriechen?« Er murmelte vor sich hin. »Ach, Carol – bitte schreiben Sie noch einen Satz dazu: ›Fünftens: Waidmannsheil.‹ Der alte Jimmy schätzt ein bißchen Aufmunterung, ganz allein da draußen, wie er ist.«

Er nahm eine Akte aus dem Eingangskorb und betrachtete kritisch ihre Aufschrift. Er spürte wohl, daß Carols Augen auf ihn gerichtet waren.

»Aha!« Ein beherrschtes Lächeln. »Das muß der Bericht aus Ungarn sein. Haben Sie Arthur Fielden in Wien schon kennengelernt?«

»Nein.«

»Netter Kerl. Würde Ihnen gefallen. Einer unserer Besten... er kennt sich aus. Bruce sagte mir, er habe einen recht guten Bericht über Truppenverschiebungen in Ungarn geliefert. Ich muß ihn mal Adrian zeigen. Zur Zeit passiert wirklich derart viel...« Er schlug die Akte auf und begann zu lesen.

Control sagte: »Haben Sie mit Hyde gesprochen?«

»Ja.«

»Und, was hat er gesagt? Wie sieht's dort bei denen aus?«

Smiley gab ihm einen Whisky Soda. Sie waren in Smileys Haus in der Bywater Street. Control saß in seinem Lieblingsstuhl, gleich neben dem Kamin.

»Er sagt, sie hätten Lampenfieber.«

»Das soll Hyde gesagt haben? Er hat wirklich diesen Ausdruck gebraucht? Das ist erstaunlich.«

»Sie haben sich ein Haus in Oxford zugelegt. Es war nur dieser eine Agent da, ein Pole, ungefähr vierzig, und sie wollten für ihn Dokumente auf den Namen Freiser, Mechaniker aus Magdeburg. Sie verlangten Reisepapiere für eine Fahrt nach Rostock.«

»Wer war noch dort?«

»Haldane und dieser Neue, Avery. Derselbe, der wegen des finnischen Kuriers bei mir war. Und ein Funker, Jack Johnson. Er war im Krieg bei uns. Sonst war niemand da. Soviel über ihren großen Agentenstab.«

»Was haben die nur vor? Und wer soll denen das ganze Geld gegeben haben, nur für eine Übung? – Wir haben ihnen Ausrüstung geborgt, nicht wahr?«

»Ja, eine B 2.«

»Was, zum Teufel, ist denn das?«

»Ein Gerät aus der Kriegszeit«, erwiderte Smiley ärgerlich. »Sie selbst sagten, daß wir ihnen nichts anderes geben dürften. Nur dieses Gerät und die Kristalle. Warum haben Sie sich eigentlich auch noch um die Kristalle gekümmert?«

»Aus Gutmütigkeit. – Eine B 2 war das? Na gut.« Und mit deutlicher Erleichterung bemerkte er: »Damit werden sie aber nicht weit kommen, oder?«

»Fahren Sie heute nach Hause?« fragte Smiley ungeduldig.

»Ich möchte Sie eigentlich bitten, mir hier ein Bett zu überlassen«, schlug Control vor. »Diese Bummelei bis nach Hause ist immer eine fürchterliche Plackerei. Solche Menschenmassen … es scheint von Mal zu Mal schlimmer zu werden.«

Leiser saß im Dunkeln vor seinem Tisch. Er hatte noch immer den Geschmack der White Ladys auf der Zunge. Er starrte auf das Leuchtzifferblatt seiner Uhr, vor sich den geöffneten Koffer. Elf Uhr achtzehn. Der Sekundenzeiger schob sich ruckartig auf die Zwölf. Er begann zu klopfen: JAJ, JAJ – daran können Sie sich leicht erinnern, Fred, ich heiße Jack Johnson, nicht wahr? Dann ging er auf Empfang, und da kam auch schon Johnsons Antwort, sicher wie ein Fels.

Lassen Sie sich Zeit, hatte Johnson gesagt, nur nicht querfeldein. Wir hören Ihnen die ganze Nacht zu, wenn's sein muß, es gibt genügend Frequenzen. Im Licht einer kleinen Taschenlampe zählte er die Zahlengruppen. Es waren achtunddreißig. Er knipste die Lampe aus und klopfte eine Drei und eine Acht. Zahlen waren sehr einfach, nur lang. Sein Kopf war ganz klar. Er hatte noch Johnsons höfliche Stimme im Ohr, die wieder und wieder gesagt hatte: Sie machen die Punkte zu kurz, Fred. Ein Punkt ist ein Drittel von einem Strich, verstehen Sie? Das ist länger, als Sie glauben. Nehmen Sie die Lücken schön mit: fünfmal kurz zwischen jedem Wort, dreimal kurz zwischen jedem Buchstaben. Unterarm in einer geraden Linie mit dem Hebel der Taste. Ellbogen nicht an den Körper anlegen. Es ist wie das Kämpfen mit dem Messer, dachte er lächelnd, und begann zu morsen. Finger locker, Fred, entspannt, Handgelenk nicht auf dem Tisch auflegen. Er klopfte die ersten beiden Gruppen hinaus, wobei er bei den Zwischenräumen ein bißchen schluderte, aber nicht soviel wie sonst. Jetzt die dritte Gruppe: das Sicherheitszeichen. Er morste ein S, das er wieder zurücknahm, ehe er die nächsten zehn Gruppen funkte, wobei er hin und wieder auf seine Uhr schaute. Nach zweieinhalb Minuten schaltete er ab, tastete nach der kleinen Kapsel, die den Kristall enthielt, fühlte mit den Fingerspitzen, wo sich die Fassung befand, zog den alten Kristall heraus, steckte den neuen ein und ging dann Schritt für Schritt die ganze Abstimmungsprozedur durch, indem er die Regelknöpfe bediente und mit seiner Taschenlampe auf das halbmondförmige Instrumentenfenster leuchtete, hinter dem er die Nadel auf und ab zittern sah.

Dann klopfte er sein zweites Rufzeichen hinaus, PRE, PRE, schaltete schnell auf Empfang, und wieder war da Johnsons

QRK 4: Ihr Zeichen verstanden. Abermals begann er zu senden, wobei sich seine Hand langsam, aber in regelmäßigem Rhythmus bewegte und seine Augen der Reihe sinnloser Buchstaben folgten, bis er mit zufriedenem Kopfnicken Johnsons Antwort hörte: Signal empfangen. QRU – Ich habe nichts für Sie.

Nachdem sie fertig waren, bestand Leiser auf einem kurzen Spaziergang. Es war bitterkalt. Sie gingen die Walton Street bis zum Tor von Worcester und von dort durch die Banbury Road wieder zurück zum bürgerlichen Sanktuarium ihres dunklen Hauses in Nord-Oxford.

16

Start

Es war der gleiche Wind. Der Wind, der auch schon an Taylors gefrorenem Körper gezerrt und den Regen gegen die rußgeschwärzten Mauern in der Blackfriars Road geworfen hatte. Der gleiche Wind, der schon das Gras von Port Meadow gepeitscht hatte, rüttelte jetzt an den Fensterläden des Bauernhauses.

Im Hause roch es nach Katzen. Es gab keine Teppiche, und die Fußböden waren aus Stein: Nichts würde sie trocknen. Sofort nach ihrer Ankunft machte Johnson im Kachelofen in der Stube Feuer, aber die Feuchtigkeit lag noch immer auf den Fliesen und sammelte sich in den Rillen wie eine müde Armee. Sie sahen während ihres ganzen Aufenthaltes keine einzige Katze, aber man roch sie überall. Johnson legte Corned beef auf die Türschwelle. In zehn Minuten war es verschwunden.

Das Haus war ebenerdig, mit einem Speicher unter seinem hohen Ziegeldach, und es lehnte sich unter dem weiten friesischen Himmel an ein kleines Dickicht – ein langes, rechtwinkeliges Gebäude, an dessen geschützter Seite die Viehställe waren. Es lag vier Kilometer nördlich von Lübeck. Leclerc hatte gesagt, daß sie die Stadt nicht betreten dürften.

Eine Leiter führte auf den Heuboden, und dort installierte Johnson seinen Sender, wobei er die Antenne von einem Tragbalken aus durch das Dachfenster zu einer Ulme am Straßenrand spannte. Im Haus trug er braune Militärschuhe mit Gummisohlen und einen Blazer, auf dem das Wappen einer

Schwadron aufgenäht war. Gorton hatte von der britischen Versorgungstruppe in Celle Lebensmittel liefern lassen, die in alten Pappkartons auf dem Boden der Küche herumstanden. Auf der beiliegenden Rechnung stand »Mr. Gortons Gesellschaft«. Zwei Flaschen Gin und drei Flaschen Whisky waren dabei. Es gab zwei Schlafräume. Gorton hatte Armeebetten kommen lassen, für jedes Zimmer zwei, und Leselampen mit grünen Schirmen. Haldane war wegen der Betten sehr verärgert. »Er muß es jeder verdammten Abteilung in der Gegend erzählt haben«, klagte er. »Billiger Whisky, Armeerationen, Feldbetten. Wahrscheinlich werden wir auch noch hören, daß er das Nachbarhaus requiriert hat. Mein Gott, was für eine Art, einen Einsatz vorzubereiten.«

Es war schon später Nachmittag, als sie ankamen. Sobald Johnson sein Gerät montiert hatte, machte er sich in der Küche zu schaffen. Er war sehr häuslich, kochte und wusch das Geschirr, ohne zu murren, wobei er sich in seinen sauberen Schuhen geschickt auf den Fliesen bewegte. Er braute aus Büchsenfleisch und Eiern ein Haschee zusammen. Dazu gab es stark gesüßten Kakao. Sie aßen in der Halle vor dem Kachelofen, Johnson bestritt den Großteil des Gesprächs. Leiser war sehr still und rührte das Essen kaum an.

»Was ist los, Fred? Keinen Hunger?«

»Tut mir leid, Jack.«

»Sie haben im Flugzeug zu viele Bonbons gelutscht.« Johnson zwinkerte zu Avery hinüber. »Ich hab' gesehen, was Sie der Hosteß für Blicke zugeworfen haben. Das hätten Sie nicht tun sollen, Fred, wissen Sie! Sie kann dann nicht schlafen.« Er runzelte die Stirn und sah die anderen mit gespielter Mißbilligung an. »Er hat sie mit den Blicken ausgezogen, wißt ihr. Von Kopf bis Fuß.«

Avery grinste pflichtschuldig. Haldane nahm keine Notiz davon.

Leiser machte sich wegen des Mondes Sorgen, und so gingen sie nach dem Abendessen zur Hintertür. Die kleine, vor Kälte zitternde Gruppe starrte zum Himmel hinauf. Es herrschte eine seltsame Helligkeit. Die Wolken trieben wie schwarze Rauchschwaden so tief über den Bäumen, daß es aussah, als streiften sie an die schwankenden Äste des Dickichts; die grauen Felder dahinter lagen im Halbdunkel.

»An der Grenze wird es nicht so hell sein, Fred«, sagte Avery. »Sie liegt höher, das Land ist dort hügelig.«

Haldane sagte, sie sollten früh zu Bett gehen. Sie tranken noch einen Whisky, und Viertel nach zehn legten sie sich schlafen, Johnson und Leiser in einem Raum, Avery und Haldane im anderen. Niemand traf die Einteilung. Offenbar wußte jeder, wohin er gehörte.

Es war nach Mitternacht, als Johnson in ihr Zimmer trat. Das Quietschen seiner Gummisohlen weckte Avery.

»John, sind Sie wach?«

Haldane setzte sich auf.

»Es ist wegen Fred. Er sitzt allein in der Halle. Ich habe ihm gesagt, er soll zu schlafen versuchen, Sir. Hab' ihm ein paar Tabletten gegeben, die auch meine Mutter nimmt. Zuerst wollte er sich nicht einmal hinlegen, und jetzt ist er wieder aufgestanden und in die Halle hinübergegangen.«

Haldane sagte: »Lassen Sie ihn in Ruhe. Es fehlt ihm nichts. Bei diesem verdammten Wind kann keiner von uns schlafen.«

Johnson ging in sein Zimmer zurück. Eine Stunde mußte vergangen sein, aber in der Halle hatte sich noch immer nichts gerührt. Haldane sagte: »Sehen Sie lieber, was er macht.«

Avery zog seinen Mantel an und ging durch den Korridor, vorbei an Tapisserien mit biblischen Legenden und einem alten Stich vom Lübecker Hafen. Leiser saß auf einem Stuhl neben dem Kachelofen.

»Hallo, Fred.« Leiser wirkte alt und müde.

»Es ist hier in der Nähe, nicht wahr? Wo ich hinübergehe?« fragte er.

»Ungefähr fünf Kilometer von hier. Der Direktor wird uns morgen früh einweisen. Man ist der Meinung, daß es ein ziemlich leichter Einsatz ist. Er wird Ihnen alle Ihre Papiere und so geben. Am Nachmittag werden wir Ihnen die Stelle zeigen. Man hat in London viel daran gearbeitet.«

»In London«, wiederholte Leiser. Dann sagte er plötzlich: »Ich hab' im Krieg in Holland einen Einsatz gemacht. Die

Holländer waren nette Leute. Wir schickten eine Menge Agenten nach Holland. Frauen. Man hat sie alle geschnappt. – Sie sind damals noch ein Kind gewesen, nicht?«

»Ich habe darüber gelesen.«

»Die Deutschen schnappten einen Funker. Unsere Leute wußten es nicht und schickten immer weiter Agenten hinein. Man sagte, es gebe keine andere Wahl.« Er sprach schneller. »Ich war damals noch ein Junge. Sie suchten jemanden für einen schnellen Einsatz, nur hinein und wieder heraus. Sie hatten zu wenige Funker. Man sagte mir, es mache nichts, daß ich kein Holländisch spreche, denn ich würde gleich bei der Landung von jemandem in Empfang genommen. Ich brauchte nichts zu tun als zu funken. Sie hätten einen sicheren Unterschlupf für mich.« Er schien abwesend. »Wir fliegen hinüber. Nichts rührt sich, kein Scheinwerfer, kein Schuß, und ich bin ganz dran. Als ich lande, sind sie da: zwei Männer und eine Frau. Nach dem Erkennungswort führen sie mich zu den Fahrrädern. Keine Zeit, den Fallschirm zu vergraben. Wir finden das Haus, ich bekomme zu essen. Danach gehen wir hinauf zum Gerät. Es gab damals keine Sendezeiten, London war Tag und Nacht auf Empfang. Man gibt mir den Zettel mit der Meldung. Ich gebe das Rufzeichen: ›TYR kommen, TYR kommen‹ und danach die Meldung, einundzwanzig Gruppen zu vier Buchstaben.«

Er brach ab.

»Und?«

»Sie sahen mir zu, verstehen Sie? Sie wollten nur wissen, wann das Sicherheitszeichen kam. Es war der neunte Buchstabe. Sie warteten, bis ich fertig war, und dann waren sie auf mir drauf, einer schlug mich – das Haus war voller Männer.«

»Wer, Fred? Wer waren sie?«

»Das kann man nicht sagen. So etwas weiß man nie. Ganz so einfach ist das nicht.«

»Wessen Schuld war das, um Himmels willen? Wer hat Sie verraten, Fred?«

»Irgend jemand. Das kann man nie sagen. Sie werden das auch noch lernen.« Er schien aufgegeben zu haben.

»Diesmal sind Sie allein. Niemand weiß davon. Niemand erwartet Sie.«

»Ja. Das stimmt.« Seine Hände lagen gefaltet im Schoß. Er saß zusammengekauert da, sein Körper wirkte klein und alt. »Im Krieg war es leichter, gleichgültig, wie schlimm es war, weil man daran glaubte, daß wir eines Tages gewinnen. Selbst wenn man geschnappt wurde, sagte man sich: ›Sie werden mich rausholen, ein paar Männer werden abspringen, oder sie greifen an.‹ Auch wenn man ganz genau wußte, daß sie das niemals tun würden, konnte man es sich ausmalen, verstehen Sie? Man wollte nichts, als in Ruhe gelassen werden, damit man daran denken konnte. Aber diesen Krieg wird niemand gewinnen, oder?«

»Man kann es nicht vergleichen. Aber dies hier ist wichtiger.«

»Was tun Sie, wenn man mich schnappt?«

»Wir werden Sie herausholen. Keine Bange, was, Fred?«

»Ja, aber wie?«

»Wir haben einen großen Apparat. Es geht eine Menge vor, wovon Sie nichts wissen. Verbindungen da und dort. Sie können nicht das ganze Bild sehen.«

»Können Sie es denn?«

»Das ganze nicht, Fred. Nur der Direktor sieht das ganze. Sogar der Captain sieht es nicht.«

»Wie ist er, der Direktor?«

»Er ist seit langem bei dieser Arbeit. Sie werden ihn morgen kennenlernen. Ein bemerkenswerter Mann.«

»Und der Captain – mag er ihn?«

»Natürlich.«

»Er spricht aber nie über ihn«, sagte Leiser.

»Niemand von uns redet über ihn.«

»Ich hatte da einmal ein Mädchen. Sie arbeitete in der Bank. Ich sagte ihr, daß ich wegginge. Wenn was schiefgehen sollte – ich möchte nicht, daß sie etwas erfährt, ja? Sie ist ja noch ein Kind.«

»Wie hieß sie?«

Ein kurzer mißtrauischer Blick. »Ist ja egal. Aber machen Sie keinen Wirbel, wenn sie bei Ihnen auftauchen sollte.«

»Was meinen Sie, Fred?«

»Ist ja egal.«

Danach sagte Leiser nichts mehr. Als es dämmerte, ging Avery in sein Zimmer zurück.

»Was war denn los?« fragte Haldane.

»Er war im Krieg in einem Schlamassel, in Holland. Er wurde verraten.«

»Aber er gibt uns eine zweite Chance. Wie nett von ihm! Genau, was die immer gesagt haben.« Dann: »Leclerc kommt heute früh an.«

Das Taxi traf um elf Uhr ein. Noch ehe es ganz angehalten hatte, war Leclerc schon ausgestiegen. Er trug einen Dufflecoat, schwere braune Wanderschuhe und eine weiche Mütze. Er sah sehr gut aus.

»Wo ist Mayfly?«

»Bei Johnson«, sagte Haldane.

»Habt ihr ein Bett für mich?«

»Du kannst das von Mayfly haben, wenn er fort ist.«

Um elf Uhr dreißig gab Leclerc seine Instruktionen. Nachmittags war eine Besichtigungsfahrt zur Grenze vorgesehen.

Die Befehlsausgabe fand in der Halle statt. Leiser kam als letzter herein. Er stand auf der Schwelle und sah Leclerc an, der ihm gewinnend zulächelte, als gefalle ihm, was er sah. Sie waren ungefähr gleich groß.

Avery sagte: »Herr Direktor, das ist Mayfly.«

Seinen Blick noch auf Leiser geheftet, antwortete Leclerc: »Ich glaube, ich darf ihn Fred nennen. Guten Tag.« Er trat auf ihn zu und schüttelte ihm die Hand. Beide waren so steif wie zwei Figuren aus einem Wetterhäuschen.

»Guten Tag«, sagte Leiser.

»Ich hoffe, man hat Sie nicht zu hart angefaßt.«

»Alles in Ordnung, Sir.«

»Wir sind alle sehr beeindruckt«, sagte Leclerc. »Sie haben ausgezeichnete Arbeit geleistet.« Es klang, als spreche er auf einer Wahlversammlung.

»Ich habe ja noch gar nicht angefangen.«

»Ich bin der Meinung, durch eine gute Ausbildung seien schon drei Viertel der Schlacht gewonnen. Meinst du nicht auch, Adrian?«

»Ja.«

Sie setzten sich. Leclerc stand etwas abseits. Er hatte eine Karte an die Wand gehängt. Auf unerklärbare Weise – vielleicht durch die Landkarten, vielleicht durch seine knappe Ausdrucksweise oder womöglich auch durch sein entschiedenes Auftreten, das sowohl von dem Gedanken an die augenblickliche Zweckmäßigkeit wie von anerzogener Selbstbeherrschung diktiert war – erzeugte Leclerc die gleiche hoffnungsfrohe und tatendurstige Atmosphäre, die bereits einen Monat früher die Instruktionsstunde in der Blackfriars Road gekennzeichnet hatte. Er hatte die Gabe eines Zauberkünstlers, den Eindruck größter Vertrautheit mit den von ihm behandelten Gegenständen zu erwecken, ob er nun von Raketen oder Funkverkehr, von Tarnung oder dem Grenzabschnitt sprach, an dem Leiser hinübergehen sollte.

»Ihr Ziel ist Kalkstadt« – ein kleines Grinsen –, »das bisher nur durch seine bemerkenswerte gotische Kirche bekannt war.« Alle, auch Leiser, lachten. Daß Leclerc selbst über alte Kirchen Bescheid wußte!

Er hatte eine mit verschiedenfarbigen Tinten gezeichnete Skizze der Übergangsstelle mitgebracht, auf der ein roter Strich die Grenze markierte. Alles war sehr einfach. Auf der westlichen Seite – so sagte er – sei ein niedriger, mit Ginster und Farn bewachsener Hügel, der parallel zur Grenze verlief, bis er in einem scharfen Winkel nach Osten bog und knapp zweihundert Meter vor ihr genau gegenüber einem Wachtturm abbrach. Der Turm befand sich ein gutes Stück jenseits der Demarkationslinie, an seinem Fuß verlief der Stacheldrahtzaun. Man habe festgestellt, daß der Zaun an dieser Stelle nur aus einem einzelnen Draht bestand, der zudem nur lose an seinem Pfosten befestigt war. Ostdeutsche Grenzwachen seien dabei gesehen worden, wie sie ihn auf Patrouillengängen aushakten, um in den ungeschützten Geländestreifen zwischen der Demarkationslinie und der Grenzbefestigung hinauszugehen. Leclerc würde den betreffenden Pfosten am Nachmittag Leiser zeigen. Mayfly – so sagte er – brauche bei dem Gedanken, so nah am Wachtturm die Grenze zu überschreiten, nicht zu erschrecken. Die Erfahrung lehre, daß die Wachen viel mehr Aufmerksamkeit auf das entfernter liegende Gelände konzentrierten. Diese Nacht sei besonders günstig. Der Wetterbericht habe starken Wind angekündigt, der Mond werde nicht scheinen. Leclerc hatte den Augenblick des Grenzüberganges auf 2.35 Uhr morgens angesetzt. Die Wachen wurden um Mitternacht abgelöst, sie blieben jeweils drei Stunden. Man konnte mit gutem Grund annehmen, daß sie nach zweieinhalb Stunden Wachdienst nicht mehr die gleiche Aufmerksamkeit zeigen würden wie zu Beginn ihrer Schicht. Die Ablösung, die von einer weiter nördlich, in ziemlich großer Entfernung liegenden Kaserne kam, würde zu dieser Zeit noch nicht auf dem Anmarsch sein.

Man habe – fuhr Leclerc fort – große Sorgfalt auf die Klärung der Frage verwandt, ob möglicherweise Minen verlegt seien. Sie könnten hier auf der Karte sehen – sein kleiner Zeigefinger folgte der dünnen Linie grüner Punkte, die sich vom Ende des Hügels direkt über die Grenze hinüberzog –, daß hier ein alter Fußweg existiere, der tatsächlich den gleichen Verlauf nahm wie Leisers vorgesehene Route. Die Grenzwachen hatten diesen Fußweg immer vermieden und waren stets etwa zehn Meter südlich davon durchs Gebüsch gekommen. Die Schlußfolgerung sei, wie Leclerc erklärte, daß der Weg vermint sein müsse, während ein Streifen rechts davon für die Patrouillen freigelassen worden war. Leclerc machte den Vorschlag, daß Leiser den von Grenzwachen ausgetretenen Pfad nehmen sollte.

Leiser sollte die rund zweihundert Meter lange Strecke vom Fuß des Hügels bis zum Wachtturm wenn möglich kriechend zurücklegen und den Kopf dabei unterhalb der Farnkrautspitzen halten. Das schloß die ohnedies geringe Möglichkeit aus, daß man ihn vom Turm aus sehen konnte. Leiser sei es sicher angenehm zu hören, fügte Leclerc mit einem kleinen Lächeln hinzu, daß in den Nachtstunden niemand je Patrouillen westlich des Zaunes bemerkt hatte. Die ostdeutschen Wachen schienen zu befürchten, einer ihrer eigenen Leute könnte sich ungesehen aus dem Staub machen.

Einmal drüben, sollte sich Leiser von jedem vorgezeichneten Weg fernhalten. Das Gelände sei hügelig und zum Teil bewaldet. Das erschwere seinen Marsch, erhöhe aber auch seine Sicherheit. Er müsse nach Süden gehen. Der Grund dafür sei einfach: Weiter südlich schwinge die Grenze etwas über zehn Kilometer nach Westen aus, so daß Leiser in einer halben Stunde nicht zwei, sondern fünfzehn Kilometer zwischen sich und die Grenze bringen könne und auf diese Weise schneller aus dem Bereich der die Zugänge zur Grenze bewachenden Streifen entkomme. Leclerc wolle ihm deshalb den Rat geben – er zog dabei seine Hand aus der Tasche des Dufflecoats und zündete sich im Bewußtsein, daß aller Augen auf ihn gerichtet waren, eine Zigarette an –, ungefähr eine halbe Stunde lang nach Osten zu gehen und sich dann direkt nach Süden zu wenden, bis er den Marienhorster See erreiche. Am östlichen Ende des Sees befinde sich ein unbenütztes Bootshaus, wo er sich ein Stündchen hinlegen und etwas essen könne. Er werde inzwischen vielleicht auch schon Lust auf einen Drink bekommen haben – erleichtertes Gelächter –, und für diesen Zweck werde er ein kleines Fläschchen Weinbrand in seinem Rucksack finden.

Leclerc hatte die Angewohnheit, stramme Haltung anzunehmen, wenn er einen Witz machte, und dabei die Fersen vom Boden zu heben, als wolle er seinen Geist in höhere Regionen abfeuern.

»Es könnte wohl nichts mit Gin sein, oder?« fragte Leiser. »An sich trinke ich immer White Lady.«

Einen Augenblick lang herrschte betretenes Schweigen.

»Ausgeschlossen«, sagte Leclerc kurz – ganz Leisers Vorgesetzter.

Nach der Rast sollte er bis zum Dorf Marienhorst weitergehen und sich nach einer Transportmöglichkeit Richtung Schwerin umsehen. Von da an, ergänzte Leclerc obenhin, sei er auf sich selbst gestellt.

»Sie haben alle Papiere, die zu einer Reise von Magdeburg nach Rostock nötig sind. Ab Schwerin sind Sie also auf der normalen Strecke. Über Ihre Tarnung möchte ich gar nicht mehr viel sagen. Das haben Sie ja schon alles mit dem Captain durchgenommen. Ihr Name ist Fred Hartbeck. Sie sind ein unverheirateter Mechaniker aus Magdeburg und haben ein Arbeitsangebot für die volkseigene Schiffswerft in Rostock.« Leclerc lächelte. »Ich bin überzeugt, daß Sie all dies bis ins kleinste Detail im Schlaf beherrschen. Ihre Amouren, Höhe des Lohnes, welche Krankheiten Sie gehabt haben, Militärdienst und so weiter. Nur eine Kleinigkeit über die Tarnung möchte ich noch hinzufügen: Drängen Sie derartige Auskünfte niemandem freiwillig auf. Niemand *erwartet* von seinem Mitmenschen, daß er irgend etwas von sich aus erklärt. Wenn man Sie in die Enge treibt, verlassen Sie sich auf Ihr Fingerspitzengefühl. Immer so nahe wie möglich an der Wahrheit bleiben.« Und mit erhobener Stimme erklärte Leclerc eine seiner Lieblingsthesen: »Tarnung sollte niemals freie Erfindung, sondern immer nur eine Verlängerung der Wahrheit sein.«

Leiser lachte verhalten. Es wirkte so, als wäre ihm wohler gewesen, wenn Leclerc über etwas mehr Körpergröße verfügt hätte.

Johnson kam aus der Küche und brachte Kaffee, wofür ihm Leclerc ein munteres »Danke, Jack« zurief, als sei alles genau so, wie es zu sein hatte.

Nun wandte sich Leclerc der eigentlichen Aufgabe Leisers zu. Er schilderte zusammenfassend die verschiedenen Hinweise, die – wie er durchblicken ließ – nur einen Verdacht bestärkten, den er persönlich schon längst gehegt habe. Er schlug dabei einen Ton an, den Avery noch nie bei ihm wahrgenommen hatte: Er bemühte sich, sowohl durch Weglassen und stillschweigende Schlußfolgerungen als auch durch direkte Hinweise auszudrücken, daß sie alle einer ungemein erfahrenen und bestens informierten Organisation angehörten, die sich nicht nur durch ihre Geldmittel, sondern auch durch ihre Beziehungen zu anderen Dienststellen wie durch ihre unfehlbare Urteilsfähigkeit einer derart überirdischen und hellseherischen Unantastbarkeit erfreute, daß sich Leiser sehr wohl hätte fragen können, weshalb er sein Leben überhaupt riskieren mußte, wenn das alles wirklich so war.

»Die Raketen befinden sich jetzt in dem bezeichneten Gebiet«, sagte Leclerc. »Der Captain hat Ihnen bereits auseinandergesetzt, nach welchen besonderen Merkmalen Sie Ausschau halten müssen. Wir möchten wissen, wie sie aussehen, wo sie sich genau befinden und vor allem, von welchen Einheiten sie bedient werden.«

»Ich weiß.«

»Sie müssen die üblichen Tricks anwenden. Horchen Sie in den Kneipen herum, tun Sie so, als suchten Sie einen alten Kriegskameraden. Sie kennen das ja. Wenn Sie Bescheid wissen, kommen Sie zurück.«

Leiser nickte.

»In Kalkstadt gibt es eine Arbeiterherberge.« Leclerc entfaltete einen Plan der Stadt. »Hier, gleich neben der Kirche. Steigen Sie dort ab, wenn's geht. Womöglich treffen Sie dort Leute, die irgendwie selbst damit zu tun gehabt haben ...«

»Ich weiß«, wiederholte Leiser. Haldane zuckte zusammen und warf ihm einen besorgten Blick zu.

»Vielleicht hören Sie sogar etwas über einen Mann, der auf dem Bahnhof gearbeitet hat, einen gewissen Fritsche. Von ihm stammen ein paar interessante Einzelheiten über die Raketen. Er ist dann wieder verschwunden. Vielleicht hören Sie etwas, wenn es der Zufall will. Sie könnten am Bahnhof nach ihm fragen, wenn Sie sich als alter Freund von ihm ausgeben ...«

Er machte eine ganz kleine Pause.

»Einfach verschwunden«, wiederholte Leclerc. Es galt den anderen, nicht sich selbst. Seine Gedanken waren woanders. Avery beobachtete ihn gespannt. Er wartete, daß Leclerc weitersprach. Schließlich sagte er: »Über die Frage der Nachrichtenübermittlung habe ich absichtlich nicht gesprochen.« Sein Ton deutete an, daß er fast fertig war. »Ich nehme an, daß Sie dieses Problem schon oft genug durchgekaut haben.«

»In der Beziehung gibt es keinerlei Schwierigkeiten«, sagte Johnson. »Alle Sendetermine liegen in der Nacht. Dadurch ist der Frequenzbereich eine ganz einfache Angelegenheit. Und tagsüber hat er freie Hand, Sir. Wir haben eine ganze Reihe hübscher Probesendungen gemacht – nicht wahr, Fred?«

»O ja. Sehr hübsche.«

»Was das Zurückkommen betrifft«, sagte Leclerc, »so gelten dafür die gleichen Vorschriften wie im Krieg. Es gibt für derartige Unternehmungen leider keine U-Boote mehr, Fred. Wenn Sie zurückkommen, haben Sie sich sofort beim nächsten britischen Konsulat oder der nächsten Botschaft zu melden. Sie nennen Ihren richtigen Namen und bitten um Repatriierung. Geben Sie sich als britischer Staatsbürger in plötzlicher Notlage aus. Rein instinktmäßig würde ich sagen, daß Sie auf dem gleichen Weg wieder zurückkommen sollten, auf dem Sie hineingegangen sind. Falls Sie in Schwierigkeiten geraten, dann schlagen Sie sich nicht unbedingt sofort nach Westen durch, sondern verkriechen Sie sich irgendwo für einige Zeit. Sie werden genug Geld bei sich haben.«

Avery wußte, daß er diesen Vormittag nie mehr vergessen würde, an dem sie um den Tisch in der Bauernstube gesessen hatten wie Jungen in einem Zelt und ihre gespannten Gesichter Leclerc zugewandt gewesen waren, der in Kirchenstille die Liturgie ihres Glaubensbekenntnisses verlesen und dabei seine schmalen Priesterhände über der Landkarte hin und her bewegt hatte, als sei sie das Meßbuch. Alle in dem Raum Versammelten – und Avery vielleicht am besten von ihnen – kannten den tödlichen Widerspruch zwischen Traum und Wirklichkeit, zwischen Motiv und Tat. Avery hatte mit Taylors Kind gesprochen, hatte seine halbfertigen Lügen vor Peersen und dem Konsul hervorgestammelt. Er hatte das furchterregende Geräusch eines Schrittes vor seiner Hotelzimmertür gehört und nach seiner Rückkehr von dieser alptraumartigen Reise gesehen, wie seine eigenen Erlebnisse in erkennbare Bilder aus Leclercs Welt verwandelt wurden. Und dennoch lauschte Avery mit der gleichen Frömmigkeit eines Agnostikers, die auch Haldane und Leiser erfüllte, Leclercs Stimme – wahrscheinlich in dem Gefühl, daß dies alles so war, wie es an einer reinen und magischen Stätte wirklich sein sollte.

»Verzeihung«, sagte Leiser, der den Plan von Kalkstadt studiert hatte. Er wirkte in diesem Augenblick wie der typische kleine Mann. Es war, als ob er auf einen Defekt an einem Motor hinwies. Bahnhof, Herberge und Kirche waren grün angezeichnet. In der unteren linken Ecke des Blattes war eine Detailskizze der Eisenbahnschuppen und Lagerhallen. Auf jeder Seite war säuberlich die Himmelsrichtung notiert: Ansicht von Westen, Ansicht von Norden.

»Was heißt hier Ansicht, Sir?« erkundigte sich Leiser.

»Die Blickrichtung, die Ansicht.«

»Wozu ist das? Warum steht das bitte auf der Karte?«

Leclerc lächelte geduldig. »Für Orientierungszwecke, Fred.«

Leiser stand auf und besah sich den Plan noch einmal genau. »Und dies hier ist die Kirche?«

»Stimmt, Fred. Das ist die Kirche.«

»Warum ist sie nach Norden ausgerichtet? Kirchen stehen doch immer in Ost-West-Richtung. Hier ist der Eingang im Osten eingezeichnet, wo der Altar sein müßte.«

Haldane beugte sich vor; sein rechter Zeigefinger lag über seinen Lippen.

»Es ist nur eine rohe Skizze«, sagte Leclerc.

Leiser ließ sich wieder auf seinem Platz nieder, saß in besonders strammer Haltung. »Verstehe. Verzeihung.«

Als die Besprechung zu Ende war, nahm Leclerc Avery beiseite. »Noch etwas, Avery: Er darf die Pistole nicht mitnehmen. Das kommt gar nicht in Frage. Der Minister war in dieser Frage völlig unzugänglich. Vielleicht könnten Sie es ihm gegenüber erwähnen.«

»Keine Pistole?«

»Ich glaube, daß wir ihm das Messer lassen können. Es ist ein Allzweckgerät. Ich will damit sagen, daß wir im Fall von Schwierigkeiten immer behaupten können, daß er es nur für allgemeine Zwecke bei sich hatte.«

Nach dem Essen besichtigten sie die Grenze. Gorton hatte einen Wagen zur Verfügung gestellt. Leclerc hatte eine Handvoll Notizen mitgebracht, die er nach einem Rondell-Bericht über das Grenzgebiet angefertigt hatte. Diese Zettel, zusammen mit einer gefalteten Landkarte, lagen vor ihm auf seinem Schoß.

Die zwischen den beiden Hälften Deutschlands verlaufende Grenze ist auf weite Strecken ein Ding von erschreckender Inkonsequenz. Wer dort nach Panzersperren oder Befestigungsanlagen Ausschau hält, wird ziemlich enttäuscht sein. Sie verläuft durch eine sehr abwechslungsreiche Landschaft aus Gräben, niedrigen, mit Farnkraut bewachsenen Hügeln und kleinen Inseln ungepflegten Waldes. Oft sind die östlichen Sperren so weit hinter der Demarkationslinie angelegt, daß es den Anschein hat, sie sollten vor westlichen Blicken verborgen werden – die Phantasie erhält nur da und dort von einem einzelnen Unterstand, einem unbenützten Feldweg, einem leer und verlassen dastehenden Bauernhaus oder einem der verstreut stehenden Wachttürme Nahrung.

Die westliche Seite ist an mehreren Stellen mit grotesken Denkmälern der politischen Kraftlosigkeit herausgeputzt: Aus einem brachliegenden Feld ragt ohne erkennbaren Sinn ein Sperrholzmodell des Brandenburger Tores, das von rostenden Schrauben zusammengehalten wird; große, von Wind und Regen mitgenommene Plakattafeln verkünden fünfzehn Jahre alte Schlagworte über ein leeres Tal hinweg. Nur in der Nacht, wenn der Lichtkegel eines Scheinwerfers aus der Dunkelheit bricht und als unruhiger Finger über die kalte Erde tastet, krampft sich das Herz im Gedanken an den Flüchtling zusammen, der wie ein Hase in der Ackerfurche dahinkriecht und auf den Augenblick wartet, in dem er aus der Deckung hervorbrechen und voller Entsetzen so lange davonstürzen wird, bis ihn die Kugel ereilt.

Sie fuhren auf der Schotterstraße, die sich am Kamm des Hügels dahinzieht. An jenen Stellen, an denen die Straße der Grenze besonders nahe kommt, hielten sie an und stiegen aus. Leiser war in einen Regenmantel gehüllt und hatte einen Hut auf. Es war sehr kalt. Leclerc trug seinen Dufflecoat und hatte einen Jagdstock mit, den er weiß Gott wo gefunden haben mochte. Als sie das erstemal, das zweitemal und schließlich noch einmal hielten, sagte Leclerc ruhig: »Hier nicht.« Als sie zum viertenmal wieder ins Auto kletterten, erklärte er: »Die nächste Station ist unsere.« Es war die Art Scherz, mit der man sich gerne in der Schlacht Mut macht.

Avery hätte die Stelle auf Grund von Leclercs Planskizze niemals erkannt. Der Hügel war da, das schon, auch seine Krümmung in Richtung zur Grenze und der steile Abhang an seinem Ende. Aber das Gelände jenseits der Grenze war wieder hügelig und teilweise bewaldet, und sein Horizont war mit Baumwipfeln wie mit Fransen besetzt, vor denen sie mit Hilfe ihrer Feldstecher die braunen Umrisse eines hölzernen Turmes erkennen konnten. »Es ist zwischen den drei Pfosten auf der linken Seite«, sagte Leclerc. Als sie die Talsenke mit ihren Gläsern genau untersuchten, konnte Avery hier und da ein verwachsenes Stück des alten Weges sehen.

»Er ist vermint. Der Weg ist auf der ganzen Strecke vermint. Vom Fuß des Hügels an gehört das Gelände schon zu drüben.« Leclerc wandte sich zu Leiser. »Sie gehen von hier los, und zwar« – er deutete mit dem Jagdstock – »bis zum Abhang vor, wo Sie bis zum genauen Zeitpunkt des Abmarsches liegen bleiben. Wir werden Sie genügend lange vorher schon herbringen, damit sich Ihre Augen an die Lichtverhältnisse gewöhnen können. Ich glaube, daß wir jetzt gehen sollten. Wir dürfen nämlich kein Aufsehen erregen.«

Während der Fahrt zurück ins Haus klatschte der Regen gegen die Windschutzscheibe und trommelte auf das Dach des Wagens. Avery, der neben Leiser saß, war in Gedanken versunken. Er glaubte, ein besonders objektiver Beobachter zu sein, als er sich nun klarmachte, daß in derselben Angelegenheit, in der Leiser die Rolle aus einer Tragödie zu spielen hatte, er selbst eine Lustspielfigur verkörperte. Er verstand, daß er einem irrsinnigen Stafettenlauf zusah, bei dem jeder Teilnehmer schneller und länger rannte als sein Vorläufer, und dessen Ziel die eigene Vernichtung war.

»Übrigens«, sagte er unvermittelt zu Leiser, »sollten Sie nicht etwas mit Ihren Haaren machen? Ich kann mir nicht vorstellen, daß die da drüben an derartige Pomaden gewöhnt sind. So was kann dann plötzlich gefährlich sein.«

»Er braucht es nicht schneiden zu lassen«, urteilte Haldane. »Die Deutschen lieben es, lange Haare zu haben. Sie sollten es nur waschen, Fred, mehr nicht. Nur das Öl herauswaschen. – Sehr richtig beobachtet, John, ich gratuliere.«

17

Der Regen hatte aufgehört. Langsam und sich gegen den Wind sträubend, kam die Nacht. Sie saßen im Bauernhaus um den Tisch und warteten. Leiser war in seinem Zimmer. Johnson hatte Tee gekocht und beschäftigte sich mit seinem Gerät. Niemand sprach. Die Zeit der Verstellung war vorüber. Nicht einmal Leclerc, sonst ein Meister der leeren Phrasen, gab sich noch Mühe, das Schweigen zu brechen. Es schien ihm einfach unangenehm, daß man ihn warten ließ wie bei der verspäteten Hochzeit eines Bekannten. Sie waren in einen Zustand träger Furcht geraten wie die Besatzung eines Unterseebootes, über deren Köpfen gemächlich eine Lampe hin und her pendelt. Ab und zu wurde Johnson vor die Tür geschickt, um nach dem Mond zu sehen, und jedesmal berichtete er, er sei nicht sichtbar.

»Die Berichte der Wetterfrösche waren ziemlich günstig«, meinte Leclerc und entfernte sich in Richtung Dachboden, wo er Johnson bei der Überprüfung seiner Geräte zusah.

Als Avery mit Haldane allein war, sagte er schnell: »Er sagt, das Ministerium habe sich gegen die Pistole entschieden. Er darf keine mitnehmen.«

»Welcher verdammte Narr hat ihm befohlen, das Ministerium überhaupt um Erlaubnis zu bitten?« fragte Haldane wütend. Dann meinte er: »Sie werden es ihm sagen müssen. Es hängt von Ihnen ab.«

»Es Leclerc zu sagen?«

»Nein, Sie Idiot. Leiser!«

Sie aßen etwas, danach gingen Haldane und Avery mit Leiser in sein Zimmer zurück.

»Wir müssen Sie jetzt verkleiden«, sagten sie.

Sie ließen ihn sich ausziehen, wobei sie ihm Stück für Stück die warme und teure Kleidung wegnahmen: Jacke und Hose in aufeinander abgestimmtem Grau, cremefarbenes Seidenhemd, schwarze kappenlose Schuhe, dunkelblaue Nylonsocken. Beim Lösen des Krawattenknotens stießen seine Finger auf die goldene Nadel mit dem Pferdekopf. Er zog sie vorsichtig heraus und hielt sie Haldane hin.

»Was ist damit?«

Haldane hatte für die Wertgegenstände Umschläge mitgebracht. In einen davon steckte er nun die Nadel, klebte ihn zu und warf ihn, nachdem er etwas darauf geschrieben hatte, aufs Bett.

»Ihr Haar haben Sie gewaschen?«

»Ja.«

»Wir haben keine ostdeutsche Seife auftreiben können. Tut mir leid, aber Sie werden sich drüben selbst welche besorgen müssen. Soviel ich weiß, ist sie gerade knapp.«

»In Ordnung.«

Nackt bis auf die Armbanduhr, saß Leiser nun auf dem Bett, vorgebeugt, die kräftigen Arme über den haarlosen Schenkeln gekreuzt. Die Kälte überzog seinen weißen Körper mit einer Gänsehaut. Haldane öffnete einen Koffer und zog ein Bündel Kleider sowie ein halbes Dutzend Paar Schuhe heraus.

Während Leiser die ungewohnten Kleidungsstücke anzog – die weit geschnittene, an den Beinen breite und an der Hüfte zusammengezogene Hose aus billigem Baumwollstoff, die schäbige, Falten werfende, graue Jacke, die unnatürlich hell gefärbten braunen Schuhe –, schien er vor ihren Augen zusammenzuschrumpfen und sich in irgendeinen früheren Zustand zurückzuverwandeln, den sie nur erahnt hatten. Ohne das Öl zeigte sein braunes Haar jetzt graue Strähnen und fiel unordentlich über Stirn und Ohren. Er warf ihnen einen schüchternen Blick zu, als habe er ein Geheimnis verraten: ein Bauer in der Gesellschaft der Gutsherrschaft.

»Wie sehe ich aus?«

»Sehr gut«, sagte Avery. »Sie sehen großartig aus, Fred.«
»Was ist mit einem Schlips?«
»Ein Schlips würde das Ganze zerstören.«
Er probierte alle Schuhe an, wobei es ihm Schwierigkeiten machte, sie über die groben Wollsocken zu ziehen.
»Es sind polnische«, sagte Haldane und reichte ihm noch ein Paar. »Die Polen exportieren sie nach Ostdeutschland. Nehmen Sie lieber noch ein zweites Paar mit. Man weiß nicht, wieviel Sie zu laufen haben werden.«
Dann holte Haldane aus seinem Zimmer eine schwere Geldkassette und schloß sie auf.
Zuerst nahm er eine Brieftasche heraus. Sie war schäbig und hatte ein Mittelfach aus Zellophan, in dem Leisers Personalausweis steckte. Er war gestempelt und abgegriffen. Wie in einer Falle gefangen, blickte das Paßfoto Leisers aus dem Ausweis durch die flache Zellophanhülle. Neben dem Ausweis gab es in der Brieftasche noch eine Reisegenehmigung und einen Brief der Rostocker Schiffswerft, in dem eine Stelle angeboten wurde. Haldane leerte das Seitenfach der Brieftasche und erklärte den Inhalt Stück für Stück, wobei er die einzelnen Papiere wieder an ihren alten Platz zurücksteckte.
»Lebensmittelkarte, Führerschein, Parteiausweis. Wie lange sind Sie schon in der Partei?«
»Seit neunundvierzig.«
Dann kamen das Bild einer Frau und vier schmierige Briefe, von denen zwei noch in ihren Umschlägen steckten.
»Liebesbriefe«, erklärte Haldane kurz.
Als nächstes kamen ein Gewerkschaftsausweis und der Ausschnitt aus einer Magdeburger Zeitung, in dem über die Produktionszahlen einer Magdeburger Fabrik berichtet wurde, ein Foto des Brandenburger Tores, wie es vor dem Krieg ausgesehen hatte, und das abgegriffene Zeugnis eines früheren Arbeitgebers.
»Das also war die Brieftasche«, sagte Haldane. »Fehlt nur noch das Geld. Alles andere ist in Ihrem Rucksack – Proviant und derartige Sachen.«
Er reichte Leiser ein Bündel Geldscheine aus seiner Kassette. Leiser stand in der unterwürfigen Haltung eines Mannes vor

ihm, der einer Leibesvisitation unterzogen wird – mit etwas vom Körper weggehaltenen Armen und ein wenig breitbeinig. Er nahm alles entgegen, was Haldane ihm reichte, steckte es sorgfältig weg, und nahm wieder die gleiche Haltung ein. Er unterschrieb eine Quittung für das Geld. Haldane prüfte kurz die Unterschrift und steckte das Papier dann in eine schwarze Aktentasche, die er neben sich auf ein Tischchen gelegt hatte.

Dann kamen die Kleinigkeiten, die ein Mann namens Hartbeck wahrscheinlich bei sich tragen würde: ein Schlüsselbund an einer Kette, an dem auch der Kofferschlüssel hing, ein Kamm, ein khakifarbenes Taschentuch voller Ölflecken und eine Handvoll Ersatzkaffee in einer Tüte aus Zeitungspapier, ein Schraubenzieher, ein Stück dünner Draht und die frisch abgedrehten Enden einer Metallstange – der sinnlose Kleinkram aus den Taschen eines Arbeiters.

»Die Uhr werden Sie leider nicht mitnehmen können«, sagte Haldane.

Leiser knipste den Verschluß des goldenen Armbandes auf und legte die Uhr auf den Tisch. Er bekam eine in Ostdeutschland hergestellte Uhr aus Stahl, die sorgfältig nach Averys Wecker gestellt wurde.

Schließlich trat Haldane zurück. »So wird's gehen. Bleiben Sie dort stehen, und kontrollieren Sie Ihre Taschen. Vergewissern Sie sich, daß Sie alles dort haben, wo Sie es gewöhnlich tragen würden. Berühren Sie nichts anderes in diesem Zimmer, haben Sie verstanden?«

»Ich kenne die Regeln«, sagte Leiser, während er zu seiner goldenen Uhr auf dem Tisch hinübersah. Er nahm das Messer entgegen und hakte die schwarze Scheide an seinem Hosenbund fest.

»Was ist mit meiner Pistole?«

Haldane ließ den Stahlverschluß seiner Aktentasche zuschnappen; es klang, als fiele eine Tür ins Schloß.

»Sie nehmen keine mit«, sagte Avery.

»Keine Pistole?«

»Ist nicht vorgesehen, Fred. Man glaubt, es sei zu gefährlich.«

»Für wen?«

»Es könnte zu gefährlichen Situationen führen. Politisch, meine ich. Einen bewaffneten Mann nach Ostdeutschland hineinzuschicken. Man hat Angst vor einem Zwischenfall.«

»Angst!«

Er starrte Avery lange an, als suche er in dem jungen, glatten Gesicht nach etwas, das nicht darin war. Er wandte sich an Haldane.

»Ist das wahr?«

Haldane nickte.

Plötzlich streckte Leiser seine zu einer Schale geformten Hände vor, in einer schrecklichen Geste der Armut. Er preßte die Finger zusammen, als gelte es, den letzten Wassertropfen aufzufangen. Seine Schultern zuckten unter der ärmlichen Jacke, sein Gesicht spiegelte gleichzeitig Flehen und Furcht.

»Die Pistole, John! Ihr könnt einen Menschen doch nicht ohne Pistole losschicken! Laßt mir doch um Gottes willen die Pistole!«

»Tut mir leid, Fred ...«

Seine Hände waren noch immer ausgestreckt, als er sich nun zu Haldane wandte. »Sie wissen gar nicht, was Sie da tun!«

Leclerc hatte den Lärm gehört und stand in der Tür. Haldanes Gesicht war ausdruckslos wie ein Fels. Leiser hätte es mit nackten Fäusten schlagen können, ohne einen Kern von Erbarmen bloßzulegen. Seine Stimme sank zu einem Flüstern. »Was tun Sie? Guter Gott, was versuchen Sie da zu tun?« Plötzlich über alles im klaren, schrie er beide an: »Ihr haßt mich, jawohl! Was habe ich euch getan? John, was habe ich getan? Wir waren doch Kameraden!«

Als Leclerc schließlich sprach, klang seine Stimme unbeteiligt und kühl, als wolle er betonen, daß zwischen ihnen Welten lagen.

»Worum geht es hier?«

»Er macht sich wegen der Pistole Sorgen«, erklärte Haldane.

»Daran können wir leider nichts ändern. Das liegt nicht in unseren Händen. Sie wissen, Fred, wie uns zumute ist. Natürlich wissen Sie das. Wir haben einen Befehl. Da kann man nichts machen. Haben Sie vergessen, wie es früher gewesen ist?« Und steif, ein Mann voll Pflichtbewußtsein und Entschlossenheit, fügte er hinzu: »Über die mir erteilten Befehle kann ich nicht diskutieren. Was soll ich Ihnen also sagen?«

Leiser schüttelte den Kopf. Seine Hände sanken herab. Die Disziplin war von ihm abgefallen.

»Schon vorbei.« Er sah Avery an.

»In gewisser Weise ist ein Messer sogar nützlicher, Fred«, sagte Leclerc tröstend. »Es macht keinen Lärm.«

»Ja.«

Haldane sammelte Leisers übrige Kleidungsstücke zusammen. »Ich muß sie in den Rucksack packen«, sagte er mit einem Seitenblick zu Avery und verließ schnell den Raum. Leclerc nahm er mit. Leiser und Avery sahen einander schweigend an. Avery schämte sich, Leiser so häßlich zu sehen.

Schließlich sagte Leiser: »Es gab nur uns drei: den Captain, Sie und mich – das war fein damals. Kümmern Sie sich nicht um die anderen, John. Die sind ganz unwichtig.«

»Das stimmt, Fred.«

Leiser lächelte. »Diese Woche, John – das war prima. Sonderbar, nicht wahr? Die ganze Zeit laufen wir den Mädchen nach, aber wirklich zählen, das tun die Männer, nur die Männer.«

»Sie gehören zu uns, Fred. Haben immer dazugehört. All die Jahre war Ihre Karte da, die ganze Zeit gehörten Sie zu uns. Wir vergessen das nicht.«

»Wie sieht sie aus?«

»Es sind zwei zusammengeheftete Blätter, eins für damals, eins für jetzt. Sie stehen in dem Kasten – wir nennen es ›Agenten im Einsatz‹. Ihr Name ist der erste. Sie sind unser bester Mann.«

Er konnte es sich jetzt richtiggehend vorstellen. Diese Kartei war etwas, das sie gemeinsam geschaffen hatten, und er konnte an sie glauben wie an die Liebe.

»Sie sagten aber, sie sei alphabetisch geordnet«, sagte Leiser scharf. »Sie sagten, es gebe für die Besten eine Spezialkartei.«

»Die großen Tiere werden vorangestellt.«

»Und ihr habt eure Männer überall in der Welt?«

»Überall!«

Leiser runzelte nachdenklich die Stirn, als müsse er eine nur ihn allein angehende Frage entscheiden. Langsam ließ er seinen

Blick durch das kahle Zimmer schweifen, dann sah er auf seine groben Jackenärmel hinunter und schließlich zu Avery, auf dem er seine Augen scheinbar endlos ruhen ließ, bis er endlich sein Handgelenk faßte – ganz leicht nur, mehr um zu fühlen, als um zu führen – und mit angehaltenem Atem sagte: »Gib mir etwas. Gib mir was, das ich mitnehmen kann. Etwas von dir, irgendwas.«

Avery grub in seinen Taschen, aus denen er ein Taschentuch, Kleingeld und ein Stück zusammengefalteten dünnen Karton hervorkramte. Er klappte den Karton auseinander; es war das Foto von Taylors kleiner Tochter.

»Ist das dein Kind?« Leiser blickte über Averys Schulter auf das kleine bebrillte Gesicht hinunter. Seine Hand schloß sich um die Averys. »Das möchte ich.« Avery nickte. Leiser steckte das Bild in seine Brieftasche. Dann nahm er seine Uhr. Sie war aus Gold und hatte ein schwarzes Zifferblatt, das auch die Mondphasen anzeigte. »Nimm du sie«, sagte er. »Behalte sie.« Dann fuhr er fort: »Ich habe dauernd versucht, mich wieder an zu Hause zu erinnern. Wir hatten eine Schule: mit einem riesigen Hof wie in einer Kaserne, nichts als Fenster und Regenrinnen. Nach dem Essen haben wir dort immer Ball gespielt. – Da war ein Tor und dahinter der Weg zur Kirche, dahinter der Fluß ...« Er beschrieb die Stadt mit seinen Händen, als lege er Ziegelsteine aufeinander. »Sonntags gingen wir immer hin, durch die Seitentür, die Kinder zuletzt, weißt du.« Plötzlich lächelte er überlegen. »Diese Kirche blickte nach Norden«, erklärte er, »und keineswegs nach Osten.« Unvermittelt fragte er dann: »Und du – wie lange? Wie lange bist du schon dabei?«

»Bei der Organisation?«

»Ja.«

»Vier Jahre.«

»Wie alt warst du damals?«

»Achtundzwanzig. Es ist das Mindestalter.«

»Du hast mir doch gesagt, du wärst vierunddreißig.«

»Man wartet auf uns«, sagte Avery.

Rucksack und Koffer – aus grünem Leinen, mit Lederecken – standen in der Halle bereit. Er probierte den Sitz des Rucksacks und verstellte die Riemen, bis er ihm hoch auf dem Rücken hockte wie die Schultasche eines deutschen Jungen. Dann nahm er den Koffer auf und wog beides.

»Nicht so schlimm«, murmelte er.

»Weniger geht nicht«, sagte Leclerc. Sie flüsterten jetzt nur noch, obwohl niemand sie hören konnte. Einer nach dem anderen kletterte in das Auto.

Ein hastiger Händedruck und dann marschierte er los, dem Hügel entgegen. Es gab keine großen Worte, nicht einmal von Leclerc. Fast schien es, als hätten sie sich schon vor langer Zeit von Leiser getrennt. Das letzte, was sie von ihm sahen, war der leise auf und ab schwankende Rucksack, während er in der Dunkelheit verschwand. Leisers Gang hatte schon immer einen eigenen Rhythmus gehabt.

18

Leiser lag im dichten Farnkraut am Ende des Hügels. Er starrte auf das phosphoreszierende Zifferblatt seiner Uhr. Noch zehn Minuten. Der Schlüsselbund war ihm aus der Tasche geglitten, und er schob ihn zurück. Während er die Hand zurückzog, fühlte er die Glieder der Kette wie die Perlen eines Rosenkranzes durch seine Finger gleiten. Einen Augenblick ließ er sie verweilen. In dieser Berührung lag Trost, in ihr lag etwas von seiner Kindheit: »Sankt Christophorus und alle deine Engel, bitte beschütze uns auf der Reise.«

Vor ihm fiel das Gelände steil bis zur Talsohle ab. Er hatte es gesehen, er wußte, daß es so war. Aber während er jetzt hinunterblickte, konnte er in der Dunkelheit nichts erkennen. Angenommen, dort unten war Sumpf. Es hatte geregnet und das Wasser hatte sich im Tal gesammelt. Er sah sich bis zum Bauch durch den Schlamm waten und den Koffer auf dem Kopf balancieren, während rings um ihn die Kugeln ins Wasser klatschten.

Er versuchte, jenseits des Tales den Turm zu erkennen, aber falls es ihn noch gab, war er vom Schwarz der Bäume verschluckt.

Sieben Minuten. Machen Sie sich wegen der Geräusche keine Sorgen, hatten sie gesagt, der Wind wird sie nach Süden tragen. Bei diesem Wind werden sie überhaupt nichts hören. Laufen Sie neben dem Weg, auf der südlichen, das heißt also, der rechten Seite, bleiben Sie auf dem neuen, durch das Farnkraut getrampelten Pfad. Er ist eng, aber frei. Wenn Ihnen jemand entgegenkommt, nehmen Sie das Messer. Aber gehen Sie um Gottes willen nicht auf dem Weg.

Der Rucksack war schwer. Zu schwer. Der Koffer ebenso. Er hatte mit Jack schon darüber gestritten. Er machte sich nichts aus Jack. »Wir wollen lieber ganz sichergehen, Fred«, hatte Jack erklärt. »Diese kleinen Geräte sind empfindlich wie Jungfrauen: für siebzig Kilometer ganz brauchbar, aber bei achtzig schon tot wie ein gestochenes Kalb. Es ist besser, wenn wir Spielraum haben, Fred, dann sind wir ganz sicher. Die Leute, von denen wir dieses Ding haben, sind Fachleute, wirkliche Experten.«

Noch eine Minute. Sie hatten seine Uhr nach Averys Wecker gestellt.

Er hatte Angst. Plötzlich konnte er seine Gedanken nicht mehr ablenken. Vielleicht war er zu alt, zu müde, vielleicht hatte er schon genug geleistet. Vielleicht hatte ihn das Training erschöpft. Er fühlte, wie sein Herz gegen die Rippen schlug. Sein Körper würde es nicht durchhalten, er war nicht mehr stark genug. Er lag und redete in Gedanken auf Haldane ein: Mein Gott, Captain, sehen Sie denn nicht, daß meine Zeit vorüber ist? Der alte Knabe schafft's nicht mehr. So ungefähr würde er es ihnen sagen. Er würde liegen bleiben, wenn der Minutenzeiger auf seinen Platz rückte. Sein Körper würde zu schwer sein, er würde sich nicht bewegen können. »Es ist mein Herz«, würde er ihnen sagen. »Hatte 'nen Herzanfall, Chef, hab' ich Ihnen nichts von meinem wackligen Herz gesagt? Es streikte einfach, während ich hier im Kraut lag.«

Er stand auf. Soll der Hund den Hasen sehen.

Rennen Sie den Hügel hinunter, hatten sie gesagt. Bei diesem Wind werden sie nicht einen Ton hören. Rennen Sie den Hügel hinunter, denn das ist die Stelle, an der sie Sie noch am ehesten sehen könnten. Am wahrscheinlichsten ist, daß sie dort hinschauen, wo sie hoffen können, eine Silhouette zu sehen. Laufen Sie schnell durch das Farnzeug, und machen Sie sich klein, dann kann nichts schiefgehen. Unten hinlegen und verschnaufen, dann zu kriechen anfangen.

Er rannte, so schnell er nur konnte. Er stolperte, und der Rucksack brachte ihn zu Fall. Er spürte, wie das Knie gegen sein Kinn schlug, und dann den Schmerz, als er sich in die Zunge biß. Als er wieder hochkam, riß ihn der Koffer herum, er taumelte halb in den Weg hinein und wartete auf den grellen Blitz der explodierenden Mine. Er hastete den Abhang hinunter. Der weiche Boden gab unter seinen Fersen nach, und der Koffer klapperte wie ein altes Auto. Warum hatten sie ihm nicht erlaubt, die Pistole mitzunehmen? Er fühlte, wie seine brennende Milz wuchs, sich unter den Rippen ausbreitete und feurige Stiche in die Lunge bohrte. Er zählte seine Schritte und spürte bei jedem einen Schlag und das drückende Gewicht von Koffer und Rucksack. Avery hatte gelogen. Die ganze Zeit nichts als Lügen. Sie sollten sich um Ihren Husten kümmern, Captain, besser gingen Sie mal zu 'nem Doktor, mit diesem Stacheldraht in Ihrem Gekröse. Der Boden wurde flach, er fiel wieder hin und lag still, keuchend wie ein Tier. Er fühlte nichts als Furcht und den Schweiß, der sein Wollhemd durchtränkte.

Er preßte sein Gesicht an den Boden. Während er seinen Körper hochstemmte, glitt seine Hand unter seinen Bauch und zog den Riemen des Rucksacks fester.

Er begann den Hügel hinaufzukriechen, robbte mit den Ellbogen und schob den Koffer vor sich her. Die ganze Zeit war ihm bewußt, daß sich der Buckel auf seinem Rücken über die Spitzen der Farnkräuter hinauswölbte. Das Wasser durchtränkte seine Kleider, er spürte es über Schenkel und Knie laufen. Der Geruch von modrigem Laub füllte seine Nase. Sein Haar blieb immer wieder an Zweigen hängen. Die ganze Natur schien sich verschworen zu haben, ihn aufzuhalten. Er starrte den Hang hinauf und entdeckte vor der schwarzen Wand der Bäume die Silhouette des Turmes. Auf dem Turm war kein Licht.

Er lag still. Es war zu weit. Niemals würde er so weit kriechen können. Auf seiner Uhr war es jetzt Viertel vor drei. Die Ablösung würde von Norden kommen. Er nahm den Rucksack ab und stand auf. Den Rucksack hielt er unter dem Arm wie ein kleines Kind, in der anderen Hand den Koffer. So begann er vorsichtig den Hang hinaufzugehen, wobei er sich links von dem ausgetretenen Pfad hielt und die Silhouette des Turmes nicht aus den Augen ließ. Plötzlich stand er dicht davor. Der Turm sah aus wie das Skelett eines Ungeheuers.

Der Wind pfiff über den Hügelkamm. Direkt über sich hörte Leiser eine locker gewordene Latte gegen die Balken schlagen, dann das langgezogene Knarren von altem Holz. Es war nicht ein Draht, es waren zwei Drähte. Als er daran zog, lösten sie sich von dem Pfosten. Er stieg darüber hinweg, befestigte sie wieder und starrte in den vor ihm liegenden Wald. Selbst in diesem Augenblick unsagbarer Angst, da ihn der in die Augen rinnende Schweiß fast blind machte und das Klopfen seiner Schläfen den Wind übertönte, empfand er noch eine tiefe, vertrauende Dankbarkeit gegenüber Avery und Haldane, als sei der Betrug, den sie an ihm begangen hatten, zu seinem eigenen Vorteil gewesen.

Dann sah er den Posten wie die Silhouette im Schießstand kaum zehn Meter vor sich. Der Mann stand mit dem Rücken zu ihm auf dem alten Weg und hatte sein Gewehr über die Schulter gehängt. Sein plumper Körper schwankte langsam von einer Seite zur anderen, während er mit den Füßen stampfte, um sich warm zu halten. Leiser roch Tabak und Kaffee, nur eine Sekunde lang, ein Geruch, so warm wie eine Wolldecke. Er stellte Rucksack und Koffer nieder und bewegte sich instinktiv auf den Schatten zu. Es war genauso wie in der Turnhalle zu Headington. Er spürte hart das Heft seines Messers in der Hand, die kreuzweise Riffelung, die das Abgleiten verhindern sollte. Der Posten war ein ziemlich junger Bursche unter seinem schweren Uniformmantel; Leiser war erstaunt, wie jung. Er tötete ihn hastig, mit einer einzigen Bewegung; wie ein Fliehender wohl in eine Menge schießt, kurz und nicht um zu töten, sondern um vorzubeugen; ungeduldig, weil er machen mußte, daß er weiterkam; gleichgültig, weil es so angelernt war.

»Können Sie irgend etwas sehen?« wiederholte Haldane.

»Nein.« Avery reichte ihm den Feldstecher. »Er ist von der Dunkelheit einfach verschluckt worden.«

»Können Sie auf dem Turm ein Licht sehen? Sie würden die Scheinwerfer anmachen, wenn sie etwas gehört hätten.«

»Nein. Ich habe nur nach Leiser Ausschau gehalten«, antwortete Avery.

»Sie sollten ihn Mayfly nennen«, rügte Leclerc hinter ihrem Rücken. »Jetzt kennt Johnson den Namen.«

»Ich werde ihn vergessen, Sir.«

»Auf jeden Fall ist er drüben«, sagte Leclerc und ging zum Wagen.

Sie fuhren schweigend zurück.

Während sie auf das Haus zugingen, spürte Avery einen freundschaftlichen Klaps auf seiner Schulter und erwartete, beim Zurückblicken in Johnsons Gesicht zu sehen. Statt dessen aber blickte er in das ausgezehrte Gesicht Haldanes, das aber so verändert wirkte, so merklich entspannt, daß es die jugendliche Ruhe eines Mannes widerzuspiegeln schien, der soeben eine lange Krankheit überwunden hat. Der letzte Schmerz war von ihm gewichen.

»Ich halte nicht viel von großen Lobreden«, sagte Haldane.

»Glauben Sie, daß er gut hinübergekommen ist?«

»Sie haben gut gearbeitet.« Haldane lächelte.

»Wir hätten etwas gehört, nicht wahr? Die Schüsse. Oder wir hätten zumindest die Scheinwerfer gesehen.«

»Er ist jetzt unserer Fürsorge entzogen. Gut gemacht.« Er gähnte. »Ich schlage vor, früh zu Bett zu gehen. Wir haben jetzt nichts mehr zu tun. Nur bis morgen abend, natürlich.« An der Tür blieb er stehen, und ohne den Kopf zu wenden, sagte er: »Wissen Sie, es kommt einem so unwirklich vor. Im Krieg, da war es keine Frage. Sie gingen oder sie weigerten sich. Warum ging er, Avery? Jane Austen sagte: Geld oder Liebe, das seien die zwei einzigen Dinge in der Welt. Leiser ging nicht um des Geldes willen.«

»Sie meinten, man könne das nie so genau wissen. Das sagten Sie an dem Abend, als er anrief.«

»Er erklärte mir, er gehe aus Haß. Aus Haß gegen die Deutschen. Das habe ich ihm nicht geglaubt.«

»So oder so; er ist gegangen. Ich dachte, das sei das einzige, worauf es Ihnen ankommt. Sie sagten einmal, daß Sie Motiven mißtrauen.«

»Haß wäre für ihn kein Grund, eine derartige Arbeit zu übernehmen. Das ist uns ja wohl klar. Was für ein Mensch ist er eigentlich? Wir haben ihn nicht wirklich kennengelernt, oder? Für ihn kann jetzt jeden Augenblick alles vorbei sein – womit beschäftigen sich in dieser Lage seine Gedanken? Wenn er jetzt sterben sollte, heute nacht – woran wird er denken?«

»So etwas sollten Sie nicht aussprechen.«

»Ach.« Endlich wandte er sich nun doch zu Avery. Der friedliche Ausdruck war nicht von seinem Gesicht gewichen. »Als wir das erstemal mit ihm zusammenkamen, war er ein Mensch ohne Liebe. Wissen Sie, was Liebe ist? Ich werd's Ihnen sagen: Sie ist all das, was man noch immer verraten kann. Was uns anbelangt, so leben wir ohne sie in unserem Beruf. Wir zwingen niemanden, für uns zu arbeiten. Wir lassen die Leute nur die Liebe entdecken. Natürlich hat Leiser das getan, oder nicht? Er hat uns sozusagen wegen des Geldes geheiratet und aus Liebe verlassen. Er leistete den zweiten Schwur. Ich frage mich nur, wann das war.«

»Wie meinen Sie das: wegen des Geldes?« sagte Avery schnell.

»Ich meine, was immer wir ihm gegeben haben, er jedenfalls hat uns Liebe gegeben. Ich sehe da gerade zufällig, daß Sie seine Uhr tragen.«

»Ich bewahre sie nur für ihn auf.«

»Ach so. Gute Nacht. Oder guten Morgen, eigentlich.« Ein kleines Lachen. »Wie schnell man doch jeden Sinn für Zeit verliert.« Dann bemerkte er, mehr zu sich selbst: »Und das Rondell hat uns die ganze Zeit geholfen. Sehr seltsam. Ich frage mich, warum.«

Sorgfältig reinigte Leiser sein Messer. Es war schmutzig und mußte gewaschen werden. Im Bootshaus aß er seinen Proviant und trank den Cognac aus der Flasche. »Danach«, hatte Haldane gesagt, »müssen Sie sich aus dem Land versorgen. Sie können nicht mit Fleischkonserven und französischem Cognac umherlaufen.« Er öffnete die Tür und ging hinaus, um sich Gesicht und Hände im See zu waschen.

Die Wasserfläche lag unbewegt in der Dunkelheit. Ihr glatter Spiegel war wie eine makellose Haut, die schwebende graue Nebelschleier bedeckten. Er konnte das am Ufer wachsende Schilf erkennen, das leise von dem über die Wasserfläche streichenden, vor der Morgendämmerung fliehenden Wind berührt wurde. Jenseits des Sees hingen schattenhaft die Umrisse einer niedrigen Hügelkette. Er fühlte sich erholt und ruhig. Bis ihn, wie ein Schauder, der Gedanke an den Jungen überfiel.

Er schleuderte die leere Fleischdose und die kleine Flasche weit in den See hinaus, und als sie ins Wasser klatschten, erhob sich träge ein Reiher aus dem Schilf. Leiser bückte sich nach einem Kieselstein, den er über die Wasserfläche tanzen ließ. Er hörte, daß er dreimal aufschlug, ehe er unterging. Er versuchte es noch einmal, aber dreimal sprang der Stein nicht mehr. Er ging in die Hütte zurück und holte den Rucksack und seinen Koffer. Sein rechter Arm schmerzte sehr. Das mußte vom Gewicht des Koffers sein. Irgendwoher drang das Muhen von Kühen.

Er ging auf dem Uferweg nach Osten. Er wollte so weit wie möglich kommen, ehe der Tag begann.

Ein halbes Dutzend Dörfer mußte er schon durchquert haben. Jedes war ohne Leben gewesen, ruhiger als die offene Landstraße, weil die Häuser für einen Augenblick den Wind abhielten. Plötzlich wurde ihm bewußt, daß er keine Wegweiser und kein einziges neues Gebäude gesehen hatte. Das war es, was den friedlichen Eindruck erweckte. Es war die Ruhe der fehlenden Erneuerung – so hatte es auch schon vor fünfzig Jahren hier ausgesehen, oder vor hundert. Es gab keine Straßenbeleuchtung, keine bunten Schilder an den Kneipen und Geschäften. Es war die Dunkelheit der Gleichgültigkeit, und das beruhigte ihn. Er lief in diesen Frieden hinein, wie ein müder Mann in die See taucht: Er gab ihm Kühlung und belebte ihn wie der Wind, bis er sich an den Jungen erinnerte. Er kam an einem allein stehenden Bauernhaus vorbei. Ein langer Weg führte von der Straße zu dem Haus. Er blieb stehen. Auf halber Höhe stand ein Motorrad, ein alter Regenmantel lag über dem Sattel. Niemand war zu sehen.

Der Ofen qualmte.

»Wann war doch sein erster Sendetermin?« fragte Avery. Er hatte schon mehrmals gefragt.

»Johnson sagte, um zweiundzwanzig Uhr zwanzig. Eine Stunde vorher werden wir anfangen, das Wellenband abzutasten.«

»Ich dachte, er sei auf einer bestimmten Frequenz«, murmelte Leclerc ziemlich uninteressiert.

»Es könnte sein, daß er mit dem falschen Kristall anfängt. In der Aufregung passiert das leicht. Für die Empfangsstation ist es am sichersten, wenn man auf alle Frequenzen achtet, für die er Kristalle mithat.«

»Er muß jetzt schon unterwegs sein.«

»Wo ist Haldane?«

»Er schläft.«

»Wie kann jemand unter diesen Umständen schlafen?«

»Es wird bald Tag.«

»Können Sie nicht irgendwas mit diesem Ofen unternehmen?« fragte Leclerc. »Es ist doch wohl nicht notwendig, daß er so raucht.« Plötzlich schüttelte er den Kopf, als wolle er Wassertropfen abschütteln, und sagte: »John, es gibt einen außerordentlich interessanten Bericht Fieldens über Truppenbewegungen in Budapest. Wenn Sie nach London zurückkommen, sollten Sie vielleicht...« Er verlor den Faden und runzelte die Stirn.

»Sie erwähnten es schon«, sagte Avery sanft.

»Ja, natürlich, jedenfalls sollten Sie mal einen Blick hineinwerfen.«

»Gerne. Klingt sehr interessant.«

»Ja, nicht wahr?«

»Sehr.«

»Wissen Sie«, sagte Leclerc, anscheinend noch immer in Erinnerungen versunken, »die wollen der unglücklichen Frau immer noch nicht die Pension auszahlen.«

Er hielt sich auf dem Motorrad sehr steif und hatte die Ellbogen an den Körper gelegt, als sitze er bei Tisch. Die Maschine machte schrecklichen Lärm, der die Morgendämmerung erfüllte, über die gefrorenen Felder hallte und die Hühner in ihren Ställen aus dem Schlaf schreckte. Der Mantel hatte lederne Schulterklappen. Seine Zipfel flatterten im Wind und schlugen mit knatterndem Geräusch gegen die Speichen des Hinterrades, während die Maschine über die Schlaglöcher holperte. Der Tag brach an.

Er würde bald etwas essen müssen. Leiser verstand nicht, daß er so hungrig war. Vielleicht kam es von der körperlichen Anstrengung. Ja, das mußte es sein. Er würde essen, aber nicht in einer Stadt und noch nicht jetzt. Nicht in einem Café, in das fremde Menschen kamen. Nicht in einem Café, das der Junge besucht hatte.

Er fuhr weiter. Das Hungergefühl peinigte ihn. Er konnte an nichts anderes denken. Er drehte den Gashebel zurück und beugte seinen hageren Körper vor. Er fuhr in einen Feldweg und hielt.

Das Haus war alt und vernachlässigt bis zum Zerfall. Der Weg zum Haus war von Karrenrädern aufgewühlt und von Gras überwachsen, der Zaun morsch. Es gab terrassenförmig angelegte Beete, auf denen das Unkraut wucherte, als könne man sie für keinen sinnvollen Zweck mehr verwenden.

Das Küchenfenster war erleuchtet. Leiser klopfte an die Tür. Seine Hand zitterte von der Fahrt auf dem Motorrad. Niemand kam. Er klopfte noch einmal, und das Geräusch erschreckte ihn. Er glaubte, ein Gesicht zu sehen. Es konnte der Schatten des Jungen sein, der gegen das Fenster sank, als er fiel, ebensogut aber konnte es die Spiegelung eines vom Wind bewegten Astes sein.

Er ging schnell zu dem Motorrad zurück. Entsetzt begriff er, daß sein Hunger gar kein Hunger war, sondern Einsamkeit. Er mußte sich irgendwo hinlegen und ausruhen. Er dachte: Ich hatte ganz vergessen, wie sehr einen das mitnimmt. Er fuhr weiter, bis er in einen Wald kam. Dort legte er sich hin und preßte sein heißes Gesicht in das kühle Farnkraut.

Es war Abend. Auf den Feldern war es noch hell. Aber in dem Wald, in dem er lag, breitete sich rasch die Dämmerung aus, so daß sich die roten Föhren plötzlich in schwarze Säulen verwandelten.

Er klaubte sich die Blätter von seiner Jacke und schnürte die Schuhe zu. Sie drückten den Rist schmerzhaft. Er hatte keine Zeit gehabt, sie einzulaufen. Er ertappte sich bei dem Gedanken: Denen kann's egal sein, und er erinnerte sich daran, daß nichts je die Kluft überbrückt, die zwischen dem Mann lag, der ging, und denen, die zurückblieben, zwischen den Lebenden und den Toten.

Es bereitete ihm Mühe, die Riemen des Rucksackes über die Schultern zu streifen, und dankbar fühlte er wieder den heißen Schmerz, als sie endlich auf ihren alten Stellen saßen. Nachdem er den Koffer aufgenommen hatte, ging er über den Acker zur Straße zurück, wo das Motorrad stand: noch fünf Kilometer bis Langdorn. Er nahm an, daß es hinter dem nächsten Hügel lag: die erste der drei Städte. Bald würde er auf die Straßensperre stoßen; bald würde er essen.

Er fuhr langsam, den Koffer auf seinen Knien, während er auf die nasse Straße starrte und seine Augen anstrengte, um eine Kette roter Lichter zu sehen oder eine Ansammlung von Männern und Fahrzeugen. Nach einer Kurve sah er auf der linken Straßenseite ein Haus mit einer Bierreklame, die in einem Fenster aufgestellt war. Er fuhr in den Vorgarten. Das Motorengeräusch lockte einen alten Mann vor die Tür. Leiser bockte das Rad auf.

»Ich hätte gerne ein Bier«, sagte er, »und Wurst. Gibt's das hier?«

Der alte Mann ließ ihn eintreten und an einem Tisch im Gastzimmer Platz nehmen, von dem aus Leiser das Motorrad draußen im Auge behalten konnte. Er brachte ihm eine Flasche Bier, einige Scheiben Wurst auf einem Teller und ein Stück Schwarzbrot. Er blieb neben dem Tisch stehen und sah ihm beim Essen zu.

»Wohin wollen Sie?« Sein mageres Gesicht war von Bartstoppeln bedeckt.

»Nach Norden.« Leiser kannte dieses Spiel.

»Woher sind Sie?«

»Wie heißt die nächste Ortschaft?«

»Langdorn.«

»Weit?«

»Fünf Kilometer.«

»Kann man dort übernachten?«

Der alte Mann zuckte mit den Schultern. Die Bewegung drückte weder Gleichgültigkeit noch Verneinung aus, sondern einfach Ablehnung, als lehne er alles ab und werde von allem abgelehnt.

»Wie ist die Straße?« fragte Leiser.

»Ganz gut.«

»Angeblich soll eine Umleitung sein.«

»Keine Umleitung«, sagte der alte Mann, als bedeute eine Umleitung Hoffnung, Trost oder Gesellschaft, irgend etwas, das die kalte Feuchtigkeit erwärmen oder die Ecken des Raumes hätte erhellen können.

»Sie sind aus dem Osten«, erklärte der alte Mann. »Man erkennt's an Ihrer Sprache.«

»Meine Eltern«, sagte Leiser. »Gibt's Kaffee?«

Der alte Mann brachte Kaffee, sehr schwarz und säuerlich, ohne Aroma.

»Sie sind aus Wilmsdorf«, sagte der alte Mann. »Ihr Nummernschild ist aus Wilmsdorf.«

»Viele Gäste?« fragte Leiser und sah zur Tür.

Der alte Mann schüttelte den Kopf.

»Ist keine sehr befahrene Straße, nicht?« Der alte Mann sagte immer noch nichts. »Ich hab' einen Freund in Kalkstadt. Ist das noch weit?«

»Nicht weit. Vierzig Kilometer. Bei Wilmsdorf ist ein Junge umgebracht worden.«

»Er führt ein Lokal an der Nordausfahrt, ›Dorfkrug‹, kennen Sie es?«

»Nein.«

Leiser senkte seine Stimme. »Es gab Ärger bei ihnen. Eine Prügelei, Soldaten aus der Stadt, Russen.«

»Gehen Sie weg«, sagte der alte Mann.

Er wollte zahlen, hatte aber nur einen Fünfzigmarkschein.

»Gehen Sie weg«, sagte der Alte wieder.

Leiser nahm Rucksack und Koffer. »Alter Narr«, sagte er böse, »was glauben Sie, wer ich bin?«

»Sie sind entweder gut oder schlecht – und beides ist gefährlich. Gehen Sie.«

Es gab keine Straßensperre. Unversehens war er mitten in Langdorn. Es war schon finster. Das einzige Licht auf der Straße war der schwache Schein, der sich hinter den geschlossenen Fensterläden hervorstahl und kaum bis aufs nasse Pflaster fiel. Kein Verkehr auf der Straße. Der Lärm seines Motorrades beunruhigte ihn, er klang wie ein Fanfarenstoß über den Marktplatz. Leiser dachte, im Krieg gingen sie immer früh zu Bett, um sich warm zu halten. Vielleicht hatte sich das nicht geändert.

Es war Zeit, das Motorrad loszuwerden. Er fuhr durch die Stadt hindurch und fand am anderen Ende eine unbenützte Kirche, wo er das Rad neben der Sakristeitür stehenließ. Er ging in die Stadt zurück, zum Bahnhof. Der Beamte war in Uniform.

»Kalkstadt. Einfach.«

Der Beamte streckte die Hand aus. Leiser nahm einen Geldschein heraus und gab ihn ihm. Der Beamte schüttelte ihn ungeduldig. Einen Augenblick starrte Leiser ratlos auf die vor ihm herumfuchtelnde Hand und das ärgerliche, mißtrauische Gesicht hinter dem Schalterfenster.

Plötzlich schnauzte der Beamte: »Personalausweis!«

Leiser lächelte um Verzeihung bittend. »Daran habe ich gar nicht gedacht«, sagte er und öffnete die Brieftasche, um die Karte in ihrem Zellophanfenster zu zeigen.

»Nehmen Sie sie heraus«, sagte der Beamte, und Leiser sah ihm dabei zu, wie er den Ausweis unter dem Licht seiner Schreibtischlampe prüfend betrachtete.

»Reisegenehmigung?«

»Ja, natürlich.« Leiser gab ihm das Papier.

»Warum fahren Sie nach Kalkstadt, wenn Sie nach Rostock reisen?«

»Unser Betrieb hat Maschinen per Bahn nach Kalkstadt geliefert. Schwere Turbinen und Werkzeugmaschinen. Müssen montiert werden.«

»Wie sind Sie bis hierher gekommen?«

»Jemand hat mich mitgenommen.«

»Das Mitnehmen von Anhaltern ist verboten.«

»In diesen Zeiten muß man sehen, wie man vorankommt.«

»In diesen Zeiten?«

Der Mann preßte seine Nase gegen die Scheibe und blickte auf Leisers Hände hinunter.

»Mit was spielen Sie da unten herum?« fragte er grob.

»Eine Kette. Meine Schlüsselkette.«

»So. Also die Maschinen müssen montiert werden, wie? Und weiter?«

»Ich kann das unterwegs erledigen. Die warten in Kalkstadt schon sechs Wochen. Der Transport hat so lange gedauert.«

»So?«

»Wir haben nachgeforscht, bei der Eisenbahn.«

»Und?«

»Keine Antwort.«

»Sie müssen eine Stunde warten. Der Zug geht um halb sieben.« Pause. »Haben Sie's schon gehört? Bei Wilmsdorf haben sie einen Jungen umgebracht«, sagte er. »Schweine.« Er gab das Wechselgeld herüber.

Leiser wußte nicht, was er tun sollte. Er wagte es nicht, sein Gepäck in die Aufbewahrung zu geben. Er konnte nichts anderes tun, als eine halbe Stunde umherzulaufen, dann kehrte er zum Bahnhof zurück. Der Zug hatte Verspätung.

»Ihnen beiden gebührt große Anerkennung«, sagte Leclerc mit einem dankbaren Nicken in Richtung von Haldane und Avery. »Auch Ihnen, Johnson. Von jetzt an gibt es nichts, was irgendeiner von uns noch dazu beitragen könnte. Alles hängt jetzt von Mayfly ab.« Avery bekam ein Extralächeln. »Was ist mit Ihnen, John? Sie sind so still. Glauben Sie, daß Sie wertvolle Erfahrungen haben sammeln können?« Und mit einem Lachen, das für die beiden anderen bestimmt war, sagte er: »Ich hoffe wirklich, daß wir nicht plötzlich eine Scheidung auf dem Gewissen haben. Wir müssen Sie jetzt so schnell als möglich zu Ihrer Frau nach Hause schicken.«

Er saß auf der Tischkante und hatte die Hände über dem Knie gefaltet. Als Avery nichts sagte, erklärte er strahlend: »Ich habe einen Vermerk von Carol bekommen – du weißt es, Adrian –, daß ich die junge Ehe zerstöre.«

Haldane lächelte, als sei das eine erheiternde Bemerkung. »Ich bin sicher, daß diese Gefahr nicht besteht«, sagte er.

»Er hat ja auch bei Smiley großen Eindruck gemacht. Wir müssen aufpassen, daß sie ihn uns nicht wegschnappen!«

19

Als der Zug in Kalkstadt hielt, wartete Leiser, bis die anderen Reisenden den Bahnsteig verlassen hatten. Ein älterer Beamter sammelte die Fahrkarten ein. Er sah freundlich aus.

»Ich suche nach einem Freund«, sagte Leiser, »einen Mann namens Fritsche. Er hat hier gearbeitet.«

Der Beamte runzelte die Stirn.

»Fritsche?«

»Ja.«

»Wie ist sein Vorname?«

»Ich weiß nicht.«

»Wie alt ist er denn? Wenigstens ungefähr?«

Leiser sagte auf gut Glück: »Vierzig.«

»Fritsche, hier, auf diesem Bahnhof?«

»Ja. Er wohnte in einem kleinen Haus unten am Fluß. Junggeselle.«

»Allein in einem ganzen Haus? Und soll hier gearbeitet haben?«

»Ja.«

Der Beamte schüttelte den Kopf. »Nie von ihm gehört.« Er sah Leiser zweifelnd an. »Sind Sie sicher?« fragte er.

»Das hat er mir jedenfalls erzählt.« Plötzlich schien ihm etwas einzufallen. »Im November hat er mir geschrieben ... er beschwerte sich darüber, daß Vopos den Bahnhof geschlossen hätten.«

»Sie sind ja verrückt«, sagte der Beamte. »Gute Nacht.«

»Gute Nacht«, erwiderte Leiser. Die ganze Zeit, während er davonging, spürte er den starren Blick des Mannes in seinem Rücken.

In der Hauptstraße gab es einen Gasthof. Er hieß »Alte Glocke«. Er wartete eine Zeitlang an der Theke im Gastzimmer, aber niemand kam. Er öffnete eine Tür und stand in einem großen, halbdunklen Raum. An einem Tisch saß ein Mädchen vor einem alten Grammophon. Sie saß zusammengesunken da, hatte den Kopf in die Arme gelegt und lauschte der Musik. Über ihr brannte eine einzelne Birne. Als die Platte zu Ende war, setzte sie, ohne den Kopf zu heben, die Nadel wieder an den Anfang.

»Ich brauche ein Zimmer«, sagte Leiser. »Ich bin gerade aus Langdorn angekommen.«

Überall in dem Raum hingen ausgestopfte Vögel: Reiher, Fasanen und ein Eisvogel. »Ich suche ein Zimmer«, wiederholte er. Es war Tanzmusik, eine sehr alte Platte.

»Fragen Sie an der Theke.«

»Es ist niemand da.«

»Es gibt sowieso nichts. Die dürfen Sie hier gar nicht wohnen lassen. Neben der Kirche ist eine Herberge. Sie müssen dort wohnen.«

»Wo ist die Kirche?«

Sie stellte mit einem übertriebenen Seufzer das Grammophon ab, und Leiser wußte, daß sie froh war, mit jemandem reden zu können.

»Sie ist zerbombt«, erklärte sie. »Wir sprechen nur noch von ihr. Bloß der Turm steht noch.«

Schließlich sagte er: »Die haben sicher ein Bett hier. Es ist doch ein großes Haus.« Er stellte den Rucksack in eine Ecke und setzte sich neben sie an den Tisch. Mit der Hand fuhr er sich durch das dichte, trockene Haar.

»Sie sehen ganz erledigt aus«, sagte das Mädchen.

Seine blaue Hose war noch vom Lehm an der Grenze verkrustet. »War den ganzen Tag unterwegs. Das nimmt einen mit.«

Sie stand befangen auf und ging bis ans Ende des Raumes, wo eine hölzerne Stiege zu einem schwachen Lichtschimmer hinaufführte. Sie rief, aber niemand kam.

»Steinhäger?« fragte sie aus der Dunkelheit.

»Ja.«

Sie kam mit einer Flasche und einem Glas zurück. Sie trug einen alten braunen Militärregenmantel mit Schulterstücken und eckigen Schultern.

»Woher sind Sie?« fragte sie.

»Magdeburg. Ich fahre nach Norden. Habe in Rostock eine Stelle bekommen.«

Wie oft würde er das noch sagen? »In dieser Herberge – kann ich da ein Einzelzimmer haben?«

»Wenn Sie eins wollen …«

Die Beleuchtung war so schwach, daß er sie zuerst kaum erkennen konnte. Nach und nach nahm sie Gestalt an. Sie war ungefähr achtzehn und grobknochig. Ein ganz hübsches Gesicht, aber eine sehr unreine Haut. So alt wie der Junge an der Grenze, ein bißchen älter vielleicht.

»Wer sind Sie?« fragte er. Sie antwortete nicht. »Was machen Sie?«

Sie nahm sein Glas, trank daraus und sah ihn altklug über den Rand des Glases hinweg an. Sie schien sich für eine große Schönheit zu halten. Dann stellte sie das Glas langsam auf den Tisch zurück, während sie ihn weiter ansah und sich das Haar aus dem Gesicht strich. Auch von dieser Geste schien sie viel zu halten.

»Schon lange hier?«

»Zwei Jahre.«

»Was machen Sie?«

»Was Sie wollen.« Ihre Stimme war ganz ernst.

»Viel los hier?«

»Ach – völlig tot. Nichts.«

»Keine Jungs?«

»Manchmal.«

»Soldaten?« – Eine Pause.

»Ab und zu. Wissen Sie nicht, daß diese Frage verboten ist?«

Leiser goß sich noch einen Steinhäger aus der Flasche ein.

Sie nahm sein Glas, wobei sie mit seinen Fingern spielte.

»Was ist mit dieser Stadt los?« fragte er. »Ich habe schon vor sechs Wochen versucht, herzukommen. Man ließ mich nicht herein. Kalkstadt, Langdorn, Wolken – alles gesperrt, sagten sie. Was war los?«

Ihre Fingerspitzen strichen über seine Hand.

»Was ging hier vor?« wiederholte er.

»Nichts war gesperrt.«

»Mach's halblang«, sagte Leiser. »Sie wollten mich nicht mal in die Nähe lassen, ich schwör dir's. Sperren hier und auf der Straße nach Wolken.« Er dachte: Schon zwanzig nach acht, nur noch zwei Stunden bis zu meinem ersten Funkkontakt.

»Nichts war gesperrt.« Plötzlich setzte sie hinzu: »Du kommst also von Westen, auf der Straße. Nach so jemandem suchen sie hier gerade.«

Er stand auf. »Ich muß mich nach dieser Herberge umsehen.« Er legte Geld auf den Tisch.

Das Mädchen flüsterte: »Ich hab' mein eigenes Zimmer. Der Neubau hinterm Friedensplatz. Es sind Arbeiterwohnungen. Sie haben nichts dagegen, dort. Ich mach', was du willst.«

Leiser schüttelte den Kopf. Er nahm sein Gepäck und ging zur Tür. Sie sah ihn noch immer an, und er wußte, daß sie mißtrauisch war.

»Wiedersehen«, sagte er.

»Ich würde auch nichts sagen. Nimm mich mit.«

»Ich trank einen Steinhäger«, murmelte Leiser. »Wir haben kein Wort miteinander geredet. Du hast die ganze Zeit deine Platten gespielt.« Sie hatten beide Angst.

Das Mädchen sagte: »Ja. Die ganze Zeit Platten.«

»Es war nie gesperrt, bist du ganz sicher? Langdorn, Wolken, Kalkstadt, vor sechs Wochen?«

»Wozu sollte irgend jemand hier Sperren errichten?«

»Nicht mal der Bahnhof?«

Sie sagte schnell: »Vom Bahnhof weiß ich nichts. Im November war das Gebiet einmal für drei Tage gesperrt. Niemand hat eine Ahnung, warum. 'ne russische Einheit war da, ungefähr fünfzig Mann. Sie lagen hier in der Stadt. Mitte November.«

»Fünfzig? Panzer, oder was?«

»Mit Lastwagen. Weiter im Norden waren Manöver. Sagte man. Bleib bei mir heute nacht. Bleib. Nimm mich mit. Ich geh' überallhin.«

»Welche Farbe hatten die Schulterklappen?«

»Weiß nicht.«

»Woher kamen sie?«

»Sie waren neu. Ein paar waren aus Leningrad, zwei Brüder.«

»Wohin gingen sie von hier?«

»Norden. Hör zu, niemand wird etwas davon erfahren. Ich rede nicht. Zu der Sorte gehöre ich nicht. Ich mach' dir alles, alles, was du willst.«

»In Richtung Rostock?«

»Sie sagten, daß sie nach Rostock gehen. Wir sollen nicht darüber sprechen. Die Parteileute waren deshalb in jedem Haus.«

Leiser nickte. Er schwitzte. »Wiedersehen«, sagte er.

»Wie ist es mit morgen? Morgen abend? Ich mach', was du willst.«

»Vielleicht. Sag es niemandem. Verstehst du?«

Sie schüttelte den Kopf. »Ich werd's ihnen nicht sagen. Mir ist das doch egal. Frag nur nach dem Hochhaus hinterm Friedensplatz. Tür neunzehn. Kannst jederzeit kommen. Ich mach' selbst auf. Wenn du zweimal läutest, weiß ich, daß es für mich ist. Brauchst nichts zu bezahlen.« Dann sagte sie: »Gib acht auf dich. Überall sind Leute. In Wilmsdorf ist ein Junge umgebracht worden.«

Er ging zum Marktplatz, nun wieder vorsichtig, denn er fühlte sich von allen Seiten bedroht, suchte den Kirchturm und die Herberge. In der Dunkelheit huschten vermummte Gestalten an ihm vorbei. Manche trugen noch alte Uniformstücke, Feldmützen oder die langen Mäntel, die sie im Krieg gehabt hatten. Ab und zu, wenn er gerade unter einer der matten Straßenlaternen vorbeikam, versuchte er einen Blick in ihre Gesichter zu werfen, und dann forschte er in diesen verschlossenen, ausdruckslosen Mienen nach dem, was er haßte. Er sagte sich: »Hasse diesen Kerl – er ist alt genug …« Aber es berührte ihn nicht. Sie waren nichts. In einer anderen Stadt, an einem anderen Ort hätte er vielleicht jemanden für seinen Haß finden können. Hier nicht. Diese Leute hier waren alt und nichts weiter. Arm und allein wie er selbst. Der Kirchturm war schwarz und leer. Er erinnerte ihn plötzlich an den Turm an der Grenze, an die Werkstatt nach elf Uhr abends, an den Augenblick, als er den Posten tötete: ein Kind noch, wie er selbst es im Krieg gewesen war, jünger sogar noch als Avery.

»Jetzt sollte er eigentlich schon dort sein«, sagte Avery.

»Ganz richtig, John. Er sollte wohl schon dort sein, nicht wahr? Nur noch eine Stunde. Noch ein Fluß zu überqueren.« Er begann zu singen, aber niemand fiel ein.

Schweigend saßen sie einander gegenüber.

»Kennen Sie übrigens den Alias-Club?« fragte Johnson plötzlich. »Bei der Villiers Street? Vom alten Haufen kommen ziemlich viele dorthin. Sollten einmal am Abend mitkommen, wenn wir wieder zu Hause sind.«

»Danke«, sagte Avery. »Mach' ich gerne.«

»In der Weihnachtszeit ist es dort sehr nett«, sagte Johnson. »Das ist die Zeit, in der ich oft dort bin. Ein netter Verein. Ein oder zwei kommen sogar in Uniform.«

»Klingt sehr nett.«

»Silvester machen sie eine Party mit Damen. Sie könnten Ihre Frau mitbringen.«

»Prima.«

Johnson zwinkerte. »Oder Ihre Freundin.«

»Für mich gibt's nur Sarah«, sagte Avery.

Das Telefon läutete. Leclerc stand auf, um abzuheben.

20

Heimkehr

Er stellte Rucksack und Koffer ab und inspizierte das Zimmer. Neben dem Fenster war eine elektrische Steckdose. Die Tür hatte kein Schloß, deshalb stellte er den Lehnstuhl davor. Er zog die Schuhe aus und legte sich aufs Bett. Er dachte an die Finger des Mädchens, die über seine Hände strichen, und an das nervöse Zittern ihrer Lippen. Dann fiel ihm der verschlagene Blick ein, mit dem sie ihn aus dem Dunkel heraus beobachtet hatte, und er fragte sich, wie lange es dauern würde, bis sie ihn verriet.

Avery fiel ihm ein: die menschliche Wärme und die typisch englische Anständigkeit am Beginn ihrer Kameradschaft. Er sah wieder sein junges, im Regen glänzendes Gesicht vor sich und den scheuen, verwirrten Ausdruck Averys, als er seine Brille abwischte, und er dachte: Sicher hat er nie etwas anderes als zweiunddreißig gesagt. Ich habe mich verhört.

Er sah zur Decke. In einer Stunde würde er die Antenne spannen.

Das Zimmer war groß und kahl, und in einer Ecke gab es ein rundes Waschbecken aus Marmor. Unter dem Becken führte ein Rohr zum Fußboden, und er hoffte, daß es für die Erdung genügen würde. Er drehte den Wasserhahn auf, und zu seiner Erleichterung kam kaltes Wasser, denn Jack hatte gesagt, bei einer Heißwasserleitung sei es riskant. Er nahm sein Messer und kratzte das Rohr an einer Seite sorgfältig sauber. Die Erdung war sehr wichtig – Jack hatte das gesagt. Wenn es gar keine andere Möglichkeit gibt, hatte er gesagt, dann legen Sie das Erdkabel im Zickzack unter den Teppich, und zwar in der gleichen Länge, die die Antenne hat. Aber es gab hier keinen Teppich. Er mußte es mit dem Rohr versuchen. Kein Teppich, keine Gardinen.

An der gegenüberliegenden Wand stand ein ausladender schwerer Kleiderschrank. Früher mußte es einmal das beste Hotel am Platz gewesen sein. Es roch nach türkischen Zigaretten und Desinfektionsmitteln. Die Wände waren grau getüncht, und die Feuchtigkeit hatte über sie dunkle Schatten verteilt, nach der gleichen geheimnisvollen Eigengesetzlichkeit des Mauerwerks, durch die auch der trockene Streifen entstanden war, der quer über die Decke lief. An manchen Stellen war der Verputz abgebröckelt und hatte gezackte Inseln aus weißem Schimmel hinterlassen, an anderen hatte er sich zusammengezogen, und die Sprünge waren vom Maler mit der gleichen Masse gefüllt worden, die in den Ecken des Zimmers weiße Flußläufe zeichnete. Leisers Blick folgte ihnen aufmerksam, während er angestrengt auf das leiseste Geräusch außerhalb des Raumes achtete.

An der Wand hing ein Bild. Es zeigte Feldarbeiter und ein Pferd vor einem Pflug. Am Horizont war ein Traktor zu sehen. Er hörte Johnsons gutmütige Stimme die Anweisungen wegen der Antenne herunterleiern: »In einem geschlossenen Raum ist es ein Jammer, und es wird in einem geschlossenen Raum sein. Also hören Sie zu: im Zickzack durchs Zimmer, ein Viertel Ihrer Wellenlänge und dreißig Zentimeter unterhalb der Decke. Zwischenräume möglichst weit, Fred, und auf keinen Fall parallel zu Eisenträgern, elektrischen Leitungen und derartigem. Lassen Sie sie gestreckt, biegen Sie sie nicht auf sich selbst zurück, sonst gibt's eine schöne Schweinerei, klar?« Immer der gleiche Scherz, die Anspielung auf den Geschlechtsakt, um das Gedächtnis eines einfachen Mannes zu stützen.

Leiser dachte: Ich werde sie zum Bilderrahmen spannen und von dort hin und her bis zur hinteren Ecke. In diesen weichen Verputz werde ich sicher einen Nagel stecken können. Er sah sich nach einem Nagel oder etwas Ähnlichem um und entdeckte im Holz des Fensterrahmens einen alten Gardinenhaken.

Er stand auf und schraubte den Griff seines Rasierapparats ab. Man mußte ihn dazu nach rechts drehen, was allgemein für einen genialen Einfall gehalten wurde, da ein mißtrauischer Fremder, der den Griff wie üblich nach links zu drehen versuchte, gegen das Gewinde schrauben würde. Aus der Höhlung zog er das zusammengefaltete Seidentuch heraus und glättete es mit seinen dicken Fingern über dem Knie. In der Tasche fand er einen Bleistift. Er spitzte ihn, wobei er auf der Bettkante sitzen blieb, damit ihm das Seidentuch nicht verrutschte. Zweimal brach ihm die Spitze ab. Zwischen seinen Füßen sammelten sich auf dem Boden die Späne an. Dann begann er in seinem Notizbuch zu schreiben. Er kritzelte mit großen Buchstaben wie ein Häftling, der an seine Frau schreibt, und um jeden Punkt zog er einen Kreis, wie man es ihm vor langer Zeit beigebracht hatte.

Als er seine Nachricht formuliert hatte, zog er nach jeweils zwei Buchstaben einen senkrechten Strich, und unter die so entstehenden Abteilungen schrieb er die der Buchstabengruppe entsprechende Zahl, wie er es von der Tabelle auswendig gelernt hatte. Manchmal mußte er eine Eselsbrücke erfinden, um sich an die Zahlenkolonnen zu erinnern. Manchmal hatte er eine falsche Zahl geschrieben, dann mußte er sie ausradieren und von neuem beginnen. Als er fertig war, teilte er die Zahlenreihe in Gruppen von jeweils vier Zahlen und zog sie von den Zahlen auf dem Seidentuch ab. Schließlich übertrug er die Zahlen wieder in Buchstaben, die er wieder in Vierergruppen aufteilte.

Wie ein altes Leiden machte sich wieder die Furcht in seinem Leib bemerkbar. Er blickte bei jedem eingebildeten Geräusch scharf zur Tür hinüber. Seine Hand stockte dabei mitten im Schreiben. Aber er hörte nichts, nur das Knarren im Gebälk eines alten Hauses, das klang wie das Geräusch des Windes in der Takelage eines Schiffes.

Er betrachtete den fertigen Text mit dem Bewußtsein, daß er viel zu lang geworden war und daß er ihn kürzen könnte, wäre er nur etwas besser in dieser Art Arbeit und wäre sein Geist nur ein wenig beweglicher, aber im Augenblick fiel ihm beim besten Willen keine Lösung ein. Außerdem hatte er gelernt, daß es besser war, ein Wort oder zwei Wörter zuviel zu schreiben, als daß die Nachricht am anderen Ende mißverstanden werden konnte. Es waren zweiundvierzig Buchstabengruppen.

Er zog den Tisch vom Fenster weg und hob den Koffer hinauf. Mit dem Schlüssel von seiner Kette sperrte er ihn auf, wobei er betete, es möge auf der Reise nichts kaputtgegangen sein. Er öffnete die Schachtel mit den Ersatzteilen und ertastete mit zitternden Fingern den seidenen, oben mit einem grünen Band zusammengebundenen Beutel, in dem die Kristalle waren. Er knüpfte das Band auf und schüttelte die Kristalle auf die rauhe Bettdecke. An jedem klebte ein kleines Etikett, auf dem mit Johnsons Schrift die Frequenz und darunter mit einer Zahl die Stelle vermerkt war, auf der der Kristall im Sendeplan stand. Er ordnete sie entsprechend und legte sie in einer Reihe nebeneinander, wobei er sie auf die Decke preßte, damit sie nicht umherkollerten. Die Kristalle waren das einfachste. Er versuchte, ob sich die Tür trotz des unter die Klinke geschobenen Stuhls öffnen ließ. Die Klinke rutschte in seiner Handfläche, der Stuhl leistete Widerstand. Ihm fiel ein, daß er im Krieg immer Metallkeile mitbekommen hatte. Er ging zu dem Koffer zurück und schloß Sender und Empfänger an den Transformator an, stöpselte die Kopfhörer ein und löste die Schraube, die die Morsetaste im Deckel der Schachtel festhielt. Dabei sah er es.

In den Deckel des Koffers war ein Stück Papier geklebt, auf dem ein halbes Dutzend Buchstabengruppen und daneben die dazugehörenden Morsezeichen vermerkt waren. Es war der internationale Morsecode für die stehenden Phrasen, die er sich nie hatte merken können.

Als er diese mit Johnsons säuberlicher Buchhalterschrift gemalten Buchstaben sah, stiegen Tränen der Dankbarkeit in seine Augen. Das hat er mir gar nicht gesagt, dachte er, er hat gar nicht gesagt, daß er das gemacht hat. Jack war doch ganz in Ordnung, trotz allem. Jack, der Captain und Johnny-boy: welch ein Team, für das er arbeitete. Andere Leute hatten nicht das Glück, solche Burschen zu finden, egal, wie lange sie suchten. Er versuchte ruhig zu werden und preßte die Hände fest gegen die Tischplatte. Er zitterte ein wenig, es mochte vor Kälte sein. Sein verschwitztes Hemd klebte an seinem Rücken, aber er war glücklich. Er warf einen schnellen Blick auf den Sessel vor der Tür und dachte: Wenn ich die Kopfhörer aufhabe, werde ich sie gar nicht kommen hören, so, wie mich der Junge wegen des Windes nicht gehört hat.

Als nächstes steckte er Erde und Antenne in ihre Buchsen, zog das Erdkabel bis zur Wasserleitung und befestigte die blanken Enden mit Klebestreifen auf der abgeschabten Stelle des Rohres. Er stieg auf das Bett und spannte die Antenne in acht Windungen dicht unter der Decke aus, wie Johnson ihn angewiesen hatte, wobei er sie an der Vorhangstange und mit Hilfe des Gardinenhakens an der Wand befestigte. Nachdem das erledigt war, setzte er sich wieder vor das Gerät und drehte den Zeiger der Bandskala zwischen die Drei und die Vier, weil er wußte, daß die Frequenzen aller Kristalle im Drei-Megahertz-Bereich lagen. Er nahm den ersten der in einer Reihe auf dem Bett liegenden Kristalle, steckte ihn an der hinteren linken Ecke des Gerätes in seinen Sockel und begann den Sender abzustimmen, wobei er jeden Handgriff vor sich hin murmelte: Stelle Kristallknopf auf »Alle Kristalle«, stecke die Spule ein, Anodenabstimmung und entsprechende Antennenkontrolle auf zehn.

Er zögerte, während er versuchte, sich an den nächsten Schritt zu erinnern. In seinem Kopf bildete sich ein Klumpen. »V – wissen Sie nicht, was V bedeutet?« Er schaltete den Knopf des Meßgerätes auf drei, um die Netzspannung am Verstärker abzulesen. ASE-Knopf auf A für Abstimmung. Jetzt kam die Erinnerung langsam wieder zurück. Meßinstrument auf sechs, um die Verstärker-End-Spannung abzulesen. Anodenknopf bis zum geringsten Ausschlag des Zeigers drehen.

Nun schaltete er den ASE-Knopf auf S für Senden, drückte kurz auf die Morsetaste, las dabei die Messung ab, drehte die Antennenabstimmung, bis der Zeiger etwas höher kletterte, und stellte hastig die Anodenabstimmung neu ein. Dann wiederholte er die Prozedur, bis er mit unendlicher Erleichterung vor dem weißen Hintergrund der nierenförmigen Skala den Zeiger ausschlagen sah und wußte, daß Sender und Antenne einwandfrei abgestimmt waren und daß er nun mit John und Jack sprechen konnte.

Er lehnte sich mit einem zufriedenen Grunzen zurück und zündete eine Zigarette an. Er wünschte, es wäre eine englische gewesen, denn wenn sie jetzt hereingeplatzt kämen, spielte die Zigarettensorte schon keine Rolle mehr. Er sah auf die Uhr und zog sie, entsetzt von der Vorstellung, daß sie abgelaufen sein könnte, bis zum Anschlag auf. Sie war nach Averys Uhr gestellt, und diese Tatsache gab ihm auf simple Art ein beruhigendes Gefühl. Wie zwei voneinander getrennte Liebende blickten sie zu demselben Stern empor.

Er hatte diesen Jungen getötet.

Noch drei Minuten bis zum festgesetzten Sendetermin. Er hatte die Morsetaste von dem Deckel der Schachtel abgeschraubt, weil er sie dort nicht richtig bedienen konnte. Jack hatte gesagt, das sei ganz in Ordnung, es mache nichts aus. Leiser mußte nun das Brettchen, auf dem die Taste befestigt war, mit der linken Hand festhalten, damit sie nicht wegrutschte, aber Jack sagte, jeder Funker habe nun mal seine eigenen Marotten. Leiser war sicher, daß die Taste kleiner war als die, die man ihm im Krieg gegeben hatte. Er war ganz sicher. Es hingen noch Spuren von Kreide an dem Arm der Taste. Er legte seine Ellbogen an den Körper und straffte den Rücken. Der Mittelfinger seiner rechten Hand krümmte sich über der Taste. JAJ ist mein erstes Rufzeichen, dachte er, Johnson ist mein Name, und man nennt mich Jack, das ist wirklich leicht zu behalten. JA, John Avery. JJ, Jack Johnson. Dann klopfte er es in den Äther hinaus: einmal kurz und dreimal lang, kurz-lang, einmal kurz und dreimal lang. Und er dachte dabei: Es ist wie in dem Haus in Holland, aber diesmal bin ich allein.

Sag's zweimal, Fred, und dann schalte ab. Er ging auf Empfang, schob das Blatt Papier weiter in die Mitte des Tisches und merkte plötzlich, daß er nichts zum Schreiben hatte, wenn Jack jetzt durchkam.

Er stand auf und sah sich suchend nach seinem Notizbuch und dem Bleistift um, wobei auf seinem Rücken der Schweiß ausbrach. Sie waren nirgends zu sehen. Er ließ sich hastig auf Hände und Knie fallen und tastete in dem dicken Staub unter dem Bett herum, bis er den Bleistift fand. Das Notizbuch suchte er vergeblich. Während er aufstand, hörte er aus den Kopfhörern ein knackendes Geräusch. Er rannte zum Tisch und preßte einen der Hörer an sein Ohr, gleichzeitig versuchte er, das Papier festzuhalten, um neben seine eigene Nachricht etwas an den Rand kritzeln zu können.

»QSA3 – wir hören Sie gut« – mehr sagten sie nicht. »Ruhig, Junge, ruhig«, murmelte er. Er schob sich auf den Stuhl, schaltete auf Senden, blickte auf den Zettel mit seiner verschlüsselten Nachricht und klopfte die Zahlen vier-zwei in die Tasten, denn es waren zweiundvierzig Gruppen. Seine Hand war schweißnaß, und der Staub klebte an ihr; sein rechter Arm schmerzte, vielleicht vom Tragen des Koffers oder vom Kampf mit dem Jungen.

Sie haben soviel Zeit, wie Sie wollen, hatte Johnson gesagt. Wir hören zu, es ist ja kein Examen. Er holte das Taschentuch heraus und wischte sich den Schmutz von den Händen. Er war schrecklich müde. Die Müdigkeit war wie eine körperliche Verzweiflung, wie der Augenblick drückenden Schuldgefühls vor dem Liebesakt. Gruppen von jeweils vier Buchstaben, hatte Johnson gesagt. Denken Sie einfach an Wörter, die vier Buchstaben haben, was, Fred! Sie brauchen ja nicht alles auf einmal zu geben, machen Sie eine kleine Pause in der Mitte, wenn Sie wollen. Zweieinhalb Minuten auf der ersten Frequenz, zweieinhalb auf der zweiten, das ist unsere Masche. Frau Hartbeck wird Geduld haben, bestimmt. Er machte mit dem Bleistift einen dicken Strich unter den neunten Buchstaben, denn an dieser Stelle mußte der absichtlich gemachte Fehler kommen, damit sie wußten, daß alles in Ordnung war. Das war etwas, an das er nur flüchtig zu denken wagte.

Er stützte sein Gesicht in die Hand und sammelte das Letzte an Konzentration. Dann griff er nach der Taste und begann zu klopfen. Die Hand locker lassen, Zeige- und Mittelfinger auf der Taste, Daumen eingezogen. Handgelenk nicht auf der Tischplatte auflegen, Fred, regelmäßig atmen, Fred. Sie werden merken, daß das entspannt.

Mein Gott, warum waren seine Hände nur so langsam? Einmal nahm er die Finger von der Taste und starrte kraftlos auf die Handfläche, dann wieder strich er sich mit der linken Hand über die Stirn, damit ihm der Schweiß nicht in die Augen floß, und er spürte, wie die Taste unter seinen klopfenden Fingern davonrutschte. Sein Handgelenk war zu steif: die Hand, mit der er den Jungen getötet hatte. Die ganze Zeit sagte er sich die Zeichen vor: kurz-kurzlang, dann ein K, das hatte er immer leichter behalten, einfach ein Punkt zwischen zwei Strichen – seine Lippen formten lautlos die Buchstaben, aber seine Hand folgte nicht.

Es war ein Gestammel, das immer schlimmer wurde, je länger er sprach – und in seinen Gedanken immer der Junge, nichts als der Junge. Aber vielleicht war er doch schneller, als er glaubte. Er hatte jedes Zeitgefühl verloren. Der Schweiß lief ihm in die Augen. Er konnte ihn nicht mehr aufhalten. Er fuhr fort, die Punkte und Striche vor sich hin zu murmeln, und er wußte, daß Johnson darüber ärgerlich gewesen wäre, denn er hätte überhaupt nicht in Punkten und Strichen denken sollen, sondern in Tönen – di dah dah di di – so, wie es die Berufsfunker tun, aber Johnson hatte nicht den Jungen umgelegt. Die Schläge seines Herzens übertönten das schwache Klopfen der Taste, seine Hand schien immer schwerer und schwerer zu werden, und doch fuhr er fort zu morsen, denn das war das einzige, was ihm zu tun geblieben war, das einzige, an dem er sich festhalten konnte, während sein Körper aufgab. Er erwartete sie jetzt geradezu, er wünschte, daß sie kämen – holt mich, holt alles –, er sehnte sich nach den Schritten im Korridor. Hilf uns, John, hilf uns.

Als er schließlich fertig geworden war, ging er zum Bett hinüber. Fast gleichzeitig bemerkte er die säuberlich in einer Reihe auf der Decke ausgelegten unberührten Kristalle, still und bereit, schön ausgerichtet und numeriert wie die Leichen getöteter Posten.

Avery sah auf seine Uhr. Es war Viertel nach zehn. »In fünf Minuten müßte er anfangen«, sagte er.

Leclerc verkündete unerwartet: »Gorton hat angerufen. Er hat ein Telegramm vom Minister bekommen. Sie haben offenbar eine Mitteilung für uns. Ein Kurier ist unterwegs.«

»Was könnte das sein?« fragte Avery.

»Ich denke, es wird diese ungarische Sache sein. Fieldens

Bericht. Ich werde womöglich nach London zurückmüssen.« Ein selbstzufriedenes Lächeln. »Aber ich glaube, ihr Leute werdet auch ohne mich zurechtkommen.«

Johnson hatte die Kopfhörer über den Ohren und saß vorgebeugt auf einem hochlehnigen Holzstuhl, der aus der Küche heraufgebracht worden war. Der dunkelgrüne Empfänger ließ das leise Brummen des Transformators hören. Die von innen erleuchtete Meßskala glomm fahl in dem unter dem Dach herrschenden Halbdunkel.

Haldane und Avery saßen auf einer unbequemen Bank. Vor Johnson lagen ein Block und ein Bleistift. Er schob den Kopfhörer von einem Ohr weg und sagte zu Leclerc, der neben ihm stand: »Ich werde ihn ganz routinemäßig kommen lassen, Sir. Ich werde versuchen, Sie dabei gleich auf dem laufenden zu halten. Aber bitte bedenken Sie, daß ich zur Sicherheit auch selbst mitschreibe.«

»Ich verstehe.«

Sie warteten schweigend. Plötzlich – für sie alle ein Augenblick höchster Verzauberung – straffte sich Johnsons Körper, er nickte ihnen kurz zu und schaltete das Tonbandgerät ein. Er lächelte und legte schnell den Schalter am Sender um. Er klopfte auf seine Morsetaste. »Komm nur, Fred«, sagte er laut, »höre dich gut.«

»Er hat's geschafft!« zischte Leclerc. »Jetzt ist er dran am Ziel.« Seine Augen leuchteten vor Begeisterung. »Hören Sie, John? Hören Sie das?«

»Wollen wir nicht still sein?« schlug Haldane vor.

»Da kommt er schon«, sagte Johnson. Seine Stimme war ruhig und beherrscht. »Zweiundvierzig Gruppen.«

»Zweiundvierzig!« wiederholte Leclerc.

Johnsons Körper war bewegungslos. Sein Kopf war ein wenig zur Seite geneigt, seine ganze Konzentration galt den Kopfhörern. Sein Gesicht war in dem bleichen Licht der Skalenbeleuchtung ohne jeden Ausdruck.

»Ich bitte um Ruhe jetzt.«

Ungefähr zwei Minuten lang huschte seine geschickte Hand über den Block. Ab und zu murmelte er unhörbar, flüsterte einen Buchstaben oder schüttelte den Kopf, bis die Morsezeichen langsamer zu kommen schienen und sein Bleistift – während er lauschend wartete – zwischen den einzelnen Zeichen stillhielt, bis er jeden einzelnen Buchstaben mit quälender Sorgfalt aufs Papier malte. Er warf einen schnellen Blick auf seine Uhr.

»Los, Fred«, drängte er, »los, geh auf die andere Frequenz. Das sind schon fast drei Minuten.« Aber die Meldung tröpfelte weiter, Buchstabe für Buchstabe, und Johnsons einfaches Gesicht nahm einen besorgten Ausdruck an.

»Was ist los?« fragte Leclerc. »Warum hat er die Frequenz nicht gewechselt?«

Aber Johnson sagte nur: »Schalt ab, Fred, um Himmels willen, schalt ab!«

Leclerc klopfte ihm ungeduldig auf den Arm. Johnson hob eine der Muscheln vom Ohr.

»Warum hat er die Frequenz nicht gewechselt? Warum funkt er noch immer?«

»Er muß es vergessen haben! Im Training hat er's nie vergessen. Ich weiß ja, daß er langsam ist, aber, guter Gott!« Er schrieb noch immer automatisch mit. »Fünf Minuten«, murmelte er. »Fünf beschissene Minuten. Tausch endlich den beschissenen Kristall aus.«

»Können Sie es ihm nicht sagen?« rief Leclerc.

»Natürlich kann ich nicht! Wie soll ich das? Er kann doch nicht gleichzeitig empfangen und senden!«

Sie saßen oder standen wie hypnotisiert herum. Johnson, der sich zu ihnen umgewandt hatte, sagte flehentlich: »Ich hab's ihm gesagt! Ich hab's ihm nicht einmal, ich hab's ihm Dutzende Male gesagt. Es ist der reinste Selbstmord, was er da macht!« Er sah auf seine Uhr. »Jetzt sendet er schon fast an die sechs Minuten. Verdammter, verdammter, *verdammter* Narr!«

»Was werden sie tun?« fragte Haldane.

»Wenn sie die Sendung auffangen? – Eine zweite Abhörstation anrufen, ihn anpeilen, der Rest ist einfachste Trigonometrie, wenn jemand so lange im Äther bleibt.« Er schlug mit der flachen Hand hilflos auf den Tisch und zeigte auf das Gerät, als sei es eine Beleidigung. »Ein Kind kann das erledigen. Mit nichts als zwei Kompassen. Großer Gott! Wach auf, Fred, um

Gottes willen, wach endlich auf!« Er schrieb noch eine Handvoll Buchstaben auf und warf dann den Bleistift hin. »Es ist sowieso auf Band«, sagte er.

Leclerc wandte sich an Haldane. »Sicher gibt's doch etwas, was wir unternehmen könnten«, sagte er.

»Sei still«, sagte Haldane.

Die Meldung brach ab. Johnson klopfte die Bestätigung, schnell und haßerfüllt. Er spulte das Tonband zurück und begann die Morsezeichen zu übertragen. Nachdem er die Code-Tabelle vor sich hingelegt hatte, arbeitete er rund eine Viertelstunde ohne Unterbrechung. Gelegentlich warf er einfache Additionen auf das Schmierblatt neben seinem Arm. Niemand sprach. Als er fertig war, stand er in einer fast schon vergessenen Geste des Respekts vor Leclerc auf. »Meldung lautet: Gebiet Kalkstadt Mitte November drei Tage gesperrt, als fünfzig nicht identifizierte Sowjetsoldaten in der Stadt waren. Ohne Spezialausrüstung. Gerüchte von Sowjetmanövern im Norden. Einheit angeblich nach Rostock verlegt. Fritsche in Kalkstadt Bahnhof nicht wiederhole nicht bekannt. Keine Sperren auf Straße nach Kalkstadt.« Er warf das Blatt auf den Tisch. »Danach kommen noch fünfzehn Gruppen, die ich nicht entziffern kann. Wahrscheinlich hat er seinen Code durcheinandergebracht.«

Der Unteroffizier der Volkspolizei in Rostock nahm den Telefonhörer auf. Er war ein älterer Mann mit grau werdendem Haar und gedankenvollem Gesicht. Er lauschte einige Zeit der aus dem Hörer dringenden Stimme und begann dann, auf einem anderen Apparat eine Nummer zu wählen. »Das muß ein Kind sein«, sagte er, während er die Wählscheibe drehte. »Was für eine Frequenz, sagten Sie?« Er hob den zweiten Hörer an sein Ohr und sprach schnell ein paar Sätze hinein, wobei er die Frequenz dreimal wiederholte. Dann ging er in die angrenzende Baracke hinüber. »Wismar wird jeden Augenblick durchkommen«, sagte er. »Sie machen schon eine Peilung. Hören Sie ihn noch?« Der Feldwebel nickte. Der Unteroffizier drückte einen freien Hörer ans Ohr.

»Das kann kein Amateur sein«, murmelte er. »Verletzt die Vorschrift. Aber was dann? Kein Agent morst auf diese Art, wenn er seine fünf Sinne beisammenhat. Welche Frequenzen liegen daneben? Militär oder Zivil?«

»Es ist nahe bei Militär. Sehr nahe.«

»Aha!« sagte der Unteroffizier. »Das paßt eigentlich dazu, was? Genauso haben sie's im Krieg gemacht.«

Der Feldwebel starrte auf das Tonbandgerät, dessen Spulen sich träge um ihre Achsen drehten. »Er sendet immer noch. Vierergruppen.«

»Vierer?« Der Unteroffizier suchte in seiner Erinnerung nach irgend etwas, das sich vor langer, langer Zeit zugetragen hatte.

»Lassen Sie mich mal hören. Hören Sie doch, hören Sie sich diesen Narren an! Er ist so langsam wie ein Anfänger.«

Das piepsende Geräusch schlug irgendeine Saite in seinem Gedächtnis an. Diese verwischten Pausen, die Punkte so knapp, daß sie nicht viel mehr als ein Klick waren. Er hätte schwören können, daß er diese Hand kannte ... aus dem Krieg, in Norwegen ... aber nicht so langsam – niemand hatte je so langsam gesendet wie dieser da. Nicht Norwegen ... Frankreich. Vielleicht war es nur Einbildung. Ja, sicher war es Einbildung.

»Oder ein alter Mann«, sagte der Feldwebel.

Das Telefon läutete. Der Unteroffizier lauschte einen Augenblick und rannte dann, rannte, so schnell er konnte, durch die Baracke zum Ausgang und über den asphaltierten Weg in die Offiziersmesse hinüber.

Der russische Hauptmann trank gerade Bier. Seine Jacke hing über der Lehne seines Stuhles, und er sah sehr gelangweilt aus.

»Sie wollen etwas, Unteroffizier?« Er gab sich gerne so angeödet.

»Er ist gekommen. Der Mann, über den man uns informiert hat. Der den Jungen umgelegt hat.«

Der Hauptmann stellte schnell sein Bierglas nieder.

»Haben Sie ihn gehört?«

»Wir haben eine Peilung. Mit Wismar. Vierergruppen. Sehr langsame Hand. Kommt aus der Kalkstadt-Gegend. Liegt nahe bei einer unserer eigenen Frequenzen. Sommer hat die Meldung mitgeschnitten.«

»Du lieber Gott«, sagte der Russe ruhig. Der Unteroffizier runzelte die Stirn.

»Was sucht er dort? Wozu sollten sie ihn dorthin geschickt haben?« fragte er.

Der Hauptmann knöpfte schon seine Jacke zu. »Fragen Sie in Leipzig an. Vielleicht wissen die auch darauf eine Antwort.«

21

Es war sehr spät.

Das Feuer im Kamin brannte recht gut, aber Control stocherte dennoch mit größerer Unzufriedenheit darin herum. Er haßte es, nachts zu arbeiten.

»Man will Sie jetzt im Ministerium sprechen«, sagte er gereizt. »Ausgerechnet jetzt, mitten in der Nacht. Es ist wirklich zu dumm! Warum regen sich alle gerade an einem Donnerstag so auf? Das ganze Wochenende ist sicher wieder hin.« Er legte den Schürhaken aus der Hand und ging zu seinem Schreibtisch zurück. »Die sind dort in einer fürchterlichen Verfassung. Irgendein Idiot spricht von einem Stein, der Kreise zieht. Es ist erstaunlich, wie die Nacht manche Leute verändert. Wirklich, ich verabscheue das Telefon.« Auf dem Tisch vor ihm standen etliche Apparate.

Smiley bot ihm eine Zigarette an, und er nahm sie ohne hinzusehen, als könne man ihn nicht mehr für die Handlungen seines Körpers verantwortlich machen.

»Welches Ministerium?« fragte Smiley.

»Leclercs. Haben Sie irgendeine Ahnung, was da los ist?«

Smiley sagte: »Ja. Sie nicht?«

»Leclerc ist so entsetzlich gewöhnlich. Ja, ich muß gestehen, daß ich ihn gewöhnlich finde. Er glaubt, wir lägen in Konkurrenz. Was, zum Teufel, sollte ich schon mit seinem schrecklichen Volkssturmhaufen anfangen wollen? Europa nach fahrenden Wäschereien durchkämmen? Er bildet sich ein, ich wolle ihn auffressen.«

»Wollen Sie das denn nicht? Warum sonst haben wir diesen Paß für ungültig erklärt?«

»Was für ein dummer Mensch. Ein dummer, gewöhnlicher Mensch. Wie konnte Haldane nur auf so etwas reinfallen?«

»Er hat einmal ein Gewissen gehabt. Er ist wie wir alle. Er hat gelernt, ohne eines zu leben.«

»Ach, mein Guter! Ist das ein Seitenhieb auf mich?«

»Was will das Ministerium?« fragte Smiley scharf.

Control hielt einige Blatt Papier hoch und wedelte damit herum. »Haben Sie das hier aus Berlin gesehen?«

»Ja. Kam vor einer Stunde herein: Die Amerikaner haben eine Peilung. Vierergruppen, primitiver Buchstaben-Code. Sie sagen, es komme aus der Gegend von Kalkstadt.«

»Wo, zum Teufel, ist das wieder?«

»Südlich von Rostock. Die Meldung lief sechs Minuten auf derselben Frequenz. Sie sagten, es habe geklungen wie der erste Versuch eines Amateurs. Es müsse eines der alten Geräte aus dem Krieg sein. Sie wollten wissen, ob es eines von den unseren war.«

»Und Ihre Antwort?« fragte Control schnell.

»Ich sagte nein.«

»Das möchte ich hoffen. Guter Gott.«

»Es scheint Ihnen nicht viel auszumachen«, sagte Smiley.

Control schien sich an etwas weit Zurückliegendes zu erinnern. »Ich höre, daß Leclerc in Lübeck ist. Also, das ist wirklich ein hübsches Städtchen. Ich schwärme für Lübeck. Das Ministerium wollte Sie sofort sprechen. Ich sagte, Sie würden hinkommen. Es ist irgendeine Besprechung.« Und mit großem Ernst fügte er hinzu: »Sie müssen, George! Wir waren die größten Dummköpfe. In jeder ostdeutschen Zeitung steht's schon. Sie regen sich mächtig wegen Friedenskonferenzen und Sabotage auf.« Er klopfte auf eines der Telefone. »Und das Ministerium ebenfalls. Gott, wie verabscheue ich diese Beamten.«

Smiley beobachtete ihn voller Skepsis. »Wir hätten sie ja bremsen können. Genug gewußt haben wir.«

»Natürlich hätten wir können«, sagte Control sanft. »Wissen Sie, weshalb wir nicht haben? Pure idiotische christliche Nächstenliebe. Wir wollten ihnen ihr Kriegsspiel nicht verderben. Aber jetzt gehen Sie lieber. – Und, Smiley ...«

»Ja?«

»Seien Sie liebenswürdig.« Und mit seiner einfältigen Stimme setzte er hinzu: »Um Lübeck beneide ich die Leute trotz allem sehr. Gibt's da nicht dieses Restaurant – wie heißt es doch gleich? Wo Thomas Mann immer aß. Es ist so interessant!«

»Er hat nie dort gegessen«, sagte Smiley. »Das Lokal, das Sie meinen, ist im Krieg zerbombt worden.« Er ging noch immer nicht. »Ich frage mich«, sagte er. »Sie werden es mir niemals verraten, nicht wahr? Ich frage mich nur ...« Er sah Control nicht an.

»Mein lieber George, was ist denn jetzt über Sie gekommen?«

»Wir haben diese Leute doch hineingejagt. Der Paß, der dann eingezogen wurde ... die Hilfe unseres Kurierdienstes, die sie nie gebraucht haben ... ein ausrangiertes Funkgerät ... falsche Papiere, Berichte über die Grenze ... wer hat Berlin aufgefordert, den Abhördienst auf ihn anzusetzen? Wer hat ihnen die Frequenzen durchgesagt? Wir haben Leclerc sogar die Kristalle gegeben, oder nicht? War das auch christliche Nächstenliebe? Pure, idiotische christliche Nächstenliebe?«

Control war schockiert.

»Was wollen Sie damit bitte andeuten? Nein, wie abscheulich! Wer könnte so etwas jemals tun!«

Smiley zog seinen Mantel an.

»Gute Nacht, George«, sagte Control. Und bitter, als sei er der Feinfühligkeit überdrüssig, setzte er hinzu: »Nun gehen Sie schon. Und behalten Sie unsere Auseinandersetzung für sich. Ihr Land braucht Sie. Es ist nicht mein Fehler, daß diese Leute so lange gebraucht haben, sich den Hals zu brechen.«

Die Dämmerung kam bereits, und Leiser hatte immer noch kein Auge zugetan. Er wäre gerne zur Toilette gegangen, aber er wagte sich nicht auf den Korridor. Er wagte nicht, sich zu bewegen. Wenn man schon nach ihm suchte, mußte er ganz normal gehen und nicht vor Anbruch des Morgens aus der Herberge stürzen. Niemals rennen, hatte es immer geheißen: Gehe, wie die Menge geht. Um sechs konnte er aufbrechen – das war spät genug. Er rieb sich mit dem Handrücken das Kinn. Es war rauh und stachelig und hinterließ Kratzer auf der braunen Haut seiner Hand.

Er war hungrig und wußte nicht mehr, was er tun sollte, aber davonlaufen würde er nicht.

Er drehte sich im Bett um, zog aus dem Bund seiner Hose das Messer und hielt es sich vor die Augen. Ein Schauer überlief ihn. Auf seiner Stirn fühlte er eine unnatürliche Fieberhitze. Er betrachtete das Messer und dachte an die reine, freundliche Art, in der man darüber geredet hatte: Daumen oben, Klinge parallel zum Boden, Unterarm steif. »Gehen Sie weg«, hatte der alte Mann gesagt, »Sie sind entweder gut oder böse, und beides ist gefährlich.« Wie hatte er das Messer zu halten, wenn die Leute in dieser Art mit ihm sprachen? So, wie bei dem Jungen?

Dann war es sechs. Er stand auf. Seine Beine waren schwer und steif. Seine Schultern schmerzten immer noch von der Last des Rucksacks. Seine Kleider rochen nach Tannennadeln und moderndem Laub, wie er merkte. Er kratzte den halbgetrockneten Lehm von seiner Hose und zog das andere Paar Schuhe an.

Er ging hinunter, um jemanden zu suchen, bei dem er bezahlen konnte, und die neuen Schuhe quietschten auf den Stufen der Holztreppe. Er fand eine alte Frau, die eine weiße Schürze trug und Linsen auslas, während sie zu einer Katze sprach.

»Was bin ich schuldig?«

»Daß Sie den Meldezettel ausfüllen«, sagte sie säuerlich. »Das ist das erste, was Sie schuldig sind. Sie hätten es schon tun sollen, als Sie ankamen.«

»Tut mir leid.«

Sie fuhr ihn an, unterdrückt, da sie nicht wagte, die Stimme zu heben: »Wissen Sie nicht, daß es verboten ist, sich in einer Stadt aufzuhalten, ohne sich bei der Polizei zu melden?« Sie blickte auf seine neuen Schuhe hinunter. »Oder sind Sie so reich, daß Sie glauben, das habe für Sie keine Geltung?«

»Tut mir leid«, sagte Leiser noch einmal. »Geben Sie den Zettel her, und ich fülle ihn aus. Ich bin nicht reich.«

Die Frau wurde still, während sie emsig weiter in den Linsen herumstocherte.

»Woher kommen Sie?« fragte sie dann.

»Osten«, sagte Leiser. Er meinte Süden, von Magdeburg, oder Westen, von Wilmsdorf.

»Sie hätten sich gestern abend anmelden müssen. Jetzt ist es zu spät.«

»Was habe ich zu zahlen?«

»Sie können nicht zahlen«, erwiderte die Frau. »Macht nichts. Sie haben den Zettel nicht ausgefüllt. Was werden Sie sagen, wenn man Sie fragen sollte?«

»Daß ich bei einem Mädchen war.«

»Es schneit draußen«, sagte die Frau. »Geben Sie auf Ihre hübschen Schuhe acht.«

Harte Schneekörnchen trieben verloren vor dem Wind her und sammelten sich in den Fugen zwischen den schwarzen Pflastersteinen oder blieben in den Stuckverzierungen an den Hauswänden hängen. Es war ein grauer, nutzloser Schnee, der sich dort, wo er hinfiel, bald auflöste.

Leiser überquerte den Friedensplatz und sah ein neues gelbes Gebäude, das sich auf einem öden Grundstück sechs oder sieben Stockwerke hoch erhob. Auf den Balkonen hing Wäsche, mit einer dünnen Schicht Schnee bedeckt. Im Treppenhaus roch es nach Essen und Heizöl. Die Wohnung war im dritten Stock. Er konnte das Geschrei eines Kindes und das Dudeln eines Radios hören. Einen Augenblick lang überlegte er, ob er nicht umkehren und weggehen sollte, da er eine Gefahr für sie war. Er drückte zweimal auf die Klingel, wie es das Mädchen ihm gesagt hatte. Sie öffnete schlaftrunken die Tür. Über das baumwollene Nachthemd hatte sie ihren Regenmantel gezogen und hielt ihn am Hals zu, um sich vor der beißenden Kälte zu schützen. Als sie Leiser sah, zögerte sie, als wüßte sie nicht, was sie tun sollte, als bringe er schlechte Nachrichten. Er sagte nichts, sondern stand nur da, mit dem leise hin und her schwingenden Koffer in der Hand. Sie machte eine einladende Bewegung mit dem Kopf, und er folgte ihr durch den Flur zu ihrem Zimmer, wo er Koffer und Rucksack in einer Ecke abstellte. An den Wänden hingen Werbeplakate von Ferienzielen: Bilder von Wüsten, Palmen und dem Mond über der tropischen See. Sie legten sich ins Bett, und sie deckte ihn mit ihrem schweren Körper zu. Sie zitterte ein wenig, denn sie hatte Angst.

»Ich möchte schlafen«, sagte er. »Laß mich erst mal schlafen.«

Der russische Hauptmann sagte: »Er hat in Wilmsdorf ein Motorrad gestohlen und am Bahnhof nach Fritsche gefragt. Was wird er jetzt unternehmen?«

»Er wird wieder senden. Heute abend«, antwortete der Unteroffizier, »falls er etwas hat, das er mitteilen kann.«

»Um die gleiche Zeit?«

»Gewiß nicht. Auch nicht die gleiche Frequenz. Noch von der gleichen Stelle. Vielleicht geht er nach Wismar oder Langdorn oder Wolken; womöglich sogar nach Rostock. Oder er bleibt in Kalkstadt, geht aber in ein anderes Haus. Oder er sendet überhaupt nicht.«

»In ein Haus? Wer wird schon einen Spion beherbergen?«

Der Unteroffizier zuckte mit den Schultern, als wolle er andeuten, daß er selbst dazu fähig wäre. Gekränkt fragte der Hauptmann: »Woher wissen Sie, daß er aus einem Haus sendet? Warum nicht im Wald oder auf dem Feld? Woher wollen Sie das so genau wissen?«

»Es ist ein kräftiges Signal. Ein sehr starker Sender. So viel Energie könnte er aus einer Batterie nicht entnehmen. Nicht aus einer, die er allein mit sich herumschleppen kann. Er benützt den Netzanschluß.«

»Riegeln Sie die Stadt ab, und durchsuchen Sie jedes Haus«, sagte der Hauptmann.

»Wir wollen ihn lebend.« Der Unteroffizier sah auf seine Hände hinunter. »Sie wollen ihn doch lebend.«

»Was sollen wir sonst tun?« beharrte der Hauptmann. »Können Sie mir das verraten?«

»Man muß dafür sorgen, daß er sendet. Das ist das wichtigste. Und daß er in Kalkstadt bleibt.«

»Ja, und?«

»Wir müssen schnell sein«, meinte der Unteroffizier.

»Ja, und?«

»Sie sollten ein paar Einheiten in die Stadt bringen. Was Sie gerade auftreiben können. So schnell wie möglich. Panzer, Infanterie, ganz gleich, was. Schaffen Sie Bewegung. Machen Sie ihn aufmerksam. Aber seien Sie schnell!«

»Ich werde gleich gehen«, sagte Leiser. »Behalte mich nicht hier. Gib mir Kaffee, und ich werde gehen.«

»Kaffee?«

»Ich habe Geld«, sagte Leiser, als sei das das einzige, was er habe. »Hier.« Er kletterte aus dem Bett, holte die Brieftasche aus seiner Jacke und zog einen Hundertmarkschein aus dem Bündel. »Behalte das.«

Sie nahm die Brieftasche und leerte sie leise lachend auf die Bettdecke aus. Sie hatte eine täppische, katzenhaft verspielte Art, die nicht ganz normal wirkte, und den schnellen Instinkt einer Ungebildeten. Er betrachtete sie unbeteiligt, während seine Finger über ihre nackte Schulter strichen. Sie hielt das Bild einer Frau hoch, einer Blondine mit rundem Gesicht.

»Wer ist das? Wie heißt sie?«

»Sie existiert gar nicht.«

Sie entdeckte die Briefe und las einen davon laut vor. Bei den leidenschaftlichen Stellen lachte sie laut. »Wer ist das?« bohrte sie weiter. »Wer ist sie?«

»Ich sage dir doch, daß es sie gar nicht gibt.«

»Dann kann ich die Briefe zerreißen?« Sie hielt einen der Briefe mit beiden Händen vor ihm hoch und tat so, als wolle sie ihn zerreißen, während sie auf seinen Protest wartete. Leiser sagte nichts. Sie riß ein Stück ein und beobachtete ihn noch immer, dann zerriß sie das Blatt, dann noch eines und noch eines.

Sie stieß auf das Bild eines Kindes, eines Mädchens mit Brille, vielleicht acht oder neun Jahre alt, und wieder fragte sie: »Wer ist das? Ist das dein Kind? Gibt's *dieses* Mädchen?«

»Nein. Das ist niemand. Niemandes Kind. Bloß ein Foto.« Sie zerriß auch das und verstreute die Schnitzel mit großer

Gebärde über das Bett. Dann warf sie sich über ihn und küßte ihn auf Gesicht und Hals. »Wer bist du? Wie heißt du?«

Er wollte es ihr gerade sagen, als sie ihn zurückstieß.

»Nein«, rief sie schnell. »Nein!« Sie senkte die Stimme. »Ich will dich ohne irgend etwas. Ganz allein. Nur du und ich. Wir werden unsere eigenen Namen erfinden, unsere eigenen Gesetze. Niemand sonst, überhaupt niemand. Kein Vater, keine Mutter. Wir drucken unsere eigene Zeitung, unsere Pässe, unsere Marken. Wir machen uns unsere eigenen Menschen.« Sie flüsterte jetzt, und ihre Augen leuchteten. »Du bist ein Spion«, sagte sie mit den Lippen an seinem Ohr. »Ein Geheimagent. Du hast eine Pistole.«

»Ein Messer macht weniger Lärm«, sagte er. Sie lachte sich darüber halbtot, bis sie die blauen Flecken auf seinen Schultern entdeckte. Sie berührte sie neugierig und respektvoll, wie wohl ein Kind etwas Totes berühren würde.

Sie verließ die Wohnung mit dem Einkaufskorb in der Hand, den Regenmantel hielt sie immer noch am Hals zusammen. Leiser zog sich an, rasierte sich – es gab nur kaltes Wasser – und starrte sein zerfurchtes Gesicht in dem zersprungenen Spiegel über dem Becken an. Als sie zurückkam, war es beinahe Mittag, und sie sah besorgt aus.

»Die Stadt ist voll mit Soldaten. Und Militärlastwagen. Was wollen die hier?«

»Vielleicht suchen sie nach jemandem.«

»Sie sitzen nur herum und trinken.«

»Was sind das für Soldaten?«

»Ich weiß nicht. Russen. Woher soll ich das wissen?«

Er ging zur Tür. »Bin in einer Stunde zurück.«

Sie sagte: »Du willst nur von mir weglaufen.« Sie hielt ihn am Arm, sah zu ihm auf, im Begriff, eine Szene zu machen.

»Ich komme zurück. Vielleicht erst später. Vielleicht heute abend. Aber wenn ich komme ...«

»Ja?«

»Es wird gefährlich sein. Dann muß ich ... ich muß hier etwas tun. Etwas sehr Gefährliches.«

Sie küßte ihn. Es war ein leichter, einfältiger Kuß.

»Ich mag die Gefahr.«

»Vier Stunden noch«, sagte Johnson. »Falls er noch lebt.«

»Natürlich lebt er«, sagte Avery ärgerlich. »Warum reden Sie solches Zeug?«

Haldane mischte sich ein. »Seien Sie kein Esel, Avery. Es ist ein technischer Ausdruck. Tote oder lebende Agenten. Es hat nichts mit seinem physischen Zustand zu tun.«

Leclerc trommelte mit den Fingerspitzen auf der Tischplatte. »Er ist ganz in Ordnung«, sagte er. »Fred kann man nicht so leicht umbringen. Er ist ein alter Hase.« Offenbar hatte ihn das Tageslicht wieder munter gemacht. Er sah auf seine Uhr. »Was, zum Teufel, ist mit diesem Kurier passiert, frage ich mich.«

Leiser blinzelte zu den Soldaten hinüber, als komme er aus einer dunklen Höhle ans Tageslicht. Sie füllten die Cafés, starrten in die Schaufenster, glotzten den Mädchen nach. Auf dem Platz waren Lastwagen abgestellt. Ihre Reifen waren von rötlichem Schlamm verschmiert, und über ihren Motorhauben lag ein dünner Überzug aus Schnee. Er zählte neun Wagen. Einige hatten schwere Anhängerkupplungen an ihrer Rückfront. Andere trugen auf den zerbeulten Türen des Fahrerhauses Aufschriften in kyrillischen Buchstaben oder das aufgemalte Wappen irgendeiner Einheit und eine Nummer. Er prägte sich die Einzelheiten der Uniformen ein, die die Fahrer trugen, die Farbe ihrer Schulterstücke. Es wurde ihm klar, daß sie verschiedenen Einheiten angehörten.

Auf dem Rückweg zur Hauptstraße trat er in ein Café und bestellte etwas zu trinken. An einem Tisch saß ein halbes Dutzend mißvergnügter Soldaten, die sich drei Flaschen Bier teilten. Leiser grinste zu ihnen hinüber, es war wie die Aufforderung einer müden Hure. Er hob seine Faust zum sowjetischen Gruß, und sie starrten zu ihm herüber, als sei er verrückt. Er ließ sein Glas stehen und ging zum Platz zurück. Um die Lastwagen hatte sich eine Gruppe von Kindern versammelt, und die Fahrer sagten ihnen immer wieder, sie sollten verschwinden.

Er machte eine Runde durch die Stadt und ging in ein Dutzend Cafés, aber niemand wollte mit ihm sprechen, weil er ein Fremder war. Überall saßen oder standen die Soldaten in Gruppen herum, gekränkt und verwirrt, als habe man sie ohne Grund hochgescheucht.

Er aß irgendwo eine Wurst und trank einen Steinhäger dazu, dann ging er zum Bahnhof, um zu sehen, ob dort irgend etwas los war. Derselbe Beamte war wieder dort und beobachtete ihn durch sein kleines Fensterchen – diesmal ohne Mißtrauen; Leiser spürte, aber es war ihm gleichgültig, daß der Mann die Polizei verständigt hatte.

Auf dem Weg zurück ins Stadtzentrum kam er an einem Kino vorbei. Ein paar Mädchen hatten sich vor den ausgehängten Bildern versammelt; er stellte sich zu ihnen und tat, als betrachte er die Fotos. Dann hörte er den Lärm. Es war ein metallisches, unregelmäßiges Dröhnen, das die Luft mit dem Heulen und Rasseln von Motoren, mit Stahl und Krieg erfüllte. Er zog sich in die Deckung des Kinoeingangs zurück, sah die Mädchen sich umdrehen und die Kartenverkäuferin in ihrem Verschlag aufstehen. Ein alter Mann bekreuzigte sich. Er hatte nur noch ein Auge und trug den Hut schief auf dem Kopf. Die Panzer rollten durch die Stadt; auf ihnen saßen Soldaten mit ihren Karabinern in den Händen. Die Geschützrohre waren lang und weiß von Schnee überzuckert. Er ließ sie vorbei und ging dann schnell über den Platz.

Sie lächelte, als er hereinkam. Er war außer Atem.

»Was machen sie?« fragte das Mädchen. Dann bemerkte sie seinen Gesichtsausdruck. »Du hast Angst«, flüsterte sie, aber er schüttelte den Kopf. »Du hast Angst«, wiederholte sie.

»Ich habe den Jungen umgebracht«, sagte er.

Er ging zum Waschbecken und studierte sein Gesicht mit der großen Sorgfalt eines Mannes, der verurteilt ist. Sie trat hinter ihn, legte die Arme um seinen Brustkasten und preßte sich gegen seinen Rücken. Er drehte sich um und griff wild nach ihr, hielt sie ungeschickt und drängte sie durch das Zimmer. Sie wehrte sich mit der Wut eines Kindes, mit irgendeinem Namen auf den Lippen und dem Haß gegen irgend jemand im Herzen, sie verfluchte und nahm ihn, die Welt brannte, und sie allein lebten. Sie weinten und lachten zusammen im Fallen, ungeschickt in der Liebe und plump im Triumph, in dem sie nicht einander, sondern jeder nur sich selbst erkannten, und für einen

Augenblick die ungelebt gebliebenen Teile ihrer Leben nachholten. In diesem Augenblick dachten sie nicht an die große, verfluchte Dunkelheit.

Johnson beugte sich aus dem Fenster und zog sanft an der Antenne, um sich zu vergewissern, ob sie noch fest war. Dann begann er wie ein Rennfahrer vor dem Start noch einmal seine Apparaturen zu überprüfen, indem er die Kabelverbindungen berührte und unnötig an den Knöpfen herumdrehte. Leclerc sah ihm voll Bewunderung zu.

»Johnson, das haben Sie das letzte Mal wirklich fein gemacht. Wirklich fein. Wir schulden Ihnen unsere dankbare Anerkennung.« Leclercs Gesicht glänzte, als habe er sich gerade erst rasiert. In dem blassen Licht sah er seltsam zerbrechlich aus. »Ich denke, ich werde mir noch eine Sendung anhören und dann nach London zurückfahren.« Er lachte. »Wir haben einen Haufen Arbeit, wissen Sie. Es ist nicht gerade die richtige Zeit für Ferien auf dem Kontinent.«

Johnson tat so, als habe er ihn nicht gehört. Er hob die Hand. »Dreißig Minuten«, sagte er. »Ich werde Sie bald um etwas Ruhe bitten müssen, meine Herren.« Er benahm sich wie ein Zauberer auf einem Kinderfest. »Fred ist immer verteufelt pünktlich«, bemerkte er laut.

Leclerc wandte sich an Avery. »Sie gehören zu den glücklichen Leuten, John, die in Friedenszeiten eine Aktion erleben konnten.« Er schien unbedingt mit jemandem sprechen zu müssen.

»Ja. Ich bin auch sehr dankbar.«

»Das brauchen Sie gar nicht zu sein. Sie haben hervorragende Arbeit geleistet, und das erkennen wir auch an. Von Dankbarkeit kann keine Rede sein. Sie haben etwas erreicht, das bei unserer Tätigkeit sehr selten ist. Ich frage mich, ob Sie wissen, was ich damit meine.«

Avery sagte, er wisse es nicht.

»Sie haben einen Agenten dazu gebracht, daß er Sie gern hat. Normalerweise – Adrian wird das bestätigen – wird die Beziehung zwischen einem Agenten und seinen Führern von Mißtrauen beherrscht. Vor allem hat er etwas gegen sie, weil sie die Arbeit nicht selbst verrichten. Er verdächtigt sie irgendwelcher Hintergedanken, hält sie für unfähig und verlogen. Aber wir sind nicht das Rondell, John: So etwas ist nicht unsere Art.«

Avery nickte. »Nein, ganz richtig.«

»Sie haben noch etwas geleistet – Sie und Adrian. Es wäre mir sehr willkommen, wenn wir – im Falle einer ähnlichen Notwendigkeit – in Zukunft die gleiche Technik anwenden könnten, die gleichen Möglichkeiten, das gleiche fachmännische Geschick. Ich meine die Avery-Haldane-Methode. Was ich sagen will, ist –« Leclerc hob die Hand und strich sich mit einer ganz ungewöhnlichen Geste englischer Schüchternheit mit Daumen und Zeigefinger über den Nasenrücken –, »daß die von Ihnen gesammelten Erfahrungen zu unser aller Nutzen sind. Ich danke Ihnen.«

Haldane ging zum Ofen und begann seine Hände zu wärmen, indem er sie leicht aneinanderrieb, als wolle er Körner aus einer Ähre lösen.

»Diese ungarische Angelegenheit«, fuhr Leclerc fort, wobei er die Stimme hob – teils aus Begeisterung, teils aber wohl auch, um die plötzlich entstehende Atmosphäre der Vertraulichkeit zu zerstören – »ist eine vollständige Reorganisation. Nichts weniger. Sie ziehen ihre Panzer an der Grenze zusammen, verstehen Sie. Im Ministerium spricht man von Angriffsstrategie. Man ist sehr interessiert daran.«

Avery fragte: »Mehr als an Mayfly?«

»Nein, nein«, protestierte Leclerc leichthin. »Es gehört alles zum selben Komplex. Dort denkt man in sehr großen Zusammenhängen, wissen Sie. Hier eine Bewegung, dort eine Bewegung – es muß alles zum Gesamtbild zusammengesetzt werden.«

»Natürlich«, sagte Avery zuvorkommend. »Wir selbst können das gar nicht überblicken, oder? Wir können das Gesamtbild nicht erkennen.« Er versuchte, Leclerc die Situation zu erleichtern. »Wir haben nicht den Überblick.«

»Sobald wir nach London zurückkommen«, schlug Leclerc vor, »müssen Sie mal bei mir zu Abend essen, John. Sie und Ihre Frau, kommen Sie doch beide. Ich wollte es schon seit langem vorschlagen. Wir werden in meinen Club gehen. Sie servieren im Damensalon immer ein recht anständiges Essen. Es würde Ihrer Frau gefallen.«

»Sie erwähnten es schon einmal. Ich habe Sarah gefragt. Wir würden sehr gerne kommen. Meine Schwiegermutter ist gerade bei uns, und sie könnte auf das Kind aufpassen.«

»Wie gut. Vergessen Sie es nicht.«

»Wir freuen uns darauf.«

»Bin ich nicht eingeladen?« fragte Haldane kokett.

»Aber selbstverständlich, Adrian. Dann sind wir vier. Ausgezeichnet.« Seine Stimme nahm einen anderen Ton an. »Übrigens haben sich die Besitzer des Hauses in Oxford beschwert. Sie behaupten, wir hätten es in schlechtem Zustand zurückgelassen.«

»Schlechtem Zustand?« echote Haldane ärgerlich.

»Angeblich haben wir die elektrischen Leitungen überlastet. Irgendwas scheint fast ausgebrannt zu sein. Ich sagte Woodford, er solle sich damit befassen.«

»Wir sollten unser eigenes Haus haben«, sagte Avery. »Dann brauchten wir uns wegen so was keine Sorgen zu machen.«

»Ganz meiner Meinung. Ich habe schon mit dem Minister darüber gesprochen. Was wir brauchen, ist ein Ausbildungszentrum. Er war ganz begeistert. Er ist jetzt ganz scharf auf so etwas. Sie haben dort schon eine Abkürzung dafür. Sie sprechen von SAEs. Strategische Aufklärungs-Einsätze. Er meint, wir sollen ein Haus suchen und es zunächst für sechs Monate mieten. Er hat vorgeschlagen, daß er wegen des Pachtvertrags mit dem Schatzamt sprechen wird.«

»Das ist großartig«, sagte Avery.

»Es könnte sehr nützlich sein. Wir dürfen auf keinen Fall das in uns gesetzte Vertrauen enttäuschen.«

»Natürlich.«

Ein plötzlicher Luftzug und das leise Geräusch, wie jemand vorsichtig die Treppe heraufstieg. In der Tür zum Dachboden erschien eine Gestalt. Sie trug einen teuren Mantel aus braunem Tweed mit etwas zu langen Ärmeln. Es war Smiley.

22

Smiley sah sich im Raum um, betrachtete Johnson, der jetzt die Kopfhörer über den Ohren hatte und mit den Schaltern und Knöpfen seines Gerätes beschäftigt war, sah auf Avery, der über Haldanes Schulter hinweg auf die Funkzeichentabelle spähte, auf den steif wie ein Soldat dastehenden Leclerc, der ihn, als einziger bisher, bemerkt hatte, und dessen Gesicht – obwohl es ihm zugewandt war – keinen Ausdruck zeigte.

»Was wollen Sie hier?« fragte Leclerc schließlich. »Was wünschen Sie von mir?«

»Tut mir leid, aber man hat mich geschickt.«

»Das hat man uns alle«, sagte Haldane, ohne sich zu bewegen.

Ein warnender Unterton schwang in Leclercs Stimme mit, als er sagte: »Das ist meine Operation, Smiley. Wir haben hier keinen Platz für Ihre Leute.«

Smileys Miene verriet nichts als Mitgefühl, und in seiner Stimme lag nichts als die erschreckende Sanftmut, mit der man zu Irren spricht.

»Ich bin nicht von Control geschickt worden«, sagte er. »Es war das Ministerium. Sie haben mich angefordert, verstehen Sie, und Control gab mich frei. Das Ministerium stellte das Flugzeug.«

»Warum?« erkundigte sich Haldane. Er schien fast belustigt.

Einer nach dem anderen bewegte sich, als erwachten sie aus dem gleichen Traum. Johnson legte vorsichtig seine Kopfhörer auf den Tisch.

»Nun?« fragte Leclerc. »Warum hat man Sie geschickt?«

»Man rief mich in der vergangenen Nacht ins Ministerium.« Es gelang ihm anzudeuten, daß er ebenso verwirrt war wie sie. »Ich müßte Ihre Operation wirklich bewundern – die Art, in der Sie und Haldane die ganze Sache aus dem Nichts aufgebaut haben. Man hat mir die Akten gezeigt. Sehr sorgfältig geführt: das Archivstück, die Arbeitskopie, die abgestempelten Protokolle – alles wie im Krieg. Ich gratuliere Ihnen aufrichtig.«

»Man hat Ihnen die Akten gezeigt? *Unsere* Akten?« wiederholte Leclerc. »Das ist ein Bruch der Sicherheitsbestimmungen. Die Vorgänge in den einzelnen Abteilungen sind geheim. Sie haben sich eines Vergehens schuldig gemacht, Smiley. Diese Leute müssen verrückt sein! Adrian, hast du gehört, was Smiley mir mitgeteilt hat?«

Smiley fragte: »Ist für heute ein Funkkontakt vorgesehen, Johnson?«

»Jawohl, Sir. Um einundzwanzig nullnull.«

»Ich war überrascht, Adrian, daß Sie die Hinweise für überzeugend genug hielten, um eine so große Operation zu rechtfertigen.«

»Haldane war nicht dafür verantwortlich«, sagte Leclerc trocken. »Es war eine Entscheidung, die gemeinsam getroffen wurde: von uns einerseits, vom Ministerium andererseits.« Seine Stimme wechselte ihren Klang. »Wenn die Sendung beendet ist, werde ich von Ihnen Aufklärung darüber verlangen – und ich habe das Recht dazu, Smiley –, wie Sie dazu gekommen sind, Einsicht in unsere Akten zu nehmen.« Es war seine Stimme für Vorstandssitzungen; sie war kräftig und volltönend, und zum erstenmal klang sie würdig.

Smiley trat in die Mitte des Raumes. »Es ist etwas passiert, von dem Sie nichts wissen können: Leiser hat an der Grenze einen Mann getötet. Er brachte ihn während des Grenzübertritts mit seinem Messer um, drei Kilometer von hier entfernt, direkt an der Übergangsstelle.«

Haldane sagte: »Das ist Unsinn. Wieso Leiser? Genausogut kann es ein Flüchtling gewesen sein, der nach dem Westen wollte. Irgendwer kann es gewesen sein.«

»Sie fanden Fußspuren, die nach Osten führten, Blutspuren in der Bootshütte am See. Die Zeitungen in Ostdeutschland sind voll davon. Seit gestern mittag strahlen sie es über den Rundfunk aus ...«

Leclerc schrie: »Das glaube ich nicht! Ich glaube einfach nicht, daß er es getan hat. Es ist wieder irgendein Trick von Control.«

»Nein«, erwiderte Smiley freundlich. »Sie müssen es mir schon glauben. Es ist wahr.«

»Taylor ist umgebracht worden«, sagte Leclerc. »Haben Sie das schon vergessen?«

»Nein, natürlich nicht. Aber wir werden das nie genau wissen, oder? Wie er starb, meine ich ... ob er wirklich ermordet wurde.« Und hastig fuhr er fort: »Ihr Ministerium hat das Außenamt gestern nachmittag informiert. Die Deutschen müssen ihn ganz einfach erwischen, verstehen Sie. Das müssen wir unterstellen. Er funkt langsam, sehr langsam sogar. Jeder Polizist, jeder Soldat ist hinter ihm her. Sie wollen ihn lebend. Wir können überzeugt sein, daß sie einen großen Schauprozeß aufziehen werden, mit einem öffentlichen Geständnis und einer Ausstellung seiner Ausrüstung. Das kann für uns sehr unangenehm werden. Man braucht kein Politiker zu sein, um die Gefühle des Ministers zu verstehen. Es stellt sich also die Frage, was wir jetzt tun sollen.«

Leclerc sagte: »Achten Sie auf die Uhr, Johnson.«

Johnson nahm die Kopfhörer und stülpte sie sich wieder über die Ohren, aber ohne innere Überzeugung.

Offenbar wartete Smiley darauf, daß ein anderer etwas sagen würde, da aber alle schwiegen, wiederholte er schwerfällig: »Es stellt sich also die Frage, was wir unternehmen sollen. Wie ich schon sagte, sind wir keine Politiker, aber wir können die Gefahren sehen, die daraus entstehen werden: in einem Bauernhaus, drei Kilometer von der Stelle, wo die Leiche gefunden wurde, eine Gesellschaft von Engländern, die sich als Wissenschaftler ausgeben, Lebensmittel von der Armeeversorgungsstelle und das ganze Haus voll Funkgeräten haben. Verstehen Sie, was ich meine?« Und weiter: »Sie senden Ihre Signale auf der gleichen Frequenz wie Leiser, immer die gleiche Frequenz –

das könnte wirklich einen Riesenskandal geben. Man kann sich vorstellen, daß sogar die Westdeutschen schrecklich verärgert wären.«

Als erster sprach Haldane wieder: »Was wollen Sie damit zum Ausdruck bringen?«

»In Hamburg wartet eine Militärmaschine. Sie werden in zwei Stunden abfliegen – Sie alle. Ein Lastwagen wird die Geräte abholen. Sie dürfen nichts hier zurücklassen, nicht mal eine Nadel. Das ist mein Auftrag.«

Leclerc fragte: »Und was ist mit dem Ziel? Hat man vergessen, wozu wir hier sind? Man verlangt viel von uns, wissen Sie, Smiley, sehr viel!«

»Ja, das Ziel«, gab Smiley zu. »Wir werden das in London besprechen. Vielleicht könnten wir eine gemeinsame Operation einleiten.«

»Es ist ein militärisches Ziel. Ich werde darauf bestehen, daß mein Ministerium vertreten ist. Kein monolithischer Apparat. Das ist ein für alle Male festgesetzt worden, wie Sie wissen.«

»Natürlich. Und es wird Ihre Angelegenheit sein.«

»Ich schlage vor, daß wir für das Ergebnis gemeinsam die Verantwortung übernehmen. Mein Ministerium könnte unter diesen Umständen seine Selbständigkeit in den Fragen der Ausführung behalten. Ich kann mir vorstellen, daß diese Lösung die Einwände entkräftet, die man offensichtlich hat. Was ist mit Ihren Leuten?«

»Ja, ich glaube, daß Control damit einverstanden wäre.«

Leclerc bemerkte beiläufig, und alle hörten aufmerksam zu: »Und die Sendung? Wer kümmert sich darum? Wir haben doch einen Agenten im Einsatz.« Es schien ein bedeutungsloser Einwand.

»Er wird sich um sich selbst kümmern müssen.«

»Die Kriegsregeln«, sagte Leclerc stolz. »Wir spielen nach den Regeln des Krieges. Er wußte das. Seine Ausbildung war gut.« Er schien beruhigt. Das Thema war für ihn erledigt.

Zum erstenmal ergriff Avery das Wort: »Sie können ihn doch nicht allein da draußen sitzenlassen!« Seine Stimme war tonlos.

Leclerc mischte sich ein: »Sie kennen Avery, meinen Assistenten?« Diesmal kam ihm niemand zu Hilfe.

Smiley achtete nicht auf ihn. Er sagte: »Der Mann wurde wahrscheinlich schon geschnappt. Das Ganze ist nur noch eine Frage von Stunden.«

»Sie lassen ihn dort verrecken!« Avery faßte Mut.

»Wir streiten ab, daß er zu uns gehört. Das ist nie sehr hübsch. Aber er ist schon so gut wie gefangen, sehen Sie das nicht ein?«

»Das können Sie doch nicht tun!« rief Avery. »Sie können ihn doch nicht aus schmutzigen diplomatischen Gründen einfach sitzenlassen!«

Diesmal fuhr Haldane Avery wütend an. »Sie sind der letzte, der sich beschweren darf. Sie waren es doch, der immer vom Glauben an unsere Arbeit sprach, oder? Sie wollten ein elftes Gebot, das Ihrer eigenartigen Seele genügt!« Er deutete auf Smiley und Leclerc. »Na bitte, hier ist es – hier ist das Gesetz, nach dem Sie gesucht haben. Beglückwünschen Sie sich – Sie haben es gefunden. Wir schickten ihn hinüber, weil es notwendig war, wir lassen ihn im Stich, weil wir müssen. Das ist Ihre bewunderte Disziplin.« Er wandte sich zu Smiley: »Und Sie! Sie sind gemein. Zuerst stoßen Sie uns das Messer in den Rücken, und dann beten Sie für die Sterbenden. Scheren Sie sich weg! Wir sind Techniker und keine Poeten. Scheren Sie sich weg!«

Smiley sagte: »Ja, Sie sind ein sehr guter Techniker, Adrian. Sie fühlen keinen Schmerz mehr. Sie haben die Technik zu Ihrem Lebensstil gemacht. Wie eine Hure. Technik anstelle von Liebe.« Er zögerte. »Kleine Fähnchen ... der alte Krieg läutet den neuen ein. All das war da, nicht wahr? Und dazu der Mann ... Ihr müßt euch berauscht haben an ihm. Beruhigen Sie sich, Adrian, Sie waren nicht auf der Höhe.«

Er straffte seinen Rücken und erklärte: »Ein in England naturalisierter vorbestrafter Pole flieht über die Grenze nach Ostdeutschland. Einen Auslieferungsvertrag gibt es nicht. Die Deutschen werden sagen, er sei ein Spion, und als Beweis seine Ausrüstung vorlegen. Wir werden erklären, daß man ihm die Ausrüstung untergeschoben hat, und darauf hinweisen, daß sie fünfundzwanzig Jahre alt ist. Ich nehme an, daß er sich eine Geschichte zurechtgelegt hat. Er will an einem Kurs in Coventry teilgenommen haben. Das ist leicht widerlegt: Es gibt keine derartigen Kurse. Die Schlußfolgerung ist, daß er aus England fliehen wollte. Wir werden zu verstehen geben, daß er in Geldschwierigkeiten war. Er hielt ein junges Mädchen aus, wie Sie wissen. Sie arbeitete in einer Bank. Das paßt alles sehr gut zusammen. Mit dem Vorstrafenregister, meine ich, da wir es ohnehin erst erfinden müssen.« Er nickte vor sich hin. »Wie ich schon sagte, ist es kein schöner Vorgang. Bis dahin werden wir alle schon wieder in London sein.«

»Und er wird senden«, sagte Avery, »und niemand wird ihm zuhören!«

»Im Gegenteil«, erwiderte Smiley bitter. »Viele werden ihm zuhören.«

Haldane fragte: »Auch Control, ohne Zweifel. Habe ich recht?«

»Schluß!« schrie Avery plötzlich. »Hört um Gottes willen auf! Wenn irgend etwas wichtig, irgend etwas ehrlich ist auf dieser Welt, dann *müssen* wir ihn jetzt anhören! Und wenn es nur aus ... aus ...«

»Nun?« fragte Haldane spöttisch.

»Liebe wäre. Jawohl, Liebe. Nicht Ihre, Haldane, sondern meine! Smiley hat recht! Sie haben mich angestiftet, es für Sie zu tun. Ich sollte ihn lieben! Sie konnten so etwas schon nicht mehr! Ich habe ihn zu Ihnen gebracht, habe ihn in Ihrem Haus festgehalten, brachte ihn dazu, daß er zur Musik Ihres verdammten Krieges tanzte! Ich habe dazu aufgespielt, aber jetzt habe ich keinen Atem mehr. Er ist das letzte Opfer des Rattenfängers, Haldane, das allerletzte, die letzte Liebe – die Musik ist aus!«

Haldane sah Smiley an. »Aber bringen Sie Control meine Glückwünsche«, sagte er. »Danken Sie ihm in meinem Namen, bitte. Dank für die Hilfe, die *technische* Hilfe, Smiley, für die Ermunterung, Dank für den Strick! Auch für die freundlichen Worte und daß er Sie als Überbringer der Blumen hergeliehen hat. So gut gemacht, das alles!«

Aber Leclerc schien von der äußerlich netten Form beeindruckt. »Sei nicht so hart zu Smiley, Adrian. Er tut nur seine Pflicht. Wir müssen alle nach London zurück. Außerdem ist da noch der Fielden-Bericht. Ich würde mich freuen, wenn Sie ihn sich mal anschauen wollten, Smiley. Truppenverschiebungen in Ungarn: etwas ganz Neues.«

»Und ich würde mich freuen, ihn sehen zu dürfen«, antwortete Smiley höflich.

»Er hat recht, wissen Sie, Avery«, wiederholte Leclerc. Seine Stimme war sehr eindringlich. »Sie sind Soldat. So ist nun mal der Krieg, halten Sie sich an die Regeln! Bei unserem Spiel gelten die Regeln des Krieges. Bei Ihnen, Smiley, muß ich mich wohl entschuldigen; auch bei Control, fürchte ich. Ich hatte geglaubt, die alte Eifersucht sei immer noch wach. Ich habe mich geirrt.« Er senkte den Kopf. »Sie müssen einmal mit mir essen, in London. Mein Club ist nicht ganz Ihr Niveau, ich weiß, aber es ist ruhig dort. Sehr gut geführt. Wirklich gut. Haldane muß mitkommen. Adrian, ich lade dich ein!«

Avery hatte sein Gesicht mit den Händen bedeckt.

»Dann gibt's da noch etwas, das ich mit dir besprechen möchte, Adrian – Sie werden nichts dagegen haben, Smiley, Sie gehören ja praktisch zur Familie –, es ist das Problem des Archivs. Unser jetziges System der Archivakten ist wirklich veraltet. Bruce hat mich deshalb schon angesprochen – gerade als ich wegfuhr. Die arme Miss Courtney kann kaum noch zurechtkommen. Ich fürchte, wir müssen in Zukunft zusätzliche Kopien machen. Originalblatt für den Sachbearbeiter, Durchschläge für die Informationen. Es gibt jetzt eine neue Maschine für billige Fotokopien, das Stück kommt nur auf dreieinhalb Pence, scheint mir nicht teuer in diesen Zeiten. Ich muß mit den Leuten mal darüber reden ... im Ministerium ... die erkennen sofort, was brauchbar ist. Vielleicht ...« Er unterbrach sich. »Es wäre schön, Johnson, wenn Sie weniger Krach machen würden. Wir sind noch immer im Einsatz, wissen Sie.« Er sprach wie jemand, der auf sein Auftreten sehr bedacht und sehr traditionsbewußt ist.

Johnson war zum Fenster gegangen. Er stützte sich auf das Fensterbrett, lehnte sich weit hinaus und begann mit gewohnter Präzision die Antenne einzuholen. Er hielt eine Spule in der linken Hand und drehte sie gemächlich hin und her wie ein spinnendes altes Weib seine Spindel, während er den Draht einzog. Avery schluchzte wie ein kleines Kind. Niemand beachtete ihn.

23

Der grüne Lieferwagen rollte langsam die Straße entlang. Er überquerte den Bahnhofsplatz mit dem leeren Brunnen. Auf dem Dach des Wagens drehte sich die Ringantenne hierhin und dorthin wie eine Hand, die die Windrichtung prüft. Dahinter, in engem Abstand, kamen zwei Lkw. Der Schnee blieb jetzt liegen. Sie fuhren mit Standlicht, zwanzig Meter hintereinander, jeder in den frischen Radspuren des vorausfahrenden Wagens.

Der Hauptmann saß im Laderaum des Lieferwagens. Er hatte ein Mikrofon, durch das er mit dem Fahrer sprechen konnte, und neben ihm saß, in seine Erinnerungen versunken, der Unteroffizier. Der Feldwebel hockte vor dem Empfänger, seine Hand drehte unermüdlich an dem Skalenknopf, während er die zitternde Linie auf dem kleinen Bildschirm beobachtete.

»Jetzt hat er aufgehört«, sagte er plötzlich.

»Wie viele Gruppen haben Sie bis jetzt aufgenommen?« fragte der Unteroffizier.

»Ein Dutzend. Zuerst immer wieder das Rufzeichen, dann den Teil einer Durchgabe. Ich glaube nicht, daß er eine Antwort bekommt.«

»Fünf Buchstaben oder vier?«

»Immer noch vier.«

»Hat er das Schlußzeichen gesendet?«

»Nein.«

»Welche Frequenz hat er benützt?«

»Drei sechs fünf null.«

»Suchen Sie im Nebenbereich weiter. Zweihundert nach jeder Seite.«

»Da ist aber nichts.«

»Suchen Sie!« sagte der Unteroffizier scharf. »Tasten Sie das ganze Band ab. Er hat den Kristall gewechselt. Er wird ein paar Minuten zum Abstimmen brauchen.«

Der Funker begann, den großen Skalenknopf langsam weiterzudrehen, während er das Öffnen und Schließen des in der Mitte des Gerätes sitzenden grünen Auges beobachtete und einen Sender nach dem anderen abtastete. »Da ist er! Drei acht sieben null. Ein anderes Rufzeichen, aber dieselbe Handschrift. Schneller als gestern, besser.«

Neben seinem Ellbogen drehten sich eintönig die Spulen des Tonbandgerätes. »Er arbeitet mit verschiedenen Kristallen«, sagte der Unteroffizier. »Wie sie es im Krieg gemacht haben. Es ist der gleiche Trick!« Er war verwirrt: ein älterer Mann, der plötzlich seiner eigenen Vergangenheit wiederbegegnet.

Der Feldwebel hob langsam den Kopf. »Hier sind wir«, sagte er. »Null. Wir sind genau auf ihm drauf.«

Die beiden Männer stiegen leise aus dem Wagen. »Warten Sie hier«, sagte der Unteroffizier zu dem Feldwebel. »Hören Sie ihm weiter zu. Sobald er unterbricht – und wenn's nur einen Augenblick ist –, dann lassen Sie den Fahrer die Scheinwerfer ausmachen. Haben Sie verstanden?«

»Ich werde es ihm sagen.« Der Feldwebel sah verängstigt aus.

»Wenn er ganz aufhört, suchen Sie ihn weiter und lassen Sie es mich wissen.«

»Passen Sie auf«, warnte der Hauptmann, während er hinauskletterte. Der Unteroffizier wartete schon ungeduldig. Der Hauptmann sah hinter ihm ein großes Gebäude auf einem öden Platz.

Entfernt standen kleine Häuser, halbverborgen vom fallenden Schnee, Reihe an Reihe. Kein Laut war zu hören.

»Wie heißt das hier?« fragte der Hauptmann.

»Es ist ein Hochhaus mit Arbeiterwohnungen. Man hat ihm noch keinen Namen gegeben.«

»Nein, dahinter.«

»Weiß nicht. – Kommen Sie«, sagte der Unteroffizier.

Fast in jedem Fenster schimmerte fahles Licht, sechs Stockwerke hoch. Dick mit Laub bedeckte Steinstufen führten in den Keller hinunter. Der Unteroffizier ging voran, wobei er mit seiner Taschenlampe die schäbige Mauer vor ihnen ableuchtete. Der Hauptmann stürzte beinahe. Der erste Kellerraum war groß und stickig, mit Wänden aus rohen Ziegeln, nur teilweise verputzt. Am anderen Ende waren zwei Stahltüren. Von der Decke fiel das Licht einer Birne, die von einem Drahtgitter geschützt war. Die Taschenlampe des Unteroffiziers brannte immer noch, er leuchtete damit sinnlos in alle Ecken.

»Wonach suchen Sie?« fragte der Hauptmann.

Die Stahltüren waren abgesperrt.

»Holen Sie den Hausmeister. Schnell!« befahl der Unteroffizier.

Der Hauptmann rannte die Treppe hinauf und kam mit einem alten unrasierten Mann zurück, der leise vor sich hin brummte. Er hatte an einer Kette einen Bund langer Schlüssel bei sich. Einige waren rostig.

»Die Sicherungen«, sagte der Unteroffizier. »Für die Wohnungen. Wo sind sie?«

Der alte Mann suchte an seinem Schlüsselbund. Er steckte einen Schlüssel in das Schloß der Stahltür, aber er paßte nicht. Er versuchte es mit einem zweiten und einem dritten.

»Schnell, Sie Idiot!« schrie der Hauptmann.

»Bringen Sie ihn nicht durcheinander«, sagte der Unteroffizier.

Die Tür ging auf. Sie drängten sich in den dahinterliegenden Korridor. Die Kegel ihrer Lampen tanzten über den weißen Verputz. Der Hausmeister hielt grinsend einen Schlüssel in die Höhe. »Immer ist es der letzte«, sagte er. Der Unteroffizier hatte gefunden, was er suchte. Hinter der Tür verborgen hing ein Kasten mit Glastüren an der Wand. Der Hauptmann legte seine Hand auf den Hauptschalter und hatte ihn schon halb heruntergezogen, als der andere ihn unsanft wegstieß.

»Nein. Gehen Sie zur Treppe hinauf. Sagen Sie mir, wann die Scheinwerfer ausgehen.«

»Wer befiehlt hier?« beschwerte sich der Hauptmann.

»Tun Sie, was ich sage.« Er hatte den Kasten geöffnet und drehte vorsichtig an der ersten Sicherung. Seine Augen blinzelten durch die goldumrandete Brille – ein gütiger älterer Mann.

Mit emsigen Chirurgenfingern schraubte der Unteroffizier die Sicherung heraus, vorsichtig, als erwarte er einen elektrischen Schlag. Dann schraubte er sie sofort wieder fest, wobei sich sein Blick der Gestalt am oberen Ende der Kellertreppe zuwandte. Er schraubte an der zweiten Sicherung. Noch immer sagte der Hauptmann nichts. Draußen beobachteten die bewegungslosen Soldaten die Fenster des Häuserblocks, in denen Stockwerk nach Stockwerk die Lichter erloschen und gleich wieder aufflammten. Der Unteroffizier versuchte eine dritte und vierte Sicherung. Diesmal hörte er einen aufgeregten Ruf von oben: »Die Scheinwerfer! Jetzt sind sie ausgegangen!«

»Ruhig! Gehen Sie und fragen Sie den Fahrer, in welchem Stock. Aber bitte *leise*!«

»Bei diesem Wind kann uns niemand hören«, sagte der Hauptmann gereizt. Einen Augenblick später kam er zurück: »Der Fahrer sagt, im dritten. Als im dritten das Licht ausging, hörte auch das Funken auf. Es hat jetzt wieder angefangen.«

»Lassen Sie das Gebäude umstellen«, sagte der Unteroffizier. »Und nehmen Sie fünf Mann, die mit uns hinaufgehen. Er sitzt im dritten Stock.«

Leise wie Tiere kletterten die Vopos von den Lastwagen herunter, die Karabiner locker in den Händen. Sie gingen in unregelmäßiger Linie gegen das Gebäude vor. Ihre Stiefel durchpflügten den dünnen Schnee und verwandelten ihn in Nichts. Einige gingen bis zur Hausmauer, andere blieben entfernter stehen und starrten zu den Fenstern hinauf. Einige hatten Stahlhelme auf, und ihre eckigen Silhouetten erinnerten an den Krieg. Von da und dort kam ein leises Klicken, als die erste Patrone weich in den Lauf geschoben wurde. Das Geräusch steigerte sich zu einem schwachen Prasseln und erstarb.

Leiser hakte die Antenne aus und spulte sie auf, schraubte die Morsetaste in den Deckel, legte die Kopfhörer in die Schachtel zurück und faltete das Seidentuch in den Griff des Rasierapparats.

»Zwanzig Jahre«, protestierte er, indem er den Rasierapparat hochhielt. »Und noch immer haben sie keinen besseren Platz dafür gefunden!«

»Warum machst du das?«

Sie saß zufrieden auf dem Bett, im Nachthemd und darüber den Regenmantel, als fühle sie sich damit weniger allein.

»Mit wem sprichst du da?« fragte sie noch einmal.

»Mit niemandem. Niemand hat es gehört.«

»Warum machst du es dann?«

Er mußte etwas sagen, also sagte er: »Für den Frieden.« Er zog seine Jacke an, ging zum Fenster und spähte hinaus. Auf den Dächern lag Schnee. Der Wind pfiff bösartig über sie hinweg. Er sah in den Hof hinunter, wo die Silhouetten warteten.

»Wessen Frieden?« fragte sie.

»Das Licht ging einmal aus, während ich am Gerät war, nicht?«

»Tatsächlich?«

»Nur ganz kurz, eine Sekunde oder zwei, wie manchmal bei einer Störung im Werk?«

»Ja.«

»Mach's jetzt wieder aus.« Er war sehr ruhig. »Mach das Licht aus.«

»Warum?«

»Ich schau' gerne auf den Schnee hinaus.«

Sie löschte das Licht, und er zog die verschlissenen Vorhänge zur Seite. Der Schnee draußen warf einen blassen Schimmer zum Himmel zurück. Im Zimmer war es fast ganz finster.

»Du hast gesagt, jetzt würden wir uns lieben«, beschwerte sie sich.

»Paß auf: Wie heißt du?«

Er hörte das Rascheln des Regenmantels.

»Also wie?« Seine Stimme war rauh.

»Anna.«

»Hör mir bitte zu, Anna.« Er ging zum Bett hinüber. »Ich möchte dich heiraten«, sagte er. »Als ich dich traf, in diesem Lokal, als ich dich dort sitzen und den Platten zuhören sah, da habe ich mich in dich verliebt, verstehst du? Ich bin ein Monteur aus Magdeburg, das habe ich dir dort gesagt. Hörst du mir zu?«

Er ergriff ihre Arme und schüttelte sie. Seine Stimme klang drängend.

»Nimm mich von hier fort«, sagte sie.

»Das ist richtig: Ich habe dir dort gesagt, ich würde dich lieben und dich mitnehmen, überallhin in die Länder, von denen du immer geträumt hast, verstehst du?« Er deutete auf die Plakate an den Wänden. »Auf Inseln, in sonnige Gegenden...«

»Warum?« flüsterte sie.

»Ich habe dich hierher begleitet. Du dachtest, ich käme mit, um mit dir ins Bett zu gehen, aber als ich hier war, zog ich mein Messer heraus und bedrohte dich. Ich sagte, daß ich dich beim geringsten Laut umbringen würde, wie diesen – ich erzählte dir, daß ich den Jungen umgebracht hätte und daß ich auch dich töten würde.«

»Warum?«

»Ich mußte mein Funkgerät benützen. Ich brauchte einen Unterschlupf, klar? Eine Möglichkeit, das Gerät aufzustellen. Ich wußte ja nicht, wohin ich gehen sollte. Also habe ich dich aufgelesen und dich benützt. Hör gut zu: Wenn sie dich fragen, dann mußt du es genau so erzählen.«

Sie lachte. Sie hatte Angst. Sie legte sich zögernd auf ihrem Bett zurück, eine Aufforderung an ihn, sie zu nehmen, als wäre es dies, was er wollte.

»Wenn man dich fragt, dann erinnere dich, was ich dir gesagt habe.«

»Mach mich glücklich. Ich liebe dich.«

Sie streckte ihre Arme aus und zog seinen Kopf an sich heran. Ihre Lippen waren kalt und klamm. Sie waren zu schmal im Verhältnis zu ihren kräftigen Zähnen. Er wich zurück, aber sie hielt ihn weiter fest. Er lauschte angespannt nach einem anderen Geräusch als dem Heulen des Windes, aber er hörte nichts.

»Unterhalten wir uns ein bißchen«, sagte er. »Bist du einsam, Anna? Wen hast du?«

»Wie meinst du das?«

»Eltern, Freunde, irgend jemand.«

Sie schüttelte in der Dunkelheit den Kopf. »Nur dich.«

»Hör mal, wir wollen deinen Mantel zuknöpfen. Ich unterhalte mich gerne zuerst. Ich werde dir von London erzählen. Ich wette, daß du gerne etwas von London hörst. Einmal, als ich spazierenging – es regnete –, da traf ich einen Mann am Fluß, der im Regen Bilder aufs Pflaster malte. Komisch, so etwas! Im Regen mit Kreide malen, und der Regen wäscht es gleichzeitig wieder weg.«

»Komm jetzt. Komm.«

»Weißt du, was er gezeichnet hat? Bloß Hunde, kleine Häuser und solches Zeug. Und die Leute – hör dir das an, Anna – standen im Regen und schauten ihm zu.«

»Ich will dich. Halte mich! Ich hab' Angst.«

»Hör gut zu! Weißt du, weshalb ich spazierenging? Man wollte von mir, daß ich mit einem Mädchen ins Bett gehe. Man hatte mich dazu nach London geschickt, und ich ging statt dessen im Regen spazieren.«

Er konnte erkennen, wie sie ihn beobachtete und nach irgendeinem Instinkt beurteilte, der ihm unverständlich war.

»Bist du auch allein?«

»Ja.«

»Warum bist du gekommen?«

»Die Engländer sind ein verrücktes Volk! Dieser alte Kerl am Fluß: Sie denken, die Themse sei der größte Fluß der Welt, hast du das gewußt? Dabei ist sie gar nichts! Nur gerade so ein kleiner brauner Fluß, an manchen Stellen kann man fast hinüberspringen!«

»Was war das für ein Geräusch?« sagte sie plötzlich. »Das kenne ich! Es war ein Revolver. Das Schloß von einem Revolver!«

Er hielt sie fest, um ihr Zittern zu unterdrücken.

»Es war nur eine Tür«, sagte er. »Die Klinke einer Tür. Dieses Haus ist ja aus Papier. Wie hast du überhaupt etwas hören können, bei diesem Wind?«

Auf dem Korridor waren Schritte. In panischer Angst schlug sie auf ihn ein, ihr Regenmantel schwang um ihren Körper. Als sie ins Zimmer traten, stand er über ihr, mit dem Messer an ihrer Kehle, den Daumen oben und die Klinge parallel zum Boden. Er hielt seinen Rücken ganz steif, und sein mageres

Gesicht war ihr zugewandt, ausdruckslos und gestrafft von einer nur ihm noch faßbaren inneren Disziplin: ein Mann, noch einmal auf sein Auftreten bedacht und sich der Tradition bewußt.

Das Bauernhaus stand dunkel und leer mit blinden Fenstern unter den wehenden Zweigen und den am Nachthimmel ziehenden Wolken.

Sie hatten vergessen, einen Fensterladen zu schließen, und er schlug je nach der Stärke des Sturmes langsam und unregelmäßig auf und zu, auf und zu. Schnee wurde wie Asche zusammengeweht und zerstreut. Sie waren gegangen und hatten nichts zurückgelassen als Reifenspuren in dem gefrierenden Schlamm, ein Knäuel Draht und das monotone Klopfen des Nordwindes.

Danksagung

Keine der Personen, Clubs, Institutionen und Nachrichtenorganisationen, die ich hier oder anderswo beschrieben habe, gibt es oder hat es meines Wissens jemals wirklich gegeben. Das möchte ich besonders hervorheben.

Ich schulde der Radio Society of Great Britain und Mr. R. E. Molland ebenso Dank wie den Redakteuren der Zeitschrift »Aviation Week and Space Technology« oder Mr. Ronald Coles, die mich mit wertvollen technischen Ratschlägen unterstützt haben. Außerdem habe ich Miss Elizabeth Tollinton für die Hilfe zu danken, die sie mir als Sekretärin geleistet hat.

Vor allem danke ich meiner Frau für ihre unermüdliche Mitarbeit.

JOHN LE CARRÉ
Agios Nikolaos, Kreta
Mai 1964